D1728162

Нора Робертс

Охота на ЛЮДЕЙ

Роман

МОСКВА
«ЭКСМО-ПРЕСС»
2001

УДК 820 (73)
ББК 84(7 США)
Р 58

Nora ROBERTS
HOT ICE

Перевод с английского *С. Певчева*

Оформление художника *С. Курбатова*

Робертс Н.

Р 58   Охота на людей: Роман/ Пер. с англ. С. Б. Певчева. — М.: Изд-во ЭКСМО-Пресс, 2001.— 416 с.

ISBN 5-04-007039-X

Что может быть общего у наследницы «короля мороженого» с нью-
йоркским вором-рецидивистом? Кому должны принадлежать драгоценности Марии-Антуанетты, которые считались утраченными двести
лет назад? Все эти вопросы пытается решить Уитни Макаллистер, случайно оказавшаяся втянутой в охоту за сокровищами, которая очень
быстро превратилась в охоту на людей...

УДК 820 (73)
ББК 84(7 США)

ISBN 5-04-007039-X

ГЛАВА 1

Он бежал, чтобы спасти свою жизнь. Это было уже не в первый раз, и Даг от души надеялся, что не в последний. Ночь была холодной, от капель апрельского дождя блестели мостовые и тротуары. Дул ветерок, в котором даже на Манхэттене ощущался приятный запах весны. Пробегая мимо изящно оформленной витрины магазина Тиффани, Даг оглянулся — они были слишком близко.

В это ночное время Пятая авеню была безлюдной, движения тоже почти не наблюдалось — лишь изредка свет фар разрывал темноту. Затеряться в толпе здесь явно было невозможно. Даг уже подумал, не нырнуть ли в подземку, но решил, что это слишком опасно. Если бы они увидели, как он туда входит, он мог бы уже никогда оттуда не выйти.

За спиной раздался визг тормозов. Даг рванул за угол, но в ту же секунду что-то ужалило его в предплечье. Он услышал хлопок пистолета с глушителем и почти сразу почувствовал запах крови. Дело принимало скверный оборот.

К счастью, на 52-й улице были люди — они стояли группами, прохаживались вдоль витрин; то тут, то там слышалась музыка и шум голосов. На его тяжелое дыхание никто не обратил внимания. Даг незаметно встал позади рыжеволосой женщины огромного роста, которая слушала музыку, лившуюся из портативного стереоприемника. Прятаться за ней было все равно что укрываться в бурю за развесистым деревом, Даг смог перевести дыхание и осмотреть рану. Крови было много; не задумываясь, он вытащил из заднего кармана рыжей полосатый носовой платок и обмотал им руку. Женщина как ни в чем не бывало продолжала слушать музыку — у него были очень проворные пальцы.

Даг знал, что убить человека прямо в толпе значительно труднее. Не то чтобы невозможно — просто труднее. Он медленно перемещался от одной группы людей к другой, напрягая зрение и слух, чтобы не пропустить черный «Линкольн».

Около Лексингтона Даг увидел, как лимузин затормозил, и из него вышли трое в элегантных темных костюмах. Они его пока не обнаружили, но было ясно, что это ненадолго. Мысль Дага работала быстро. Он оглядел толпу, с которой хотел бы сейчас слиться, и увидел неподалеку парня в черной кожаной куртке с дюжиной «молний».

— Эй! — Он схватил парня за руку. — Я заплачу тебе пятьдесят баксов за твою куртку.

Парень с торчащими во все стороны светлыми волосами и очень бледным лицом пренебрежительно усмехнулся:

— Проваливай! Это же кожа!

— Тогда сто, — быстро сказал Даг. Трое подходили все ближе.

На этот раз парень проявил большую заинтересованность и повернулся к нему. Даг увидел на его

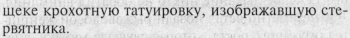

щеке крохотную татуировку, изображавшую стервятника.

— Две сотни — и она твоя!

Даг уже доставал бумажник.

— Тогда давай и стекла в придачу.

Парень немедленно вытащил солнечные очки в оправе с зеркальными стеклами. Даг быстрым движением стянул с него куртку, сунул ему деньги и натянул куртку на себя, поморщившись от боли в левой руке. От куртки исходил не очень приятный запах, но Даг, не обращая на это внимания, застегнул «молнию».

— Смотри, вон там идут трое парней в костюмах, как у гробовщиков. Они ищут статистов для видео. Вы с друзьями могли бы попытать счастья.

— Да ну?

Пока мальчишка оглядывался с классическим для подростка скучающим видом, Даг прошмыгнул в ближайшую дверь и очутился в ночном ресторане. Приглушенный свет придавал сидящим за столиками людям несколько бледный вид. На стенах висели вычурные гравюры, лесенка с блестящими медными перилами вела в сверкающий зеркалами бар. Даг моментально уловил аромат французской кухни — шалфей, красное бургундское вино, чабрец. Он было решил сесть за дальний столик, но потом подумал, что лучше подняться в бар.

Приняв скучающий вид, Даг сунул руки в карманы и не спеша подошел к стойке.

— Виски, — отрывисто бросил, поправив темные очки у себя на носу. — «Сигрэм». И оставьте бутылку.

Слегка развернувшись в сторону двери, пряча

глаза за зеркальными стеклами очков, Даг отпил первый глоток обжигающего виски и сразу же сделал второй. Его мозг быстро прорабатывал все варианты. Он с детства привык думать на ходу — так же как привык убегать тогда, когда это было наилучшим решением. Впрочем, Даг не останавливался и перед дракой, но при этом любил, чтобы преимущество находилось на его стороне. Он мог вести дела честно, а мог лишь слегка касаться истины — в зависимости от того, что оказывалось выгоднее.

Даг машинально проверил, на месте ли пакет, который он утром приклеил пластырем к груди. Содержимое этого пакета давало ему возможность удовлетворить свое пристрастие к роскоши и легкой жизни — пристрастие, которое он всегда стремился в себе развить. Еще раз взвесив все «за» и «против», Даг утвердился в решении ни за что не отдавать пакет тем, кто сейчас прочесывал улицы в поисках его персоны — это могло очень быстро вообще положить конец его жизни.

Рядом с ним какая-то парочка горячо обсуждала последний роман Мэйлера. Другая группа дискутировала, не отправиться ли в клуб, где есть джаз и дешевая выпивка. Как понял Даг, толпа возле бара в основном состояла из одиноких людей, которые стремились с помощью алкоголя снять напряжение трудового дня, а заодно пообщаться с другими одиночками. Здесь были кожаные юбки, джинсы с бахромой и высокие ботинки. Удовлетворенный, Даг вытащил сигарету — для того чтобы спрятаться, он выбрал неплохое место.

Блондинка в сером костюме опустилась на соседнюю табуретку и поднесла зажигалку к его сигарете. От нее пахло водкой и духами «Шанель». Скрестив ноги, она поставила перед собой недопитый стакан.

— Я тебя здесь раньше не видела.

Даг коротко взглянул на нее: слегка затуманенный взор и хищная улыбка — интригующее сочетание. В другое время он бы ею заинтересовался, но сейчас он просто молча пожал плечами и сделал еще глоток.

— Мой офис в двух кварталах отсюда, — продолжала блондинка, подвинувшись чуть ближе. — Я архитектор.

В этот момент Даг почувствовал, как волосы шевельнулись у него на голове, — он увидел, что они вошли. Все трое были в хорошей форме. Через плечо блондинки он наблюдал за тем, как двое из них прошли в зал, а третий со скучающим видом встал у двери. У единственного выхода.

Скорее заинтересованная, чем обескураженная его невниманием, блондинка положила руку на плечо Дага.

— А ты чем занимаешься?

Он влил остатки виски в рот и проглотил его, почувствовав, как по жилам разливается приятное тепло.

— Я ворую, — сказал он ей, зная, что люди редко верят правдивым словам.

Блондинка улыбнулась, вытащила сигарету, затем передала ему свою зажигалку, ожидая, пока он даст ей прикурить.

— Как это очаровательно! — Она выпустила тонкую струйку дыма и забрала у него зажигалку. — Почему бы тебе не купить мне чего-нибудь выпить и не рассказать обо всем?

Даг еще раз пожалел, что она появилась так не вовремя — элегантный серый пиджак у нее на груди только что не лопался.

— Не сегодня, милочка, — сказал он и отвернулся от двери, надеясь, что его импровизированное переодевание сработает. И тут он почувствовал, как ствол пистолета уперся ему в ребра. Значит, не сработало.

— Давай наружу, Лорд! Мистер Димитри очень расстроен тем, что ты не пришел.

— Неужели? — Даг спокойно налил себе еще виски. — Я подумал, что сначала сделаю пару глотков, Ремо, и, должно быть, потерял ощущение времени.

Дуло снова уперлось ему в ребра.

— Мистер Димитри любит, чтобы его сотрудники были точными.

Даг опустил стакан, наблюдая в зеркале бара, как двое других заняли позицию сзади. Блондинка уже отошла от него в поисках более доступной жертвы и ничего не заметила.

— Я уволен?

Он отпил виски, взвешивая соотношение сил. Трое против одного — и они вооружены, а он нет. Но из троих только у Ремо есть то, что может сойти за мозги.

— Мистер Димитри любит лично увольнять своих сотрудников, — ухмыльнулся Ремо, показав безукоризненные зубы под тонкими, как карандаш, усами. — А к тебе он относится с особым вниманием.

— Хорошо. — Даг положил одну руку на бутылку, другую на стакан. — Но можно мне сначала допить?

— Мистер Димитри не любит, когда пьют на работе. И ты опаздываешь, Лорд. В самом деле опаздываешь.

— Угу. Но это же просто позор — выбрасывать хорошую выпивку!

Поболтав виски, Даг неожиданно плеснул его в глаза Ремо, а бутылкой треснул по голове человека в костюме, стоявшего справа. Затем Даг всем телом впечатался в третьего мужчину, они вместе упали на стойку с десертами, сцепившись друг с другом, как два любовника, прокатились по лимонному торту. Понимая, что эффект внезапности вот-вот пройдет, Даг прибегнул к чрезвычайным мерам, сильно ударив коленом между ног оппонента, и побежал.

Уже у двери, подчиняясь внезапному импульсу, Даг сгреб в охапку официанта и толкнул его вместе с нагруженным подносом в сторону Ремо. Потом, схватившись одной рукой за медные перила, одним прыжком оказался в холле и вырвался наружу, оставляя за собой хаос.

Даг выиграл некоторое время, но прекрасно понимал, что скоро они опять будут у него на хвосте — и на этот раз они возьмутся за дело всерьез. Он помчался по улице, ища глазами такси, хотя прекрасно знал, что в нужный момент найти в Манхэттене такси невозможно.

* * *

Уитни ехала по автостраде Лонг-Айленда, радуясь, что в этот поздний час на ней почти нет машин. Самолет из Парижа, на котором она прилетела, приземлился в аэропорту имени Кеннеди с часовым опозданием. Заднее сиденье и багажник ее маленького «Мерседеса» были забиты багажом. Радио Уитни включила так громко, что скрежещущие звуки последнего хита Спрингстина через открытое окно разносились далеко по округе.

Двухнедельная поездка во Францию была ее подарком самой себе за то, что она наконец набралась мужества разорвать помолвку с Тэдом Карлайзом IV. В какой-то момент она поняла, что просто не может выйти замуж за человека, который следит, чтобы у него носки и галстуки были одного цвета!

Уитни Макаллистер недавно исполнилось двадцать восемь лет, и она считала себя достаточно привлекательной. Ее карьера продвигалась более или менее успешно, и она знала, что у ее семьи хватит денег на тот случай, если дела вдруг пойдут неважно. Уитни привыкла к богатству — ей никогда не нужно было ничего просить, все просто приходило само. Сейчас она наслаждалась при мысли о том, что поздно ночью может свободно попасть в один из самых шикарных притонов Нью-Йорка и найти там полно знакомых. Уитни не смущало, что ее могут сфотографировать или что газеты станут гадать, каким будет ее следующий возмутительный поступок. Она часто объясняла своему расстроенному отцу, что совершает такие поступки не специально, просто натура у нее такая.

Она любила быстроходные машины, старые фильмы и итальянскую обувь.

В данный момент Уитни размышляла о том, следует ли ей отправиться домой или же заскочить в «Элен» и узнать, что там произошло за последние две недели.

Главная проблема Уитни состояла в том, что она постоянно испытывала легкую скуку. «Пожалуй, даже приличную», — подумав, решила она. Сказать по правде, Уитни просто задыхалась от нее и не знала, что с этим делать.

Уитни Макаллистер выросла с ощущением, что весь мир находится в пределах ее досягаемости, но ей не всегда было интересно протягивать руку. Круг ее друзей был широким и для постороннего мог показаться разнообразным, но изнутри было видно, что эти богатые, с изысканными манерами, изнеженные молодые люди представляют собой одно и то же. Где же что-то такое, что может взволновать? Ей достаточно было снять телефонную трубку — и она могла оказаться в любой точке земного шара. Но именно это-то и было неинтересно... Ее две недели в Париже прошли тихо и спокойно, без особых событий. Ничего не случилось. Может быть, в этом и заключалась главная проблема? Уитни хотела чего-то, что нельзя оплатить чеком или кредитной карточкой. Она жаждала действий — и знала себя достаточно хорошо, чтобы понимать, что в таком настроении может быть опасной...

Как бы то ни было, сейчас Уитни не была настроена в одиночестве ехать домой, но при этом ей не очень хотелось и в клуб, битком набитый знакомыми. Она хотела чего-то нового, чего-то необычного! Может быть, попробовать какой-нибудь из новых клубов, которые всегда неожиданно возникают? Потом, если бы клуб ее заинтересовал, она могла бы сказать пару слов где нужно, и он стал бы самым модным местом на Манхэттене. Тот факт, что она обладает подобной властью,

Уитни совсем не удивлял и даже не особенно радовал. Просто жизнь была такова.

Уитни резко затормозила на красный свет и была скорее удивлена, чем испугана, когда дверца автомобиля внезапно открылась. Бросив взгляд на черную куртку с «молниями» и темные очки в оправе, она покачала головой.

— Я не езжу с парнями, которые одеваются по прошлогодней моде! Пойди прогуляйся.

Даг оглянулся через плечо. Улица была пуста, но это не могло долго продлиться. Он вскочил внутрь, захлопнул дверцу и сунул руку в карман, указательным пальцем изобразив ствол пистолета.

— Езжайте! — приказал он.

Уитни спокойно посмотрела на его карман, затем перевела взгляд на лицо. По радио диск-жокей объявил, что в течение часа будут исполняться старые хиты, и из динамика полился голос Винтэджа Стоунза.

— Если там пистолет, я хочу на него посмотреть. Иначе выметайся.

Даг выражался про себя. Из всех машин, которые он мог остановить... Почему она не трясется и не умоляет, как на ее месте поступил бы любой нормальный человек?

— Черт побери, я не хотел это использовать, но, если вы не снимете ногу с тормоза и не поедете, я проделаю в вас дырку.

Уитни посмотрела на свое отражение в его очках.

— Дерьмо собачье, — изысканным тоном произнесла она.

В голове Дага мелькнула мысль, что надо бы треснуть ее как следует, выкинуть наружу и самому сесть за руль. Но, взглянув еще раз через плечо, он понял, что времени больше терять нельзя.

— Посмотрите, леди, сзади вон в том «Линкольне» сидят трое. Если вы не двинетесь с места, они причинят вашей игрушке много вреда.

Уитни посмотрела в зеркало заднего вида и увидела большой черный автомобиль, который стремительно приближался.

— У моего отца была когда-то такая же машина, — заметила она. — Я всегда называла его катафалком.

— Угу. Включайте же передачу, черт возьми, или он станет моим катафалком!

Уитни нахмурилась, глядя на «Линкольн» в зеркале заднего вида, и ей вдруг стало интересно, что будет дальше. Она включила первую передачу, проехала перекресток и, нажав на газ, свернула на 57-ю улицу. «Линкольн» не отставал.

— Они действительно едут за нами! — возбужденно воскликнула она.

— Слава богу, вы наконец что-то поняли, — проворчал Даг. — Послушайте, эта штука не может двигаться немного быстрее?

Уитни с усмешкой посмотрела на него.

— Вы шутите?

Прежде чем Даг успел ответить, двигатель взревел, и машина полетела, как стрела. Это определенно был самый интересный способ провести вечер, какой Уитни только могла себе представить.

— Как вы думаете, я от них оторвалась? — Уитни оглянулась назад, пытаясь определить, следует ли за ними «Линкольн». — Вы когда-нибудь смотрели «Буллит»? Конечно, здесь у нас нет всех этих замечательных холмов, но...

— Эй, осторожнее!

Уитни повернулась обратно и, отчаянно выкрутив руль, успела обогнуть шедший на небольшой скорости седан.

— Послушайте, — сказал Даг, скрипнув зубами, — весь смысл заключается в том, чтобы остаться в живых. Так что вы следите за дорогой, а я буду следить за «Линкольном».

— Не будьте таким раздражительным. — Уитни вновь завернула за угол. — Я знаю, что делаю.

— Смотрите, куда едете! — Даг схватил руль и вывернул его так, что крыло автомобиля все же не задело машину, припаркованную на обочине. — Идиотка!

Уитни выпятила подбородок.

— Если вы собираетесь меня оскорблять, вам придется выйти. Я не выношу оскорблений. Я...

— Ложитесь! — вдруг крикнул Даг и пригнул ее голову к сиденью как раз перед тем, как заднее стекло покрылось паутиной трещин.

— Моя машина! — Уитни попыталась сесть, но Даг держал ее крепко. — Проклятье, на ней ведь не было ни одной царапины. Я проездила на ней только два месяца...

— Вы получите не только царапину, если не будете нажимать на газ! — Пригнувшись, Даг развернул руль. — Ну!

Уитни в бешенстве нажала на акселератор и вслепую поехала по улице, в то время как Даг одной рукой держал руль, а другой прижимал ее к сиденью.

— Я не смогу так вести машину!

— С пулей в голове вы тоже не сможете.

— С пулей? — Ее голос дрожал не от страха, а от раздражения. — Они в нас стреляют?

— Нет, они бросают камни. — Взявшись за руль покрепче, Даг повернул его так, что машина выскочила на обочину и резко свернула за угол. Досадуя, что не может полностью взять управление на себя, он осторожно посмотрел назад. «Линкольн» повернул за ними следом, но все-таки они выиграли несколько секунд. — Хорошо, садитесь, только, ради Христа, будьте осторожнее.

— Как я смогу все это объяснить страховой компании? Они никогда не поверят, что в меня кто-то стрелял! Видите ли, я и так на плохом счету...

— Могу себе представить — судя по тому, как вы ведете машину.

— Ну, с меня достаточно! — вздернув подбородок, Уитни повернула налево.

— Там же одностороннее движение! — Даг беспомощно огляделся по сторонам. — Вы разве не видели знака?

— Я знаю, что здесь одностороннее движение, — пробормотала она и сильнее надавила на газ. — Но иначе нам от них не оторваться.

— О боже! — Даг увидел, как на них надвигаются фары встречного автомобиля. Машинально он ухватился за ручку дверцы и сжался в ожидании удара. «Если мне суждено сейчас умереть, — философски подумал он, — то я предпочел бы умереть от раны в сердце, аккуратной и чистой, чем быть размазанным по улицам Манхэттена».

Не обращая внимания на визг тормозов, Уитни бросила машину вправо, затем влево. «Дуракам везет», — подумал Даг, когда они проскочили между двумя встречными автомобилями. Наверное, и ему повезло, что он сел в машину к этой идиотке. Он повернулся на сиденье, чтобы наблюдать за продвижением «Линкольна». Было как-то легче, когда он не видел, куда едет. Их бросало из стороны в сторону, пока Уитни маневрировала между машинами, затем его с силой прижало к двери, когда она завернула за угол. Даг выругался и схватился за раненую руку — боль снова начала пульсировать.

— Может, не стоит пытаться меня убить, а? Они справятся и без вас.

— Вечно вы жалуетесь! — фыркнула Уитни. — Вот что я вам скажу: вы очень мрачный тип.

— Я становлюсь угрюмым, когда кто-нибудь пытается меня убить.

— Ну, все же попробуйте стать немного веселее, — предложила Уитни и срезала следующий угол, проскочив по обочине. — Из-за вас я нервничаю.

Даг откинулся на сиденье, гадая, почему, при таких разнообразных возможностях, он должен закончить свою жизнь вот таким образом — быть раздавленным в лепешку в «Мерседесе», принадлежащем какой-то сумасшедшей. Он должен был спокойно пойти с Ремо и позволить Димитри убить себя с соблюдением определенного ритуала. Это было бы более справедливо.

Они снова оказались на Пятой, двигаясь к югу на скорости свыше девяноста миль в час. Когда они проскакивали лужи, брызги долетали до стекол машины. Но даже теперь «Линкольн» отставал лишь на полквартала.

— Проклятье! Их никак не удается стряхнуть с хвоста!

— Да ну? — Уитни сжала зубы и бегло взглянула в зеркало. Она никогда не умела спокойно проигрывать. — Внимание!

Даг не успел вздохнуть, как она резко развернула «Мерседес» и ринулась прямо на «Линкольн».

Даг как зачарованный наблюдал за происходя-
щим.

— О боже!

Водитель «Линкольна» потерял самообладание
и вильнул к обочине. Не сбавляя скорости, он
проскочил тротуар и с впечатляющим грохотом
врезался в стеклянную витрину кондитерской.
Уитни как ни в чем не бывало снова развернула
«Мерседес» и понеслась дальше по Пятой.

Откинувшись на сиденье, Даг сделал несколько глубоких вдохов.

— Леди, — наконец смог выговорить он, — у
вас больше силы воли, чем мозгов.

— А вы должны мне три сотни баксов за разби-
тое стекло.

— Угу. — С отсутствующим видом Даг похлопал себя по груди, дабы убедиться, что пакет на
месте. — Я пришлю вам чек.

— Только наличные!

Через несколько кварталов Уитни въехала на
подземную стоянку под небоскребом. Поставив
машину на место, она выключила зажигание и вылезла наружу.

— Теперь вы можете отнести наверх мой багаж. — Прежде чем направиться к лифту, она бросила на пол чемодан. Если ее колени и дрожали,
она ни за что бы себе в этом не призналась. —
Черт побери, как хочется выпить!

Даг оглянулся на въезд в гараж и решил, что,

пожалуй, лучше переждать некоторое время у нее в квартире. Кроме того, он в долгу перед этой странной женщиной. Он вышел из машины и начал вытаскивать багаж.

— Там, сзади, еще больше.

— Я потом заберу. — Даг повесил сумку на плечо и поднял две коробки. «От Гуччи, — заметил он с усмешкой. — А она еще скулит насчет каких-то паршивых трех сотен!»

Даг вошел в лифт и бесцеремонно сбросил коробки на пол.

— Далеко ездили?

Уитни нажала кнопку сорок второго этажа.

— Была пару недель в Париже.

— Пару недель? — Даг взглянул на увесистые коробки. — Я смотрю, вы путешествуете налегке.

— Я путешествую так, как мне нравится, — с некоторой важностью сказала Уитни. — Вы когда-нибудь были в Европе?

Даг усмехнулся, и, хотя солнечные очки скрывали выражение его глаз, Уитни сочла эту усмешку вызывающей. У него был хорошо очерченный рот и не совсем ровные зубы. В молчании они оценивающе смотрели друг на друга. Даг впервые получил возможность ее разглядеть. Женщина была выше, чем он ожидал — хотя он не мог в точности сказать, чего именно ожидал. Волосы почти полностью скрывались под белой мягкой фетровой шляпой и были такими же светлыми, как у встреченного им на улице панка, разве что более яркого оттенка. Края шляпы удачно оттеняли изящно очерченные скулы безукоризненного цвета, напоминающего слоновую кость. Глаза цвета того виски, которое он пил совсем недавно, смотрели серьезно, ненакрашенные губы не улыбались. От женщины исходил аромат чего-то нежного и шелковистого, к чему хотелось бы прикоснуться в темноте...

Пожалуй, он назвал бы ее красивой, хотя под простым черным жакетом и шелковой юбкой не было заметно каких-то особых выпуклостей. Даг всегда предпочитал, чтобы в женщине все было заметным, может быть, даже пышным. Тем не менее на эту женщину было приятно смотреть.

Небрежным жестом Уитни залезла в свою сумочку из змеиной кожи и достала ключи.

— Вам не кажется, что эти очки просто нелепы?

— Угу. Но они выполнили свою задачу.

Даг снял очки, и его глаза удивили Уитни. Они оказались зелеными — очень светлыми и очень ясными. Глаза как-то не соответствовали чертам и цвету лица — пока вы не замечаете, какой у них прямой и внимательный взгляд, как будто этот человек всегда оценивает все и вся.

Уитни впервые взглянула на него с интересом. Кто, черт возьми, он такой и почему эти люди в него стреляли?

Когда двери лифта открылись и Даг нагнулся, чтобы поднять чемоданы, Уитни заметила у него на запястье тонкую струйку крови.

— У вас течет кровь!

Даг бесстрастно посмотрел на руку.

— Я знаю. Куда идти?

Уитни колебалась только мгновение. Что ж, она тоже может быть надменной!

— Направо. Постарайтесь не закапать кровью чемоданы.

Она пошла вперед, и Даг, несмотря на боль и раздражение, отметил, что у нее неплохая походка — неспешная и раскованная. Глядя, как грациозно она покачивает бедрами, он сделал вывод, что эта женщина привыкла, чтобы мужчины ходили за ней следом. Инстинктивно он прибавил шагу и пошел с ней рядом.

Прежде чем открыть дверь, Уитни смерила его недовольным взглядом. Войдя в квартиру, она направилась прямо к бару, взяла бутылку «Реми Мартэн» и щедро наполнила два стакана.

— Кстати, мы так и не познакомились, — сказала она и церемонно подала ему руку. — Уитни. Уитни Макаллистер.

Он скривил губы.

— Дуглас Лорд к вашим услугам, мэм.

«Впечатляюще», — подумал Даг, разглядывая ее апартаменты. Ковер был таким толстым и мягким, что вполне мог бы служить постелью: его ошеломляющая белизна компенсировалась темно-синим и горчично-желтым цветами. Даг разбирался в вещах достаточно, чтобы определить французский стиль в обстановке и с первого взгляда опознать старинные вещи, которых в этой комнате было довольно много. На стене висел морской пейзаж Моне. «Чертовски хорошая копия», — решил Даг и подумал, что, если наполнить карманы куртки французскими безделушками этой странной женщины, он мог бы купить себе билет первого класса куда-нибудь подальше от этого города. Беда в том, что он не рискнул бы иметь дело в Нью-Йорке с каким бы то ни было ломбардом.

Во всяком случае, не теперь, когда Димитри выпустил свои щупальца.

Так как все эти вещи не могли принести ему никакой пользы, Даг не мог сказать, нравится ли ему обстановка. Пожалуй, в обычной ситуации он нашел бы ее чересчур холодной, но после вечера, проведенного в бегах, ему требовался комфорт — а комфорт здесь присутствовал.

Уитни протянула ему стакан, отхлебнув на ходу из своего.

— Вы можете взять это в ванную, — сказала она. — Пойдемте, я хочу взглянуть на вашу руку.

Даг нахмурился. Он знал, что женщины созданы для того, чтобы задавать вопросы — десятки вопросов. Может быть, у этой просто не хватает мозгов, чтобы их придумать? С неохотой он пошел следом, ощущая на ходу запах ее духов. «Однако она шикарная женщина, — признал он. — Это невозможно отрицать».

— Снимите эту дурацкую куртку и сядьте, — приказала Уитни, намачивая махровую мочалку с монограммой.

Даг стянул с себя куртку. Вытаскивая левую руку, он скрипнул зубами. Рукав его рубашки затвердел от запекшейся крови; выругавшись, он отодрал его и обнажил рану.

— Я мог бы и сам это сделать, — пробормотал он, протягивая ей руку.

— Сядьте, — повторила Уитни. — Мне так неудобно.

Даг послушно уселся на стул, какие нормальные люди ставят в жилых комнатах. Пока Уитни обрабатывала его рану, он с недоумением разглядывал ее. Теплая вода действовала успокаивающе, а прикосновения женщины были мягкими. «Кто же она такая? — гадал Даг. — Водит машину, как лишенный нервной системы маньяк, одета, как на картинке в «Харперс базар», а пьет, как матрос». Он чувствовал бы себя спокойнее, если бы она с самого начала впала в истерику.

— Неужели вам не интересно, что за рану вы обрабатываете? — не выдержал он наконец. — Это, между прочим, пуля.

— В самом деле? — Уитни отвела в сторону мочалку, чтобы получше рассмотреть рану. — Я до сих пор ни разу не видела пулевого ранения.

— Ну и как? Нравится?

Она пожала плечами и открыла зеркальную дверцу шкафа с медикаментами.

— Не слишком впечатляет.

Нахмурившись, Даг посмотрел на рану. Действительно, пуля лишь задела его, но все же это было пулевое ранение. Не каждый день человек получает пулю!

— Тем не менее болит довольно сильно, — проворчал он.

— Ну, я сейчас все забинтую, и станет легче. А потом мы с вами обсудим вопрос об ущербе, причиненном моей машине.

«Ну и скряга!» — подумал Даг и глотнул еще коньяку.

— Кстати, почему вы считаете, что это стоит триста долларов?

— Я беру по минимуму. На «Мерседесе» вы не сможете починить даже выхлопную трубу меньше чем за три сотни.

— Видите ли, у меня с собой нет таких денег. Я потратил последние две сотни на куртку.

— На эту куртку?! — Уитни в изумлении покрутила головой. — Вы казались умнее.

— Мне она была нужна, — нахмурился Даг. —
Кроме того, это кожа.

Уитни засмеялась.

— Поздравляю, вас надули. Это уродство на
«молниях» не имеет отношения ни к одной коро-
ве. А, вот она! Я знала, что у меня это есть. — Удовлетворенно кивнув, она достала из шкафа буты-
лочку.

— Вот сукин сын! — пробормотал Даг. До сих
пор он не имел возможности как следует разглядеть свою покупку. Теперь, в хорошо освещенной
ванной, он видел, что это всего-навсего дешевый
винил, который обошелся в двести долларов.

Внезапное жжение в руке заставило его вздрог-
нуть.

— Черт побери! Что вы там делаете?

— Это йод, — усмехнулась Уитни, щедро нама-
зывая его руку. — Не будьте ребенком.

Она быстро забинтовала предплечье, отрезала
бинт ножницами, завязала и слегка прихлопнула
сверху, весьма довольная собой. Все еще нагнувшись, она повернула к нему голову и улыбнулась.
Их лица были рядом: одно улыбающееся, другое — раздраженное.

— Теперь насчет моей машины...

— Послушайте, вы не боитесь, что я могу оказаться убийцей, насильником, психопатом — да
кем угодно?

Он сказал это очень мягко, но Уитни почувствовала, как дрожь пробежала по ее спине, и выпрямилась.

— Я не боюсь, — спокойно сказала она, взяла

свой пустой стакан и вернулась в комнату. — Налить еще?

Черт возьми, ну и выдержка! Даг сгреб свою куртку и пошел за ней следом.

— Вы не хотите знать, почему они гнались за мной?

— Те плохие парни?

— Да, плохие парни, — усмехнулся он.

— Ничего смешного. Хорошие парни не стреляют в ни в чем не повинных свидетелей. — Она налила себе еще коньяку и села на диван. — Так что методом исключения я определила, что вы — хороший парень.

Даг засмеялся и плюхнулся на диван рядом с ней.

— Не думаю, что много народу с вами согласится.

Поверх края своего стакана Уитни снова внимательно на него посмотрела. Пожалуй, слово «хороший» будет не совсем точным. Он выглядит не так однозначно.

— Ну, тогда расскажите, почему эти трое хотели вас убить.

— Они просто выполняли свою работу. — Даг снова сделал глоток. — Они работают на человека по фамилии Димитри. Ему необходима одна вещь, которая есть у меня.

— И что же это?

— Маршрут, который ведет к куче денег, — сказал он рассеянно.

Даг встал и начал ходить взад-вперед. В его кармане сейчас лежали двадцать долларов и просроченная кредитная карточка. Он не мог оплатить дорогу, чтобы выбраться из страны. То, что находилось в аккуратно сложенном пакете у него на груди, стоило целого состояния, но для того, чтобы обратить это в наличные, нужно было по крайней мере купить себе билет. Конечно, он может стащить чей-нибудь бумажник в аэропорту или попытаться прорваться к самолету, размахивая фальшивым удостоверением и выдавая себя за упрямого нервного агента ФБР. В Майами это сработало. Но сейчас Даг чувствовал, так не получится. А он привык полагаться на свой инстинкт.

— Мне нужны деньги, — пробормотал он. — Несколько сотен, может быть, тысяча. — Погруженный в размышления, он повернулся и посмотрел на Уитни.

— Даже и не думайте, — просто сказала она. — Вы и так уже должны мне триста долларов.

— Вы их получите, — огрызнулся он. — Черт возьми, через шесть месяцев я куплю вам новую машину! Рассматривайте это как капиталовложение.

— О таких вещах заботится мой брокер.

Она сделала еще глоток и улыбнулась. Он сейчас был очень привлекателен — напряженная поза человека, рвущегося в бой, глаза горят энтузиазмом.

— Послушайте, Уитни. — Он вернулся и присел рядом с ней на ручку дивана. — Всего-то тысяча долларов! После того, что мы вместе испытали, — это пустяки.

— Это на семьсот долларов больше того, что вы мне уже должны, — уточнила она.

— Через шесть месяцев у меня будет куча денег и я верну вам вдвое больше. Мне нужно купить билет на самолет, еще кое-что... — Он оглядел себя, затем снова посмотрел на нее с вызывающей ухмылкой. — Новую рубашку, например.

«Он человек действия, — подумала заинтригованная Уитни. — Интересно, что он считает кучей денег?»

— Прежде чем вложить свои средства, я хотела бы узнать побольше о том, во что вкладываю.

Ей сразу стало ясно, что ему удавалось добиваться от женщин не только денег, — Даг уверенным жестом взял ее руки в свои, нежно поглаживая большими пальцами ладони; голос его стал мягким, убедительным.

— Я привезу вам сокровища, о которых вы читали только в сказках. Большие, сверкающие бриллианты. Вы будете выглядеть как принцесса.

Даг медленным движением снял с нее шляпу, с изумленным восхищением глядя, как ее волосы рассыпаются по плечам и по рукам. Светлые, как зимнее солнце, мягкие, как шелк.

— Бриллианты, — повторил он, погружая в ее волосы пальцы. — Такие волосы просто предназначены для бриллиантов!

Уитни вдруг почувствовала, что готова поверить всему, что он скажет, и сделать все, что ни попросит, — лишь бы он вот так к ней прикасался. К счастью, это длилось всего мгновение, и ей тут же удалось вновь обрести контроль над собой.

— Я люблю бриллианты, — задумчиво сказала она. — Но я знаю массу случаев, когда люди платили за них деньги, а взамен получали всего лишь стекляшки. Мне нужны гарантии, Дуглас. Сертификат, подтверждающий стоимость.

Даг нахмурился.

— Признаться, вы меня разочаровали. А ведь

мне ничто не помешает просто забрать деньги. — Он схватил с дивана ее сумочку. — Я могу выйти отсюда с ней. Или мы все-таки договоримся?

Уитни вырвала сумочку из его рук.

— Я никогда не заключаю сделки, если не знаю всех условий. И вообще, вы мне ужасно действуете на нервы! После того, как я спасла вам жизнь, пытаетесь мне угрожать...

— Спасла мне жизнь?! — взорвался Даг. — Да вы, черт возьми, двадцать раз меня едва не убили!

Уитни вздернула подбородок, голос ее стал надменным:

— Если бы я их не перехитрила, повредив при этом свою машину, вы бы уже плыли по Ист-Ривер!

Это было очень похоже на правду.

— Вы посмотрели слишком много фильмов, — отпарировал Даг.

— Я хочу знать, что у вас есть и куда вы собираетесь ехать.

— Это головоломка. У меня есть куски головоломки, и я собираюсь на Мадагаскар.

— На Мадагаскар? — Уитни была заинтригована. Жара, душные ночи, экзотические птицы, приключения... — Что за головоломка? И что за сокровище?

Даг был доволен собой: он сказал ей достаточно, чтобы заинтересовать, но недостаточно, чтобы заиметь неприятности.

— Похоже, вы кое-что знаете о Франции... Так вот сокровища, за которыми я охочусь, имеют французский привкус. Привкус старой Франции.

Уитни прикусила нижнюю губу. Он попал в точку: у нее действительно была слабость к французскому антиквариату.

— Насколько старой?

— Пара столетий. Послушайте, дорогая, вы и в самом деле могли бы мне помочь. Рассматривайте это как вложение в культурные ценности. Я возьму деньги, а взамен привезу вам несколько безделушек.

Двести лет означало эпоху Французской революции. Мария-Антуанетта и Людовик. Пышность, декаданс, интриги... Уитни улыбнулась. История всегда ее интересовала, а французская история в особенности. Если у него и в самом деле что-то есть — а по его глазам было видно, что это так, — почему бы ей не войти в долю? Охота за сокровищами гораздо интереснее, чем посещение «Сотби»!

— Скажем, я заинтересована, — сказала Уитни. — И что же понадобится, чтобы это заполучить?

Даг усмехнулся. Он не думал, что она так легко проглотит наживку.

— Надеюсь, что хватит пары тысяч.

— Я имею в виду не деньги. — Уитни сказала об этом так, как могут говорить только богатые. — Я имею в виду — что мы должны будем делать?

— Мы? — Он больше не улыбался. — О «нас» здесь речи не идет.

Уитни внимательно рассматривала свои ногти.

— Не будет «нас» — не будет и денег. — Она откинулась на спинку дивана и подобрала под себя ноги. — Я никогда не была на Мадагаскаре.

— Тогда вызывайте вашего туристического агента, милочка. Я работаю один.

— Очень плохо! — Она поправила волосы и улыбнулась. — Ну что ж, было приятно с вами познакомиться. Теперь, если вы заплатите мне за повреждения...

— Послушайте, у меня нет времени на...

Даг внезапно замолчал, услышав позади себя какой-то тихий звук. Обернувшись, он увидел, как ручка двери медленно поворачивается — сначала в одну сторону, потом в другую.

— Спрячьтесь за диван, быстро! — прошептал он, озираясь в поисках подходящего оружия. — Оставайтесь там и чтобы ни звука!

Уитни попыталась возражать, но тоже услышала шорох у двери. Даг поднял тяжелую фарфоровую вазу.

— Ложитесь! — прошипел он снова и погасил свет.

Решив, что благоразумнее всего последовать его совету, Уитни скорчилась за диваном, а Даг встал за дверью, глядя, как та медленно и тихо открывается. Сжимая вазу обеими руками, он гадал, со сколькими ему придется иметь дело. Он подождал, пока первая из теней полностью окажется внутри, затем поднял вазу над головой и резко ее опустил. Послышался треск, какой-то хрюкающий звук, затем стук от падения тела.

Спрятавшись за диваном, Уитни ничего не видела, но успела услышать все три звука. И тут начался хаос. Послышался топот ног, затем разбилось что-то стеклянное — судя по направлению звука, ее мейсенский чайный сервиз, — потом кто-то выругался. Раздался приглушенный хлопок, и опять последовал звон стекла. «Пистолет с глушителем», — решила Уитни. Она слышала этот звук во многих фильмах и могла его узнать. А что касается стекла... Повернув голову, она увидела позади себя дыру в витражном окне.

«Соседу сверху все это не понравится, — размышляла она. — Совершенно не понравится. Я уже и так у него в черном списке после той злосчастной вечеринки... Черт возьми, Дуглас Лорд принес мне кучу неприятностей! Хорошо бы его сокровище того стоило...»

Потом стало тихо, даже слишком тихо. Все, что она могла слышать, — это звук дыхания.

Даг стоял в темном углу, сжимая в руке пистолет сорок пятого калибра. Остался еще один, но сам он теперь, по крайней мере, не был безоружным. Вообще-то он терпеть не мог пистолеты: люди, которые их используют, рано или поздно всегда оказываются не на том конце ствола...

Даг находился достаточно близко к двери, чтобы выскользнуть в нее и уйти — может быть, даже уйти незамеченным. Если бы не женщина за диваном и не сознание того, что именно он вовлек ее во все это, он так бы и поступил. Из-за того, что он не может этого сделать, Даг страшно злился на нее. Вполне возможно — да, очень возможно, что теперь для того, чтобы выйти отсюда, ему придется убить этого человека. Ему уже доводилось убивать, и он понимал, что когда-нибудь будет вынужден снова это сделать. Но он всегда вспоминал об этом с чувством вины.

Даг прикоснулся к повязке на руке и почувствовал, что его пальцы стали влажными. Проклятье, он не может вот так стоять здесь и ждать неизвестно чего, пока из него не вытечет вся кровь! Бесшумно двигаясь, он стал незаметно продвигаться к двери.

Уитни пришлось прикрыть рот ладонью, чтобы не закричать, когда она увидела какую-то тень, крадущуюся вдоль дивана. Это не мог быть Даг — она сразу увидела, что волосы слишком короткие. Затем она уловила какое-то движение слева, тень повернулась в ту сторону... Не успев ни о чем подумать, Уитни сняла туфлю, нацелила семисантиметровый каблук прямо в голову тени и со всей силой, на какую только была способна, опустила туфлю.

Послышался звук падения.

Сама себе удивляясь, Уитни победоносно подняла свою туфлю.

— Я это сделала! — воскликнула она. — Я его оглушила!

— Святый боже... — пробормотал Даг.

Он одним броском пересек комнату, схватил Уитни за руку и потащил за собой. Она едва успела надеть туфлю и выбежала вместе с ним на лестничную площадку.

— Как они нас нашли? — на бегу спросила она.

— Димитри определил, где вы живете, по номеру машины.

Даг страшно злился на себя за то, что не догадался об этом раньше. Сбегая вниз по очередному лестничному маршу, он уже строил новые планы.

— Так быстро? — Уитни усмехнулась. Адреналин пульсировал в ее жилах. — Этот Димитри человек или волшебник?

— Он человек, который владеет другими людьми. Ему достаточно только снять трубку, чтобы за полчаса узнать вашу кредитоспособность и размер ноги.

Уитни не особенно удивилась: то же самое мог сделать ее отец. Бизнес есть бизнес.

— Что мы теперь собираемся делать?

— Мы должны попасть в гараж.

— Спустившись с сорок второго пешком?

— У лифта нет запасного выхода. — С этими словами он схватил ее за руку и снова побежал вниз по ступенькам. — Я не хочу появляться около вашего автомобиля. Вероятно, он оставил там кого-то как раз на этот случай.

— Тогда зачем нам нужен гараж?

— Какая-нибудь машина мне необходима. Я должен попасть в аэропорт.

Уитни поправила ремень сумочки.

— Вы хотите ее украсть?

— Это мысль! Я подброшу вас в гостиницу — вы там зарегистрируетесь под чужой фамилией, а через некоторое время, когда здесь все уляжется...

— Ну уж нет! — прервала его Уитни, с удовольствием отметив, что они уже миновали двенадцатый этаж. — Вы от меня так легко не отделаетесь! Ветровое стекло — три сотни, витражное окно — двенадцать сотен, дрезденская ваза 1865 года — две тысячи двести семьдесят пять, чайный сервиз — еще тысячи полторы. Я собираюсь получить эти деньги!

— Вы их получите, — мрачно бросил Даг. — А пока берегите дыхание.

К тому времени, когда они достигли уровня гаража, Уитни запыхалась так, что совершенно бездыханная привалилась к стене. Даг через дверную щель внимательно осматривал помещение.

— Что ж, отлично. Ближайшая к нам машина — это «Порше». Я пойду первым. Когда я окажусь в машине, вы последуете за мной. И пригнитесь пониже.

Он вытащил из кармана пистолет, и Уитни заметила в его взгляде нечто странное. Неужели отвращение? Почему вдруг он посмотрел на пистолет так, как будто это было что-то мерзкое? Ей казалось, что пистолет должен ему очень подходить, как человеку, который постоянно болтается в тускло освещенных барах и водит знакомство с сомнительными личностями. Но он ему не очень подходил. Даже совсем не подходил...

Кто такой Дуглас Лорд на самом деле? — спрашивала себя Уитни. Опасный преступник, авантюрист, жертва? Скорее всего, и то, и другое, и третье. Во всяком случае, ей так казалось, и она была заинтригована.

Между тем Даг добежал до машины и вытащил из кармана нечто похожее на перочинный нож. Уитни видела, как он мгновение поковырялся в замке, затем спокойно открыл дверцу со стороны сиденья для пассажира. «Кто бы он ни был, — подумала Уитни, — по части взлома он большой специалист». Оставив эти рассуждения на потом, она побежала к машине. Даг в это время уже пересел на место водителя и возился с проводами под приборной доской.

— Проклятые иностранные машины! — пробормотал он. — Я бы предпочел «Шевроле».

Широко раскрыв глаза от восхищения, Уитни услышала, как двигатель пробудился к жизни.

— Вы можете меня научить, как это делать?

Даг коротко взглянул на нее.

— Пока подождите. На этот раз вести буду я. — Включив задний ход, он выехал с места стоянки и покинул гараж на совершенно непозволительной скорости. — У вас есть любимый отель?

— Я не собираюсь в отель. Пока у вас на счету пусто, вы не исчезнете из моего поля зрения, Лорд. Куда вы, туда и я.

— Послушайте, у меня совсем нет времени. — Он внимательно смотрел в зеркало заднего вида.

— Чего у вас точно нет — так это денег, — напомнила ему Уитни. — Кроме того, вы уже должны мне пять тысяч.

— Тогда еще одна тысяча ничего не значит.

— Еще одна тысяча всегда что-нибудь да значит. И давать вам деньги в кредит можно только до тех пор, пока вы находитесь перед глазами. Если вы хотите получить билет на самолет, вам придется приобрести и партнера.

— Партнера? — Даг резко повернулся к Уитни, не в силах понять, почему он до сих пор не отобрал у нее сумочку, а саму ее не выбросил за дверь. — У меня никогда не бывает партнеров!

— На этот раз он у вас есть, — невозмутимо произнесла она.

Даг свернул на шоссе имени Франклина Рузвельта. Да, черт возьми, у него нет денег, и они ему нужны. А значит, ему нужна и эта сумасшедшая. Потом, когда они будут в тысячах миль от Нью-Йорка, можно будет оговорить условия.

— Хорошо, сколько у вас при себе наличных?

— Пара сотен.

— Сотен?! Ерунда! Так мы не уедем дальше Нью-Джерси.

— Я не люблю носить с собой много наличных.

— Бред какой-то! У меня с собой бумаги, которые стоят миллионы, а вы хотите войти в долю за пару сотен?

— Две сотни, плюс пять тысяч, которые вы мне должны, — напомнила Уитни и протянула руку к сумочке. — Кроме того, у меня есть еще кое-что. — Усмехнувшись, она достала золотую кредитную карточку «Америкэн экспресс». — Без нее я никогда не выхожу из дома.

Даг пристально посмотрел на нее, затем откинул назад голову и расхохотался. Может быть, она действительно приносит больше неприятностей, чем денег, но он уже начал в этом сомневаться.

Рука, взявшая телефонную трубку, была пухлой и очень белой. Ногти до блеска отполированы и аккуратно обрезаны, на белых манжетах — большие квадратные сапфиры. Сама телефонная трубка тоже была белой, чистой и прохладной. Не сразу можно было заметить, что ее сжимают только четыре пальца: вместо пятого был покрытый шрамами розоватый обрубок.

— Я слушаю.

Ремо на другом конце провода поспешно раздавил сигарету и заговорил быстро, задыхаясь:

— Димитри, они от нас ускользнули!

Наступила мертвая тишина. Димитри знал, что она действует более устрашающе, чем сотня угроз. Он помолчал пять секунд, десять.

— Трое против одного и молодой женщины? Очень неэффективно.

Ремо ослабил на шее галстук, пытаясь вздохнуть свободнее.

— Они украли «Порше». Сейчас мы ведем их до аэропорта. Они не уйдут далеко, мистер Димитри.

— Надеюсь. Ну вот что, мне сейчас некогда

говорить, я должен сделать несколько звонков. Я встречусь с вами через день или два.

Ремо с чувством облегчения вытер ладонью лоб.

— Где?

Послышался отдаленный мягкий смех. Чувство облегчения тотчас же испарилось.

— Найдите Лорда, Ремо. Вас я найду сам.

ГЛАВА 2

Даг проснулся от боли — затекла раненая рука. Он лежал лицом на мягкой пуховой подушке, покрытой льняной наволочкой без всякого запаха; простыня под ним была теплой и гладкой. Осторожно сдвинув левую руку, он повернулся на спину.

В комнате было темно, отчего создавалось обманчивое впечатление, что еще ночь. Даг посмотрел на часы. Девять пятнадцать. Черт! Он провел рукой по лицу и вскочил с постели. Вместо того, чтобы валяться в комнате дорогого отеля в Вашингтоне, он уже должен быть в самолете, на полпути к Индийскому океану. Кстати, этот дорогой отель показался ему довольно унылым — они приехали в час десять, и он даже не смог найти выпивки. Политикам может нравиться Вашингтон, он же всегда предпочитал Нью-Йорк.

В Вашингтоне они оказались по настоянию Уитни, и Даг не мог не признать, что тут она совершенно права. Пока он думал только о том, чтобы выбраться из Нью-Йорка, она размышляла о таких деталях, как паспорта. Оказалось, что у нее есть связи в федеральном округе Колумбия, которые могли сократить объем бумажной волокиты.

Даг огляделся в дорогом номере, размером, впрочем, едва ли больше кладовки, и подумал — что Уитни наверняка выставит ему счет и за номер. У этой женщины мозги были похожи на банкомат. А лицо...

Усмехнувшись, Даг помотал головой и снова лег. Лучше не вспоминать ее лицо и все остальные атрибуты. Ему сейчас нужны только деньги, женщины подождут. Зато потом, когда он получит то, чего добивается...

Картина, которую он себе представил, была чертовски приятной. Блондинки, брюнетки, рыжие, пухлые и худые, коротышки и высокие — нет смысла проявлять какую-либо дискриминацию. Он собирался очень щедро потратить на это свое время. Но сначала нужно было получить паспорт и визу.

Даг нахмурился. Проклятое бюрократическое дерьмо! Его ждало сокровище, в затылок дышал профессиональный костолом, а в соседней комнате сумасшедшая женщина не покупала ему даже пачку сигарет без того, чтобы не занести расходы в маленький блокнот, который держала в сумочке из змеиной кожи!

Эта мысль заставила его протянуть руку, чтобы вытащить сигарету из пачки, лежавшей на ночном столике. Даг не мог понять такого отношения к жизни. Когда у него были деньги, он их щедро тратил. «Может быть, даже слишком щедро», — решил он, усмехнувшись. Деньги у него всегда водились не очень долго. Но что же делать, если щедрость была частью его натуры, а женщины — его слабостью? Особенно маленькие пухлые женщины с большими глазами. Встретившись несколько раз с одной из них, он неизменно искал следующую.

Даг вспомнил маленькую официантку по имени Синди, которая пару месяцев назад подарила ему две незабываемые ночи и душераздирающую историю про больную маму в Колумбусе. В конце концов он расстался с ней — и с пятью тысячами. Он всегда покупался на большие глаза...

«С этим я покончу, — пообещал себе Даг. — Как только в моих руках окажется куча денег, я постараюсь их сохранить». Он решил, что на этот раз купит большую сверкающую виллу на Мартинике и начнет жить так, как всегда мечтал. А щедрым можно быть со своими слугами. Даг достаточно долго работал на богатых людей, чтобы узнать, какими холодными и небрежными они бывают со слугами. Конечно, он работал на них только до тех пор, пока не представлялась возможность их обворовать, но это не меняло сути дела.

Надо сказать, пристрастие к дорогим вещам не было результатом его работы на богатых. Он с этим родился — но, к сожалению, родился без денег. Впрочем, Даг всегда считал, было бы значительно хуже родиться без мозгов. Имея мозги и обладая определенными талантами, вы можете забрать то, что вам нужно, у людей, которые не замечают обмана. Такое занятие обеспечивало высокий уровень адреналина, а его результат — деньги — просто давал возможность расслабиться до следующего раза.

Даг знал, как составлять планы и как претворять их в жизнь. Прежде всего была необходима тщательная проработка операции. Он провел полночи, внимательно изучая каждую крупицу информации, которая находилась в конверте. У него в руках были все части головоломки. Но для того, чтобы сложить их вместе, требовалось время.

Аккуратно напечатанный на машинке перевод, который он прочитал, кому-то мог показаться просто любопытным повествованием, однако Даг понял, что это урок, который дает сама история. Аристократы пытались контрабандой вывезти из раздираемой революцией Франции свои драгоценности — и свои драгоценные особы. Даг читал строки, пронизанные страхом, смятением, отчаянием. В запечатанном в пластик оригинале, которого он не мог прочесть, безнадежность можно было различить даже по почерку. Он знал, что там говорится о королевской власти и дворцовых интригах. Мария-Антуанетта, Робеспьер, гильотина, отчаянные попытки переплыть Ла-Манш... Любопытное повествование, проникнутое духом истории и окрашенное кровью. Однако гораздо больше Дага заинтересовало то, что говорилось о сокровищах. Бриллианты, изумруды и рубины размером с куриное яйцо тоже реально существовали. Некоторые из них с тех пор больше никогда не видели. Драгоценности использовали для того, чтобы купить жизнь, пропитание или молчание, а то, что осталось, увезли за океан.

Даг улыбнулся. Индийский океан — дорога, по которой двигались купцы и пираты. А где-то на побережье Мадагаскара в течение столетий скрывается ключ к его мечтам. Он найдет его — с помощью дневника молодой девушки и отчаянных писем ее отца. А когда найдет, то не станет оглядываться!

«Бедное дитя», — подумал Даг, представив себе

юную француженку, двести лет назад записывавшую свои переживания. Интересно, точно ли отражает перевод то, что она испытала? Если бы он только мог прочитать оригинальный текст... Даг пожал плечами, напомнив себе, что она уже давно умерла и ему нет до нее никакого дела. Но она ведь была совсем ребенком, испуганным и сбитым с толку.

«ПОЧЕМУ ОНИ НАС НЕНАВИДЯТ? — писала она. — ПОЧЕМУ ОНИ СМОТРЯТ НА НАС КАК НА ВРАГОВ? ПАПА ГОВОРИТ, ЧТО МЫ ДОЛЖНЫ ПОКИНУТЬ ПАРИЖ, И Я УВЕРЕНА, ЧТО БОЛЬШЕ НИКОГДА НЕ УВИЖУ СВОЙ ДОМ».

«И действительно больше не увидела, — думал Даг, — потому что война и политика решают глобальные проблемы, растаптывая маленького человека. Революционная Франция или вьетнамские джунгли — ничего тут не меняется». Он знал, что означает чувствовать себя беспомощным, — и не хотел испытать это чувство снова.

Даг вытянулся на постели и снова подумал об Уитни. К лучшему или нет, что он заключил с ней сделку? Как бы то ни было, он не станет ее разрывать, пока не будет уверен, что сможет благополучно выйти сухим из воды. И все-таки его очень раздражало, что он целиком зависит от нее, получая каждый доллар из ее рук...

Даг прекрасно понимал, почему Димитри поручил именно ему украсть эти бумаги. В отличие от остальных сотрудников Димитри, Даг никогда не считал, что оружие может заменить ум, и обладал репутацией человека, который всегда добросовестно и спокойно выполняет свою работу. Поэтому он ничуть не удивился, когда Димитри позвонил ему и предложил извлечь толстый конверт из сейфа банка, находящегося около Парк-авеню. Работа есть работа, и если такой человек, как Димитри, хочет заплатить пять тысяч долларов за стопку бумаг — Даг не собирался против этого возражать. Кроме того, ему нужно было заплатить кое-какие долги.

Ему пришлось преодолеть две сложные сигнальные системы и четырех охранников, а главное — справиться с самим сейфом, в котором хранился конверт. Это оказалось непросто, но он справился со всеми замками и сиренами. У него, сказать по правде, был дар к подобным вещам, и он считал, что человек не должен пренебрегать теми талантами, которые даны ему от бога.

Пакет на месте, и он сделал все как надо — не взял ничего, кроме бумаг, хотя рядом с ними в сейфе лежал очень интересный черный кейс. Перевод дневника и писем он прочитал из чистого любопытства, никак не ожидая, что документы, которым уже двести лет, произведут на него какое-то впечатление. Может быть, дело было в его любви к интересным историям или в уважении к печатному слову, но, когда Даг бегло перелистал бумаги, это все же подействовало на его воображение. Однако, произвели бумаги на него впечатление или нет, он должен был их отдать. Уговор есть уговор.

Приклеив конверт к груди, Даг проявил простую осторожность: как и в любом большом городе, в Нью-Йорке было полно нечестных людей. Из той же осторожности он прибыл на спортивную площадку в Ист-Сайде на час раньше условленного времени и спрятался за кустами — если хочешь жить дольше, следует остерегаться.

Дожидаясь Ремо, Даг раздумывал над тем, что прочитал. Кто-то ведь скрупулезно собирал всю эту информацию, дотошно переводил... В его сознании промелькнула мысль, что, если бы у него было время, он мог бы сам проделать оставшуюся работу, однако и тогда ему не пришло в голову нарушить уговор. Даг по-прежнему ждал с искренним намерением отдать бумаги и забрать свой гонорар.

Так было до тех пор, пока он не понял, что не получит пять тысяч долларов, которые обещал Димитри. Он получит двухдолларовую пулю в спину и похороны в водах Ист-Ривер.

Ремо прибыл на черном «Линкольне» с двумя другими типами, одетыми в строгие деловые костюмы. Не подозревая о том, что Даг притаился за кустами, они спокойно обсуждали самый эффективный способ его убить. Сошлись вроде бы на пуле в голову; оставалось решить только, где и когда, причем Ремо очень беспокоился о том, чтобы не запачкать кровью обивку сидений «Линкольна». Больше Даг ничего не слышал — он бесшумно отполз в сторону вне себя от злости. Не имело значения, сколько раз его надували — он уже сбился со счета, — но каждый раз это приводило его в бешенство. В этом мире нет честных людей, — думал он, чувствуя, как клейкая лента слегка стягивает ему кожу. Теперь оставалось продумать свои дальнейшие действия, а думать Даг, как известно, умел и на бегу.

У Димитри была репутация оригинала. Но кроме того, он имел репутацию человека, который выбирает все самое лучшее — начиная от правого сенатора, которому платит денежное содержание, до хорошего вина, которое хранит у себя в подвале. Если он настолько желал заполучить бумаги, что решил отрубить конец по имени Дуглас Лорд, — значит, они чего-то стоят. Даг немедленно решил, что бумаги теперь его собственность и состояние ему обеспечено. Все, что теперь было нужно, — это дожить до того момента, когда он его сможет получить...

Машинально Даг дотронулся до своей руки. Она все еще побаливала, но общее состояние явно улучшилось. Он должен был признать, что сумасшедшая Уитни Макаллистер проделала неплохую работу. Он выдохнул дым и затушил сигарету. Наверно, она поставит и эту сигарету ему в счет.

Как бы то ни было, сейчас эта женщина ему нужна — по крайней мере до тех пор, пока они не выбрались из страны. Когда он окажется на Мадагаскаре, то пошлет ее к черту. На лице Дага появилась ленивая улыбка. У него был некоторый опыт насчет того, как перехитрить женщину. Иногда ему это удавалось. Единственное, о чем он в таких случаях сожалел, — что не может видеть удивление и злость женщины, когда она понимает, что ее оставили с носом. Впрочем, мысль о том, что ему придется надуть Уитни, не доставляла ему особого удовольствия. Даг не мог отрицать, что он у нее в долгу.

Но тут, как раз тогда, когда он, пожалуй, впервые начал думать об Уитни благожелательно, дверь в смежную комнату внезапно распахнулась.

— Вы все еще в постели? — Уитни решительно подошла к окну и раздвинула шторы, затем брезгливо помахала рукой перед лицом, пытаясь рассеять дымовую завесу. — Разве можно курить натощак? Вы ужасно выглядите!

Даг понимал, что спорить бессмысленно: он сам чувствовал, что на подбородке у него выросла щетина, волосы торчат в беспорядке, а ради зубной щетки он, казалось, готов был пойти на убийство. Зато Уитни выглядела так, как будто только что вышла от Элизабет Арден. Лежа голый в постели, под натянутой до талии простыней, Даг ощущал некоторое неудобство, но решил не обращать на это внимания.

— Вы когда-нибудь стучитесь?

— Только не тогда, когда плачу за комнату, — небрежно сказала Уитни и переступила через валявшиеся на полу джинсы. — Завтрак скоро будет.

— Замечательно.

Игнорируя его сарказм, Уитни повела себя так, как будто была дома, — она уселась на кровать и вытянула ноги.

— Устраивайтесь поудобнее, — с чувством произнес Даг.

Уитни только улыбнулась и отбросила назад волосы.

— Я, собственно, хотела сказать, что вступила в контакт с дядей Макси.

— С кем?

— С дядей Макси, — повторила Уитни, бросив беглый взгляд на свои ногти, которые, по ее мнению, нуждались в маникюре. — На самом деле он мне вовсе не дядя, я просто привыкла его так называть. Он хороший друг нашей семьи. Может быть, вы о нем слышали. Это Максимилиан Тибери.

— Сенатор Тибери?!

Она растопырила пальцы для последней проверки.

— Я вижу, вы в курсе последних событий.

— Послушайте, вы чересчур сообразительная! — Даг схватил ее за руку так, что Уитни чуть не упала ему на колени, но она только заулыбалась, зная, что все козыри по-прежнему у нее на руках. — Какое отношение к этому имеет сенатор Тибери?

— У него связи. — Уитни вдруг провела пальцем по его щеке и подумала, что в этой шершавости есть своя примитивная привлекательность. — Мой отец всегда говорит, что в крайнем случае любой человек может обойтись без секса, но без связей обойтись невозможно.

— Вот как? — Усмехнувшись, он положил руку ей на затылок, так что лицо Уитни оказалось совсем близко, и снова ощутил ее аромат, который говорил о привычном богатстве. — Ну что ж, у каждого свои приоритеты.

— Конечно.

Ей хотелось его поцеловать. Он казался грубым, необузданным и каким-то взъерошенным — так обычно выглядит мужчина после ночи бурного секса. Каким же любовником должен быть Дуглас Лорд? Безжалостным. Она почувствовала, как от этой мысли ее сердце застучало немного быстрее. От него пахло табаком и потом. Он был похож на человека, который все время ходит по краю и этим наслаждается. Ей хотелось бы ощутить на себе прикосновения его искусных губ — но пока не время. Как только она его поцелует, то может забыть, что должна все время идти на шаг впереди.

— Дело в том, что дядя Макси может за двадцать четыре часа достать паспорт для вас и две визы на Мадагаскар, — пробормотала она, слегка отстранившись.

— Каким образом?

Уитни с изумлением и досадой заметила, как быстро его обольстительный тон превратился в деловой.

— Связи, Дуглас! — жизнерадостно сказала она. — Для чего тогда нужны партнеры?

Он оценивающе посмотрел на нее. Проклятье, с ней следует соблюдать осторожность! Меньше всего ему сейчас нужна женщина, без которой нельзя обойтись. У которой глаза цвета виски, а кожа — как оборотная сторона лепестка. И тут до него дошло, что на следующий день в это время они будут уже в пути. Издав короткий возглас, он перекатился по дивану и лег на нее сверху.

— Давай это выясним, партнер!

Его тело было твердым — таким же, как взгляд, и рука, обхватившая ее лицо. Это было искушением. Он весь был искушением!

Уитни не успела решить, соглашаться ей или нет, как раздался стук в дверь.

— Завтрак! — радостно воскликнула она, вывернувшись из-под него.

Если даже ее сердце стучало чересчур быстро, на это не стоило обращать внимания.

— Доброе утро, — приветливо сказала она официанту, который вкатил столик с тарелками.

— Доброе утро, мисс Макаллистер. — Молодой, плотного телосложения пуэрториканец даже не взглянул на Дага — все его внимание было сосредоточено на Уитни. Весьма грациозно он вручил ей розу.

— Ну зачем же! Спасибо, Хуан. Она прелестная.

— Я подумал, что вам это понравится. — Он широко улыбнулся, показав крепкие белоснежные зубы. — Надеюсь, что ваш завтрак в полном порядке. Я принес туалетные принадлежности и бумагу, как вы просили.

— О, это замечательно, Хуан. — Как заметил Даг, она улыбнулась этому смуглому жеребцу-официанту значительно приветливее, чем ему. — Я надеюсь, это не доставило тебе много хлопот.

— О, что вы, ни в коем случае, мисс Макаллистер!

За спиной официанта Даг сделал гримасу, передразнивая его выражение лица. Уитни только приподняла бровь и подписала чек широким росчерком пера.

— Спасибо, Хуан. — Она протянула руку к сумке и достала оттуда двадцатку. — Ты мне очень помог.

— Не стоит благодарности, мисс Макаллистер. Если будет нужно для вас еще что-нибудь сделать, просто позвоните. — Двадцатка исчезла в его кармане со скоростью, говорящей о многолетней практике. — Приятного аппетита. — Все еще улыбаясь, он повернулся к двери и удалился.

— Вам нравится, как они пресмыкаются, правда?

Уитни пожала плечами и налила себе кофе.

— Наденьте что-нибудь и садитесь есть.

— А вы чертовски щедро распоряжаетесь тем небольшим количеством наличных, которые у нас есть, — заметил Даг. Уитни ничего не сказала, но он заметил, как она что-то записала в свою книжечку. — Погодите, это ведь вы дали ему лишние чаевые, а не я!

— Он принес для вас бритвенные лезвия и зубную щетку, — мягко сказала она. — А чаевые мы разделим поровну, потому что ваша гигиена в данный момент меня тоже несколько заботит.

— Как это мило с вашей стороны, — проворчал Даг.

Решив посмотреть, насколько хватит ее самообладания, он не спеша выбрался из кровати.

Уитни не стала хватать ртом воздух, не вздрогнула, не покраснела. Она просто посмотрела на него долгим оценивающим взглядом. Белая повязка на руке резко контрастировала со смуглой кожей. «Боже мой, какое у него красивое тело!» — подумала Уитни, чувствуя, как ее пульс начинает биться сильнее. Голый, небритый, ухмыляющийся, он казался опаснее и привлекательнее любого мужчины, который ей когда-либо попадался. Хорошо, что он никогда об этом не узнает, — она не доставит ему такого удовольствия.

Не отрывая от него глаз, Уитни допила свой кофе.

— Перестаньте валять дурака, Дуглас, — спокойно сказала она, — и наденьте штаны. Простудите себе яйца.

«Черт возьми, какая же она холодная!» — разочарованно подумал Даг, натягивая на себя джинсы. Плюхнувшись в кресло рядом с ней, он начал поглощать жареные яйца и хрустящий бекон, не думая о том, во сколько ему обойдется роскошь обслуживания в номере. Когда он найдет сокровище, то купит себе собственный отель!

— Так кто вы такая, Уитни Макаллистер? — спросил он с набитым ртом.

Она добавила перцу себе в яичницу.

— В каком смысле?

Он усмехнулся, довольный тем, что она затруднилась с ответом.

— Откуда вы?

— Ричмонд, штат Виргиния. А что, разве это имеет значение? Моя семья до сих пор там живет.

— Почему же вы переехали в Нью-Йорк?

Уитни пожала плечами.

— А почему бы и нет?

Даг взял тост и намазал его вареньем.

— И что вы там делаете?

— То, что мне нравится.

Даг посмотрел в ее томные глаза цвета виски и поверил этому.

— Вы где-то служите?

— Нет, но у меня есть специальность. — Уитни откусила кусочек бекона. — Я дизайнер по интерьеру.

Даг вспомнил ее квартиру — тщательный подбор цветов, ощущение элегантности и неповторимости.

— Значит, декоратор... — задумчиво сказал он. — Должно быть, хороший?

— Естественно. Ну а вы? — Она налила еще кофе себе и ему. — Чем вы занимаетесь?

— Многими вещами. — Даг протянул руку за сливками, внимательно глядя на нее. — Но в основном я вор.

Уитни вспомнила, с какой легкостью он увел «Порше».

— Должно быть, хороший?

Он засмеялся.

— Естественно!

— Та головоломка, которую вы упомянули... Это какие-то бумаги? — Она разломила надвое кусок тоста. — Вы не собираетесь мне их показать?

— Нет.

Уитни сузила глаза.

— Но откуда мне знать, что они действительно у вас? Да даже если и так, я ведь не знаю, заслуживают ли они, чтобы я тратила на них свое время, не говоря уже о деньгах.

Он, казалось, секунду раздумывал, затем предложил ей вазочку с вареньем.

— Могу дать вам честное слово, что бумаги у меня и они заслуживают вашего внимания.

Уитни нахмурилась.

— Давайте не будем смешить друг друга. Откуда вы их взяли?

— Я их... добыл.

Откусив кусочек тоста, Уитни взглянула на него исподлобья.

— То есть украли.

— Да.

— У тех людей, которые за вами охотятся?

— Не совсем так. Я украл их для человека, на которого они работают. Для Димитри. К несчастью, он попытался меня обмануть, поэтому все договоренности больше не действуют. Так что я владею ими на девяносто процентов законно.

— Могу себе представить! — Если бы еще вчера кто-то сказал Уитни, что она будет как ни в чем не бывало завтракать с вором, она бы не поверила. — Хорошо, пусть так. В каком виде эта головоломка?

Даг не собрался ей ничего рассказывать. Но в

глазах Уитни светилась такая холодная, непреклонная решимость, что он понял: нужно время от времени сообщать ей хоть что-то — по крайней мере, пока у него нет паспорта и билета.

— У меня есть разные бумаги — дневники, письма. Я уже говорил вам, что им лет двести. В бумагах достаточно информации, чтобы можно было выйти прямо на кучу денег, о которых никто не знает. — Ему в голову пришла одна мысль, и он нахмурился. — Вы читаете по-французски?

— Конечно, — сказала Уитни и улыбнулась. — Значит, часть головоломки написана по-французски? Это интересно. А почему же никто не знает о вашей куче денег?

— Те, кто знали, уже мертвы.

Уитни не понравилось, как он это сказал, но теперь она не собиралась отступать.

— Откуда вы знаете, что это не фальшивка?

В глазах Дага появилось напряженное выражение.

— Я это чувствую.

Уитни фыркнула, но возражать не стала.

— А кто тот человек, который вас преследует?

— Димитри? Он первоклассный бизнесмен — правда, в очень грязном бизнесе. На мелочи он не разменивается. Если ему нужны бумаги — значит, они чертовски дорого стоят. Чертовски дорого!

— Что ж, я надеюсь, мы это выясним на Мадагаскаре. — Уитни взяла со столика номер «Нью-Йорк таймс», который принес Хуан, открыла газету — и у нее перехватило дыхание. — Ох, черт!

Даг удивленно поднял голову от тарелки с яичницей.

— Что случилось?

— Теперь у меня будут неприятности. — Уитни бросила ему газету. — Смотрите!

Даг взял газету и увидел на первой странице фотографию улыбающейся Уитни. Над фотографией шел крупный заголовок:

«ИСЧЕЗЛА НАСЛЕДНИЦА КОРОЛЯ МОРОЖЕНОГО!»

— Наследница короля мороженого, — пробормотал Даг, пробегая глазами текст. До него не сразу дошел его смысл. — Мороженого... Мороженое Макаллистера? Так это вы?!

— Ну, не совсем, — Уитни встала и принялась расхаживать по комнате — нужно было выработать наилучший план действий. — Это мой отец.

— Мороженое Макаллистера, — повторил Даг. — Сукин сын! Он делает лучшую в мире помадку!

— Именно.

Его убило, что она не только классный декоратор, но и дочь одного из богатейших людей страны. Она стоит миллионы. МИЛЛИОНЫ! И если его поймают вместе с ней, то он получит обвинение в похищении еще до того, как сможет попросить, чтобы суд назначил ему адвоката. «От двадцати лет до пожизненного», — подумал он, взъерошив волосы.

— Послушайте, милочка, это все меняет.

— Конечно, меняет, — пробормотала она. — Теперь мне придется позвонить папе. Ох, и дяде Макси тоже.

— Да, и чем скорее, тем лучше. Но сначала, пожалуйста, подсчитайте мой долг, и мы...

— Папа, наверно, думает, что меня удерживают ради выкупа или что-то в этом роде.

— Наверняка. И я не хочу кончить тем, что получу полицейскую пулю в голову.

— Не смешите! — Уитни отмахнулась от него. Она выработала наконец свой план наступления. — Я перехитрю папу, — пробормотала она. — Я уже много лет этим занимаюсь. Он не только пошлет во все газеты опровержение, но еще и даст мне денег.

— Наличными?

Уитни посмотрела на него долгим, оценивающим взглядом.

— Я вижу, это вас заинтересовало.

Даг отложил в сторону газету.

— Послушайте, моя красавица, если вы знаете, как обвести вокруг пальца вашего старика, то кто я такой, чтобы возражать? И хотя пластиковая карточка — это прекрасно, и наличные, которые вы можете по ней получить, — это тоже прекрасно, но некоторое дополнительное количество «зеленых» даст мне возможность крепче спать.

— Я об этом позабочусь. — Уитни подошла к дверям в смежную комнату, но на пороге остановилась. — Вам действительно стоит принять душ и побриться, Дуглас, перед тем, как мы отправимся за покупками.

Он удивленно уставился на нее.

— За покупками?

— Я не собираюсь лететь на Мадагаскар с одной блузкой и парой чулок. И я не собираюсь появляться где-либо с вами, когда на вас рубашка с одним рукавом. Нужно позаботиться о вашем гардеробе.

— Я могу сам выбрать себе рубашки!

— Увидев ту впечатляющую куртку, что была на вас в момент нашей встречи, я в этом усомнилась. — С этими словами она закрыла дверь.

— Это была маскировка! — крикнул он ей вслед и бросился к ванной. Проклятые женщины, всегда стараются оставить за собой последнее слово!

И все-таки Даг вынужден был признать, что вкус у нее есть. После двухчасовой круговерти он нес за Уитни огромное количество пакетов, зато его новая рубашка хорошо скрывала выпуклость конверта, который был опять приклеен к груди. А еще ему нравилось чувствовать прикосновение льняной ткани к коже и следить за покачиванием бедер Уитни под тонким белым платьем. «Однако с этой женщиной опасно быть слишком уступчивым», — решил Даг.

— Что, черт возьми, я буду делать в этом костюме в мадагаскарском лесу?

Уитни обернулась через плечо и поправила воротничок на его рубашке. В магазине он ворчал, что никогда не носит светло-голубые рубашки, но Уитни только укрепилась в своем мнении, что этот цвет ему очень идет. Странно, но Даг выглядел так, как будто всю жизнь носил строгие костюмы.

— Когда человек отправляется в дальнее путешествие, он должен быть готов ко всему, — заявила она.

Даг остановился около аптекарского магазина и переложил все пакеты в одну руку.

— Слушайте, мне нужно здесь кое-что купить. Дайте мне двадцатку. — Она только подняла брови, и Даг выругался. — Черт с вами, записывайте это в свою дурацкую книжку. Без наличных я чувствую себя голым.

Сладко улыбнувшись, она открыла сумочку.

— Сегодня утром вас не беспокоило, что вы были голым.

Даг вспомнил, с каким равнодушием она взирала на его обнаженное тело, и, нахмурившись, выхватил банкноту из ее руки.

— Когда-нибудь мы это еще обсудим. Встретимся наверху через десять минут.

Довольная собой, Уитни направилась к отелю и вихрем промчалась через вестибюль. Досаждая Дугласу Лорду, она получала такое удовольствие, какого не испытывала уже много месяцев.

«Все складывается неплохо», — нажав в лифте кнопку своего этажа, решила она. Отец с облегчением узнал, что она в безопасности, и не проявил недовольства тем, что она снова уезжает за границу. Посмеиваясь про себя, Уитни прислонилась спиной к стенке лифта. Она допускала, что за прошедшие двадцать восемь лет доставила отцу какое-то количество неприятных минут, но тут уж ничего не поделаешь — она такая. Во всяком случае, сейчас она очень удачно смешала правду и вымысел, так что отец был удовлетворен. С тысячей долларов, которые он сегодня послал дяде Макси, они с Дагом до отъезда на Мадагаскар будут чувствовать себя вполне уверенно.

Уитни привлекло даже само это название. «Мадагаскар», — задумчиво повторила она, устремляясь через холл к своей комнате. Экзотично, ново, неповторимо! Орхидеи, джунгли, дикие туземцы...

Она хотела все это увидеть, почувствовать. Кроме того, ей очень хотелось верить, что головоломка, о которой говорил Даг, действительно ведет к той самой куче денег. И дело было даже не в сокровище самом по себе — Уитни слишком привыкла к богатству, чтобы при мысли о кладе ее сердце начинало биться быстрее. Лихорадка поиска, открытие — вот что ее привлекало! Как ни странно, она была почему-то уверена, что и Даг чувствует то же самое...

«Нужно узнать о нем побольше», — решила Уитни. По тому, как он обсуждал с продавцом покрой и материал костюма, было видно, что он не впервые сталкивается с дорогими вещами. В льняной сорочке классического покроя он вполне мог сойти за богатого человека — пока вы не видели выражение его глаз. Глаза были беспокойными, настороженными и голодными. Если они собираются быть партнерами, она должна выяснить, почему это так.

Отперев свою дверь, Уитни сообразила, что несколько минут будет одна и что возможно — хотя и маловероятно, — что Даг спрятал бумаги у себя в комнате. «В конце концов, деньги мои, — сказала она себе, — и я имею право знать, что финансирую».

Открыв дверь в смежную комнату, она вздрогнула, а затем, прижав руку к груди, рассмеялась.

— Хуан, ты до смерти меня напугал! — Уитни сделала шаг вперед — туда, где за все еще неубранным столом сидел молодой официант. — Ты пришел забрать тарелки?

Она не собиралась из-за присутствия Хуана прекращать свои поиски и начала рыться в письменном столе Дага. Там ничего не оказалось, и Уитни огорченно огляделась по сторонам. Может быть, в туалете?

— Когда обычно приходит горничная, Хуан? Мне нужно еще несколько полотенец. — Он продолжал молча глядеть на нее, и Уитни нахмурилась. — Ты плохо выглядишь, — сказала она. — Они заставляют тебя слишком много работать. Наверное, тебе нужно... — Она коснулась его плеча, и тогда Хуан вдруг медленно наклонился и мешком свалился к ее ногам, оставив на спинке кресла следы крови.

Она не закричала, потому что ее сознание и ее голосовые связки отключились. С расширившимися глазами, с трясущимися губами, Уитни стала пятиться назад. Ей никогда раньше не доводилось видеть смерть, вдыхать ее запах, но она безошибочно ее узнала.

Однако не успела Уитни броситься в бегство, как чьи-то пальцы сжали ее руку. Она в досаде обернулась — человек, лицо которого находилось всего в нескольких сантиметрах, держал пистолет у ее подбородка. Одна его щека была искромсана шрамами, как будто от разбитой бутылки или от лезвия бритвы, волосы и глаза песочного цвета. Ствол пистолета был холоден как лед.

Ухмыляясь, он провел пистолетом по ее горлу.

— Где Лорд?

Взгляд Уитни упал на распростертое тело у ее ног. На белой куртке было хорошо заметно красное пятно. Она понимала, что Хуану уже нельзя помочь, и он уже никогда не потратит те двадцать долларов чаевых, которые она дала ему всего не-

сколько часов назад. И если она не будет осторожна, очень-очень осторожна, то кончит так же...

— Я спросил тебя насчет Лорда. — Ствол пистолета задрал ее подбородок чуть повыше.

— Мы с ним разминулись, — недолго думая,
сказала Уитни. — Должны были встретиться в вес-
тибюле, но он не пришел. И я поднялась сюда.

— Врешь! — Он поиграл кончиками ее волос,
отчего внутри у нее все сжалось. Потом он крепче
ухватил ее за волосы, оттягивая голову назад. —
Когда он вернется?

— Я не знаю. — Сморщившись от боли, Уитни
пыталась сохранить ясность мысли. — Через пятнадцать минут, может быть, через полчаса.

«В любую минуту! — с отчаянием подумала
она. — Дуглас может войти в любую минуту, и тогда
мы оба умрем». Уитни еще раз взглянула на распростертое у ее ног тело, и глаза наполнились сле-
зами. Она отчаянно пыталась проглотить подсту-
пивший к горлу комок.

— Зачем вы убили Хуана?

— Он оказался не там, где надо, и не тогда,
когда надо, — ответил он с усмешкой. — Как и вы,
милая леди.

— Послушайте... — Уитни очень старалась,
чтобы ее зубы не стучали. — У меня нет никаких
причин сохранять верность Лорду. Если мы с вами
найдем бумаги, то...

Окончание фразы повисло в воздухе. Уитни
призывно облизнула губы, бандит заметил это и
оглядел ее фигуру.

— Сиськи маловаты, — фыркнул он, но пистолет опустил. — Я бы хотел получше разглядеть,
что ты предлагаешь.

Уитни расстегнула верхнюю пуговицу блузки. Ей удалось убедить его не убивать ее сразу, но для сделки этого было явно недостаточно. Пока ее пальцы двигались к следующей пуговице, она медленно отступала назад и наконец почувствовала, как ее бедра уперлись в стол. Как будто для того, чтобы удержать равновесие, она положила на стол руку и нащупала вилку из нержавеющей стали.

— Может быть, вы мне поможете, — прошептала Уитни, заставив себя улыбнуться.

Бандит повернул голову и положил пистолет на туалетный столик.

— Может быть, и помогу.

Его руки легли ей на бедра, и в этот момент Уитни с силой воткнула вилку ему в шею. Кровь забила струей. Визжа, как поросенок, бандит отпрыгнул назад. Уитни не стала смотреть, насколько глубоко возились в него зубцы, — она уже убегала.

Даг вошел в вестибюль гостиницы, находясь в хорошем настроении после легкого флирта с девушкой на контроле. И тут с ним столкнулась Уитни, мчавшаяся на всех парах. Он зашатался и чуть не выронил из рук свертки.

— Какого черта...

— Бежим! — крикнула она и, не обращая внимания на то, следует ли он ее совету, вылетела из отеля.

Ругаясь и пытаясь не растерять свертки, Даг побежал за ней.

— Что случилось?

— Они нас нашли!

Оглянувшись через плечо, он увидел, как из отеля выскакивают Ремо и двое других.

— Ах, черт! — пробормотал Даг и, схватив Уитни за руку, втащил ее в первую попавшуюся дверь.

Их встретили тихие звуки арфы и прямой, как палка, метрдотель.

— У вас заказан завтрак?

— Мы просто ищем друзей, — сказал ему Даг, подталкивая впереди Уитни.

— Да, я надеюсь, что мы пришли не слишком рано. — Она улыбнулась метрдотелю и начала осматривать ресторан. — А, вот она, Марджори. Ох ты, как она располнела! — Взяв Дага под руку, Уитни прошла вместе с ним мимо метрдотеля. — Обязательно похвалили ее за это ужасное платье, Родней.

Пройдя через зал, они прямиком направились к кухне.

— Родней? — вполголоса спросил Даг. — Почему?

— Это просто первое, что пришло мне в голову.

На кухне Даг, недолго думая, переложил свертки в большую сумку Уитни, повесил все это хозяйство на плечо, и они начали прокладывать себе путь мимо столов, кухонных плит и поваров. Даг уже нацелился на заднюю дверь, но тут ему заступила дорогу фигура в белом фартуке.

— Гостям нельзя находиться на кухне!

Даг поднял взгляд на колпак шеф-повара, находившийся сантиметров на тридцать выше его собственной головы, и, как всегда, решил отложить физическое столкновение на крайний случай.

— Минуточку, минуточку! — взволнованно воскликнул он и повернулся к котлу, кипевшему на плите. — Шейла, это же прямо-таки божественный запах! Превосходный, чувственный... За один этот запах можно дать четыре звезды.

Сразу сообразив, куда он клонит, Уитни вытащила из сумки блокнот.

— Четыре звезды, — повторила она, записывая.

Зачерпнув содержимое котла ковшом, Даг поднес его к носу, закрыл глаза и сделал пробу.

— Ах! — Он произнес это так драматически, что Уитни чуть не фыркнула. — Великолепно! Просто великолепно! Явно один из претендентов на главный приз. Как вас зовут? — спросил он у шеф-повара.

— Генри, — приосанившись, ответил тот.

— Генри, — повторил Даг, сделав знак Уитни. — В течение десяти дней вас известят. Пойдемте, Шейла, не будем зря тратить время. Нам надо зайти еще в три ресторана.

— Я ставлю на вас, — улыбнулась шеф-повару Уитни и вышла вслед за Дагом в заднюю дверь.

— Отлично! — Даг крепко сжал ее руку, когда они оказались в переулке. — Ремо — дурак только наполовину, так что нам надо двигаться побыстрее. Где находится дядюшка Макси?

— Он живет в Рослине, штат Виргиния.

— Значит, нам нужно такси. — Он двинулся вперед, но вдруг толкнул Уитни к стене так быстро, что она чуть не задохнулась: в конце переулка появился знакомый «Линкольн». — Черт, они уже вот где! Сможешь перелезть через стену?

— Постараюсь.

Рядом валялись какие-то ящики. Даг взгромоздил один на другой, Уитни довольно ловко забралась на стену и соскочила с другой стороны. Даг в мгновение ока оказался рядом, схватил ее за руку, и они бросились бежать по проходным дворам.

Если Даг и придерживался какого-то маршрута, Уитни не могла его определить. Он делал зигзаги по улицам, по переулкам, перелезал через изгороди, пока она не стала задыхаться. Развевающийся подол ее платья где-то зацепился, и лохмотья висели как бахрома. Люди в удивлении останавливались, чтобы посмотреть на них, чего никогда не сделали бы в Нью-Йорке.

Казалось, Даг все время одним глазом смотрел через плечо. Можно было подумать, что он провел таким образом большую часть своей жизни. Когда он стащил ее вниз по ступенькам на станцию метро, Уитни в изнеможении привалилась к информационному стенду.

— Я никогда раньше не ездила на метро, — задыхаясь, пробормотала она.

— Ну, сейчас мы рискнем это сделать. Красная линия, — объявил Даг, снова схватил ее за руку и потащил за собой.

Он знал, что им не удалось оторваться, поскольку все еще чувствовал запах погони. «Пять минут! — подумал он. — Мне нужен только пятиминутный отрыв — и тогда мы сможем вскочить в поезд и получим больше времени».

Толпа была густой и переговаривалась на десятке разных языков. «Чем больше народу, тем лучше», — решил Даг, медленно пробираясь вперед. Когда они оказались у края платформы, он оглянулся назад — и встретил взгляд Ремо. Даг заметил повязку у него на голове и подумал, что следует поклониться Уитни Макаллистер. Даже если не считать всего остального, за это он перед ней в долгу.

На сей раз удача им улыбнулась: буквально через несколько секунд подошел поезд, и они успели вскочить в вагон перед самым носом у Ремо. Когда двери закрылись, Даг вздохнул с облегчением.

— Давайте-ка сядем, — сказал он Уитни. — Нет ничего лучше общественного транспорта!

Она молчала, пока они пробирались через вагон, и даже когда чудом нашли два свободных места. Однако Даг слишком был занят собственными мыслями, чтобы это заменить.

— Ну что ж, этот сукин сын теперь получит кучу неприятностей, объясняя Димитри, почему он нас снова потерял. — Удовлетворенный, Даг положил руку на спинку ярко-оранжевого сиденья. — Нам пришлось бы плохо, если бы они устроили засаду в номере. Как же ты их засекла? — рассеянно спросил он, раздумывая над своим следующим шагом. Деньги, паспорт, аэропорт — вот в таком порядке, хотя еще стоило бы совершить короткий визит в библиотеку. Если Димитри со своими ищейками появится на Мадагаскаре, придется снова от них уходить. Теперь он у них в списке.

Уитни вдруг почувствовала, что страшно устала. Необходимость бороться за свою жизнь заставляла ее мчаться по улицам на каком-то втором дыхании, но теперь ей едва хватило сил, чтобы повернуть голову и взглянуть на Дага.

— Они таки устроили засаду в номере. И убили Хуана.

— Что?! — Он с удивлением посмотрел на Уитни, впервые заметив, что кожа у нее мертвенно-бледного оттенка, а глаза пустые. — Хуана? — Даг наклонился к ней, понизив голос до шепота: — Официанта? Ты о нем говоришь?

— Он лежал мертвый в твоей комнате, когда я вернулась. Там поджидал один человек.

— Какой человек? — быстро спросил Даг. — Как он выглядит?

— У него были глаза цвета песка, а по щеке проходил шрам — длинный, неровный.

— Это Бутрейн, — пробормотал Даг. И сильнее сжал плечо Уитни. — Один из негодяев Димитри, такой же подлый, как и все они. Он сделал тебе что-нибудь плохое?

Ее глаза, темные, как старое виски, смотрели на него не мигая.

— Боюсь, что я его убила...

— Что? — уставился он на ее красивое лицо с элегантно очерченными скулами. — Ты убила Бутрейна? Как?

— Вилкой.

— Ты... — Даг откинулся на спинку сиденья и попытался это переварить. Если бы она не смотрела на него опустошенным взглядом, если бы ее рука не была холодна как лед, он бы громко рассмеялся. — Ты хочешь сказать, что убила вилкой одну из обезьян Димитри?

— Я... Я не уверена, но мне так показалось.

Поезд остановился на следующей остановке. Почувствовав вдруг, что не в состоянии спокойно сидеть, Уитни встала и вышла, Даг, ругаясь, пробрался через толпу и догнал ее на платформе.

— Куда ты помчалась? Ты что, не можешь мне все спокойно рассказать?

— Все? — Она повернулась к нему, внезапно разозлившись. — Ты хочешь все узнать? Все узнать об этом проклятом деле? Я вернулась в комнату — а там лежит этот несчастный, ни в чем не повинный мальчик в окровавленной белоснежной куртке! А какая-то тварь с лицом, похожим на дорожную карту, приставляет мне пистолет к горлу.

Уитни говорила так громко, что на них стали оборачиваться прохожие.

— Держи себя в руках, — пробормотал Даг, понизив голос.

— Нет, это ты держи себя в руках! Это ты втянул меня в такую, такую...

— Послушай, милая, ты ведь в любую минуту можешь выйти из игры.

— Конечно! А потом мне перережет горло кто-нибудь из тех, кто охотится за тобой и этими проклятыми бумагами!

Ее справедливое замечание было трудно опровергнуть. Даг схватил Уитни за руку, втолкнул в открывшиеся двери другого поезда и сам вскочил следом.

— Ну хорошо, значит, теперь ты ко мне все равно что привязана, — шепотом сказал он, когда она немного успокоилась. — Это очень важная новость, но твое хныканье действует мне на нервы.

— Я не хнычу. — Уитни повернулась к нему. Глаза ее неожиданно оказались влажными, а взгляд беспомощным. — Этот мальчик умер, Даг...

Не зная, что еще можно сделать, Даг обнял ее за плечи. Он не привык утешать женщин.

— Ты не должна принимать все так близко к сердцу. Ты не виновата.

Чувствуя себя смертельно уставшей, Уитни опустила голову ему на плечо.

— А ты вот так и идешь по жизни, Даг? Ни в чем не чувствуя себя виноватым?

— Так и иду, — пробормотал Даг, хотя вовсе не был уверен в том, что говорит правду.

ГЛАВА 3

С этим нужно покончить! Даг заворочался на своем кресле в салоне первого класса, пытаясь понять, как вытряхнуть из нее эту тоску. Он всегда считал, что понимает богатых женщин, поскольку довольно часто имел с ними дело, причем в любом смысле слова. На многих из них он работал, но многие также работали на него. Проблема заключалась в том, что он неизменно хоть чуточку влюблялся в любую женщину, с которой провел хотя бы два часа. И так было всегда. А богатым гораздо легче казаться женственными, искренними. Ведь у них такая нежная кожа, от которой исходит такой нежный запах... Однако по опыту Даг знал, что у женщин с большой суммой на банковском счету обычно сердца как будто сделаны из пластмассы. В тот момент, когда вы уже готовы забыть о бриллиантовых серьгах ради каких-то более серьезных отношений, они выкидывают вас вон.

Бессердечие... Пожалуй, это главный недостаток богатых. Бессердечие, с которым они перешагивают через людей с такой же беспечностью, с какой ребенок наступает на жука. Со временем Даг научился использовать богатых женщин в собственных целях. Развлекаться он предпочитал со смешливыми официантками. Но когда речь заходила о деле, он сразу оценивал баланс в банке. Если там порядочная сумма, то такая женщина — великолепное прикрытие. С богатой женщиной под ручку вы можете преодолеть множество запертых дверей. Конечно, они бывают разные, но обычно подразделяются на несколько основных категорий — скучающие, порочные, холодные, глупые.

Даг с удивлением вынужден был признать, что Уитни не подходит ни под одну из этих категорий. Разве многие бы запомнили имя какого-то официанта, а тем более стали бы горевать о нем?..

Они были на пути в Париж, вылетев из международного аэропорта имени Даллеса. Даг надеялся, что это достаточный крюк для того, чтобы Димитри сбился со следа. Если таким образом удастся выиграть день или хотя бы несколько часов, он сумеет использовать эту передышку. Как и все в этом бизнесе, Даг знал, как Димитри поступает с теми, кто становится у него на пути. Человек традиций, Димитри предпочитал традиционные методы. Люди, подобные Нерону, высоко оценили бы его приверженность к изощренным пыткам. Ходили слухи, что для этих целей у него оборудована специальная комната в подвале его поместья в Коннектикуте. Вероятно, там много антикварных вещей — что-нибудь сохранившееся еще от испанской инквизиции. Говорили, что там же находится первоклассная киностудия и Димитри на досуге наслаждается, просматривая повторы своих самых отвратительных постановок...

Как бы то ни было, Даг не собирался оказываться на сцене во время одного из тех представлений. Кроме того, он не поверил, что Димитри всемогущ. «Это всего лишь человек, — говорил себе Даг. — Из плоти и крови». Но даже на высоте десяти тысяч метров он чувствовал себя мухой, играющей с пауком...

Выпив еще, Даг постарался отбросить эту мысль. В конце концов, он сделал еще один своевременный шаг. Вот так он выиграет и так спасет свою жизнь.

Даг подумал, что, если бы у него было время, он на пару дней отвез бы Уитни в «Отель де Крильон». Он останавливался там всякий раз, когда приезжал в Париж. Были города, где он готов был переночевать на раскладушке в каком-нибудь мотеле, были такие, где он вообще бы не остался на ночь. Но Париж! В Париже ему всегда сопутствовала удача. Даг взял за правило два раза в год наносить сюда визит. Причем по единственной причине — из-за еды. Он считал, что никто не готовит лучше, чем французы, даже взял в «Кордон блё» несколько уроков кулинарии. Конечно, Даг сильно рисковал: если бы кто-нибудь узнал, что он, надев фартук, учится правильно сбивать яйца, его репутация на улицах Манхэттена была бы подорвана. Кроме того, ему самому было бы неудобно. Так что он всегда скрывал цель своих визитов в Париж, придумывая несуществующие дела.

Даг вспомнил, как пару лет назад останавливался в «Отель де Крильон» в самом дорогом номере, изображая из себя богатого плейбоя. Насколько он мог припомнить, он тогда заложил очень хорошее сапфировое ожерелье и смог полностью оплатить счет...

Однако сейчас, пока игра не закончится, не могло быть и речи о том, чтобы сидеть на одном месте. Кстати, обычно Даг предпочитал именно это — охоту, погоню, которая всегда возбуждала его гораздо больше, чем выигрыш. Он понял это после того, как закончил свое первое большое дело. Там было все: напряженный расчет, лихорадочные действия и боязнь ошибки, наконец, возбуждение от успеха. А потом это оказалось всего лишь очередной выполненной работой. И вот вы уже ищете следующую. А потом еще одну.

Даг вдруг вспомнил, что в школе ему прочили карьеру адвоката: у него всегда были отличные мозги и хорошо подвешенный язык. Он отпил еще глоток шотландского виски и возблагодарил бога за то, что не послушался учителей. Вы только представьте себе! Дуглас Лорд, эсквайр. Стол, заваленный бумагами, деловые встречи за завтраком три раза в неделю... Да разве так можно жить?! Он перелистнул страницу книги, украденной перед отъездом из вашингтонской библиотеки. Нет, профессия, которая заставляет тебя целыми днями сидеть в кабинете, подавляет, не оставляя никакого выхода. И пусть его коэффициент умственного развития не соответствует положению в обществе, Даг давно уже решил, что будет использовать свои таланты на что-нибудь более интересное.

В данный момент он читал о Мадагаскаре, его истории, географии, культуре, а в «дипломате» лежали еще два томика, которые он приберег на потом. Одна книга была об исчезнувших драгоценностях, другая — длинная, подробная история Французской революции. Ведь, обнаружив сокровище, он, по крайней мере, должен быть в состоянии его узнать. Если верно то, что он прочитал в бумагах, ему следует поблагодарить Марию-Антуанетту и ее склонность к пышности и дворцовым интригам. Бриллианты «Зеркало Португалии», «Голубой алмаз», «Санси» — всего на пятьдесят четыре карата. Да, у французских королей был неплохой вкус! А еще нужно поблагодарить тех аристократов, которые убегали из своей страны, ценой жизни защищая королевские драгоценности, и прятали их до той поры, когда королевская династия сможет вновь править Францией...

Впрочем, «Санси» он на Мадагаскаре не найдет — Даг был в курсе дела и знал, что камешек находится в семействе Астор. Однако имеющиеся возможности все равно очень велики. «Зеркало» и «Голубой алмаз» пропали из виду два столетия назад, а «дело о бриллиантовом колье» — та капля, которая переполнила чашу крестьянского терпения — за это время обросло мифами и домыслами. Дагу было очень интересно, что же сталось с колье, из-за которого Мария в конце концов лишилась головы. Он верил в судьбу, в рок, наконец, просто в удачу. Когда все кончится, он будет стоять по колени в драгоценностях — королевских драгоценностях. И прижмет Димитри.

Пока же Даг хотел узнать все, что можно, о Мадагаскаре. Он прекрасно знал, что вторгается на чужую территорию — но и Димитри тоже. Значит, надо превзойти своего соперника в интеллекте. Даг читал страницу за страницей и классифицировал факт за фактом. На маленьком острове в Индийском океане он теперь должен будет ориентироваться так же легко, как на Манхэттене.

Удовлетворенный, Даг отложил в сторону книгу и покосился на свою спутницу. Они уже два часа как набрали высоту, и все это время Уитни молчала.

— Может, хватит? — нахмурившись, бросил Даг.

Она повернулась и посмотрела на него долгим безучастным взглядом.

— Прошу прощения?

«У нее это хорошо получилось, — подумал Даг. — Именно такой ледяной взгляд бывает у женщин с деньгами — или с характером». Впрочем, у Уитни имелось и то, и другое.

— Я говорю, перестань. Терпеть не могу, когда дуются.

— Дуются?!

Глаза Уитни превратились в щелки, она не говорила, а шипела. Даг был доволен, что сумел ее разозлить, — это было все-таки лучше, чем унылая апатия.

Уитни взяла сигарету из пачки, которую он бросил между ними на ручку кресла, и закурила. Даг никогда не думал, что этот жест может быть таким величественным. Это его развеселило.

— Перед тем как мы двинемся дальше, разреши мне дать тебе первый урок, дорогая.

Уитни раздраженно выдохнула дым прямо ему в лицо.

— Что ж, давай.

— Видишь ли, у любой игры есть свои правила. И свои издержки.

Уитни пристально посмотрел на него.

— Ты имеешь в виду Хуана? Ты его называешь издержками?

— Мы не можем вернуться и исправить то, что произошло, Уитни. Нужно идти вперед. Хуан просто оказался не там и не тогда, когда нужно, — сказал Даг, не ведая того, что почти дословно повторил слова Бутрейна. Но Уитни услышала в этой фразе кое-что еще. Сожаление? Раскаяние? Хотя она и не была полностью уверена, это уже было кое-что. За это она и зацепилась.

— Ты так вот всегда и поступаешь? Идешь вперед?

— Если хочешь победить, нельзя часто оглядываться назад. От того, что будешь себя всем этим мучить, ничего не изменится. Мы опережаем Димитри всего на шаг, ну, может быть, на два. Мы должны так действовать и дальше, потому что таковы правила игры. Мы оба рискуем головой, и если мы не будем впереди, то умрем. — Он положил ладонь на ее руку — не для того, чтобы успокоить, а чтобы проверить, не дрожит ли она. — Если ты не сможешь этого выдержать, то лучше подумай, как отступить. У нас впереди еще дьявольски долгий путь.

Уитни знала, что не отступит, — не позволит гордость, а может быть, надежда на счастье. Кроме того, она просто не умеет отступать. Но вот что происходит с ним? Что заставляет Дугласа Лорда постоянно бежать вперед?

— Почему ты это делаешь? — спросила Уитни.

Ему понравилось такое любопытство — оно свидетельствовало о том, что настроение у нее поднялось.

— Знаешь, Уитни, гораздо приятнее сорвать ставку в покере с двумя двойками, чем с хорошими картами. — Он выдохнул дым и усмехнулся. — Чертовски приятнее!

Уитни не была уверена, что поняла его.

— Тебе нравится, когда обстоятельства против тебя.

— Рискованные предприятия всегда приносят больше.

Уитни откинулась назад, закрыла глаза и долго молчала. Даг уже решил, что она заснула, но на самом деле Уитни восстанавливала в памяти все пережитое — шаг за шагом.

— Помнишь, в Вашингтоне, когда мы спасались бегством, на кухне тебе загородил дорогу тот огромный человек в белом? — спросила она наконец. — Как тебе удалось с такой легкостью обвести его вокруг пальца?

— Да, ну и что? Обычно я просто говорю первое, что приходит на ум. — Даг пожал плечами. — Как правило, это самое лучшее.

— И все-таки ты странный человек. То как бешеный бежишь по улице, то вдруг превращаешься в специалиста по кулинарному искусству — и все это тебе одинаково хорошо удается.

— Детка, если на карту поставлена твоя жизнь, ты поневоле что-то сможешь. — Он усмехнулся. — Обычно я предпочитаю выполнять работу без взлома. Все, что требуется, — это решить, собираешься ты войти через парадную дверь или через вход для слуг.

Уитни удивленно подняла брови:

— Что ты имеешь в виду?

— Ну, представь себе, что я приехал в Беверли-Хиллз, Калифорния. В первую очередь следует определить, какой из этих стильных домов ты хочешь взять. Для этого нужно немного походить, задать несколько осторожных вопросов — и ты уже нацелился на один из них. Теперь — парадная дверь или задняя? Это уже зависит от твоего собственного настроения. Через парадную дверь обычно войти легче.

— Почему?

— Потому что богатые требуют рекомендаций от слуг, а не от гостей. Правда, нужен первоначальный капитал, чтобы остановиться в «Уилшир Ройял» и арендовать «Мерседес». Потом достаточно назвать невзначай несколько имен — тех людей, о которых ты знаешь, что их нет в городе, — и ты уже приглашен на первую вечеринку. Можно считать, что дело в шляпе.

— И что же? Ты просто входишь и очищаешь их?

— Более или менее. Главное — не быть слишком жадным и знать, кто носит бриллианты, а кто — стекляшки. В Калифорнии много всякого дерьма. Ну а имитировать богатых несложно — это скорее люди привычки, чем воображения.

— Спасибо.

Даг не заметил ее иронии и продолжал как ни в чем не бывало:

— Оденься как надо, добейся, чтобы тебя видели в нужных местах и с несколькими нужными людьми, — и никто не станет задавать вопросы о твоем происхождении. Калифорния мне нравится. Последний раз, например, я остановился в «Уилшире» с тремя тысячами, а уехал с тридцатью. Правда, тогда я использовал другой вариант.

— Это звучит так, как будто ты в ближайшее время не сможешь туда вернуться. Вошел через заднюю дверь?

— Совершенно верно. Я обре́зал розы у Кэсси Лоуренс. Слегка подкрасил волосы, отрастил небольшие усы, надел джинсы — и этого оказалось вполне достаточно.

— Кэсси Лоуренс? Это та пиранья, которая маскируется под покровительницу искусств?

«Довольно точное определение», — отметил Даг.

— Вы встречались?

— К сожалению. Так, значит, ты ее нагрел на тридцать тысяч?

По тону Уитни Даг понял, что она очень довольна. Он решил не говорить ей, что так легко проник в дом Кэсси по единственной причине: той очень нравилось смотреть, как он пропалывает ее азалии по пояс голый. В постели она чуть не съела его живьем. Взамен Даг утащил рубиновое ожерелье и пару бриллиантовых серег размером с шарики от пинг-понга.

— Я вижу, ты ее не любишь, — заметил он.

Уитни пожала плечами.

— По-моему, в ней есть что-то... второсортное. — Это было сказано женщиной, которая себя, несомненно, считает первосортной. — Ты спал с ней?

Даг поперхнулся, затем осторожно поставил стакан.

— Я не думаю, что...

— Значит, спал. — Слегка разочарованная, Уитни принялась его разглядывать. — В таком случае странно, что не осталось шрамов. — Она задумчиво смотрела на него еще некоторое время. — Послушай, ты не находишь это унизительным?

Даг почувствовал, что мог бы сейчас задушить ее без всяких угрызений совести.

— Работа есть работа, — коротко бросил он. — Не говори мне, что никогда не спала с клиентом!

Уитни подняла брови, как это делают женщины, когда их что-то забавляет.

— Я сплю только с тем, кого сама выбираю, — заявила она таким тоном, как будто этот выбор был всегда хорош.

— Некоторые из нас рождаются, не имея выбора, — проворчал Даг.

Он снова открыл свою книгу, уткнул в нее нос и надолго замолчал. Ужасно, что она заставила его почувствовать себя виноватым! Чувство вины — это то, чего Даг избегал старательнее, чем полицию. Когда это чувство начинает вас глодать, вы становитесь конченым человеком.

Забавно, но Уитни ничуть не беспокоило, что он зарабатывает себе на жизнь воровством. Она не моргнула глазом, узнав об этом, хотя более чем вероятно, что он избавил некоторых ее друзей от излишков собственности. Но она посмотрела на него с насмешкой и жалостью, когда узнала, что ради горсти блестящих камушков он спал с этой акулой с Западного побережья! Странная женщина. Даг в который раз подумал, что совсем не понимает ее.

Он попытался вспомнить, что сделал тогда с этими камушками. Кажется, нелегкая занесла его в Пуэрто-Рико, и он за три дня проиграл все в казино, осталось лишь две тысячи. «И что мне дали эти камни? — снова подумал он и усмехнулся. — Всего-то недурно провел выходной...»

Деньги у него никогда не задерживались. Всегда находилось что-то такое — верное дело или женщина с большими глазами, дрожащим голосом и печальной историей. Однако Даг не считал себя простаком. Он был оптимистом! Он был рожден для того, чтобы работать в одиночку, — иначе не получал бы от этого такого удовольствия и мог бы с тем же успехом стать адвокатом.

И все-таки досадно, что через его руки прошли сотни тысяч долларов, а у него по-прежнему ни гроша за душой. На этот раз все будет иначе! Если сокровище хотя бы наполовину так велико, как говорится в бумагах, он сможет обеспечить себя на всю жизнь. Ему никогда больше не придется работать — разве что изредка, чтобы не потерять форму. Он купит яхту и будет плавать из порта в порт. Он направится на юг Франции, будет там жариться на солнце и наблюдать за женщинами. Правда, сначала ему придется избавиться от Димитри. Потому что Димитри, пока жив, никогда его не оставит в покое. Это тоже входило в правила игры.

Что ж, лучшая часть игры всегда заключалась для него в планировании, в маневрировании, в исполнении. Ему всегда больше нравилось предвкушать, как он будет пить шампанское, чем допивать бутылку. До Мадагаскара оставалось всего несколько часов, скоро он сможет начать действовать.

Ему придется все время опережать Димитри — но не слишком, чтобы не забежать к нему в руки с другой стороны. Проблема в том, что он не мог сказать, как много его бывший работодатель знает о содержании конверта. «Наверно, достаточно много», — подумал Даг, машинально потирая грудь в том месте, где был приклеен конверт. Димитри всегда знал очень много — отчасти именно поэтому в живых не осталось никого из тех, кто перешел ему дорогу...

Даг обернулся к Уитни. Она откинулась в своем кресле, закрыв глаза, и во сне казалась холодной, безмятежной и недоступной. Такие вот недоступные всегда пробуждали в нем желание, но он прекрасно понимал, что желание придется смирить. «Между нами чисто деловые отношения, — размышлял Даг. — Только деловые. И длиться они будут до тех пор, пока мне не удастся вытащить из нее побольше наличных и мягко сплавить куда-нибудь подальше».

Даг отложил книгу и тоже закрыл глаза. Он не забудет того, что прочитал. Эта способность запоминать могла бы ему здорово помочь в юридической практике или любой другой профессии. Но Даг был доволен, что она помогает ему в том деле, которым он занимается. Ему никогда не требовались никакие записи, потому что он ничего не забывал. И благодаря этому никогда не бил в одну цель дважды. Деньги могли проскочить у него сквозь пальцы, но только не детали. А что деньги? Даг смотрел на это философски. Денег всегда можно получить сколько угодно; жизнь была бы слишком серой, если бы он потратил ее всю на акции и облигации. Ему было гораздо интереснее обнаружить алмаз в куче мусора, чем в выставочном зале. Он с нетерпением ожидал, когда можно будет начать копать.

Уитни проснулась, когда самолет уже начал снижение. «И слава богу», — была ее первая мысль. Ее просто тошнило от самолетов. Если бы она летела одна, то предпочла бы «Конкорд», но при сложившихся обстоятельствах ей не хотелось взваливать на Дага дополнительные расходы. Его счет в ее маленькой книжке все рос, а она по-прежнему была полна решимости стребовать с него все до копейки.

Она внимательно изучала его, пока он спал, положив руки на лежащую на коленях книгу. Посмотрев на него сейчас, можно было подумать, что это обычный человек с определенными средствами, отправляющийся в отпуск в Европу. «Должно быть, в этом тоже проявляется его квалификация, — решила Уитни. — Способность сливаться с

любой нужной группой является для него прямо-
таки бесценной».

К какой же группе он сам принадлежит? К жес-
токим и опасным представителям городского «дна»,
орудующим в темных переулках? Она вспомнила
выражение его глаз, когда он спросил ее насчет
Бутрейна. Да, несомненно, ему приходилось там
действовать. Но вот принадлежать к этому слою...
Пожалуй, все-таки нет. Даже за то короткое время,
что они были знакомы, Уитни убедилась, что он
просто не такой. Даг был по натуре бродягой и
вором, но с определенным кодексом чести. Суд
этого мог не признать, но она признавала. И уважала его за это.

Дуглас Лорд не был безжалостным — она видела это по его глазам, когда он говорил о Хуане. Он
был мечтателем — и в то же время реалистом.
Странное сочетание, но Даг вообще казался чересчур сложным, чтобы приклеить ему какой бы
то ни было ярлык. А кроме того, он был любовником Кэсси Лоуренс.

Уитни знала, что звезде Западного побережья
подают мужчин на завтрак и она очень разборчива
насчет того, с кем разделять постель. Что в нем
увидела Кэсси? Молодого, но зрелого мужчину с
крепким телом? Возможно, этого было достаточно, но Уитни так не думала. В то утро в Вашингтоне она испытала на себе, как привлекателен Дуглас Лорд, и действительно почувствовала искушение. Однако дело было не только в его теле. Уитни
призналась себе, что Дуглас Лорд обладал собственным стилем, и, очевидно, именно это помогало ему
проникать в дома в Беверли-Хиллз или Бель-Эр.

Уитни считала, что понимает его, пока не увидела реакцию Лорда на ее замечание насчет Кэсси. Он был разозлен и смущен, вместо того чтобы пожать плечами и отшутиться. «Значит, у него есть определенные чувства и идеалы, — подумала она. — От этого он становится более интересным и, если уж на то пошло, более привлекательным».

Однако привлекателен он или нет, но она должна узнать побольше об этих сокровищах, и как можно скорее. В конце концов, она вложила в это предприятие слишком много денег, чтобы и дальше двигаться вперед вслепую. Она отправилась с ним, подчиняясь импульсу, а осталась, подчиняясь необходимости. Инстинктивно Уитни понимала, что с ним она будет в большей безопасности, чем без него. Но если оставить импульсы и интересы безопасности в стороне, Уитни была слишком деловой женщиной, чтобы вкладывать деньги неизвестно во что. Даже признавшись себе, что Дуглас Лорд нравится ей, она прекрасно понимала, что доверять ему нельзя.

К тому времени, когда они прошли таможню, Уитни чувствовала, что готова отдать все на свете за то, чтобы принять горизонтальное положение в нормальной постели.

— В «Отель де Крильон», — сказал Даг шоферу такси, и она с облегчением вздохнула.

— Прошу прощения за то, что сомневалась в твоем вкусе.

— Милочка, в том-то и проблема, что мой вкус стоит не меньше двадцати четырех каратов. — Скорее машинально, чем сознательно, он потрепал ее по волосам. — Ты выглядишь уставшей.

Уитни пожала плечами.

— Согласись, последние сорок восемь часов были не очень спокойными. Я не жалуюсь, — поспешно добавила она. — Просто было бы замечательно следующие восемь провести в лежачем положении.

Он хмыкнул и стал смотреть на проносящийся мимо Париж. Должно быть, Димитри не слишком отстал. Его информационная сеть не хуже, чем у Интерпола. Даг мог только надеяться, что, срезав несколько кривых, он все же более или менее прилично опередил погоню.

Пока он размышлял, Уитни завязала разговор с водителем. Так как они говорили по-французски, Даг ничего не понял, но интонации были дружеские, даже игривые. «Странно, — подумал он. — Подавляющее большинство женщин со средствами совершенно не замечают людей, которые им прислуживают. В этом заключается одна из причин, по которым их так легко обокрасть». Даг всегда считал богатых недалекими людьми, однако, вопреки распространенному мнению, большинство из них были счастливы. Он достаточно долго вращался в их кругу, чтобы понять, что счастье вполне можно купить. Просто с каждым годом оно стоит чуточку дороже...

— Что за сообразительный парень! — Уитни вышла на тротуар и вдохнула запах Парижа. — Он сказал, что я самая красивая женщина из всех, что он возил в своем такси за последние пять лет.

— А парень заработал хорошие чаевые, — пробормотал Даг, когда такси отъехало. — Если ты будешь так швыряться деньгами, мы не доберемся до Мадагаскара.

— Не будь таким жмотом, Дуглас.

Он ничего не ответил и взял ее под руку.

— Скажи, ты читаешь по-французски так же хорошо, как говоришь?

— Тебе нужно помочь прочесть меню? *Tu ne parle pas francais, mon cher?*[1] — Он молча смотрел на нее, и Уитни улыбнулась. — Замечательно! Я должна была раньше догадаться, что там не все переведено...

— А, мадемуазель Макаллистер!

— Приветствую вас, Жорж. — Она послала улыбку клерку у стойки регистрации. — Как видите, я не смогла с вами расстаться.

— Всегда рады вас принять. — Глаза клерка снова загорелись, когда за ее спиной он увидел Дага. — Месье Лорд! Какой сюрприз!

— Приветствую, Жорж. — Даг спокойно встретил вопросительный взгляд Уитни. — Мы с мадемуазель Макаллистер путешествуем вместе. Я надеюсь, у вас найдется подходящий номер?

Сердце Жоржа переполнилось романтическими чувствами.

— Ну конечно, конечно! — засуетился Жорж. Казалось, если бы в этот момент для них не нашлось номера, то он бы выкинул кого-нибудь из постояльцев на улицу. — А как ваш папа, мадемуазель?

— Очень хорошо, спасибо, Жорж.

— Шарль заберет ваши чемоданы. Желаю хорошо отдохнуть.

Не глядя, Уитни положила ключ в карман. Она знала, что постели в «Крильоне» соблазнительно мягкие, а вода в кранах — всегда горячая. Ванна,

---

[1] Ты не говоришь по-французски, дорогой? *(фр.) (Прим. пер.)*

немного черной икры от бюро обслуживания — и в постель! Уитни решила, что утром, прежде чем они совершат последний бросок, она проведет несколько часов в салоне красоты.

— Я так понимаю, что ты здесь останавливался и раньше? — Она проскользнула в лифт и прислонилась к стенке.

— Время от времени.

— Понимаю... Это, наверное, доходное место? Даг только улыбнулся в ответ.

— Здесь отличное обслуживание.

Номер оказался еще больше, чем ожидала Уитни.

Дав щедрые чаевые коридорному, она плюхнулась на диван в холле и с наслаждением сбросила туфли.

— Надеюсь, мы завтра уезжаем не слишком рано?

Вместо ответа Даг достал из своего чемодана рубашку и бросил ее на спинку стула. Уитни с удивлением наблюдала, как он достает различную одежду и развешивает ее по всему номеру.

— Наверное, гостиничные номера кажутся тебе очень безликими, пока по ним не разбросаны твои вещи?

Даг что-то пробормотал и бросил на ковер носки. Она не возражала до тех пор, пока он не двинулся к ее чемоданам.

— Минуточку!

— Создать видимость — это уже полдела, — сказал он ей и засунул в угол итальянские туфли. — Я хочу, чтобы они подумали, будто мы здесь остановились.

Уитни выхватила у него из рук шелковую блузку.

— Но мы и вправду здесь остановились!

— Ошибаешься. Оставь пару вещей в туалете, пока я создам беспорядок в ванной.

Уитни в сердцах швырнула блузку на пол и отправилась за ним следом.

— О чем ты говоришь?

— Когда сюда доберутся люди Димитри, я хочу, чтобы они думали, что мы еще здесь. Мы можем таким образом выиграть еще несколько часов, хотя этого, конечно, недостаточно. — Даг двигался по огромной роскошной ванной, методично вскрывая упаковки с мылом и роняя полотенца. — Иди принеси свой крем для лица. Мы оставим здесь пару банок.

— Вот еще! Какого черта я должна без него обходиться?!

— Мы отправляемся не на бал, милочка. — Он вошел в величественную спальню и сдернул с постели покрывало. — Одной кровати будет достаточно. Они все равно не поверят, что мы не спим вместе.

— Ты тешишь свое самолюбие или стараешься унизить мое?

Ничего не ответив, Даг вернулся в холл и принялся рыться в ее чемоданах.

— Черт возьми, Даг, это же мои вещи!

— Ради Христа, успокойся, ты получишь их обратно. — Наугад взяв горсть косметики, он вновь направился в ванную.

— Этот увлажнитель стоит шестьдесят пять долларов за флакон!

— Вот как? — Он с интересом повертел флакон в руках. — Я думал, что ты более практична.

— Не твое дело! Я не выхожу без него на улицу.

— Ладно, так и быть. — Даг сунул ей флакон и разбросал оставшиеся на полке. — Этого будет достаточно. — Он вернулся в холл, наклонился, чтобы застегнуть чемодан Уитни, и тут его внимание привлекло нечто кружевное. Он вытащил пару прозрачных кусков материала и сразу представил себе ее в этом одеянии. Даг понимал, что лучше не позволять своему воображению работать в этом направлении, но сейчас перед его глазами стояла Уитни, одетая только в прозрачное бикини. — Неужели ты в них влезаешь?

Уитни справилась с желанием вырвать из его рук свои трусики и лифчик. Это было легко. А вот с возбуждением, внезапно охватившим ее, справиться было труднее.

— Когда ты закончишь играть с моим бельем, то, может быть, скажешь, что происходит?

— Неужели не понятно? — Помедлив, он засунул кружева обратно в чемодан. — Мы зарегистрировались в отеле, оставили здесь следы нашего пребывания, а теперь мы забираем чемоданы, спускаемся в служебном лифте и возвращаемся в аэропорт. Наш рейс через час.

— Почему ты мне об этом не сказал?

Даг похлопал по ее застегнутому чемодану.

— Не заводись.

— Ну, вот что. — Уитни прошлась по комнате, дожидаясь, пока уляжется гнев. — Разреши мне кое-что тебе объяснить. Я не знаю, как ты работал прежде, да это и неважно. На этот раз... — она обернулась и посмотрела ему в лицо, — на этот раз у тебя есть партнер. И теперь все твои планы наполовину и мои тоже.

— Если тебе не нравится, как я работаю, то можешь уйти прямо сейчас.

— Не хотелось бы лишний раз напоминать, но ты мне должен. — Уитни вытащила из сумочки записную книжку. — Зачитать список?

— Перестань ты со своим списком! У меня на хвосте гориллы, я не могу думать еще и о счетах!

— А тебе бы стоило об этом задуматься. — Стараясь сохранять спокойствие, Уитни засунула книжку обратно в сумочку. — Без меня ты будешь искать сокровища с пустыми карманами. У тебя нет времени, чтобы взломать какой-нибудь сейф, и мы оба об этом знаем. Или мы партнеры, Дуглас, или ты летишь на Мадагаскар с одиннадцатью долларами в кармане.

Черт возьми, она знает, сколько у него денег, с точностью до копейки! Даг погасил сигарету и поднял свой чемодан.

— Нам нужно успеть на самолет, партнер.

На лице Уитни мгновенно появилась улыбка, и при виде такого проявления чувств ему вдруг захотелось засмеяться. Она надела туфли, взяла сумку с ручками и решительно направилась к двери, но на пороге оглянулась.

— А мне так хотелось принять ванну...

По той легкости, с которой они преодолели путь в служебном лифте и вышли из отеля, Уитни заподозрила, что Даг уже пользовался этим путем к отступлению. Она решила, что через несколько дней напишет Жоржу письмо и попросит его подержать у себя ее вещи, пока она не сможет их забрать. Эту блузку она даже ни разу не надела... А цвет был такой приятный!

Ей казалось, что Даг перестраховывается, но

она сочла нужным сделать ему уступку. Кроме того, при ее нынешнем настроении было лучше лететь на самолете, чем разделять с ним номер. И еще ей требовалось время, чтобы все обдумать. Если эти бумаги, или по крайней мере часть из них, на французском языке, то он не может их прочесть. А она может! На губах Уитни снова появилась улыбка. Он хотел избавиться от нее — она же не дура, чтобы этого не понимать, — но теперь она станет ему просто необходима. Остается только убедить его поскорее дать ей что-нибудь перевести.

Однако, когда они прибыли в аэропорт, Уитни снова пала духом. От одной мысли, что сейчас надо опять проходить таможню и садиться в другой самолет, ей становилось не по себе.

— Мне кажется, мы могли бы остановиться в каком-нибудь второразрядном отеле и провести там несколько часов. — Отбросив назад волосы, Уитни снова подумала о ванне. Горячей, благоухающей, от которой идет пар. — Я начинаю думать, что ты просто свихнулся с этим Димитри. Ты относишься к нему так, будто он всемогущий!

— Говорят, что он именно таков.

Он произнес это таким тоном, что Уитни вдруг почувствовала, как у нее по спине поползли мурашки.

— Не будь смешным!

— Я просто осторожен. — Пока они шли, Даг внимательно осматривал терминал. — Тебе лучше отойти от лестницы, а не стоять под ней.

— Ты говоришь о нем так, как будто думаешь, что он не человек.

— Отчего же? — пробормотал Даг. — Он из плоти и крови, но от этого не становится человеком.

Дрожь снова прошла по ее коже, и Уитни нахмурилась.

— Послушай, Даг, мне кажется, ты уже принял все меры предосторожности. Нас уже никто не догонит, так что мы могли бы...

— О, черт! — Даг внезапно схватил ее за руку и втащил в магазин подарков. Еще толчок — и она оказалась среди вешалок с какими-то майками.

— Если тебе нужен сувенир...

— Просто смотри, дорогая... Потом можешь принести мне официальные извинения.

Надавив рукой ей на шею, Даг повернул голову Уитни к окну. Она почти сразу узнала высокого темноволосого мужчину, который гнался за ними в Вашингтоне. Усы, небольшой белый пластырь на щеке... Ей не нужно было говорить, что двое мужчин рядом с ним тоже работали на Димитри. Уитни поймала себя на том, что старается сползти пониже.

— Это...

— Ремо. Они оказались здесь быстрее, чем я предполагал. — Он потер ладонью лоб и выругался. Если бы они с Уитни прошли еще десять метров, то попали бы прямо в руки Ремо. Слава богу, удача пока не изменила ему. — И все-таки мы пока опережаем. Теперь они отправятся в отель и будут ждать нас там. — Он слегка усмехнулся и кивнул. — Да, они будут сидеть и ждать!

— Но как?! — воскликнула Уитни. — Ради бога, скажи, как они так быстро узнали, что мы здесь?

— Когда имеешь дело с Димитри, не спрашивай — как. Просто почаще оглядывайся.

— У него, наверно, есть магический кристалл!

— Все дело в связях. Вспомни, что говорил по этому поводу твой старик. Если у тебя есть человек в ЦРУ, ты будешь в курсе всего, не вставая с мягкого кресла. Звонок в управление, звонок в посольство, звонок в иммиграционную службу — и Димитри знает все о наших паспортах и визах еще до того, как высохнут чернила.

Уитни облизала пересохшие губы.

— Но тогда он знает, куда мы направляемся!

— Можешь не сомневаться. Все, что мы в состоянии сделать, — это держаться на шаг впереди. Всего на шаг.

Уитни вздохнула, почувствовав, что ее сердце стучит уже не так сильно. Страх начал отступать.

— Видимо, ты знаешь, что нужно делать. — Даг с мрачным видом повернул к ней голову, и она вдруг поцеловала его коротким, дружеским поцелуем. — Ты умнее, чем кажешься, Лорд. Летим на Мадагаскар!

* * *

Ремо поднял с кресла какой-то невесомый предмет из шелка, который с натяжкой можно было бы назвать ночной рубашкой, и сжал его в кулаке. Он еще до утра заполучит Лорда и ту женщину! На этот раз они от него не ускользнут, оставив в дураках. Когда Лорд снова войдет в эту дверь, он получит пулю между глаз. А женщина... Он позаботится о женщине.

Ремо медленно разорвал рубашку пополам. Когда зазвонил телефон, он повернул голову, приказывая остальным встать у двери, и двумя пальцами поднял трубку. Услышав голос, он почувствовал, что на лбу у него выступил холодный пот.

— Вы снова их упустили, Ремо.

— Мистер Димитри! — Он заметил, что другие оглянулись в его сторону, и повернулся к ним спиной. Было бы глупо показывать свой страх. — Мы их нашли. Как только они вернутся, мы...

— Они не вернутся. — В трубке послышался глубокий вздох. — Прямо перед вашим носом, Ремо, они сели на самолет и направляются в Антананариву. Билеты вас ждут. Действуйте.

ГЛАВА 4

Уитни открыла деревянные ставни окна и бросила взгляд на город. Против ожидания, ничто в Антананариву не напомнило ей Африку. Однажды Уитни провела две недели в Кении и запомнила сильный запах жарящегося в переулке по утрам мяса, давящую жару и космополитический вид. От этого острова Африку отделяла только узкая полоска воды, однако Уитни не видела из своего окна ничего похожего на то, что она помнила. В то же время здесь ничто не напоминало и тропический остров. Не чувствовалось того ленивого веселья, которое ассоциируется с этими островами и их обитателями. Она ощущала только, хотя и не понимала почему, — то, что это совершенно необычная страна.

Перед ней лежала столица Мадагаскара, сердце острова. Город с рынками под открытым небом и ручными тележками, которые в полной гармонии сосуществовали с многоэтажными административными зданиями и роскошными модными автомобилями. Это был большой город, и Уитни ожидала встретить обычную для больших городов сутолоку. Однако ничего подобного не увидела: жизнь здесь текла неспешно, хотя и не лениво.

Утренний воздух был прохладным. Уитни поежилась, но не отошла от окна. Пахло не так, как в Париже и вообще в Европе, — какими-то пряностями, свежей зеленью и... животными. В немногих больших городах можно встретить хотя бы намек на запах животных. Гонконг пахнет портом, Лондон — уличным транспортом. У Антананариву был запах чего-то более древнего, не собирающегося уступать натиску стали и бетона.

Прохладная земля постепенно разогревалась, и над ней стояла дымка от испарений. Стоя у окна, Уитни могла непосредственно ощущать, как быстро, практически градус за градусом, поднимается температура. «Через час, — подумала она, — ко всем этим запахам прибавится запах пота».

У нее создалось впечатление, что дома здесь громоздятся один на другой, розовые и пурпурные в утреннем свете. Это было как в сказке: красиво и немного страшно.

Город весь стоял на холмах, таких крутых и неприступных, что для сообщения между домами в скалах были выдолблены или пристроены лестницы. Даже издалека они казались старыми и изношенными и располагались под немыслимыми углами. Уитни видела, как трое ребятишек с собакой беспечно неслись вниз по лестнице, и у нее перехватило дыхание даже от того, что она просто наблюдала за ними.

Из окна было видно озеро Анози — священное

озеро, неподвижное, стального цвета, окруженное деревьями джакаранда, которые придавали ему тот экзотический вид, о котором мечтала Уитни. Да и сам город был экзотичным — современные здания соседствовали с лачугами под тростниковыми крышами, а на горизонте виднелись рисовые поля, влажно сверкающие под полуденным солнцем. Если посмотреть наверх, на самый высокий холм, то можно было увидеть дворцы — великолепные в свете утренней зари, роскошные, надменные, анахроничные.

«Итак, мы наконец на месте», — подумала Уитни, потягиваясь. Полет был долгим и утомительным, но он дал ей время привыкнуть к случившемуся и принять некоторые решения. Хотя, если честно, она должна была признать, что все решила уже в тот момент, когда нажала на газ и начала ту гонку вместе с Дагом. Это был, конечно, абсолютно импульсивный поступок, а дальше она просто двигалась по инерции. Но короткая остановка в Париже убедила ее в том, что Даг действительно умен и что она может выиграть. Сейчас Уитни оказалась в десятках тысяч миль от Нью-Йорка, но не жалела об этом: главное действие будет происходить здесь.

Она знала, что не может изменить судьбу Хуана, но отомстить Димитри может. И она это сделает! Она отнимет у него сокровища и посмеется над ним. Никогда прежде Уитни не сталкивалась с таким цинизмом и жестокостью, и ее деятельная натура не позволяла ей оставаться в стороне. Смущало Уитни только одно: она привыкла всегда действовать самостоятельно, теперь же рядом с ней появился человек, от которого целиком зависит исход предприятия, да и сама ее жизнь. Дуглас Лорд... Кто же он такой и что собой представляет? Хотелось бы думать, что это некий благородный Робин Гуд, но Уитни прекрасно знала, что это не так. Конечно, Даг крадет у богатых, однако Уитни не могла себе представить, как он отдает награбленное бедным. Нет, разумеется, он оставляет все себе, и она не может его за это осуждать. В конце концов, Уитни всегда считала, что если ты в чем-то преуспеваешь, то и должен этим заниматься. А Дагу, бесспорно, очень хорошо удавалось то, что он делал. Уитни была уверена в одном: он не способен убить ни в чем не повинного человека. А Кэсси Лоуренс, которая рассталась со своими бриллиантами, ей совсем не было жалко.

Впрочем, Уитни смущало еще одно: его навыки профессионального соблазнителя. Она не могла не признать, что чуть было не поддалась искушению, когда лежала под ним, а его губы находились в дразнящей близости... Но ничего, с физической стороной она может справиться. Нужно только почаще напоминать себе, что они всего лишь деловые партнеры, и держать Лорда на почтительном расстоянии. Во всяком случае, до тех пор, пока она не получит свою долю выигрыша. А если что-то и случится потом — не беда. Улыбнувшись, Уитни решила, что будет забавно это предвкушать.

— Бюро обслуживания! — Держа в руках поднос, в комнату вошел Даг.

Он на секунду остановился, бросив короткий, но внимательный взгляд на Уитни, которая стояла у кровати в одном купальнике цвета буйволовой кожи. «Надо все-таки научиться стучаться, прежде чем войти, — подумал Даг. — И надо быть очень осторожным, когда начинаешь фантазировать на подобные темы».

— Красивая штука, — небрежно сказал он.

Не обращая на его слова никакого внимания, Уитни стала натягивать на себя юбку.

— Это завтрак?

«В конце концов я сломаю этот лед, — сказал себе Даг. — Когда мне это будет нужно».

— Как видишь. И поторопись, пожалуйста, — у нас много дел.

Уитни надела блузку цвета раздавленной малины.

— Например?

— Я посмотрел расписание поездов. — Даг плюхнулся в кресло, положил ноги на стол и надкусил булочку. — Мы можем выехать на восток в двенадцать пятнадцать. А до этого мы должны кое-что купить.

Уитни поставила свой кофе на туалетный столик и повторила:

— Например?

— Рюкзаки, — сказал он, глядя, как над городом встает солнце. — Я не собираюсь таскать за тобой по лесу чемоданы.

Уитни удивленно подняла брови и отпила глоток кофе. Он был крепким, как в Европе, и вязким, как ил.

— Мы пойдем пешком?

— Ты попала в точку, милочка. Нам нужна будет палатка — одна из этих новых, самых легких, которых и не видно, если сложить.

Она медленным движением провела щеткой по волосам.

— А что, с отелями что-то не так?

Ухмыльнувшись, Даг коротко взглянул на нее, но ничего не сказал. В утреннем свете волосы Уитни были похожи на золотую пыль. Как в сказке. Он почувствовал, что в горле застрял комок. Поднявшись, Даг подошел к окну и повернулся к ней спиной.

— Мы будем пользоваться общественным транспортом только тогда, когда я посчитаю это безопасным, — пробормотал он. — Я не хочу рекламировать нашу маленькую экспедицию. Димитри нас так легко не отпустит.

Уитни вспомнила Париж.

— Ты меня убедил.

— Чем меньше мы будем ходить по дорогам и заходить в города, тем меньше шансов, что он возьмет наш след.

— Это имеет смысл. — Уитни заплела волосы в косу и завязала на конце ленту. — Ты скажешь мне, куда мы направляемся?

Усмехнувшись, Даг повернулся к ней, и Уитни подумала, что сейчас, освещенный утренним солнцем, он больше похож на рыцаря, чем на вора. Темные, слегка вьющиеся волосы спадали на воротник рубашки, глаза блестели в предвкушении приключений.

— Мы поедем поездом до Таматаве. А потом отправимся на север.

— А когда я увижу то, что заставляет нас отправиться на север?

— Тебе и не нужно видеть. Достаточно того, что это видел я. — Однако он уже размышлял о том, как заставить ее перевести фрагменты, не показывая всего.

Уитни похлопала щеткой по ладони и нахмурилась.

— Послушай, Даг, ты купил бы кота в мешке?

— Если бы считал, что у меня есть шансы.

Слегка улыбнувшись, она покачала головой.

— Неудивительно, что ты оказался на мели. Тебе надо научиться, как беречь деньги.

— Я уверен, что ты дашь мне несколько уроков.

— Я имею в виду бумаги, Дуглас. Вдруг там содержится какая-то информация, которая недоступна тебе?

Конверт был по-прежнему приклеен к его груди, и первое, что Даг собирался купить, — это рюкзак, куда его можно было бы спокойно уложить. Вся кожа у него была уже ободрана. Он был уверен, что у Уитни есть какая-нибудь хорошая мазь, которая снимет раздражение. Точно так же он был уверен, что она занесет ее стоимость в свою книжечку.

— Ты еще успеешь с ними ознакомиться. У меня с собой есть пара книг, которые тебе стоит прочитать. Путешествие нам предстоит долгое, и времени у нас много. Мы еще поговорим об этом. Положись на меня, ладно?

Уитни молча посмотрела на Дага. Положиться на него? Ну нет, она не такая дура! Но пока у нее есть рычаги влияния в виде кошелька, они составляют одну команду. Удовлетворенная, она поднялась и повесила через плечо свою сумочку. Уж если она отправляется на поиски приключений, как в рыцарских романах, то почему не в компании рыцаря с несколько подмоченной репутацией?

— Ладно, пошли за покупками!

Даг свел ее вниз по ступенькам, по-приятель-ски положив руку ей на плечо. Пока она в хорошем настроении, этим нужно пользоваться. Проходя через вестибюль, он достал из вазы маленький пурпурный цветок и сунул ей за ухо. «Цветок страсти, — подумал Даг, — с запахом сильным и сладостным, как и подобает тропическому цветку. Ей должен подойти». Этот жест тронул Уитни, хотя она и не поверила в его искренность.

— Очень жаль, что у нас мало времени для игры в туристов, — чтобы поддержать беседу, сказал Даг. — Считается, что королевский дворец здесь стоит посмотреть.

— Тебя привлекает пышность?

— Конечно. Я всегда считал, что нужно жить шикарно. Говорят, что знание — сила, но я-то уверен, что лорд Байрон на самом деле имел в виду деньги.

Уитни засмеялась и покачала головой.

— Какой еще вор стал бы цитировать Байрона? Ты продолжаешь меня удивлять.

— Когда читаешь, то поневоле что-то запоминаешь. — Пожав плечами, Даг решил отойти от философии и вернуться к вещам более практическим. — Послушай, Уитни, если помнишь, мы договорились поделить найденные сокровища пополам.

— После того, как ты уплатишь мне долг.

Услышав это, Даг скрипнул зубами.

— Верно. Но так как мы партнеры, мне кажется, было бы логично поделить пополам имеющиеся наличные деньги.

Повернувшись в его сторону, Уитни приятно улыбнулась.

— Тебе так кажется?

— Ну конечно! — оживленно воскликнул он. — Подумай сама: предположим, нам придется разделиться...

— Исключено! — Улыбка Уитни осталась такой же любезной, но она крепче сжала свою сумочку. — Пока все не кончится, я буду ходить за тобой как приклеенная, Дуглас. Люди подумают, что мы влюблены друг в друга до безумия.

— Черт возьми, если мы партнеры, то должны доверять друг ругу!

— Я тебе доверяю. — Улыбка ее стала просто ослепительной. — Пока все деньги у меня.

У него появилось непреодолимое желание задушить партнершу. Даг сузил глаза.

— Ну ладно, тогда как насчет аванса?

— И не думай! Впрочем, если ты хочешь, я могу обменять определенную сумму на твои бумаги.

Взбешенный, он отвернулся и не оглядываясь пошел через пыльный задний двор, где с возмутительной развязностью переплелись цветы и виноградные лозы. Из кухни неслись запахи готовящегося завтрака и перезрелых фруктов.

Пока у него не было денег, он не мог удрать от этой женщины, которая пристала к нему, как банный лист. Единственное, что оставалось, — это терпеть ее. Что он и делал. Хуже всего было то, что Уитни, возможно, скоро ему понадобится. Рано или поздно нужно будет найти кого-то, чтобы перевести с французского корреспонденцию, хранящуюся в пакете. Только для того, чтобы удовлетворить его ненасытное любопытство, — Даг был уверен, что все необходимые сведения находятся в уже переведенном дневнике.

Уитни догнала его у старой деревянной лестницы, на которую и смотреть-то было страшно, не то что спускаться по ней.

— Посмотри-ка. Там что, базар? — спросила она, высматривая, нет ли другого пути вниз.

— Это пятничный рынок, — проворчал Даг. — Зома. Я говорил, что тебе стоит прочитать путеводитель.

— Я предпочитаю сюрпризы. А не проще ли купить все, что надо, в магазине?

— Здесь удобнее и дешевле, кроме того, ты ведь, кажется, мечтала об экзотике.

Даг начал спускаться по крутым ступенькам, и Уитни ничего не оставалось, как последовать за ним.

Под широкими белыми зонтиками располагались крытые тростником строения и деревянные прилавки. Там были разложены ткани, одежда, драгоценные камни — в расчете как на серьезного, так и на случайного покупателя. Уитни всегда была серьезным покупателем и сразу обратила внимание, что здесь перемешаны качественные товары и всякий хлам. Зато экзотики и в самом деле было хоть отбавляй. Рынок жил своей жизнью, набитый народом, полный звуков и запахов. Мужчины в белых ламбах управляли запряженными буйволами повозками, битком набитыми овощами и прочей снедью. Жалобно мычали коровы, жужжали мухи, в воздухе стоял запах перьев, специй и пота животных. В то же время проезжая часть была отлично заасфальтирована, мимо проезжали ухоженные машины, а совсем близко под лучами разгорающегося солнца блестели окна первоклассного отеля. Уитни с любопытством наблюдала, как мужчина в мешковатых штанах и остроконечной шляпе указал пальцем на товар и отсчитал монеты. Пойманный за обе тощие ноги цыпленок пронзительно кричал, пытаясь взлететь. В воздухе плавали перья. Какой-то ребенок, весь перепачканный соком манго, прижался к материнской юбке и лепетал что-то на языке, которого Уитни никогда не слышала. Ее внимание привлекли разложенные на грубом одеяле аметисты и гранаты, тускло поблескивавшие в лучах раннего солнца. Уитни уже протянула руку, но тут Даг оттащил ее в сторону, к витрине с кожаными мокасинами.

— Для безделушек еще будет много времени, — сказал он. — Тебе нужно что-то более практичное.

Пожав плечами, Уитни послушно примерила несколько пар и с удивлением убедилась, что обувь здесь носят красивую и удобную. Она купила мокасины, затем корзину ручной работы и медленно пошла вдоль фруктовых рядов, отчаянно торгуясь из-за каждого пустяка.

Дагу нравилось смотреть, как она забавляется. Кроме того, его восхищало, с какой легкостью Уитни отфильтровывает странный малагасийский акцент и бойко отвечает по-французски. Даг понял, что лучшего переводчика ему не найти и решил смириться с этим обременительным партнерством.

— По-моему, ты слишком увлеклась, — проворчал он больше для порядка.

— Но нам же нужна еда! — Глаза Уитни смеялись. Она взяла плод манго и покрутила им перед носом Дага. — Ты ведь собираешься есть в этой экспедиции?

Перед глазами Уитни непрерывно проплывали лица торговцев. «Странно, что они кажутся довольными, хотя многие ходят босиком», — думала она. Одежда местных жителей могла быть пыльной, даже рваной, но она всегда была яркой. Женщины носили косы, тщательно уложенные вокруг головы, образуя замысловатые сооружения. «Зома — в такой же степени социальное явление, как и экономическое», — решила Уитни.

Наблюдая, как Уитни бросает в корзинку все новые продукты, Даг размышлял, сознает ли она, какой разительный контраст составляет своей кожей цвета слоновой кости и светлыми волосами с местными темнокожими женщинами. В ней можно было безошибочно отличить принадлежность к классу даже тогда, когда она торговалась из-за высушенного перца или инжира. «Она не в моем вкусе, — сказал себе Даг, вспоминая тот тип женщин, к которому его обычно прибивало. — Но ее трудно забыть».

Повинуясь внезапному импульсу, Даг взял с прилавка мягкую хлопчатобумажную ламбу и обернул ее вокруг головы Уитни. Когда она, смеясь, повернулась, то показалось ему настолько возмутительно красивой, что Даг потерял дар речи. «Ей стоило бы одеваться в белый шелк — прохладный, гладкий, — подумал он. — Я был бы рад покупать его ей целыми метрами. Я бы заворачивал ее в этот шелк, в мили этого шелка, а затем медленно снимал бы его, пока не осталась только ее кожа — такая же белая и гладкая». Он представил себе, как ее глаза темнеют, а плоть становится жаркой, и подумал, что когда будет держать ее голову в руках, то забудет, что она не в его вкусе...

Уитни заметила, что взгляд Дага изменился, почувствовала внезапное напряжение в его руках, и ее сердце сильно забилось в груди. Что он за человек и почему ей так хочется знать, какой он любовник? Вор, философ, бунтарь, герой... Кто бы он ни был, ее жизнь переплелась с его жизнью, и возврата больше нет. Она не сомневалась, что придет время — и они будут вместе. Это произойдет, как удар грома, — без красивых слов, без свечей, без романтического сияния. Ей не потребуется романтика, потому что его тело будет сильным, рот — жадным, а руки искусными. Вокруг бурлил рынок, полный экзотических звуков и запахов, она забыла обо всем, не в силах отвести взгляд от его лица.

Даг тоже смотрел на нее, сознавая, что сейчас, когда сокровища уже почти на расстоянии вытянутой руки, а Димитри висит на спине, как обезьяна, он совершенно не может позволить себе думать о ней. Женщины — женщины с большими глазами — всегда вели его к гибели. «Мы всего лишь партнеры, — сказал он себе. — У меня бумаги, у нее — деньги. И это все, что нас связывает».

Перед тем, как уйти с рынка, Уитни все-таки купила ламбу, решив, что это, в конце концов, просто сувенир.

Около полудня они ждали поезд, стоя на перроне с аккуратно уложенными рюкзаками, полными продовольствия и снаряжения. Даг призывал себя сохранять спокойствие, но ему не терпелось начать действовать. Он поставил все свое будущее на маленький пакет бумаг, приклеенный к его груди, и не сомневался, что на этот раз сорвет банк. К лету он будет сорить деньгами, валяться на пляже где-нибудь за границей и попивать ром, а какая-нибудь темноволосая и темноглазая женщина будет натирать его плечи маслом. Может быть, ему даже не придется уничтожать Димитри, у него будет достаточно денег, чтобы его никто никогда не нашел.

— Вот и поезд! — чувствуя прилив возбуждения, Даг повернулся к Уитни. Накинув на плечи шаль, она что-то аккуратно записывала в свой блокнот. — Когда ты перестанешь все это записывать? Давай скорее!

— Только добавлю стоимость твоего билета, партнер.

— Господи! Когда мы получим то, за чем едем, ты будешь купаться в золоте, а тут беспокоишься из-за нескольких франков.

— Мне просто забавно, как быстро они прибавляются. — Улыбнувшись, Уитни засунула блокнот обратно в сумочку. — Следующая остановка — Таматаве!

Когда Даг вошел в поезд вслед за Уитни, рядом остановилась машина.

— Вот они!

Стиснув зубы, Ремо схватился за рукоятку пистолета. У него были личные счеты с Лордом, и он заранее предвкушал, как будет медленно убивать его. Но тут маленькая рука с розовым обрубком вместо пальца легла ему на плечо. Белоснежные манжеты были скреплены запонками в виде золотых овалов. От прикосновения этой изящной, несмотря на уродство, руки, Ремо вздрогнул и почувствовал, как мышцы его напряглись.

— Он уже дважды уходил от тебя, — голос был тихим и очень ровным.

— На этот раз он уже мертвец!

Раздался мягкий приятный смех, от которого у Ремо по спине поползли мурашки. Точно так же Димитри смеялся, когда прижигал пятки жертвы своей зажигалкой с монограммой. Ремо не пошевелился и не раскрыл рта.

— Лорд — мертвец с тех самых пор, как осмелился меня обокрасть. — В тоне Димитри послышалось нечто странное. Это был не гнев, а какое-то более сильное, холодное и спокойное чувство. Змея, изрыгая яд, не всегда находится в ярости. — Верни мне мою собственность, а потом убей его так, как тебе понравится. И принеси мне его уши.

Ремо жестом приказал человеку на заднем сиденье пойти купить билеты.

— А женщина?

Димитри некоторое время молчал. Он уже давно понял, что поспешно принятые решения часто оставляют за собой следы. А он предпочитал, чтобы все было чисто.

— Симпатичная женщина и достаточно умная, раз сумела перехитрить Бутрейна. Постарайтесь причинить ей как можно меньше вреда и доставьте ко мне. Я хотел бы с ней поговорить.

Удовлетворенный, Димитри откинулся на спинку сиденья, сквозь затененное стекло машины лениво наблюдая за поездом. Страх, который витал в воздухе, исходя от его подчиненных, его всегда забавлял и доставлял ему удовольствие. В конце концов, страх — это самое элегантное оружие.

— Поезжайте в отель, — приказал он молчаливому человеку за рулем, когда Ремо вышел и закрыл за собой дверцу машины. — Я хочу принять ванну.

* * *

Уитни расположилась у окна и приготовилась смотреть на проплывающий мимо экзотический пейзаж, а Даг зарылся в путеводитель, как он неоднократно делал со вчерашнего дня.

— На Мадагаскаре по крайней мере тридцать девять пород лемуров и восемьсот видов бабочек.

— Впечатляюще. Не представляла себе, что ты так интересуешься фауной.

Даг взглянул на нее поверх книги.

— Все змеи безвредны, — добавил он. — Эти маленькие подробности имеют для меня значение, когда я собираюсь спать в палатке. Я всегда хочу знать что-нибудь о прилегающей территории. Например, реки здесь полны крокодилов.

— Ну что ж, значит, не будем купаться голыми.

— Нам придется встречаться с туземцами. Здесь есть различные племена, но, если верить путеводителю, все они дружественно настроены.

— Это хорошая новость. Ты имеешь представление, как долго мы будем добираться до цели?

— Неделю, может быть, две. — Откинувшись в кресле, Даг зажег сигарету. — Как по-французски будет «бриллиант»?

— *Diamant*. — Сузив глаза, Уитни внимательно посмотрела на него. — Этот Димитри ворует бриллианты во Франции и контрабандой вывозит их сюда?

Даг улыбнулся.

— Нет. Димитри много чего может, но к этому он не имеет никакого отношения.

— И все-таки речь идет об украденных бриллиантах?

Даг вспомнил о дневнике юной француженки.

— Это зависит от того, как посмотреть.

Уитни взяла у него сигарету и затянулась.

— А ты когда-нибудь думал о том, что будешь делать, если там ничего не окажется?

— Они там! — резко бросил Даг и посмотрел на нее в упор своими ясными зелеными глазами. — Они там.

Уитни вдруг почувствовала, что верит ему. Не верить ему было просто невозможно.

— Что ты собираешься сделать со своей долей?

Даг вытянул ноги и усмехнулся.

— Буду купаться в деньгах, что же еще?

Протянув руку к сумке, Уитни вытащила плод манго и бросила ему.

— А как насчет Димитри?

— Когда я добуду сокровища, он может катиться ко всем чертям.

— Ты самодовольный сукин сын, Дуглас.

Он откусил кусок манго.

— Я собираюсь стать богатым самодовольным сукиным сыном!

Уитни заинтересованно взглянула на него.

— Быть богатым для тебя так важно?

— Совершенно верно.

— Почему?

Даг усмехнулся.

— Хорошо рассуждать об этом, имея несколько миллионов галлонов сливочной помадки.

Уитни пожала плечами:

— Давай просто скажем, что меня интересует твое мнение о богатстве.

— Когда ты богата и проигрываешь на скачках, ты просто теряешь деньги, а не просаживаешь плату за квартиру, верно?

— И к чему ты клонишь?

— Ты когда-нибудь беспокоилась о том, где будешь ночевать, милая?

Что-то в его голосе заставило ее почувствовать себя глупо. Уитни промолчала и отвернулась к окну.

Поезд двигался медленно, останавливаясь на каждом полустанке. Люди входили и выходили, в вагоне было уже жарко, становилось нечем дышать. Мужчина в белой панаме через несколько рядов от них вытер лицо большим носовым платком. Вспомнив, что видела его на зоме, Уитни улыбнулась. Он спрятал платок и вернулся к своей газете, Уитни машинально отметила, что газета на английском языке.

Мимо пробегали зеленые круглые холмы, почти безлесные. Тут и там попадались маленькие деревни с крытыми тростником крышами и широкими амбарами вдоль реки. Какой реки? У Дага был путеводитель, и он мог сказать ей точно; Уитни начала понимать, почему он настаивал, чтобы она тоже его прочла.

Уитни вдруг сообразила, что ни разу не видела здесь телефонных проводов или линий электропередачи, и подумала, что люди, живущие на этих бесконечных голых пространствах, должны быть очень выносливыми и независимыми — ведь они так мало общаются с внешним миром. Это не могло не вызывать уважения, хотя она не представляла себя на их месте.

Ей был нужен большой город с толпами народу, шумом, быстрым темпом жизни, но она находила привлекательными деревенскую тишину и простор. Она одинаково ценила и полевой цветок, и шиншилловый воротник — и то, и другое доставляло ей удовольствие.

Вагон громыхал, скрипел и стонал, от разговоров стоял постоянный гул. Пахло потом, хотя и не очень сильно, потому что в окна дул ветер. Последний раз, когда Уитни, подчинясь какой-то прихоти, ехала в поезде, у нее было отдельное купе с кондиционером, где пахло пудрой и цветами...

Напротив них села женщина с ребенком, который, увидев Уитни, широко раскрыл глаза, а потом протянул пухлую ручку и схватил ее за косу. Его мать, смутившись, оттащила его в сторону, быстро говоря что-то по-малагасийски.

— Нет-нет, все в порядке. — Улыбнувшись, Уитни погладила малыша по щеке. — Можно мне его подержать?

Не успел Даг удивиться, как легко она перешла на французский, ребенок уже оказался у нее на коленях.

— Я не уверен, что туземцы слышали о памперсах, — мягко заметил Даг.

Она только наморщила нос.

— Ты не любишь детей?

— Люблю, просто мне больше нравится, когда они взаперти сидят дома.

Засмеявшись, Уитни переключила свое внимание на малыша.

— Давай-ка посмотрим, что у нас есть, — сказала она ему, доставая из сумочки пудреницу. — Хочешь увидеть маленького мальчика? — Она поднесла к нему зеркало и была очень довольна, когда малыш расхохотался. Даг не понимал ни слова из того, что она говорила, но вдруг почувствовал, что и сам непроизвольно улыбается.

— А теперь давай ты. — Он не успел запротестовать, как Уитни уже передала ребенка ему. — Ты отлично справишься.

Уитни ожидала, что Даг возмутится, но он усадил малыша на колени и принялся его развлекать, так, как будто всю жизнь этим занимался. «Это интересно, — подумала она. — Оказывается, и ворам присуще нечто человеческое». Откинувшись в кресле, она с удовольствием наблюдала, как Даг подбрасывает ребенка на коленях, напевая какую-то смешную песенку.

— Ты никогда не думал о том, чтобы исправиться и открыть детский сад?

Даг усмехнулся и взял у нее зеркальце.

— Смотри сюда, — сказал он ребенку, поймав зеркалом солнечный луч. Визжа от восторга, малыш схватил зеркальце и подтолкнул его к лицу Дага.

— Он хочет показать тебе обезьяну, — с вкрадчивой улыбкой сказала Уитни.

— Нахалка!

— От такого и слышу.

Чтобы доставить ребенку удовольствие, Даг принялся корчить рожи в зеркале, но вдруг замер и напрягся.

— Проклятье!

— Что такое?

Все еще продолжая улыбаться малышу, Даг негромко произнес:

— Не смотри за мою спину, милая. Через несколько рядов от нас сидит пара наших друзей.

Уитни изо всех сил вцепилась в ручки сиденья.

— Мир тесен, — пробормотала она.

— Особенно в нашей ситуации.

— У тебя есть какие-нибудь соображения?

— Я сейчас работаю над этим.

Даг измерил взглядом расстояние до двери. Если они выйдут на следующей остановке, Ремо достанет их еще до того, как они успеют перейти платформу. А если Ремо здесь, значит, и Димитри близко — он обычно держит своих людей на коротком поводке. Даг дал себе целую минуту на то, чтобы справиться с паникой. Он понимал, что нужен отвлекающий маневр и незапланированный отход.

— Ты будешь просто следовать за мной, — сказал Даг вполголоса. — И когда я скажу «беги», схватишь рюкзак и побежишь к дверям.

Уитни оглядела вагон. В креслах сидели женщины, старики, дети. «Неподходящее место для представления», — решила она.

— У меня есть выбор?

Он пожал плечами:

— Думаю, что нет.

Поезд остановился в очередной раз: скрипнули тормоза, запыхтел двигатель, несколько человек двинулись к выходу.

— Извини, старик, — пробормотал Даг, обращаясь к ребенку, и дал ему мягкий, но довольно чувствительный шлепок.

В соответствии со своей ролью ребенок отчаянно заревел, что заставило обеспокоенную мать в тревоге вскочить со своего места. Даг тоже встал, стараясь создать в переполненном центральном проходе как можно больше беспорядка. Поняв его замысел, Уитни схватила свой рюкзак и словно бы нечаянно толкнула мужчину справа так, что из его рук выпали какие-то свертки и рассыпались по полу. Во все стороны, подпрыгивая, раскатились грейпфруты, попадая под ноги пассажирам.

Когда поезд вновь тронулся, между Ремо и Дагом находилось человек шесть — заполняя проход, они оживленно переговариваясь между собой. Извиняющимся жестом Даг поднял руки, опрокинув чью-то плетеную сумку с овощами. Решив, что настало время действовать, он схватил Уитни за запястье.

— Пора!

Они вместе ринулись к дверям. Оглянувшись, Даг увидел, как Ремо вскочил с места и начал протискиваться через группу пассажиров, которая загородила проход. Даг заметил, что еще один человек, в панаме, отбросил в сторону газету и вскочил на ноги, но он тоже был окружен толпой. Даг лишь одну секунду пытался вспомнить, где он видел раньше это лицо.

— Что теперь? — спросила Уитни уже в тамбуре, с ужасом глядя, как у них под ногами мелькает земля.

— А теперь мы выходим!

Не медля ни секунды, Даг прыгнул, увлекая ее за собой. Он обхватил Уитни обеими руками, они покатились под откос вместе, как одно целое, а когда остановились, поезд был уже в нескольких метрах от них и набирал скорость.

— Черт побери! — разразилась проклятиями Уитни, лежа на нем сверху. — Мы могли свернуть себе шею!

— Да. — Даг все еще прижимал ее к себе, хотя сам вряд ли это замечал. — Но не свернули.

Уитни смерила его сердитым взглядом.

— Ну, значит, нам посчастливилось. Что теперь мы будем делать? — спросила она, отбросив с лица рассыпавшиеся волосы. — Мы находимся в центре неизвестно чего, во многих милях от того места, куда направлялись, и вокруг нет никакого транспорта, чтобы туда попасть!

— У тебя есть ноги, — отпарировал Даг.

— И у них тоже, — бросила она сквозь зубы. — Они сойдут на следующей остановке и вернутся, чтобы нас найти. У них пистолеты, а у нас только манго и палатка!

— Поэтому чем быстрее мы перестанем спорить и двинемся в путь, тем лучше. — Без всяких церемоний он оттолкнул ее и встал. — Я никогда не говорил тебе, что это будет пикник.

— Но и никогда не упоминал, что будешь сталкивать меня с движущегося поезда!

— Ты должна быть готова ко всему, дорогая.

Потирая ушибленное бедро, Уитни поднялась и встала рядом с ним.

— Ты грубый, наглый, неотесанный мужлан!

— Ох, извините меня, пожалуйста. — Даг отвесил ей насмешливый поклон. — Не соблаговолите ли следовать вот этой дорогой, чтобы из нас не вышибли мозги, миледи?

Уитни вздохнула и подняла рюкзак, который при падении откатился в сторону.

— Какой дорогой?

Даг вскинул на плечи свой рюкзак.

— На север!

ГЛАВА 5

Уитни всегда очень любила горы. Она с удовольствием вспоминала те две недели, которые провела, катаясь на лыжах, в Швейцарских Альпах.

По утрам она на специальном подъемнике взбиралась на вершину, восхищаясь видом из окна, а во время стремительного спуска у нее сердце заходилось от восторга. А как приятно было вечером сидеть в уютной гостиной у камина, потягивая горячий ром. Вспоминался ей также чудесный уик-энд на вилле в Греции, расположенной высоко на склоне горы, выходящем на Эгейское море. Она восхищалась великолепным видом, природой, духом древности, взирая на все это с терракотового балкона.

Однако Уитни никогда не доводилось лазить по горам, цепляясь за скалы, когда сводит ноги и пот льется градом.

«На север», — сказал Даг, и Уитни изо всех сил старалась не отставать от него, то поднимаясь вверх по неровным скалистым склонам, то спускаясь вниз, рискуя сорваться в пропасть. У нее просто не было выбора. Она шла вместе с ним, потела вместе с ним, тяжело дышала вместе с ним — но это не означало, что она собиралась с ним разговаривать. Никто, абсолютно никто до сих пор не смел обращаться с ней так, как этот человек, и она поклялась себе, что он еще горько пожалеет. Для этого могут потребоваться дни, даже недели, но он получит свое!

На север... Даг остановился на вершине холма и оглядел окрестности. Всюду преобладал однообразный зеленый цвет; высокая трава колыхалась на ветру, и лишь кое-где ее прорезали грубые красные шрамы. И скалы — бесконечные скалы, о которых невозможно забыть. Выше по склонам росли немногочисленные чахлые деревья, которые совсем не давали тени, но сейчас Дага не интересовала тень. С вершины, на которой он находился, не было видно ни хижин, ни дорог, ни полей. Ни одной живой души. В данный момент именно это ему и было нужно.

В предыдущую ночь, когда Уитни спала, он изучал карту Мадагаскара, вырванную из украденной библиотечной книги. Даг терпеть не мог, когда портят книги, ведь они были его отдушиной в детстве и составляли ему компанию в зрелости. Но в данном случае это было необходимо. Неровно оторванный кусок бумаги прекрасно умещался в его кармане, так что можно было не вытаскивать всякий раз книгу из рюкзака. Мысленным взором Даг разделил местность на три параллельные полосы. Западные долины его не интересовали; поднявшись наверх по скалистой неровной тропе, Даг надеялся, что оставил их далеко в стороне. Им следовало дольше держаться горной местности, избегая берегов рек и открытых пространств. В этот раз Димитри оказался ближе, чем он предполагал, и Даг не хотел снова ошибиться.

Жара становилась невыносимой, запасов воды им должно было хватить до утра. Конечно, по побережью идти гораздо легче, однако Даг не мог себе позволить движение на восток. Димитри, скорее всего, ждет их в Таматаве, нежится на солнце, потягивает вино и кушает свежую рыбу. Рассуждая логически, это должна была быть их первая остановка, поэтому по логике вещей они должны ее избежать.

Даг подтянул лямки своего рюкзака и двинулся дальше. Дело осложнялось тем, что на этот раз ему приходилось думать не только о себе. Одна из причин, по которой он так долго избегал работы с партнерами, заключалась в том, что он предпочитал заботиться только об одном человеке — о собственной персоне.

Он коротко взглянул на Уитни, которая с тех пор, как они ушли в сторону от железной дороги и направились в горы, хранила ледяное молчание. «Чертова баба!» — раздраженно подумал Даг. Если она считает, что такое холодное отношение должно его очень огорчать, то сильно ошибается. Возможно, кого-то это заставило бы умолять о прощении, но что касается его мнения, то она выглядит гораздо привлекательнее, когда у нее рот на замке.

Только представить себе — обиделась из-за каких-то синяков! Сказала бы спасибо, что все еще дышит. Беда в том, решил Даг, что она хочет, чтобы все в этой жизни было таким же красивым и аккуратным, как ее первоклассная квартира в Манхэттене... или тот маленький кусочек шелка, который она носит под юбкой.

Даг поспешно отогнал от себя последнюю мысль и сосредоточился на дороге. Итак, чем дольше они будут идти по холмам, тем лучше. Здесь есть где укрыться, и дорога трудная — достаточно трудная, чтобы задержать Ремо и других натасканных гончих Димитри. Они больше привыкли таскаться по темным переулкам и неряшливым мотелям, чем по холмам и скалам. Ну, а те, кто привык чувствовать за собой погоню, ко всему приспосабливаются легче.

Остановившись на гребне другого холма, Даг вытащил полевой бинокль и долго, тщательно осматривал окружающую местность. Ниже и немного западнее он заметил небольшое поселение —

кучка маленьких красных домов с тростниковыми крышами рядом с лоскутами полей. Судя по их изумрудно-зеленому цвету, это были рисовые чеки. Даг не заметил никаких линий электропередачи и был этому рад: чем дальше от цивилизации, тем лучше.

Рано или поздно у них кончатся продукты, и придется заходить в селения, чтобы их покупать. Вот тут Уитни будет незаменима — в этом деле она себя чувствует, как рыба в воде.

Пока Даг осматривал окрестности, Уитни опустилась на землю, решив, что шагу не ступит дальше, пока не отдохнет и не поест. В ногах было такое же ощущение, как в тот первый и последний раз, когда она в гимнастическом зале попробовала потренироваться на бегущей дорожке. Не глядя на Дага, Уитни принялась рыться в своем рюкзаке. Хорошо, хоть мокасины оказались такими удобными...

Опустив бинокль, Даг повернулся к ней. Солнце стояло прямо над головой, и он надеялся, что до темноты они успеют пройти еще много миль.

— Пойдем.

В холодном молчании Уитни достала из рюкзака банан и принялась медленно, не спеша очищать его. Ее мокрая от пота блузка прилипла к телу, красивая коса, которую она заплела утром, растрепалась так, что светлые шелковые пряди волос болтались где-то около скул, но лицо оставалось холодным, будто было высечено из мрамора.

Глядя на нее, Даг вдруг снова почувствовал острое желание и страшно рассердился на себя. Ничего у нее не выйдет! Каждый раз, когда он позволял женщине влезть к нему в душу, он проигрывал. Эта леди с холодным взглядом не сможет изменить его приоритетов: на первом месте — деньги и хорошая жизнь.

И все-таки он постоянно думал о том, каково это — ощущать ее под собой, голую, горячую и совершенно беззащитную...

Уитни прислонилась к скале и откусила еще кусок банана. Слабый ветерок обдувал ее разгоряченное лицо.

— Иди сам, Лорд, — предложила она совершенно спокойно.

О боже, ему хотелось бы заниматься с ней любовью до тех пор, пока она не станет слабой и податливой. Еще хотелось убить ее!

— Послушай, милая, мы должны сегодня еще много пройти. Пока мы на ногах...

— Это твое дело, — сказала Уитни.

Даг присел на корточки и посмотрел ей прямо в глаза.

— Мое дело — сохранить твою пустую голову на плечах! — Он в ярости схватил ее за эти плечи и как следует тряхнул. — Димитри будет очень рад, если ты попадешься ему в руки. Поверь мне, у него исключительно богатое воображение!

Он почувствовал, как она вздрогнула, но взгляд ее оставался спокойным.

— Димитри нужен ты, Даг, а не я.

— Он не будет таким разборчивым.

— Ты меня не запугаешь!

— Тебя просто убьют, — отпарировал Даг, — если ты не будешь делать то, что тебе говорят.

Уитни решительно отвела в сторону его руку и грациозным движением поднялась на ноги. Хотя юбка ее была испачкана красной пылью и порвалась на бедре, можно было только восхищаться тем, как она держится. Грубые малагасийские туфли у нее на ногах казались хрустальными башмачками. «Это у нее явно врожденное, — подумал Даг. — Никто ее не учил». Она была сейчас похожа на крестьянку, но все равно выглядела как герцогиня.

— Запомни себе на будущее: я никогда не делаю того, что мне говорят, — заявила Уитни, приподняв бровь, — я даже часто считаю для себя обязательным этого не делать! — Выдержав паузу, она стряхнула пыль с юбки. — Так мы идем?

Даг попытался убедить себя, что предпочел бы женщину, которая постоянно дрожит и хнычет.

— Если ты считаешь, что готова.

— Считаю, что да.

Он вытащил компас, чтобы еще раз свериться с ним. Север. Им нужно еще некоторое время продвигаться на север. И пусть солнце безжалостно палит, тени нигде нет, а местность вокруг такая, что по ней невозможно идти, но зато кругом скалы, которые дают хоть какое-то укрытие. Это можно было назвать инстинктом или предчувствием, но на шее у него сзади все время что-то покалывало. Даг решил, что до захода солнца больше не остановится.

— Знаете, герцогиня, при других обстоятельствах я восхищался бы вами. — Он двинулся вперед ровным, мерным шагом. — Но сейчас вы рискуете тем, что у вас заболит задница.

Уитни, не отставая, с ухмылкой посмотрела на него.

— Хорошие манеры вызывают восхищение при любых обстоятельствах.

— У тебя свои манеры, сестричка, а у меня свои.

Засмеявшись, она взяла его под руку.

— Именно так!

Даг посмотрел на ее изящную руку с маникюром. Он не думал, что в мире может найтись еще одна женщина, рядом с которой он чувствовал бы себя так, как будто сопровождает ее на бал, в то время как на самом деле они под палящим солнцем взбираются вверх по склону горы.

— Решила снова стать дружелюбной?

— Я решила, что, чем дуться, лучше постараться отплатить тебе за синяки. Между прочим, сколько мы собираемся еще идти?

— Поездка на поезде должна была занять двенадцать часов, к тому же нам приходится карабкаться по горам. Так что считай сама.

— Не будь таким раздражительным, — мягко сказала Уитни. — А мы не можем спуститься в какую-нибудь деревню и нанять там машину?

— Машину! Не смеши меня! Здесь даже электричества нет.

— Тебе нужно что-нибудь съесть, Дуглас. Чувство голода всегда приводит в плохое настроение. — Она остановилась и повернулась к нему спиной. — Давай, выбери себе манго побольше.

Подавляя улыбку, Даг развязал узел и засунул руку в ее рюкзак. Ему действительно хотелось чего-нибудь прохладного и сладкого, но пальцы его наткнулись на нечто мягкое и шелковистое. Заинтересовавшись, Даг вытащил наружу все то же бикини, обшитое по краям кружевами. Значит, она его до сих пор не надела.

— У тебя там великолепные манго!

Уитни бросила взгляд через плечо.

— Сейчас же вытащи руку из моих трусов, Дуглас!

Он только усмехнулся и поднял трусики так, что солнце просвечивало через них.

— Интересная фраза! Кстати, почему ты их не носишь?

— Из скромности, — с важностью ответила Уитни.

Засмеявшись, Даг засунул белье обратно в рюкзак.

— Ну конечно! — Вытащив манго, он жадно откусил большой кусок; сок восхитительной струйкой потек в его пересохшее горло. — Шелк и кружева всегда заставляют меня вспоминать о скромных маленьких монахинях из слаборазвитых стран.

— Что у тебя за странное воображение, — заметила Уитни, едва не съехав вниз по склону. — И почему ты всегда заставляешь меня думать о сексе?..

С этими словами Уитни прибавила шагу и быстро пошла вперед.

Они шли, и шли, и шли. Уитни нанесла мазь от загара на каждый открытый участок кожи и примирилась с тем, что все равно сгорит. Мухи назойливо вились вокруг и кусались, но она научилась их не замечать. К счастью, кроме насекомых, другого общества у них не было.

К концу дня Уитни потеряла всякий интерес к скалистым холмам и простирающимся внизу долинам. Обливаться потом и скользить по камням было совсем не экзотично; с прохладной террасы в номере отеля Мадагаскар выглядел гораздо более привлекательным. Только жалкие остатки гордости удерживали ее от того, чтобы попросить Дага остановиться. Пока он может идти, будет идти и она!

Время от времени Уитни замечала маленькую деревушку, всегда расположенную на берегу реки среди полей. С холмов можно было различить вьющийся дымок, а когда ветер дул в их сторону, был слышен лай собак и мычание скота. Расстояние и усталость создавали у Уитни ощущение нереальности происходящего. Порой ей казалось, что все эти хижины и поля — всего лишь декорации. Один раз она попросила у Дага полевой бинокль и разглядела крестьян, склонившихся над похожими на болото рисовыми чеками. Среди них было много женщин с детьми, привязанными ламбами к их спинам так, как это делают американские индейцы. Водная почва прогибалась под ногами людей.

Уитни много путешествовала по миру, но никогда не видела ничего подобного. Париж, Лондон и Мадрид предлагали ей тот космополитический блеск, к которому она привыкла с детства. Ей никогда не приходилось, взвалив на плечи рюкзак, карабкаться по горам, и она сказала себе, что это в первый и последний раз. Красками и ландшафтом можно любоваться из окна машины. Если ей захочется попотеть, она пойдет в сауну, а если ей захочется довести себя до полного изнеможения, она сыграет несколько партий в теннис.

Липкая от пота, Уитни продолжала упорно переставлять ноги. Хотя у нее болит все тело, она не уступит Дугласу Лорду или кому-нибудь другому!

Увидев, что солнце уже довольно низко, Даг решил, что пора искать место для лагеря. Тени становились все длиннее, на западе небо уже окрасилось в красный цвет. Обычно Даг старался передвигаться по ночам, но сейчас он не был уверен, что холмы Мадагаскара — это удачное место для того, чтобы испытывать судьбу в темноте. Однажды ночью в Скалистых горах он чуть не сломал себе ногу, сорвавшись со скалы. Конечно, незапланированное путешествие вниз по склону запутало его следы, но ему пришлось хромать до самого Боулдера. Даг решил, что, когда солнце сядет, они обязательно разобьют лагерь.

Он все время ждал, что Уитни будет жаловаться, скулить, чего-то требовать — в общем, вести себя так, как, по его мнению, в сложившихся обстоятельствах и должна вести себя женщина. И опять Уитни не оправдала его ожиданий. А ведь он и вправду хотел, чтобы она капризничала, — тогда было бы легче при первой возможности послать ее подальше. Если бы она стала жаловаться, он сделал бы это без всяких угрызений совести. Но пока что она не отстает, не просит его сбавить темп и несет свою долю груза. «Это только первый день, — напомнил он себе. — Надо дать ей время. Тепличные цветы под открытым небом быстро вянут».

— Давай-ка взглянем на эту пещеру.

— Пещеру? — Уитни проследила направление его взгляда и увидела очень маленький свод и очень темное отверстие. — Вон ту?

— Да. Если она не занята одним из наших четвероногих друзей, это будет шикарный отель.

— Там внутри?! Прекрасный отель — это «Беверли-Уилшир»!

Даг даже не удостоил ее взглядом.

— Сначала мы посмотрим, есть ли свободные номера.

Сглотнув слюну, Уитни смотрела, как он поднимается к пещере и входит внутрь, с трудом сопротивляясь желанию окликнуть его и вернуть. «У каждого есть какая-нибудь фобия», — напомнила она себе, подходя чуточку ближе. У нее это была боязнь небольших закрытых пространств. Даже такая уставшая, как сейчас, она была готова пройти еще десять миль, только бы не лезть в эту узкую темную дыру.

— Здесь не «Уилшир», — сказал Даг, выбираясь обратно, — но тоже сойдет. Нам забронировали места.

Уитни села на скалу и огляделась. Кругом не было ничего, кроме скал, нескольких чахлых сосен и изрытой ямами земли.

— Мне кажется, я истратила непомерное количество денег на палатку, которая в сложенном виде не больше носового платка, — напомнила она. — Ты когда-нибудь слышал об удовольствии спать под звездами?

Даг пожал плечами.

— Когда кто-то охотится за моей шкурой, я предпочитаю прислониться спиной к стене. По моим расчетам, Димитри ищет нас восточнее, но лучше перестраховаться. Ночью на холмах прохладно, — добавил он. — А в пещере мы можем рискнуть и развести маленький костер.

— Костер? — Уитни удивленно уставилась на него. — Это, конечно, прекрасно, но тебе не кажется, что в таком ограниченном пространстве мы через несколько минут задохнемся от дыма?

Даг достал из своего рюкзака маленький топорик и снял кожаный чехол.

— Через полтора метра от входа пещера расширяется. — Подойдя к невысокой сосне, он принялся рубить ветки. — Ты когда-нибудь занималась спелеологией?

— Прошу прощения?

— Исследованием пещер, — пояснил, усмехаясь, Даг. — Я как-то раз познакомился со студенткой, изучающей геологию. Ее папаша был владельцем банка. — Насколько мог вспомнить Даг, он так и не смог ее расколоть больше чем на пару незабываемых ночей в пещере. — Так вот, ты много упустила, милочка. Например, в этой пещере есть первоклассные сталактиты и сталагмиты.

— Как захватывающе, — сухо сказала Уитни.

Когда она смотрела в сторону пещеры, то видела только очень маленькую и очень темную дыру в скале. От одного только ее вида у нее на лбу выступал холодный пот.

Раздосадованный, Даг одним ударом расколол довольно внушительное полено.

— Да, я догадываюсь, что такую женщину, как ты, каменные формообразования не очень интересуют — их ведь нельзя надеть.

Они все одинаковы — женщины, которые носят французские платья и итальянские туфли. Вот почему, чтобы получить удовольствие, он предпочитает отправиться к танцовщице или проститутке. С такими, по крайней мере, все бывает честно.

Уитни сузила глаза.

— Это что же ты имеешь в виду, когда говоришь «такая женщина, как я»?

— Избалованная, — ответил он, с хрустом опуская свой топорик. — Пустая.

— Пустая?! — Уитни вскочила на ноги. Насчет избалованной у нее не было возражений — что верно, то верно, — но пустая? — Это исключительная наглость — называть меня пустой, Дуглас! Я добилась чего-то в жизни не из-за богатства!

— А тебе и не нужно было ничего добиваться. — Он повернул голову, и их глаза встретились. — В этом наше главное различие, герцогиня. Вы родились с серебряной ложкой во рту. А я родился, чтобы вытащить эту ложку и присвоить ее себе. — Держа под мышкой охапку дров, он направился к пещере. — Если хотите есть, леди, то заносите провизию внутрь. Здесь, к сожалению, нет никакого бюро обслуживания. — Проворно и быстро он схватил за лямки свой рюкзак, наклонился и исчез в глубине пещеры.

И как он только посмел?! Уперев руки в бедра, Уитни с возмущением смотрела ему вслед. Как он смеет так с ней разговаривать после того, как она сегодня столько прошла?! С тех пор, как она его встретила, в нее уже однажды стреляли, ее сталкивали с поезда, ей угрожали, ее преследовали... В конце концов, Дуглас Лорд обошелся ей в несколько тысяч долларов! Как он смеет разговаривать с ней так, как будто она жеманно улыбающаяся пустоголовая дебютантка?! Это ему даром не пройдет!

На мгновение ей пришла в голову мысль плюнуть на все, оставить его в этой пещере и спуститься на побережье — к людям, к цивилизации. Ну нет! Глядя на отверстие в скале, Уитни сделала долгий, глубокий вдох. Дуглас Лорд как раз этого и добивается — он хочет избавиться от нее и забрать все сокровища себе. Но она ему этого не позволит!

Стиснув зубы, Уитни нагнулась и вошла в пещеру. Гнев позволил ей проскочить первые полметра, но потом страх приковал ее к месту. Дыхание стало прерывистым, Уитни уже не могла двинуться ни вперед, ни назад. Она оказалась в темном, лишенном воздуха ящике, и крышка уже захлопнулась, чтобы она задохнулась.

Уитни почувствовала, как темные влажные стены сдвигаются, выдавливая из нее воздух. Она опустилась на колени, прислонилась лбом к холодной стене и пыталась подавить истерику.

Нет, она не поддастся. Нельзя. Если она заскулит, Даг услышит, а гордость ее была такой же сильной, как и страх. Он не получит повода над ней насмехаться!

Глотая ртом воздух, Уитни медленно продвигалась вперед. Он говорил, что пещера расширяется. Может быть, она сможет дышать, если только проползет еще метр?

О боже, как ей сейчас нужен свет! И свободное пространство. И воздух. Сжав кулаки, Уитни отчаянно боролась с желанием закричать. Нет, она не доставит ему такого удовольствия!

Внезапно Уитни увидела впереди отблеск огня, до нее донесся звук потрескивающих дров и легкий запах соснового дыма. Он все-таки разжег костер! Теперь, по крайней мере, не будет темно. Ей нужно только протащить себя еще метр — и не будет темно...

Уитни казалось, что у нее больше уже не осталось сил и мужества. И все-таки она упрямо продолжала двигаться вперед, пока на ее лице не заиграли отблески огня и стены не расступились. Некоторое время она лежала в изнеможении, тяжело дыша.

— Итак, ты все же решила ко мне присоединиться? — Сидя к ней спиной, Даг вытащил из рюкзака несколько вложенных друг в друга котелков. — Я уже набрал воды. Нам предстоит обед на голландский манер, милочка, — фрукты, рис и кофе. Я займусь кофе. Давай посмотрим, что ты сможешь сделать с рисом.

Хотя ее все еще трясло, Уитни заставила себя принять сидячее положение. «Это пройдет, — сказала она себе. — Тошнота и головокружение скоро пройдут. Все будет хорошо».

— Жаль, что мы не захватили с собой легкого белого вина, но...

Даг повернулся к ней и вздрогнул. Это игра света или у нее в самом деле такое серое лицо? Нахмурившись, он поставил воду на огонь, подошел к Уитни и опустился на корточки.

— Что случилось?

— Ничего.

— Уитни... — Он дотронулся до ее руки. — Господи, да у тебя руки как лед! Иди к огню.

— Со мной все в порядке, — с трудом проговорила она. — Просто оставь меня в покое.

Даг чувствовал, что ее бьет дрожь. Удивительно, но она казалась сейчас совсем юной и беззащитной. Женщины с голубой кровью и прозрачными бриллиантами обычно располагают необходимой защитой.

— Подожди-ка, я дам тебе воды, — пробормотал Даг и, протянув руку к фляге, отвинтил крышку. — Она немного теплая, пей ее не спеша.

Уитни сделала глоток. Вода была действительно теплой и отдавала металлом, но ей сразу стало легче.

— Спасибо.

— Тебе надо немного отдохнуть. Если ты больна...

— Я не больна. — Она сунула ему флягу обратно в руку. — Просто у меня маленькие проблемы с замкнутыми пространствами. Но сейчас я уже здесь, и со мной скоро будет все в порядке.

«Не такие уж маленькие проблемы», — подумал Даг, снова взяв ее за руку. Рука была влажной, холодной и дрожащей. Он чувствовал себя виноватым и ненавидел себя за это. Даг прекрасно знал: стоило какой-нибудь женщине заставить его заботиться о ней — все пропало. Так уже случалось не раз.

— Уитни, ты должна была мне об этом сказать.

Она подняла подбородок жестом, которым он поневоле восхитился.

— Гораздо хуже, что я оказалась такой дурой.

— Почему? Меня, например, это совершенно не беспокоит. — Усмехнувшись, он погладил ее по щеке. Плакать она вроде не собиралась — и слава богу.

— Тот, кто рожден дураком, редко об этом сообщает. — Уитни тяжело вздохнула. — Как бы то ни было, я нахожусь внутри. Наверно, понадобится подъемный кран, чтобы снова вытащить меня наружу.

Она огляделась по сторонам. Вокруг была широкая пещера, с потолка которой свисали гигантские каменные сосульки. Они блестели в свете костра, и это было очень красиво. Правда, на полу кое-где виднелись следы помета, а около стены Уитни с содроганием заметила скрюченную змеиную кожу.

— У нас есть веревка. Когда придет время, я

просто вытащу тебя отсюда. А сейчас давай выпьем кофе.

Когда он отвернулся, Уитни коснулась своей щеки, которую он погладил. Она не думала, что это может оказаться так приятно...

Вздохнув, Уитни развязала свой рюкзак.

— Я совершенно не умею готовить рис, — смущенно пробормотала она.

— В соответствии с нашими нынешними возможностями, ничего не остается, кроме как засыпать его в кипящую воду и помешивать. — Он оглянулся через плечо. — Ты должна справиться.

— А кто моет тарелки? — осведомилась Уитни, переливая воду в другую кастрюлю.

— Готовим мы вместе, значит, и посуду моем вместе. — Даг усмехнулся. — В конце концов, мы же партнеры!

— Разве? — Приятно улыбаясь, Уитни поставила кастрюлю на огонь. От аромата кофе мрачная пещера сразу стала казаться уютной и цивилизованной. — А как насчет того, чтобы я посмотрела бумаги, партнер?

Даг передал ей металлическую кружку с кофе.

— А как насчет того, чтобы отдать мне половину денег?

Смеясь, она посмотрела на него поверх кружки.

— Хороший кофе, Дуглас. Еще одно проявление твоих многочисленных талантов.

— Да, бог меня щедро одарил. — Выпив полчашки, он почувствовал, как тепло растекается по его телу, снимая усталость. — Я пока оставлю тебя на кухне, чтобы позаботиться о наших спальных принадлежностях.

— Если учесть, сколько я заплатила за эти

спальные мешки, они должны быть мягче пуховых подушек.

— У тебя нездоровое пристрастие к долларам, дорогая.

— Просто они у меня есть.

Даг тихо пробормотал что-то, расчищая пространство для спальных мешков. Уитни не разобрала слов, но уловила общий смысл. Ухмыльнувшись, она начала зачерпывать рис и бросать его в кипящую воду. Одна горсть, две... «Если рис — наше основное блюдо, его должно быть много», — решила она и бросила в котелок еще одну горсть.

— А теперь начинай мешать, — сказал ей Даг, разворачивая спальные мешки. — Возьми вилку.

Уитни послушно начала мешать рис.

— Между прочим, откуда ты столько знаешь о приготовлении пищи?

— Я много знаю о еде, — непринужденно сказал Даг. — Видишь ли, я довольно редко испытываю удовольствие от той пищи, которую заказал. — Он разложил второй мешок рядом с первым, а после минутного размышления раздвинул их на полметра. — Поэтому я научился готовить. Мне это нравится.

— А по-моему, пусть лучше готовит кто-нибудь другой.

Даг только пожал плечами.

— Голова на плечах плюс несколько специй — и вы обедаете, как король! Даже в номере мотеля с крысами и неработающим туалетом. А когда дела пойдут плохо, я всегда могу наняться в какой-нибудь ресторан.

— Пойдешь работать? Я разочарована.

Он пропустил мимо ушей ее легкий сарказм.

— Это единственная работа, на которую я бы согласился. Кроме всего прочего, такая работа дает возможность изучить постоянных клиентов.

— Как возможную жертву?

— Никакой возможностью не следует пренебрегать. — Усевшись на один из спальных мешков, Даг прислонился к стене пещеры и вытащил сигарету.

— Это что, девиз бойскаутов?

— Если нет, то должен им стать.

— Готова спорить, что ты лучший бойскаут на свете, Дуглас!

Он ухмыльнулся, наслаждаясь отдыхом, табаком, кофе. Даг уже давно понял, что надо наслаждаться тем, что есть, и стремиться к большему. Гораздо большему!

— Как насчет обеда? — спросил он.

Уитни снова пошевелила рис вилкой.

— Скоро будет. По крайней мере, мне так кажется.

Даг уставился на потолок, лениво размышляя о формировании камней, с которых веками капала вода, образуя что-то вроде длинных копий. Его всегда интересовала старина, историческое наследие, и он стремился узнать об этом побольше. Он понимал, что отчасти именно из-за этого отправился на север — к драгоценностям и истории, которая стояла за ними.

— Рис лучше готовить в масле, с грибами и несколькими кусочками миндаля, — мечтательно произнес он.

Уитни почувствовала, как свело от голода желудок.

— Съешь банан, — предложила она и бросила

Дагу одну штуку. — А что мы будем делать, когда у нас кончатся запасы?

— Я думаю, мы можем утром попробовать спуститься в деревню.

Уитни села рядом с ним, скрестив ноги, и тоже взяла банан.

— Ты думаешь, это не опасно?

Даг пожал плечами и допил свой кофе.

— Это просто необходимо, так что стоит ли говорить о безопасности? В этой пещере есть вода, но неизвестно, что будет дальше. Нам надо пополнить свои запасы.

Уитни задумалась.

— Как я понимаю, Димитри знал, что поезд направляется в Таматаве, и будет искать нас там.

— Скорее всего. Наша задача — сделать так, чтобы к тому времени, когда мы туда попадем, он искал где-нибудь в другом месте.

Она откусила кусок плода.

— Значит, он совершенно не представляет, куда ты в конце концов направляешься?

— Не больше, чем ты, дорогая. — По крайней мере Даг на это надеялся, хотя неприятное ощущение между лопатками все не проходило. Сделав последнюю глубокую затяжку, он бросил окурок в огонь. — Насколько я знаю, Димитри никогда не видел бумаг — по крайней мере, всех.

— Если он не видел бумаг, то как же узнал о сокровищах?

— Он поверил, дорогая, — так же, как и ты.

Уитни удивленно подняла брови.

— Этот Димитри не производит впечатление человека, который чему-либо верит.

— Да, но у него хорошо развито чутье. Был человек по имени Уайтейкер, который решил продать бумаги тому, кто даст за них наибольшую цену, и получить хороший доход, ничего не раскапывая. Мысль о сокровищах, существование которых подтверждено документами, захватила воображение Димитри. Я говорил тебе, что оно у него есть.

— Действительно. Уайтейкер... — Пытаясь вспомнить этого человека, Уитни забыла, что надо помешивать рис. — Джордж Аллан Уайтейкер?

— Он самый. Ты его знаешь?

— Очень мало. Я когда-то была знакома с одним из его племянников. Считают, что этот Уайтейкер сделал свои деньги на нелегальном производстве спиртного во времена «сухого закона».

— Совершенно верно. А кроме того, он занимался контрабандой. Ты помнишь сапфиры Джеральди, которые были украдены, дай бог памяти, в семьдесят шестом?

Она с минуту подумала.

— Нет.

— Впрочем, ты тогда была слишком молода. Кстати, тебе стоит почитать ту книгу, что я стянул в округе Колумбия.

— «Драгоценности, исчезнувшие в веках»? — Уитни повела плечами. — Я предпочитаю читать беллетристику.

— Нужно расширять свой кругозор. Из книг ты можешь научиться всему, чему стоит учиться.

— В самом деле? — Заинтересовавшись, она внимательно взглянула на него. — Значит, ты любишь читать?

— Это мое самое любимое занятие, не считая секса. Да, так насчет сапфиров Джеральди. После королевских драгоценностей это наиболее заманчивый комплект камушков.

Сказанное произвело на Уитни впечатление.

— Это ты их украл?

— Нет. — Даг привалился спиной к стене. — В семьдесят шестом я сидел на мели — не было денег даже на билет до Рима. Но у меня были связи. Как и у Уайтейкера.

— Так это *он* их украл? — Уитни вспомнила невзрачного тощего старика, и ее глаза расширились.

— Он это организовал, — поправил Даг. — Разменяв седьмой десяток, Уайтейкер не любил пачкать руки. Он в то время выдавал себя за эксперта в области археологии. Ты ни разу не видела его передачи на общественном телевидении?

Значит, он еще смотрит научно-популярные программы. Какой всесторонне развитый вор!

— Нет, но слышала, что он хотел стать сухопутным Жаком Кусто.

— Не та весовая категория. Тем не менее пару лет у него был довольно приличный рейтинг. Он сумел расколоть на финансирование раскопок много отчаянных голов с большими счетами в банках. Дела у него шли очень неплохо.

— Мой отец говорил, что там полно дерьма, — заметила Уитни.

— Значит, твой отец разбирается не только в сливочной помадке. Так или иначе, но Уайтейкер был посредником при перемещении на другую сторону Атлантики многих камушков и произведений искусства. А примерно год назад он убедил одну английскую леди расстаться с пачкой старых документов и писем...

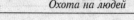

Уитни резко вскинула голову.

— Наши бумаги?

Дага неприятно задело то, что она сказала «наши», но он предпочел пропустить это мимо ушей.

— Леди считала, что эти документы обладают исключительно культурной ценностью. Она написала кучу книг на подобные темы. Был, правда, некий генерал, который едва не заключил с ней сделку, но, кажется, Уайтейкер лучше знал, как надо льстить пожилым матронам. Беда в том, что ему не хватило средств на организацию экспедиции.

— И тут появился Димитри?

— Точно. Как я уже говорил, Уайтейкер объявил торги. Предполагалось, что это будет коммерческая сделка. Партнерство, — добавил он со слабой улыбкой. — Однако Димитри решил, что рыночная конкуренция его не устраивает, и сделал альтернативное предложение. — Даг скрестил ноги и принялся очищать банан. — Он потребовал, чтобы Уайтейкер отдал ему бумаги в обмен на собственную безопасность. И наглядно продемонстрировал, что ему грозит в случае отказа.

Уитни откусила еще кусочек банана, но не смогла его проглотить.

— Какое убедительное предложение!

— Да, Димитри умеет обделывать делишки. К сожалению, с Уайтейкером он немного перестарался. Очевидно, у старого джентльмена было не в порядке с сердцем. Он неожиданно отдал концы, прежде чем Димитри смог получить бумаги или удовольствие — я не знаю, чего ему тогда больше хотелось. Произошел несчастный случай, как сказал Димитри, когда нанял меня, чтобы я их украл. Впрочем, при этом он довольно подробно изложил, каким образом собирался заставить Уайтейкера изменить свое мнение — дабы в меня вселился страх божий, и я не вздумал чего-нибудь затевать. — Он вспомнил крошечные серебряные щипцы, которые Димитри поглаживал во время встречи. — Это подействовало.

— Но ты их все равно утащил.

— Только после того, как он меня надул, — сказал Даг, откусив еще кусок банана. — Если бы он играл со мной честно, то получил бы бумаги. А я бы получил свой гонорар и небольшой отпуск в Канкуне.

— Тем не менее теперь они у тебя. И никакой возможностью не следует пренебрегать, верно?

— Ты попала в точку, сестричка. Иисусе! — Даг внезапно вскочил и подбежал к огню. Инстинктивно Уитни подобрала ноги, ожидая всего, что угодно, начиная от змеи и кончая отвратительным пауком. — Черт возьми, женщина, сколько риса ты сюда положила?

— Я... — Она замолчала, уставившись на кастрюлю. Рис вываливался через края, как лава. — Всего пару пригоршней, — сказала Уитни, закусив губу, чтобы не засмеяться.

— Скажи это моей заднице!

— Ну, четыре. — Она все-таки прыснула и прижала руку к губам. — Или пять.

— Четыре или пять, — пробормотал Даг, вываливая рис на тарелки.

— Я же говорила тебе, что не умею готовить, — напомнила Уитни, изучая клейкую коричневатую массу. — И я это доказала.

— Да уж.

Услышав ее приглушенный смех, Даг обернулся. Уитни сидела на мешке по-индейски, юбка и блузка ее были перепачканы, лента на косе свободно свисала. Даг вспомнил, как она выглядела при их первой встрече. Холодная и неприступная, в белой фетровой шляпе и пышных мехах. Почему она сейчас кажется гораздо привлекательнее?

— Ты зря смеешься, — сказал он, подталкивая к ней тарелку. — Тебе придется съесть свою долю.

— Я уверена, что это будет замечательно!

Той же вилкой, которую она использовала для готовки, Уитни ковырнула рис. «Смело», — подумал Даг, глядя, как она отправляет в рот первую порцию. Вкус был своеобразным, но не таким уж неприятным. Пожав плечами, Уитни принялась есть. Она никогда не была нищей, но слышала, что нищие не могут себе позволить быть особенно разборчивыми. Так или иначе, Уитни впервые в жизни чувствовала настоящий голод.

— Не будь ребенком, Дуглас, — сказала она. — Если нам попадутся грибы и миндаль, мы в следующий раз сделаем по-твоему.

Даг ел медленнее и с меньшим энтузиазмом. Он и раньше бывал голоден, и предполагал, что ему еще не раз придется испытать это чувство. Но вот она... Дагу было интересно, сколько времени выдержит Уитни. Во всяком случае, пока он не собирался прерывать этот эксперимент с партнерством.

— Дуглас, а что случилось с женщиной, которая дала Уайтейкеру карту?

Даг проглотил ложку риса.

— Ее однажды навестил Бутрейн, — спокойно сказал он.

Когда Уитни подняла взгляд, Даг заметил, что в глазах ее промелькнул страх, и был рад этому. Для них обоих будет лучше, если она поймет, что игра идет по-крупному. Однако, когда Уитни взяла кружку с кофе, ее руки не дрожали.

— Понятно. Значит, из тех, кто видел эти бумаги, ты единственный остался в живых...

— Это верно, дорогая.

— Он наверняка захочет избавиться от тебя — и от меня тоже.

— Совершенно справедливо.

— Но я не видела этих бумаг!

Даг небрежно зачерпнул еще риса.

— Если ты попадешь ему в руки, то не успеешь ничего сказать.

Уитни с минуту пристально смотрела на него.

— Ты первосортный подонок, Дуглас Лорд.

Он усмехнулся, уловив в ее словах легкий оттенок уважения.

— Мне нравится первый сорт во всем.

Они оба надолго замолчали. Костер догорал, так что от угольев свет в пещере стал красноватым и тусклым. Где-то в глубине капала вода с размеренным, музыкальным звуком. Даг снял туфли, мечтая только об одном — поскорее забыться сном. Он нисколько не сомневался, что заснет как убитый.

— Ты знаешь, как обращаться со спальным мешком? — лениво спросил он, расстегивая свой собственный мешок.

— Спасибо, я думаю, что смогу справиться с «молнией».

И тут он допустил ошибку — оглянулся на нее и не смог отвернуться.

Без тени смущения Уитни сняла блузку. Даг помнил, каким тонким казался материал ее купальника в утреннем свете. Когда она сняла и юбку, во рту у него пересохло.

Нет, она не была такой уж нескромной — просто падала с ног от усталости. И ей совсем не приходило в голову разыграть здесь спектакль. По здравом размышлении Уитни решила, что купальник все вполне закрывает — ведь надевала же она его на общественном пляже. Ее единственным желанием сейчас было принять горизонтальное положение, закрыть глаза и отключиться.

Если бы Уитни не так устала, она, возможно, порадовалась бы, узнав, какое возбуждение вызвал у Дага вид ее обнаженного тела. Она могла бы испытать чисто женское удовлетворение от того, что он глотает слюну, глядя, как она наклонилась расстегнуть спальный мешок и слабый отблеск пламени заиграл на ее коже.

Но Уитни ни о чем не думала. Она молча влезла в спальный мешок и застегнула «молнию». Теперь ему не было видно ничего, кроме копны светлых волос. Вздохнув, она опустила голову на руки.

— Спокойной ночи, Дуглас.

— Спокойной ночи.

Даг снял рубашку, затем взялся за край липкой ленты, задержал дыхание и безжалостно дернул, почувствовав, как обожгло его грудь. Уитни даже не пошевельнулась, когда проклятия огласили стены пещеры. Она уже спала. Проклиная ее, проклиная грудь, Даг засунул конверт в рюкзак и забрался в свой спальный мешок. Уитни тихо вздохнула во сне, а он еще долго смотрел в потолок, не в силах заснуть. У него болели не только ссадины...

ГЛАВА 6

Что-то защекотало тыльную сторону ее ладони. Цепляясь за сон, Уитни ленивым движением встряхнула рукой и зевнула. Она всегда вставала, когда считала нужным, если хотела спать до полудня, то спала до полудня, если хотела встать на рассвете, то вставала на рассвете. Под настроение она могла работать по восемнадцать часов в сутки. С одинаковым энтузиазмом она могла столько же спать. В настоящий момент Уитни все еще пребывала во власти неясного, но скорее приятного сна, который только что видела, и вставать не собиралась. Однако, почувствовав, как к руке что-то опять мягко прикоснулось, она вздохнула и наконец открыла глаза.

Наверняка это был самый большой и самый толстый паук из всех, что ей доводилось видеть. Большой, черный, волосатый, он не спеша перебирал своими кривыми лапками, направляясь прямо к ее лицу. Какое-то время, ничего не соображая после сна, Уитни в тусклом свете костра молча смотрела на него.

Пробуждение было внезапным. Издав отчаянный визг, Уитни стряхнула паука с руки, подбросив его на несколько метров в воздух. Он со стуком приземлился на пол пещеры, затем, шатаясь, как пьяный, побрел прочь.

Паука Уитни не испугалась — она даже и не подумала, что он может оказаться ядовитым. Просто он был безобразным, а Уитни очень не любила все безобразное.

С отвращением вздохнув, она села и принялась расчесывать пальцами волосы. Ну, допустим, когда спишь в пещере, то можешь ожидать визита таких безобразных соседей. Но почему он навестил ее, а не Дага? Решив, что нет никаких причин, по каким Даг должен спать, если ее так грубо разбудили, Уитни повернулась с твердым намерением толкнуть его как следует.

В это трудно было поверить, однако Дага в пещере не оказалось. Он исчез — вместе со своим спальным мешком.

С беспокойством, но пока еще без паники, Уитни огляделась по сторонам. Скальные образования на потолке пещеры создавали впечатление покинутого и полуразрушенного замка. От костра, на котором готовили пищу, осталась только горсть тлеющих угольков. Остро пахло фруктами — наверное, некоторые из них уже перезрели. Рюкзак Дага, как и спальный мешок, отсутствовал.

Подонок! Грязный подонок! Он сбежал вместе с бумагами и оставил ее в этой проклятой пещере с парой бананов, кульком риса и пауком размером с тарелку!

Слишком злая, чтобы особенно раздумывать, Уитни бросилась к выходу и начала протискиваться сквозь туннель. Дыхание ее сразу стало прерывистым, но она все равно лезла вперед. «К черту фобии!» — сказала она себе. Никто не сможет ее перехитрить и смыться, а чтобы поймать его, нужно вылезти наружу. Зато когда она его поймает...

Уитни увидела впереди отверстие и постаралась сосредоточиться на нем — и на чувстве мести. Дрожа и задыхаясь, она наконец выкарабкалась на солнечный свет и тут же вскочила на ноги.

— Лорд! Сукин сын, Лорд!

Ее крик зазвенел в воздухе и, отразившись от камней, вернулся обратно — вполовину слабее и намного жалобнее. Уитни беспомощно огляделась по сторонам — вокруг одни красные скалы и холмы. Как она сможет узнать, куда он пошел?

На север. На проклятый север. У него есть компас и карта, а у нее нет ничего. Скрипнув зубами, Уитни снова закричала:

— Лорд, подонок, ты от меня так не уйдешь!

— Куда?

Она повернулась на каблуках и едва не столкнулась с ним.

— Где ты был, черт возьми?! — Вне себя от гнева и облегчения, она схватила его за рубашку и как следует встряхнула. — Куда, черт возьми, ты ходил?

— Полегче, дорогая! — Даг по-приятельски похлопал ее по заду. — Если бы я знал, что ты захочешь меня потрогать, я бы вернулся быстрее.

— Разве что за горло! — Встряхнув еще раз, она его отпустила.

— Надо же с чего-то начинать. — Даг поставил свой рюкзак около входа в пещеру. — Ты думаешь, я собираюсь тебя бросить?

— При первой же возможности.

Он вынужден был согласиться, что она угадала. Эта идея приходила ему в голову еще сегодня утром, однако после недолгих размышлений Даг понял, что не сможет оставить ее в пещере одну. Вот когда они наконец доберутся до Таматаве...

Чтобы не дать ей его разоблачить, Даг пустил в ход все свое очарование.

— Дорогая, как ты могла так подумать?! Ведь мы же партнеры! — Он поднял руку и провел пальцем по ее щеке. — Кроме того, ты женщина. Кем бы я был, если бы оставил тебя одну в таком месте?

Уитни все еще не могла оправиться от пережитого страха.

— Тем, кем ты и являешься: человеком, который продаст шкуру собственной собаки, если цена будет подходящей. Ну, так где ты был?

Даг подумал, что не стал бы продавать шкуру, но в случае необходимости мог бы, пожалуй, заложить живую собаку.

— Ты тяжелый человек, Уитни. Посуди сама: зачем бы я стал тебя будить, если ты спала как ребенок? А я проснулся рано и решил провести небольшую разведку местности.

Уитни глубоко вздохнула. Это было резонно. И, в конце концов, ведь он же вернулся!

— В следующий раз, когда захочешь поиграть в Дэниэля Буна, разбуди меня.

— Как скажешь.

Завидев над головой птицу, Уитни некоторое время наблюдала за ней, пока не успокоилась. Небо было чистое, воздух тоже был чистым — и прохладным. Жара начнется через несколько часов. Стояла такая тишина, какой Уитни не слышала никогда в жизни. Эта тишина успокаивала.

— Ну, раз ты ходил на разведку, то как насчет рапорта?

— Внизу в деревне все тихо. — Даг достал сигарету, которую Уитни тут же выхватила у него. Вытащив другую, он зажег обе. — Я не подходил настолько близко, чтобы разглядеть подробности, но все выглядит так, как будто дела там идут обычным порядком. Как мне представляется, сейчас самое подходящее время, чтобы нанести визит.

Уитни только сейчас сообразила, что до сих пор в купальнике.

— В таком виде?

— А что? Довольно красивая штука! Аборигенов ты сразишь наповал.

— Ну, ты можешь отправляться и в грязной рубашке, а я намерена сначала помыться и переодеться.

— Ради бога. Надеюсь, воды хватит, чтобы смыть с твоего лица хотя бы часть грязи.

Уитни машинально дотронулась до своей щеки, и Даг ухмыльнулся.

— Где твой рюкзак?

— Он там...

В глазах Уитни мелькнул испуг. Она обернулась к входу в пещеру, а когда вновь посмотрела на Дага, взгляд ее был вызывающим, а голос — твердым.

— Я не собираюсь туда возвращаться!

— Ладно, я вытащу твое снаряжение. Но не думай, что сможешь прихорашиваться все утро. Я не хочу терять времени.

Уитни только приподняла бровь.

— Я никогда не прихорашиваюсь, — мягко сказала она. — В этом нет необходимости.

Проворчав что-то невнятное, Даг исчез. Покусывая губу, Уитни бросила взгляд в сторону пещеры, затем посмотрела на рюкзак, стоявший рядом с входом. У нее может не быть другого шанса! Не колеблясь, Уитни присела и принялась рыться в рюкзаке.

Сначала она наткнулась на кухонные принадлежности, затем нащупала что-то мягкое — очевидно, рубашку. Обнаружив довольно элегантную мужскую щетку для волос, Уитни на миг задержалась. Где он это взял? Она помнила все его вещи, вплоть до шорт, за которые платила. «Ловкость рук», — решила она и бросила щетку назад.

Найдя конверт, Уитни осторожно его вытащила. Должно быть, это то, что нужно. Она снова взглянула в сторону пещеры, затем быстро достала несколько тонких, пожелтевших листков и принялась бегло их просматривать. Текст был написан по-французски аккуратным женским почерком. «Письмо, — подумала Уитни. — Нет, часть дневника. И дата — боже мой!» Глаза ее расширились. 15 сентября 1793 года — вот что было написано выцветшими ровными буквами. Уитни стояла в лучах солнечного света, на изъеденной дождями и ветрами скале, и держала в руках кусок истории.

Уитни прочла несколько фраз, в которых сквозили страх, беспокойство и надежда. Она была больше чем уверена, что это написала молодая девушка — из-за постоянных ссылок на маму и папу. Молодая аристократка, испуганная и сбитая с толку тем, что происходит с ней и с ее семьей... Представляет ли себе Даг, что именно он носит в брезентовом мешке?

Уитни понимала, что сейчас не удастся спокойно это прочесть. А потом... Размышляя, она похлопала конвертом по раскрытой ладони. Было бы очень здорово побить Дага его собственным оружием! И тут она услышала, что он возвращается.

Держа конверт в одной руке, Уитни быстро огляделась. Где, черт возьми, ей это спрятать? У Маты Хари, по крайней мере, был саронг... Она начала лихорадочно засовывать конверт в лифчик, но сразу поняла абсурдность этой затеи — с таким же успехом можно прикрепить его себе на лоб. Когда осталось всего несколько секунд, она быстро засунула конверт сзади в трусы, предоставив все воле случая.

— Ваш багаж, миссис Макаллистер!

— Чаевые получите позже.

— Все так говорят.

— Хорошо делать свое дело — это само по себе награда.

Она одарила его самодовольной улыбкой. Даг ответил ей тем же. Уитни забрала у него рюкзак, и тут ей в голову внезапно пришла одна мысль. Если она смогла так легко украсть конверт, то он... Открыв рюкзак, она принялась искать бумажник.

— Пора идти, дорогая. Мы уже опаздываем на утренний прием.

Он уже собирался взять ее под руку, когда Уитни вдруг ударила его рюкзаком в живот. От неожиданности Даг согнулся пополам, и это доставило ей огромное удовольствие.

— Мой бумажник, Дуглас! — Раскрыв его, она обнаружила, что он оказался достаточно щедр, оставив ей двадцатку. — Кажется, ты запустил туда свои загребущие пальцы?

Хотя Даг и надеялся, что она не раскроет его так скоро, он лишь пожал плечами.

— Не беспокойся, я буду выдавать тебе карманные деньги.

— О, в самом деле?

— Ты можешь назвать меня традиционалистом, но я считаю, что деньгами должен распоряжаться мужчина.

— Я могу назвать тебя идиотом!

— Как хочешь, но теперь деньги в моем распоряжении.

— Прекрасно. — Уитни сладко улыбнулась, что сразу же вызвало у него подозрение. — А конверт — в моем.

— И не думай об этом. А теперь будь хорошей девочкой и иди переоденься.

Ярость бушевала в ее груди, грозя прорваться наружу, но Уитни напомнила себе, что бывает время, когда можно дать волю гневу, а бывает время, когда нужна холодная голова. Это было еще одно правило ее отца.

— Ты меня не понял. Я сказала, что конверт уже у меня.

— А я сказал... — Даг вдруг замолчал, увидев выражение ее лица. У женщины, которую только что обвели вокруг пальца, не может быть такой самодовольной физиономии.

Даг посмотрел на свой рюкзак. Не могла она этого сделать! Потом снова посмотрел на нее. Еще как могла...

Но куда она его дела, черт побери?! Да куда угодно! Конверт можно засунуть под любой камень, и его никто никогда не найдет.

— Ладно, где бумаги?

Стоя на солнце, Уитни подняла руки ладонями кверху. Короткий купальник плотно облегал ее фигуру.

— По-моему, нет необходимости меня обыскивать.

Даг сузил глаза.

— Отдай их по-хорошему, Уитни, или через пять секунд ты будешь совершенно голой.

— А ты будешь с разбитым носом!

Они смотрели друг на друга, полные решимости стоять насмерть. И у обоих не было другого выбора, кроме ничьей.

— Бумаги! — снова сказал Даг, пытаясь в последний раз продемонстрировать мужскую силу и превосходство.

— Деньги! — ответила Уитни, полагаясь на выдержку и женское коварство.

Выругавшись, Даг залез в свой задний карман и вытащил пачку денег. Но когда она протянула руку, он отвел свою в сторону.

— Бумаги, — повторил он.

Уитни внимательно посмотрела на него. «У него очень прямой взгляд, — решила она. — Очень открытый, очень честный. И он обманет, не моргнув глазом. Но все же в некоторых случаях на него можно положиться».

— Дай слово, — потребовала она.

Его слово чего-то стоило только тогда, когда он этого хотел, — и в зависимости от ситуации. Он прекрасно понимал, что действительно может вытащить ее из купальника ровно за пять секунд, и она окажется под ним прежде, чем успеет раскрыть рот. Он получит то, о чем мечтал прошедшей ночью, но тогда... Тогда она может получить над ним такую власть, какую нельзя допускать. «Приоритеты, — напомнил он себе. — Главное — это приоритеты!»

— Даю, — не задумываясь ответил Даг.

Уитни пришлось собрать все свои силы, чтобы остаться спокойной. В конце концов, достал же он деньги и, кажется, в самом деле собирается их отдать. Наверное, стоит рискнуть: у нее ведь все равно нет другого выхода. Без денег ей будет просто нечего делать с этим конвертом...

Не раздумывая больше, Уитни достала конверт

и протянула ему. Теперь у него были бумаги — и деньги были у него тоже.

Некоторое время Даг внимательно смотрел на нее. Он не сомневается, что даже без денег она сможет найти в деревне какой-то транспорт, чтобы добраться до столицы. Если он собирается послать ее к черту, то лучшего времени для этого не найти.

Поколебавшись, Даг все же решил, что на этот раз его слово имеет силу, и сунул пачку денег ей в руку.

— Честное слово вора... — начал он.

— Честное слово вора — это миф, — закончила Уитни.

Был момент — всего лишь один момент, — когда она не была уверена, что он сдержит обещание. Вздохнув с облегчением, она подняла рюкзак и флягу и направилась к ближайшей сосне. Все же какое-то укрытие, хотя в данный момент Уитни предпочла бы стальную дверь с тяжелым засовом.

— Тебе стоит подумать насчет бритья, Даг! — крикнула она. — Мне очень не нравится, когда мой эскорт выглядит неряшливо.

Даг провел рукой по подбородку и поклялся несколько недель не бриться.

Уитни обнаружила, что когда цель видна, то идти легче.

В детстве она провела одно незабываемое лето в поместье родителей на Лонг-Айленде. Ее отец был тогда одержим идеей благотворности моциона. Каждый день, если она не успевала ускользнуть, ей приходилось отправляться с ним на прогулку. Уитни вспомнила, как тщетно старалась не отстать от него и всякий раз прибегала к хитрости, когда, приближаясь к величественному фасаду дома, пускалась вприпрыжку, зная, что отец за ней не побежит.

В данном случае целью назначения была всего лишь кучка ветхих строений рядом с зелеными полями и текущей на запад коричневой речкой. После дневного марша и ночи, проведенной в пещере, она показалась Уитни такой же полноводной, как Нью-Рошель.

Леса вокруг были принесены в жертву рисовым чекам, и малагасийцы, очень практичный народ, прилежно трудились, чтобы оправдать эту жертву. Уитни всегда казалось, что островитяне должны быть ленивыми и беспечными, но, глядя на этих людей, она сомневалась, что многие из них вообще когда-нибудь видели море.

Буйволы со скучающим видом, помахивая хвостами, двигались по полю, за ними шли мужчины в широких штанах. Неподалеку женщины развешивали на веревках яркие, цветастые рубашки; у некоторых из них за спиной были привязаны дети. Уитни заметила обшарпанный джип без колес, который стоял на камне; откуда-то доносился монотонный звон металла о металл.

При приближении гостей все головы повернулись в их сторону, и работа замерла, но вперед никто не вышел. Уитни заметила во взглядах людей любопытство и подозрение. Какая жалость, что в рюкзаке у нее не нашлось ничего более приличного, чем рубашка и облегающие брюки! Она бросила оценивающий взгляд на Дага. С небритым лицом и всклокоченными волосами у него был такой вид, будто он только что пришел с вечеринки, которая слишком затянулась. В довершение ко всему, он уткнул нос в свой путеводитель и пытался читать на ходу.

— Разве обязательно этим заниматься сейчас? — проворчала Уитни.

— Должен же я иметь представление о тех, с кем нам придется общаться! Между прочим, это племя мерина азиатского происхождения и относится на острове к высшему слою. Имей это в виду.

— О, конечно, это страшно важно!

Не обращая внимания на иронию в ее голосе, Даг продолжал читать вслух:

— «На Мадагаскаре существует кастовая система, которая отделяет знать от среднего класса».

— Очень разумно.

Даг бросил на нее поверх книги сердитый взгляд. Уитни только улыбнулась.

— Да уж, разумно! Кстати, эта кастовая система запрещена законом, но на законы здесь не особенно обращают внимание.

— Если пытаться законодательно регулировать мораль, из этого вряд ли что-нибудь получится.

Не желая ввязываться в дискуссию, Даг оторвался от книги и прищурился. Люди собрались вместе, но было не похоже, что они готовят им торжественную встречу. Если верить тому, что он прочитал, все двадцать племен и групп малагасийцев уже много лет назад упаковали свои копья и луки, и тем не менее... Сейчас на него смотрели десятки неприветливых глаз.

— Как, ты думаешь, они обычно встречают незваных гостей? — Волнуясь больше, чем хотела бы признать, Уитни взяла его под руку.

Дагу приходилось являться без приглашения в такое множество мест, что и не сосчитать.

— Мы их очаруем, — беззаботно ответил он. — Обычно это срабатывает.

Уитни не разделяла его оптимизма, но тем не менее продолжала идти вперед, независимо расправив плечи. Когда они вышли на ровную площадку у подножия холма, в толпе поднялся ропот, затем она расступилась, давая дорогу высокому худощавому человеку, одетому в широкое черное одеяние поверх накрахмаленной белой рубашки. Был ли это местный вождь или священник, Уитни не знала, но, только раз взглянув на него, она поняла, что он здесь играет важную роль и что он недоволен вторжением.

Забыв о гордости, Уитни спряталась за спину Дага.

— Вот и очаровывай его, — с вызовом пробормотала она.

Глядя на высокого черного человека и стоящую за ним толпу, Даг откашлялся и пустил в ход свою самую обаятельную улыбку.

— Доброе утро. Как дела?

Высокий мужчина с царственным видом наклонил голову и обрушил на них поток малагасийских слов. Голос у него оказался низким, рокочущим, и в нем сквозило неодобрение.

— Мы не очень хорошо знаем ваш язык, мистер...

По-прежнему улыбаясь, Даг протянул ему руку, но незнакомец проигнорировал этот дружественный жест. С застывшей на лице улыбкой Даг взял Уитни за локоть и подтолкнул вперед.

— Попробуй по-французски, — шепнул он.

— А как же хваленое обаяние?

— Сейчас не время упрямиться, милая.

— Ты, кажется, говорил, что они настроены миролюбиво.

— Возможно, он не читал путеводитель.

Уитни взглянула прямо в лицо незнакомца, которое, казалось, было высечено из камня. Может быть, Даг и прав. Она улыбнулась и произнесла обычное французское приветствие.

Мужчина в черном пристально смотрел на нее десять долгих секунд, затем ответил. Уитни едва не засмеялась от облегчения.

— Ладно, хорошо. А теперь извинись, — приказал Даг.

— За что?

— За вмешательство, — процедил он сквозь зубы, сжимая ее локоть. — Скажи ему, что мы идем в Таматаве, но сбились с пути, и наши припасы на исходе. Продолжай улыбаться, только постарайся выглядеть беспомощной, как будто у тебя заглох мотор на обочине.

Она повернула голову и, приподняв брови, холодно глядела на него.

— Прошу прощения?

— Делай, что тебе говорят, Уитни! Ради Христа!

— Я ему все скажу, но не собираюсь выглядеть беспомощной. — Она снова с улыбкой обратилась к незнакомцу. — Мы очень извиняемся за вторжение в вашу деревню, — начала она по-французски. — Но мы направляемся в Таматаве, и мой спутник... — она жестом указала на Дага и пожала плечами, — он сбился с пути. У нас очень мало пищи и воды.

— Таматаве находится далеко на востоке. Вы идете пешком?

— К несчастью, да.

Человек в черном некоторое время хладнокровно рассматривал пришельцев. Судя по всему, гостеприимство являлось частью образа жизни малагасийцев, тем не менее оно распространялось не на всех. Наконец, что-то, очевидно, решив про себя, он с достоинством поклонился.

— Мы рады гостям. Разделите с нами кров и пищу. Меня зовут Луи Рабемананьяра.

— Очень приятно, — Уитни протянула ему руку, и на сей раз он ее пожал. — Я Уитни Макаллистер, а это Дуглас Лорд.

Луи повернулся к толпе и объявил, что в деревне будут гости. Вперед вышла невысокая молодая женщина с черными глазами и кожей цвета кофе. Посмотрев на ее сложную прическу, состоящую из множества кос, Уитни усомнилась, сможет ли лучший парикмахер Нью-Йорка воспроизвести это сооружение.

— Моя дочь Мари, — сказал Луи. — Она позаботится о вас. Когда вы отдохнете, мы попросим вас разделить с нами трапезу.

Коротко оглядев рубашку и брюки Уитни, Мари опустила глаза — очевидно, отец никогда не позволил бы ей носить подобную одежду.

— Добро пожаловать. Пойдемте, я покажу вам, где можно умыться.

— Спасибо, Мари.

Они двинулись через толпу вслед за Мари. Кто-то из детей показал пальцем на волосы Уитни и что-то возбужденно залепетал. Мать зашикала на него и оттащила в сторону.

Мари подвела гостей к небольшому одноэтажному дому с покатой тростниковой крышей. Дом был деревянным и довольно ветхим — некоторые доски отстали и погнулись. У двери лежала квадратная плетеная циновка, выгоревшая почти добела. Открыв дверь, Мари отступила в сторону, приглашая гостей войти.

Внутри все сияло чистотой; мебель была простой и грубой, но на каждом кресле лежали яркие подушки. Похожие на маргаритки желтые цветы стояли в глиняном кувшине у окна.

— Вот вода и мыло. — Мари провела их дальше в дом, где температура, казалось, была градусов на десять ниже. Из маленького алькова она достала деревянную лохань, кувшин с водой и кусок коричневого мыла.

— Прошу вас, отдыхайте, а в полдень у нас будет обед — праздничный обед. — Она в первый раз улыбнулась. — Мы готовимся к Фадамихане.

Не успела Уитни поблагодарить Мари, как Даг взял ее за руку. Он не понимал по-французски, но последнее слово прозвучало в его ушах, как колокольный звон.

— Скажи ей, что мы тоже чтим их предков.

— Что?

— Просто скажи.

Пожав плечами, Уитни так и поступила и была вознаграждена ослепительной улыбкой.

— Все, что есть у нас, — ваше, — сказала Мари и оставила их одних.

— О чем идет речь?

— Она что-то сказала насчет Фадамиханы?

— Да. Что бы это ни было, они к ней готовятся.

— Это праздник мертвых — это очень старый обычай. Религия малагасийцев включает в себя поклонение предкам. Раз в несколько лет мертвых извлекают из могил и устраивают для них вечеринку.

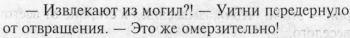

— Извлекают из могил?! — Уитни передернуло от отвращения. — Это же омерзительно!

— Это часть их религии, знак уважения.

— Не хотела бы я, чтобы кто-то таким образом оказывал мне уважение, — начала Уитни, но любопытство взяло верх. — И что же они делают? — нахмурившись, спросила она.

Даг налил воду в лохань.

— Когда тела извлекают, им отводят почетное место на церемонии. Их переодевают в свежее белье, поят пальмовым вином и сообщают последние новости. — Он погрузил обе руки в лохань и брызнул водой себе в лицо. — Думаю, таким образом они отдают дань прошлому, отдают дань уважения людям, от которых произошли. Поклонение предкам — это основа малагасийской религии. На празднике много музыки и танцев. Все хорошо проводят время — и живые, и мертвые.

«Значит, мертвых не оплакивают, — размышляла Уитни. — Их развлекают. Праздник в честь смерти, или, точнее, в честь связи между жизнью и смертью...» Внезапно она почувствовала, что понимает смысл церемонии, и ее отношение к ней изменилось.

Уитни взяла мыло, которое ей протянул Даг, и улыбнулась ему.

— По-моему, это прекрасно!

Он взял маленькое простое полотенце и вытер им лицо.

— Прекрасно?

— Понимаешь, они не забывают тебя после смерти. Ты возвращаешься, сидишь на празднике в первом ряду, слушаешь все городские новости и пьешь вино. В смерти одна из самых плохих сторон — это то, что оказываешься в стороне от всего веселого.

— Самое худшее в смерти — это то, что ты умираешь, — заметил Даг.

— Да, конечно. Но я думаю: не легче ли встречать смерть, когда знаешь, что впереди у тебя что-то есть?

Даг никогда не считал, что смерть можно чем-то облегчить. Просто случается так, что ты больше не можешь играть с жизнью.

— Ты интересная женщина, Уитни, — сказал он, покачав головой.

— А ты в этом сомневался? — Смеясь, она взяла мыло и понюхала. Оно пахло восковыми цветами. — И голодная. Интересно, чем нас собираются угостить?

Когда Мари вернулась, на ней была разноцветная юбка до пят. Во дворе обитатели деревни деловито нагружали большой стол едой и напитками. Уитни, рассчитывавшая на несколько горстей риса и свежую фляжку воды, снова поблагодарила Мари.

— Вы наши гости, — серьезно и торжественно сказала Мари. — Вы были посланы свыше в нашу деревню. Мы предлагаем вам унаследованное от предков гостеприимство и отмечаем ваш визит. Мой отец сказал, что сегодня будет праздник в вашу честь.

Уитни дотронулась до ее руки.

— Вы представить себе не можете, как мы вам благодарны.

Хотя Уитни не могла узнать ни одного блюда, кроме риса и фруктов, это не мешало ей уплетать за обе щеки. В воздухе витали аппетитные запахи, пряные и экзотические. Мясо было приготовлено без помощи электричества, под открытым небом в каменных печах, и это было замечательно. Крепкое вино Уитни поглощала бокал за бокалом.

Заиграла музыка — барабаны и довольно примитивные струнные инструменты. Судя по всему, гости в этой деревне были редкостью, и, если они приходились ко двору, их появление высоко ценили.

Несколько мужчин и женщин пустились в пляс; Уитни, уже испытывая легкое головокружение, присоединилась к ним. Ее с удовольствием приняли в круг, усмехаясь и кивая, когда она пыталась подражать их движениям. Постепенно ритм ускорился, некоторые из мужчин начали подпрыгивать и кружиться. Уитни откинула назад голову и засмеялась. Она вспомнила прокуренные, переполненные клубы, в которых постоянно бывала. Электрическая музыка, электрические огни, лощеные, поглощенные собой мужчины, каждый из которых старается затмить другого... Она подумала, что никто из них не выдерживал сравнения с людьми этого дикого племени.

Уитни вертелась до тех пор, пока ее голова не закружилась, а затем обернулась к Дагу.

— Потанцуй со мной! — потребовала она.

Щеки ее раскраснелись, глаза сверкали, тело даже с виду казалось горячим и до невозможности нежным. Смеясь, Даг покачал головой:

— Я пас. У тебя хорошо получается за нас двоих.

— Нельзя отставать от жизни! — Уитни ткнула пальцем ему в грудь. — Малагасийцы сразу увидят, кто игнорирует праздник. — Она схватила его за руку и потянула за собой — Все, что тебе нужно делать, — это переставлять ноги.

Даг, прищурившись, взглянул на нее.

— Ну, берегись, милая! Сама напросилась.

Уитни слегка вскрикнула, когда Даг рывком втащил ее в круг. Он обнял ее одной рукой за талию, а другую вытянул в сторону, взяв ее за руку. На мгновение он застыл в этой драматической позе, затем плавно двинулся вперед. Они разошлись, повернулись и снова сошлись вместе.

— Черт возьми, Дуглас, неужели ты умеешь танцевать танго?

Они продолжали кружиться, поворачиваться, делать разные па; их лица постоянно оказывались рядом, тела соприкасались. Сердце Уитни учащенно билось — не столько от удовольствия подурачиться, сколько от этих прикосновений его тела. Дыхание Дага было горячим, его глаза, такие светлые и ясные, смотрели прямо в ее глаза. Уитни нечасто думала о нем как о сильном мужчине, но теперь, когда он тесно прижимал ее к себе, она не могла не чувствовать, как ходят мышцы на его спине и плечах. Уитни с вызовом откинула голову назад, решив, что ни за что не отстанет.

Даг закружил ее так быстро, что в глазах помутилось; затем она почувствовала, что летит вниз. Расслабившись, Уитни позволила своему телу падать, едва не достав головой до пола. Так же быстро она оказалась на ногах, прижимаясь к Дагу. Оба часто дышали — от напряжения и от возбуждения. Его губы находились от нее всего лишь на расстоянии вздоха — достаточно было лишь легкого наклона головы, чтобы их губы встретились. Уитни призналась себе, что хочет этого. Внезапно Даг замер на месте — сквозь пронзительные звуки музыки он различил невдалеке рев двигателя и сразу напрягся, как кошка.

— Проклятье!

Дальше все происходило стремительно. Схватив Уитни за руку, Даг метнулся в сторону в поисках укрытия. Он толкнул Уитни к стене дома и прижался рядом.

— Что ты делаешь? Одно танго — и ты становишься сумасшедшим!

— Молчи и не двигайся.

— Но я не... — Теперь она тоже это услышала — ясный и отчетливый звук прямо над головой. — Что это?

— Вертолет. — Даг молился, чтобы крутой скат крыши и падающая от нее тень скрыли их из вида.

Уитни заглянула ему через плечо. Звук был слышен, но увидеть ничего не удавалось.

— Это может быть кто угодно.

— Может быть. Но я не собираюсь рисковать жизнью, полагаясь на авось. Димитри не любит терять время даром.

«И будь я проклят, — добавил он про себя, — если понимаю, как он смог найти нас в центре неизвестно чего. Бежать некуда — эта копна светлых волос будет выделяться на зеленом фоне, как дорожный знак».

— И что же нам теперь делать?

— Остается только надеяться, что он не решит приземлиться, чтобы взглянуть повнимательнее.

Едва эти слова успели сорваться с его губ, звук стал громче. Даже сквозь скрытые стеной дома, они чувствовали поток воздуха от лопастей винта. Взлетело облако пыли.

— Ты подал ему идею.

— Помолчи хотя бы минуту! — Даг оглянулся назад. Куда бежать, черт возьми? Они попали в тупик.

Услышав за спиной шепот, Даг обернулся. Мари, прижав палец к губам, поманила их за собой. Прижимаясь к стене, она двинулась к двери дома, и Даг решил, что им ничего не остается, как вручить свою судьбу этой женщине.

Оказавшись внутри, он жестом приказал им стоять на месте, а сам подошел к окну и осторожно выглянул наружу.

Вертолет стоял на ровной площадке у подножия холма. Ремо уже направлялся к толпе празднующих.

— Сукин сын! — пробормотал Даг. Он знал, что раньше или позже им придется иметь дело с Ремо, но надеялся, что у них есть территориальное преимущество. В данный момент у него не было ничего более смертоносного, чем перочинный нож в кармане джинсов. Но главное — он в ужасе вспомнил, что они с Уитни оставили свои рюкзаки снаружи.

— Что ты там видишь?

— Отойди назад! — приказал он, увидев, что Уитни приблизилась к нему. — Это Ремо и два других солдатика Димитри. Боюсь, что нам сейчас понадобится нечто большее, чем удача. Скажи Мари, что эти люди нас ищут, и спроси, что ее сородичи собираются делать.

Уитни поспешно перевела его вопрос.

Мари сложила руки на груди.

— Вы — наши гости, — серьезно сказала она. — А они — нет.

Уитни улыбнулась.

— Мы получили убежище, хотя и без гарантий.

Между тем Ремо подошел к Луи и пытался что-то ему втолковать. Вождь деревни, с каменным выражением лица, коротко ответил по-малагасийски: через открытое окно долетали только звуки его голоса.

Ремо вдруг вытащил что-то из кармана.

— Фотографии, — прошептала Уитни. — Должно быть, он показывает ему наши фотографии.

«Да, показывает, — согласился про себя Даг. — И будет показывать всем деревенским жителям отсюда и до Таматаве». Если они выберутся отсюда, больше никаких вечеринок не будет. Он совершил глупость, решив, что может перевести дух, когда Димитри следует за ним по пятам.

Кроме фотографий, Ремо извлек из кармана пачку денег. И то, и другое было встречено зловещим молчанием.

Пока Ремо испытывал на Луи свою способность уговаривать, другой мужчина из команды вертолета подошел к столу с явным намерением попробовать вина. Даг беспомощно наблюдал, как тот все ближе и ближе подходит к рюкзакам.

— Спроси ее, есть ли здесь ружье.

— Ружье? — Уитни сглотнула слюну. Она еще не слышала, чтобы он разговаривал подобным тоном. — Но Луи не...

— Спроси ее! Быстрее! — Спутник Ремо налил себе чашку пальмового вина; ему нужно было только посмотреть налево. Если он увидит рюкзаки, будет уже неважно, на чьей стороне жители деревни. — Черт побери, Уитни, спроси ее!

Услышав вопрос, Мари бесстрастно кивнула. Выйдя в соседнюю комнату, она быстро верну-

лась, держа длинное, устрашающего вида ружье. Когда Даг взял его, Уитни схватила его за руку.

— Даг, у них тоже есть оружие, а там дети!

— Я собираюсь стрелять только в крайнем случае.

Даг присел на корточки, положил ствол ружья на подоконник и сосредоточился. Палец, который он положил на спусковой крючок, был влажным.

Он ненавидел огнестрельное оружие. Всегда ненавидел — независимо от того, по какую сторону ствола находился. Он научился убивать во Вьетнаме, но там это был вопрос выживания — голова на плечах и умелые руки не спасли его от призыва. С тех пор только один раз ему пришлось применить это умение — была одна злосчастная ночь в Чикаго, когда его прижали к стене, а нож просвистел рядом с горлом. Он знал, каково смотреть на человека, когда из него по капле вытекает жизнь. Ты должен знать, что в следующий раз — в любой момент — это может произойти с тобой.

Он ненавидел огнестрельное оружие. И держал в руках ружье.

Внезапно один из партнеров Уитни по танцу, рассмеявшись, схватил за руку пришельца, который стоял около рюкзаков. Он протянул ему кувшин с вином, и в этот момент рюкзаки словно сами собой скользнули в толпу и исчезли.

Даг видел, как Ремо спрятал фотографии и деньги обратно в карман, позвал своего напарника и направился к вертолету. С ревом и грохотом тот поднялся в воздух. Только когда вертолет был на высоте трех метров, Даг почувствовал, что мышцы его рук расслабились, и отдал ружье Мари.

— Ты мог кого-нибудь ранить, — пробормотала Уитни.

— Да.

Когда он обернулся, Уитни заметила в его лице жестокость, которой раньше не было. Она уже смирилась с мыслью, что Дуглас Лорд — вор, но теперь ей показалось, что он стал таким же жестким, как и люди, которые их преследовали. И она не была уверена, что сможет легко с этим смириться...

Когда Мари вернулась в комнату, Даг неожиданно взял ее руку и поднес ее к губам так галантно, как будто она была королевой.

— Пожалуйста, Уитни, скажи, что мы обязаны ей жизнью. И мы этого не забудем.

Переводя слова Дага, Уитни заметила, что Мари пристально смотрит на него. Не понять, что означает этот взгляд, было невозможно — так женщина смотрит на мужчину, которого хочет. Посмотрев на Дага, она заметила, что он тоже это понял, и ему это очень нравится.

— Может быть, вам захочется остаться вдвоем, — сухо сказала она и, выйдя из комнаты, изо всех сил хлопнула дверью.

— Ну, что? — Над парчовым креслом с высокой спинкой поднялось облачко ароматного дыма.

Ремо переступил с ноги на ногу — Димитри не любил сообщений о неудачах.

— Мы с Кренцом и Вейсом перекрыли весь район, побывали в каждой деревне. Здесь, в городе, их поджидают пять человек. Никаких следов.

— Никаких следов... — Голос Димитри был мягким и густым — в свое время мать безжалостно следила за его дикцией. Четырехпалая рука загасила сигарету в алебастровой пепельнице. — Если имеешь глаза, всегда можно найти следы, дорогой Ремо.

— Мы найдем их, мистер Димитри. Нужно только еще немного времени.

— Мне это не нравится. — Он взял со столика граненый стакан, до половины наполненный темно-красным вином. На неповрежденной руке Димитри носил перстень с крупным бриллиантом. — Они ускользали от вас три... нет, мой дорогой, уже четыре раза. Для вас это уже становится привычкой, которая меня очень беспокоит, — привычкой проигрывать. — Он щелкнул зажигалкой. Тонкое пламя тянулось вертикально вверх, из-за него глаза Димитри внимательно смотрели на Ремо. — Вы знаете, как я отношусь к неудачам?

Во рту у Ремо пересохло. Он это слишком хорошо знал — а также то, что Димитри очень не любит, когда оправдываются.

— Ах, Ремо, Ремо! — со вздохом произнес Димитри. — Вы были мне как сын. — Зажигалка погасла, дым снова облаком поднялся кверху. Димитри всегда говорил неторопливо: беседа, в которой выверено каждое слово, пугает больше, чем прямая угроза. — Я терпеливый и щедрый человек, но я ожидаю результатов. В следующий раз добейтесь их, Ремо. Работодатель, как и отец, должен поддерживать дисциплину. — Улыбка тронула его губы, но не глаза — они оставались безжизненными и равнодушными.

— Я достану Лорда, мистер Димитри. И поднесу его вам на тарелке.

— Что ж, это не может не радовать. Но главное — заполучите бумаги. — Тон Димитри стал ледяным. — И женщину. Меня все больше́ и больше интересует эта женщина.

Ремо машинально дотронулся до тонкого шрама на щеке.

— Я доставлю вам женщину.

ГЛАВА 7

Ужин окончился приблизительно за час до заката, еду, воду и вино упаковали и с великими церемониями вручили гостям для предстоящего путешествия. Было видно, что жители деревни очень довольны этим визитом.

Широким жестом, заставившим Дага поморщиться, Уитни сунула в руку Луи несколько кредиток. Вождь с негодованием попытался их вернуть, однако облегчение, которое испытал Даг, было недолгим. Уитни пустила в ход все свое красноречие, и в конце концов деньги исчезли в складках рубашки Луи.

— Сколько ты ему дала? — спросил Даг, поднимая набитый рюкзак.

— Всего сотню. — Видя выражение его лица, она похлопала Дага по щеке. — Не будь скрягой, Дуглас. Это тебе не идет.

Напевая про себя, Уитни достала свою тетрадку.

— Ну нет, это ты так расщедрилась, а не я!

— Ты играешь, ты и платишь. — Уитни методично занесла сумму в свой блокнот. Счет Дага явно возрастал. — Кстати, у меня есть для тебя сюрприз.

— Что, десятипроцентная скидка?

— Не будь таким занудой. — Она обернулась,

услышав звук работающего двигателя, и сделала широкий жест рукой. — Транспорт!

Джип явно знал лучшие времена. Хотя его наверняка только что помыли и он сиял, как медный грош, двигатель кашлял и чихал на изрытой колеями дороге. За рулем сидел местный парень с яркой повязкой на голове. Даг подумал, что в качестве средства для побега этот джип уступает даже слепому мулу.

— Он не пройдет больше двадцати миль.

— Значит, по крайней мере двадцать миль мы можем ехать, а не идти. Скажи спасибо, Дуглас, и не будь таким грубым. Пьер обещал довезти нас до Таматаве.

Достаточно было взглянуть на Пьера, чтобы понять, что он прямо-таки пропитался пальмовым вином. «Это будет счастье, если мы по дороге не утонем в рисовых чеках», — мрачно подумал Даг.

Находясь в пессимистическом настроении и страдая от головной боли, которая явилась результатом неумеренного потребления вина, он довольно официально попрощался с Луи. Прощание Уитни было гораздо более теплым и продолжительным, Дагу даже пришлось поторопить ее:

— Хватит, дорогая. Через час стемнеет.

Он вскарабкался на заднее сиденье, Уитни уселась рядом с ним, откинулась назад, небрежно положив руку на спинку.

— Поехали, Пьер!

Джип наклонился вперед, потом встал на дыбы и наконец с дребезжанием покатил по дороге. Даг чувствовал, как каждый толчок отдается у него в голове безжалостным приступом боли. Он закрыл глаза и приказал себе заснуть.

Уитни решила воспринимать происходящее как занятное приключение. В конце концов, все обошлось благополучно, а в деревне ее напоили, и даже предоставили эту колымагу, так что можно не тащиться дальше пешком. Конечно, поездка в двухколесном экипаже по парку была бы приятнее, но ее может предпринять любой, у кого есть двадцать долларов. Она же сейчас тряслась по мадагаскарской дороге в джипе, за рулем которого сидел туземец племени мерина, а за спиной ее слегка похрапывал вор. Все это гораздо интереснее, чем умиротворяющая поездка по Центральному парку!

Пейзаж был большей частью однообразным: красные холмы, почти безлесные, широкие долины, испещренные рисовыми чеками. Солнце садилось, стало прохладнее, но после дневного пекла дорога была пыльной. Пыль летела из-под колес, толстым слоем покрывая только что вымытый джип.

Странно, но это однообразное пространство не казалось Уитни скучным. Ей нравилось, что на многие мили ничто не закрывает небо, ничто не препятствует взору. Она чувствовала, что здесь в голову могут прийти такие мысли, какие жителю большого города будут непонятны.

В Нью-Йорке ей время от времени не хватало неба. Когда это чувство ее захватывало, Уитни просто вскакивала в самолет и отправлялась куда глаза глядят, оставаясь там до тех пор, пока ее настроение не изменялось. Ее друзья мирились с этим, потому что ничего не могли поделать; родители тоже мирились — в надежде, что рано или поздно она угомонится.

Уитни смотрела на убегающую вдаль цепь холмов и испытывала странную умиротворенность, сожалея о том, что это скоро пройдет. Она знала себя слишком хорошо, чтобы обманываться на сей счет. Для нее были нетипичны длительные периоды в умиротворенности. Очень скоро ей захочется узнать, что там, за поворотом судьбы, и она устремится навстречу неизвестному...

Тем не менее сейчас она наслаждалась покоем. Тени изменялись, удлиняясь и густея. Какой-то зверек перебежал дорогу прямо перед машиной и исчез в скалах. Небо приобрело тот удивительный жемчужный оттенок, который сохраняется всего несколько мгновений.

Солнце величественно садилось. Уитни пришлось повернуться на сиденье и встать на колени, чтобы увидеть, как небо на западе взорвалось алыми всполохами. Она всегда любила смешивать краски для создания наиболее подходящих оттенков — это была часть ее работы. Глядя на небо, Уитни думала о том, что можно попробовать оформить какую-нибудь комнату в цвета заката. Малиновые, золотые, ярко-синие цвета — и смягчающие розовато-лиловые. Интересное и сильное сочетание... Уитни бросила взгляд на спящего Дугласа. «Ему это должно подойти, — решила она. — Великолепие, власть и сила». Этого человека нельзя было не принимать всерьез — и ему нельзя было доверять. Тем не менее Уитни вынуждена была признаться себе, что он способен очаровывать, а это очень опасно. Подобно краскам заката, он может меняться на ваших глазах, а потом вообще исчезать. Она вспомнила, какими жестокими были глаза Дага, когда он держал в руках ружье. Эту жестокость он мог моментально стряхнуть с себя, а затем вновь накинуть — как пальто. Уитни не сомневалась, что он и с ней будет таким же безжалостным, если сочтет это необходимым. А значит — ей нужны гарантии.

Закусив губу, Уитни перевела взгляд на рюкзак, который стоял у ног Дага. Интересно, конверт все еще там или он снова приклеил его себе на грудь; она наклонилась вперед, ухватилась за лямки рюкзака и очень осторожно начала поднимать его. В этот момент раздался громкий хлопок, джип занесло, и Уитни, так и не выпустив лямки из рук, упала прямо на Дага.

Пробуждение было не из приятных — Даг почувствовал, что ему не хватает воздуха. Открыв глаза, он обнаружил, что на нем лежит Уитни, от нее пахло вином и фруктами, руки изо всех сил сжимали лямки его рюкзака.

Зевая, Даг провел рукой по ее бедру.

— Ну почему ты никак не можешь угомониться? Конверта в рюкзаке давно нет.

Стряхнув волосы с лица, Уитни мрачно взглянула на него.

— Не понимаю, о чем ты говоришь! Я смотрела на закат с заднего сиденья, и вдруг этот проклятый джип остановился как вкопанный. Эй, Пьер, что случилось? — крикнула она, высунувшись из окна.

Ответный поток французских слов прошел мимо сознания Дага, но, когда туземец пнул переднюю правую покрышку, все стало ясно и без перевода.

— Прокол. Ну вы только представьте себе! — Даг схватил свой рюкзак и выбрался из машины;

Уитни последовала за ним. — Спроси его, что он собирается делать?

Даг посмотрел на запасную шину, которую вытащил Пьер, и тяжело вздохнул.

— Запаска лысая, как задница у ребенка. К сожалению, мы не можем позвонить в дорожную службу, так что скажи своему шоферу, что дальше мы пойдем пешком. Его счастье, если он сумеет на этом добраться до деревни.

Через пятнадцать минут они стояли посреди дороги и смотрели, как джип подпрыгивает на ухабах. Уитни бодро взяла Дага под руку.

— Небольшая вечерняя прогулка, дорогой?

— А что нам еще остается? Пойдем искать укромное место для стоянки. Через час будет слишком темно, и мы ничего не увидим. Вон там, за скалами, начинается лес; надеюсь, деревья помешают им увидеть нас с воздуха.

— Значит, ты считаешь, что они вернутся?

— Они вернутся. Все, что нужно сделать, — это не оказаться в том месте.

На рассвете Уитни вылезла из палатки и с удовольствием огляделась — она уже начала сомневаться, что на Мадагаскаре есть деревья.

Если Даг смотрел на лес как на желанное укрытие, она смотрела на него как на желанную перемену впечатлений.

Наскоро выпив кофе, они снова тронулись в путь. Хотя утренний воздух был прохладным, Уитни очень скоро вся покрылась потом. Она была уверена, что существуют гораздо более эффективные способы охоты за сокровищами — например, в автомобиле с кондиционером...

В лесу не было кондиционеров, и тем не менее здесь Уитни чувствовала себя лучше, чем на холмах под палящим солнцем.

— Какая здесь все-таки экзотическая растительность, — заметила она, когда они вошли под сень веерообразных, напоминающих папоротник, деревьев.

— Это дерево путешественников. — Даг оторвал лист вместе с черенком и вылил несколько капель чистейшего сока себе на руку. — Очень удобно. Читай путеводитель.

Уитни ткнула пальцем в лужицу на его ладони и поднесла к языку.

— Я вижу, ты очень любишь из всего извлекать информацию. — Услышав шорох, она обернулась и увидела покрытое белой шерстью тельце и длинный хвост, сразу же исчезнувшие в кустах. — Да ведь это же собака!

Даг усмехнулся.

— Ничего подобного. Поздравляю: впервые в жизни ты только что видела живого лемура. Смотри!

Уитни подняла голову — на верхушке дерева мелькнул снежно-белый зверек с черной головой.

— Какие они милые, оказывается! А я уже начала думать, что мы не увидим ничего, кроме холмов, травы и скал. Смотри, смотри, как он скачет по веткам! — Уитни засмеялась. — Давай немного подождем — вдруг появится еще один.

Ему нравился ее смех. Может быть, даже чересчур... «Это просто потому, что у меня чертовски давно не было женщины», — решил Даг и нахмурился.

— Это не туристическая поездка, — коротко

сказал он. — Когда мы раздобудем сокровища, ты сможешь купить путевку. А сейчас нам нужно идти.

— Что за спешка? — Уитни пожала плечами, но послушно пошла рядом с ним. — Мне кажется, что чем дольше мы идем, тем у Димитри меньше шансов нас найти.

— Меня беспокоит, что я не знаю, где он — впереди нас или позади. — Это заставило его снова вспомнить о Вьетнаме, где джунгли скрывают слишком много. Он предпочитал темные улицы и глухие переулки большого города.

Уитни оглянулась через плечо. Лес уже сомкнулся за ними, и она находила утешение в его зелени, влажности и прохладном воздухе. Кроме того, ее успокаивало, что с вертолета их увидеть невозможно. Ей снова показалось, что Даг перестраховывается.

— Ладно, если уж ты так настаиваешь, пойдем дальше. Но почему бы нам не скоротать время за приятным разговором? Ты мог бы рассказать мне о бумагах...

Даг уже понял, что она от него не отстанет. Придется сообщить ей часть информации, чтобы она прекратила его изводить.

— Ты много знаешь о Французской революции?

Уитни на ходу поправила ненавистный рюкзак. «Лучше всего не упоминать, что я уже успела просмотреть одну страницу, — решила она. — Пусть думает, что я ничего не знаю, тогда, может быть, расскажет побольше».

— Достаточно, чтобы сдать курс французской истории в колледже.

— А как насчет камней?

— Геологию мы не проходили.

— Я имею в виду не известняк или кварц. Я имею в виду настоящие камни, милая, — алмазы, изумруды, рубины... Если к этому добавить террор и бегство аристократов, ты поймешь, о чем речь. Двести лет назад чертовски много драгоценностей пропало без следа. Если мне удастся отыскать хотя бы небольшую часть, я буду очень доволен.

— Сокровища двухсотлетней давности, — тихо сказала Уитни, снова вспомнив о той бумаге, которую успела просмотреть. — Часть истории Франции...

— Сокровища королей, — пробормотал Даг; ему казалось, что он уже видит, как они сверкают в его ладонях.

— Королей? — Уитни перевела на него взгляд — Даг мечтательно смотрел куда-то вдаль. — Ты хочешь сказать, что эти сокровища принадлежали королю Франции?

«Довольно близко к истине, — подумал Даг. — Ближе, чем хотелось бы».

— Они принадлежали человеку, который был достаточно умен, чтобы наложить на них руку. Теперь они будут принадлежать мне. Нам, — поправился он, предвидя ее возражения. Однако Уитни молчала.

— Скажи, а как звали английскую леди, которая дала карту Уайтейкеру? — наконец спросила она.

— Кажется, Смит-Райт. Да, леди Смит-Райт.

Уитни была поражена. Оливия Смит-Райт считалась одной из потомков Марии-Антуанетты — королевы, красавицы, жертвы. С почти религиозным рвением она посвятила себя искусству и благотворительности. **Уитни** бывала на вечерах, которые устраивала леди Смит-Райт, и неизменно восхищалась ею.

Мария-Антуанетта и пропавшие французские драгоценности; страница дневника, датированная 1793 годом... Все сходится! Если уж сама Оливия Смит-Райт верила, что бумаги подлинные...

Уитни вспомнила, как прочитала о ее смерти в «Таймс». Это было страшное убийство — кровавое и без всяких мотивов. «Власти все еще ведут расследование, — подумала Уитни, — но теперь Бутрейна уже никогда не смогут привлечь к суду. Он мертв — так же как Уайтейкер, леди Смит-Райт и молодой официант по имени Хуан... Сколько еще человек расстанется с жизнью ради сокровищ королевы?..»

Уитни нахмурилась и приказала себе перестать думать об этом. В противном случае она надломится и в конце концов сдастся, а ей бы этого очень не хотелось. Отец научил ее многим вещам, но первое, и самое главное, чему он ее научил, — любое дело доводить до конца. Может быть, тут была доля тщеславия, но уж так ее воспитали. И Уитни всегда этим гордилась.

Она во что бы то ни стало поможет Дагу найти сокровища. А потом уже можно будет решить, что с ними делать дальше.

Даг поймал себя на том, что оборачивается при малейшем шорохе. В полном соответствии с путеводителем в лесах кипела жизнь. «Ничего особенно опасного, — напомнил он себе. — Здесь не проводят сафари. В любом случае меня должны в первую очередь беспокоить двуногие плотоядные».

Сейчас Димитри, должно быть, очень раздражен. Даг уже слышал несколько красочных историй о том, что бывает, когда Димитри раздражен, и ему не хотелось узнавать об этом из первых рук...

В лесу пахло соснами и утром. Высокие деревья с густой листвой закрывали пылающее солнце, под которым они с Уитни привыкли жить в последние дни. Здесь солнце не палило, а бросало на землю восхитительные мерцающие лучи. Цветы под ногами пахли так, как пахнут дорогие женщины. Заметив крупный ярко-фиолетовый цветок, Даг вспомнил, как вручил такой же Уитни в Антананариву, и заставил себя расслабиться. К черту Димитри! Он далеко отсюда и бегает по кругу. Даже он не сможет выследить их в необитаемом лесу. Конверт был в безопасности, надежно спрятанный в рюкзаке; прошлой ночью Даг спал, положив рюкзак под голову. Сокровища сейчас были близко, как никогда.

— Хорошее место, — заметил Даг, глядя, как несколько лемуров с лисьими мордами карабкаются по верхушкам деревьев.

— Рада, что тебе нравится, — ответила Уитни. — Может, мы остановимся и позавтракаем?

— Да, уже скоро. Давай еще нагуляем аппетит.

Уитни вздохнула, прижав руку к животу.

— Я, кажется, уже нагуляла...

И тут она увидела стаю больших бабочек — двадцать, может быть, тридцать штук. Это напоминало волну — вздымающуюся, опускающуюся, кипящую. Бабочки были окрашены в самый великолепный, самый ослепительный голубой цвет, какой Уитни когда-либо видела. Когда они пролетали мимо, она почувствовала легкий ветерок, поднявшийся от взмахов их крыльев. От ярких красок глазам стало больно.

— О боже, я готова пойти на убийство, лишь бы получить платье такого цвета!

— Очень скоро ты сможешь купить себе все, что угодно.

Уитни смотрела на бабочек и улыбалась — чудесное зрелище заставило ее забыть о часах утомительной ходьбы. Даг твердил себе, что не должен поддаваться этой улыбке и этому движению ресниц, и все равно почувствовал, что слабеет.

— Мы устроим пикник, когда пройдем еще милю, — сказал он и снова двинулся вперед.

«Какой у этого леса мягкий запах, — думал он. — Совсем как у женщины. И в нем, как у женщины, есть свои загадочные прохладные уголки... Главное — не расслабляться и твердо стоять на ногах».

— Не понимаю, откуда это навязчивое стремление пройти побольше миль, — заметила Уитни.

— Каждая из этих миль приближает меня к золотому мешку, дорогая! Когда мы вернемся домой, я смогу купить себе пентхаус и обставить его по своему вкусу.

— Дуглас! — Покачав головой, Уитни машинально сорвала с куста бледно-розовый цветок и приколола его к волосам. — Вещи не могут так много значить в жизни человека.

— Конечно, если все они у тебя есть.

Уитни пожала плечами.

— По-моему, ты слишком беспокоишься о деньгах.

— Что?! — Даг остановился и изумленно уставился на нее. — Я беспокоюсь? Это я-то беспокоюсь? А кто заносит в свою книжку каждый злосчастный цент? Кто спит, положив бумажник под подушку?

— Это бизнес, — беззаботно сказала Уитни и дотронулась до цветка в своих волосах — у него были нежные лепестки и твердый стебель. — Бизнес — это совсем другое дело.

— Черт возьми! Я еще не видел никого, кто был бы так помешан на деньгах, кто бы так трясся над каждым центом. Если бы я истекал кровью, то двадцать центов, чтобы вызвать «Скорую помощь», ты наверняка дала бы мне в долг!

— Я просто умею вести дела. И совершенно не нужно кричать, а то...

Оба вдруг остановились и нахмурились, услышав звук, напоминавший шум мотора.

— Ничего страшного, это просто вода падает на камень, — пробормотал Даг.

Когда они вышли на открытое место, Уитни убедилась, что он угадал.

В прозрачную лагуну с семиметровой высоты низвергался водопад. Белая вспененная вода по пути вниз озарялась солнцем, затем приобретала кристально чистый голубой оттенок. Как ни странно, это стремительное движение создавало впечатление безмятежности. «Да, лес похож на женщину, — снова подумал Даг. — Очень красивую, сильную и преподносящую сюрпризы».

— Как чудесно! — воскликнула Уитни. — Просто восхитительно. Как будто только нас здесь и ждали.

Поколебавшись несколько секунд, Даг сдался:

— Хорошее местечко для пикника.

Уитни просияла.

— Для пикника — и для купания!

— Купания?

— Конечно! Я не могу упустить такую возможность, Дуглас. — Она сбросила рюкзак и принялась в нем рыться. — Мысль о том, что можно опустить тело в воду и смыть всю грязь прошедших двух дней, просто сводит меня с ума!

Она достала кусок французского мыла и маленький флакон с шампунем. Даг взял мыло и поднес его к носу. Запах напоминал саму Уитни — он был такой же свежий и женственный. Дорогой.

— Поделишься?

— Ладно. И на этот раз, поскольку я чувствую себя щедрой, бесплатно!

Даг усмехнулся, возвращая мыло.

— Но ты не сможешь принять ванну одетой.

Заметив в его глазах вызов, Уитни расстегнула верхнюю пуговицу.

— Я и не собираюсь оставаться одетой. — Она не спеша расстегнула все пуговицы, наблюдая, как его взгляд опускается все ниже и ниже. Легкий ветерок шевелил края рубашки и щекотал полоску обнаженной кожи. — Все, что от тебя требуется, это отвернуться. Или никакого мыла!

— Некоторые очень любят испортить другим все удовольствие, — проворчал Даг, но тем не менее повернулся спиной.

За считанные секунды Уитни разделась догола и осторожно вошла в воду, испытывая несказанное удовольствие.

— Теперь твоя очередь! — крикнула она, погрузившись по плечи. — И не забудь захватить шампунь!

Вода была прозрачной, и ее соблазнительный силуэт вырисовывался довольно отчетливо. Чувствуя, как в нем поднимается желание — смутное, опасное желание, — Даг попытался сосредоточиться на ее лице, но это не помогало. Отсутствие ежедневного изощренного макияжа делало Уитни совсем юной. Намокшие волосы обрамляли высокие скулы, при виде которых можно было с уверенностью утверждать, что она и в восемьдесят лет останется красавицей.

Даг поднял маленький пластмассовый флакон с шампунем и зажал в руке, явственно ощущая нелепость ситуации. В затылок ему дышал решительный и очень умный враг, сам он буквально держал в руках квитанцию на миллион долларов — и при этом собирался купаться нагишом с принцессой мороженого!

Стянув через голову рубашку, он взялся за застежку джинсов.

— Ты не собираешься отвернуться, а?

Уитни пришлось признаться себе, что ей нравится, когда он так ухмыляется. Веселая дерзость и откровенный вызов! Пожав плечами, она принялась щедро намыливать руку.

— Ты боишься меня смутить? Не беспокойся. На меня не так-то легко произвести впечатление.

Он сел, чтобы снять ботинки.

— Оставь мне мою долю мыла.

— Тогда двигайся чуть побыстрее!

Когда Даг встал и снял джинсы, Уитни окинула его критическим взглядом. От ее внимания не ускользнули стройные мускулистые ноги, втянутый живот, узкие бедра, едва прикрытые узкими аккуратными трусиками. Телосложением Даг был похож на бегуна. «Он и есть бегун», — подумала Уитни.

— Достаточно, — помедлив, сказала она. — Так как ты явно любишь позировать, очень жаль, что я не захватила свой «Полароид».

Нимало не смущаясь, Даг снял трусы. На мгновение он застыл на краю лагуны, голый и — она вынуждена была это признать — прекрасный, а потом резко нырнул, вынырнув всего в полуметре от нее.

— Мыло! — холодно произнес он и протянул ей шампунь.

Они поменялись, и Уитни щедро налила шампунь себе на ладонь.

— Эй, не забывай, что половина моя!

— Ты ее получишь. Между прочим, у меня больше волос, чем у тебя.

Уитни взбила пену, перебирая ногами, чтобы ее не унесло течением, а Даг принялся намыливать грудь.

— Зато у меня больше тела!

Улыбнувшись, Уитни погрузилась в воду, оставив на поверхности хвост мыльной пены там, где плавали ее волосы. Течение упорно сносило ее в сторону; в конце концов она перестала сопротивляться. Уитни опустилась глубже и поплыла, слушая шум водопада, разглядывая разноцветные камни на дне. Мысль об опасности, о людях с пистолетами, о преследовании казалась ей сейчас абсурдной. Здесь был рай! В коварных змей, которые подстерегают путешественников в местных водоемах, Уитни не верила.

— Как в сказке! — воскликнула она, смеясь, когда Даг догнал ее и поплыл рядом. — Мы должны обязательно как-нибудь приехать сюда на уик-энд.

Даг наблюдал, как солнце зажигает искры в ее волосах.

— Непременно. Я даже постараюсь не забыть мыло.

Уитни внимательно посмотрела на него. Нельзя было не признать, что он очень хорош собой — и опасен. Она вдруг поняла, что предпочитает мужчин, которых нужно немного бояться. Слово «скука» — единственное слово, которое она считала действительно непристойным, — не имело ни малейшего отношения с Дугласу Лорду. Он был человек неожиданный — вот верное слово. Уитни находила, что оно имеет чувственный оттенок.

Радуясь, что в лагуне везде было неглубоко, Уитни встала на ноги. Ей внезапно захотелось испытать Дага — а может быть, и себя. Она постепенно приблизилась к нему настолько, что их тела оказались в опасной близости, и, не сводя с него взгляда, протянула флакон.

— Обменяемся?

Пальцы Дага стиснули скользкий кусок мыла так, что тот едва не соскользнул в воду. «Что она затевает?» — спрашивал он себя. Ее глаза были достаточно близко, чтобы понять, о чем они говорят. «Может быть, — обещал этот взгляд. — Почему бы тебе не уговорить меня?» Беда была в том, что она не походила ни на одну из тех женщин, которых он знал. Даг не был уверен, что поступит правильно.

Ему вдруг показалось, что похожее чувство он обычно испытывает перед тем, как найти и взломать сейф в роскошном доме. Для этого требуется все тщательно спланировать и много походить, но здесь он, по крайней мере, знает правила, потому что сам их составляет.

Приободрившись, Даг протянул ей мыло. В ответ Уитни со смехом высоко подбросила флакон, отступив при этом назад. Даг поймал его всего в нескольких сантиметрах над водой.

— Я надеюсь, ты не против легкого запаха жасмина? — Она лениво подняла ногу и начала водить мылом по лодыжке.

— Я могу это пережить. — Даг вылил шампунь прямо на голову, завинтил крышку, затем бросил флакон на берег. — Ты когда-нибудь была в общественной бане?

— Нет. — Она с любопытством обернулась. — А ты?

— Я был в Токио пару лет назад. Это любопытно.

— Обычно я предпочитаю принимать ванну с кем-нибудь вдвоем. — Уитни принялась намыливать бедро. — Уютно и не слишком тесно.

— Да уж.

Даг опустил голову в воду, чтобы ее прополоскать и заодно остудить. Ноги этой женщины начинались прямо от талии.

— И удобно, — добавила Уитни, когда он появился на поверхности. — Особенно когда нужно, чтобы потерли спину. — Улыбнувшись, она снова протянула ему мыло. — Ты не возражаешь?

«Итак, она хочет сыграть», — решил Даг. Ну что ж, он редко отказывается — если есть шансы. Взяв мыло, он принялся водить им по ее лопаткам.

— Чудесно, — сказала она после некоторой паузы, стараясь, чтобы голос не дрожал. — Но в этом нет ничего удивительного: у человека твоей профессии просто должны быть очень ловкие руки.

— Да, это помогает, — невозмутимо произнес Даг.

Его рука, двигаясь вдоль спины, опустилась ниже, затем снова медленно поднялась. Не ожидая, что это будет так чувствительно, Уитни вздрогнула, и Даг ухмыльнулся.

— Что, холодно?

«И кого я пытаюсь обмануть? — спросила себя Уитни. — Если его нет поблизости, вода действительно кажется холодной». Уверяя себя, что это не отступление, она мягко отодвинулась. «Не все так просто, милочка», — подумал Даг. Он бросил мыло на траву рядом с шампунем и быстрым движением повернул Уитни лицом к себе.

— В чем дело?

— Раз уж мы играем...

— Я не понимаю, о чем ты говоришь, — начала Уитни, но дыхание ее прервалось, когда она почувствовала, что оказалась в его объятиях.

— Черта с два ты не понимаешь!

Даг обнаружил, что наслаждается — наслаждается той неуверенностью, тем раздражением, которые отражаются в ее глазах. Тело Уитни было длинным и стройным. Даг еще теснее прижал ее к себе, и ей пришлось положить ему руки на плечи.

— Осторожнее, Лорд! — предупредила она.

— Всего лишь игры в воде, Уитни. Мне они всегда очень нравились.

— Я дам тебе знать, когда захочу поиграть.

Его руки скользнули вниз и легли ей на бедра.

— А сейчас не хочешь?

Уитни спрашивала себя о том же, и ответ, пришедший ей в голову, нисколько не улучшил ее настроения. Да, она хотела бы поиграть с ним, но на своих условиях и в подходящее для нее время. Она уже влипла по уши во многих отношениях, и это ее беспокоило.

Голос Уитни стал холодным, и такими же холодными были ее глаза.

— Неужели ты и в самом деле считаешь, что мы находимся в одной лиге? — Она уже давно обнаружила, что холодные оскорбления могут быть самой эффективной защитой.

— Нет, но я никогда не обращал особого внимания на кастовые различия. Если ты хочешь поиграть в герцогиню — давай. — Он провел ладонями по ее груди и заметил, как у нее перехватило дыхание. — Насколько я помню, королевские особы всегда имели склонность принимать у себя в постели простых людей.

— У меня нет желания принимать тебя в своей постели.

— Брось, Уитни. Признайся, что ты меня хочешь.

— Ты себе льстишь! — Уитни чувствовала, как в ней закипает злость, но изо всех сил старалась сохранить хладнокровие. — Становится холодно, Дуглас. Я хочу выйти из воды.

— Неправда, ты хочешь, чтобы я тебя поцеловал.

— Скорее я поцелую жабу!

Даг ухмыльнулся.

— Что ж, значит, у тебя не будет бородавок.

Мгновенно решившись, он прильнул к ее губам — и Уитни застыла. Еще никто не целовал ее без согласия, не попрыгав сначала через обруч, который она держала. Что он, черт возьми, о себе воображает?!

Однако в следующее мгновение пульс ее участился, голова закружилась. Ей уже было все равно, что он о себе воображает. В порыве страсти, потрясшем их обоих, Уитни впилась губами в его рот; их языки встретились и заметались в бешеном танце. «Какой сюрприз, — подумал Даг, начиная терять голову. — Эта леди полна сюрпризов!»

Страсть увлекла их под воду. Слившись в поцелуе, они вновь поднялись наверх. Вода ручьями стекала с обнаженных тел.

В жизни Уитни никогда не было ничего похожего. Этот человек не просил, а просто брал! Она привыкла сама выбирать себе любовников — иногда подчиняясь внезапному импульсу, иногда по расчету, но всегда сама. На сей раз выбора у нее не было. Ощущение беспомощности вызывало у нее приятное возбуждение, подобного которому она никогда не испытывала.

Уитни было ясно, что в постели Даг свел бы ее с ума. Если он сумел так далеко завести ее всего лишь поцелуем... Да он заведет ее куда угодно, захочет она этого или нет! И сейчас, когда в струящейся воде его руки гладили ее, а губы становились все более жадными, — она с ужасом чувствовала, что готова идти с ним все дальше и дальше...

«А что потом? — подумала Уитни. — А потом он пошлет мне прощальный привет, дерзко улыбнется и растворится в ночи. Вор всегда останется вором, идет ли речь о золоте или о женской душе».

Уитни отодвинула в сторону сожаления. Может быть, она не выбирала такое начало, но она сможет продержаться достаточно долго, чтобы конец был таким, каким ей нужно. Страданий нужно избежать любой ценой. Даже ценой удовольствия.

Сделав вид, что полностью сдалась, Уитни обмякла в объятиях Дага, а затем быстро подняла руки и изо всех сил оттолкнула его. Даг ушел под воду, не успев даже глотнуть воздуха. Когда он вынырнул, Уитни уже была на берегу.

— Игра окончена. Я выиграла, — заявила она и натянула рубашку прямо на мокрое тело.

Даг привык считать, что прекрасно знает женщин — знает, на какие кнопки нажимать, общаясь с ними. Теперь же он обнаружил, что еще только учится.

Когда он, подплыв к берегу, вылез из воды, Уитни уже надела брюки и теперь чувствовала себя гораздо увереннее.

— Я думаю, что теперь неплохо бы организовать тот самый пикник, — бодро сказала она, отвернувшись, чтобы и он мог одеться. — Я умираю от голода.

— Леди... — Не отрывая от нее взгляда, Даг натянул джинсы. — У меня на уме совсем не пикник.

— В самом деле? — Уитни протянула руку к рюкзаку, достала щетку и начала не спеша расчесывать волосы. Вода стекала каплями, похожими на самоцветы. — Ты выглядишь так, как будто готов есть сырое мясо. Наверное, именно таким взглядом ты пугаешь бедных старых леди, чтобы захватить их кошельки?

— Я вор, а не грабитель. — Он застегнул джинсы, отбросил со лба влажные волосы и приблизился к Уитни. — Но в твоем случае я готов сделать исключение.

— Не делай ничего, о чем потом будешь сожалеть, — тихо сказала она.

Даг скрипнул зубами.

— Я буду с наслаждением вспоминать каждую минуту!

Он схватил ее за плечи, и Уитни пристально посмотрела на него.

— Мне всегда казалось, что у тебя нет склонности к насилию... — медленно начала она и вдруг резко и сильно ударила его кулаком в живот. — Зато у меня она есть!

Даг согнулся пополам, хватая ртом воздух.

— Ну что ж, это была последняя капля. — Держась за живот, он послал ей взгляд, увидев который, сам Димитри отступил бы и задумался.

— Дуглас, успокойся. — Уитни очень надеялась, что он не замечает, как у нее дрожат руки. — Сделай несколько глубоких вдохов, побегай на месте, сосчитай до десяти... — «Что там еще?» — с отчаянием подумала она. — Не теряй головы!

— Я в полном порядке, — сквозь зубы бросил Даг, подходя поближе. — Сейчас ты в этом убедишься.

— Как-нибудь в другой раз. Давай выпьем немного вина. Мы можем...

В следующее мгновение он схватил ее за горло.

— Даг! — сдавленно прохрипела Уитни.

— А теперь... — начал он и вдруг задрал голову, услышав гул мотора. — Сукины дети!

Он не ошибся — это опять был вертолет. Он находился почти прямо над их головами, а они, как назло, именно сейчас вышли на открытое пространство!

Отпустив Уитни, Даг начал хватать снаряжение.

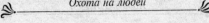

— Шевели задницей! — крикнул он. — Пикник закончен!

— Если ты еще раз скажешь, чтобы я шевелила задницей...

— Давай, давай! И пусть твои красивые длинные ноги двигаются побыстрей, милочка. У нас совсем немного времени.

Даг схватил ее за руку и побежал к деревьям. Волосы Уитни развевались по ветру, как опознавательный знак.

Наверху в маленькой кабине вертолета Ремо опустил бинокль. В первый раз за последнее время на его губах появилась улыбка. Он лениво погладил шрам, уродовавший его щеку.

— Мы их засекли. Передай это по радио мистеру Димитри.

ГЛАВА 8

— Ты думаешь, они нас видели?

На полной скорости Даг мчался прямо на восток, стараясь держаться самой гущи леса. Лианы и корни деревьев хватали их за ноги, ветки хлестали по лицу, но он не сбавлял хода. Он бежал, подчиняясь инстинкту, через заросший бамбуком и эвкалиптами лес, точно так же, как бежал бы через Манхэттен.

— Да, я думаю, они нас видели.

Даг не стал тратить время, предаваясь ярости, отчаянию, панике, хотя все эти чувства он сейчас испытывал. Каждый раз, когда он считал, что им удалось выиграть некоторое время, он обнаруживал, что Димитри хватает его за пятки. Нужно было заново обдумать свою стратегию, и делать это приходилось на ходу, впрочем, по собственному опыту Даг знал, что такой вариант — самый оптимальный. Если у тебя слишком много времени на раздумья, ты начинаешь слишком много думать о последствиях.

— Здесь в лесу нет места, чтобы посадить их проклятый вертолет.

Это звучало разумно.

— Значит, мы останемся в лесу?

— Нет. — Он бежал, как марафонец, размеренным шагом, ровно дыша, и Уитни ненавидела его за это, потому что сама давно уже начала задыхаться. — У Димитри найдутся люди, которые смогут за час прочесать весь этот район.

Это тоже звучало разумно.

— Значит, мы уйдем из леса?

— Нет.

Вконец обессилев, Уитни остановилась, прислонилась спиной к дереву и просто сползла на покрытую мхом землю. А она-то по самонадеянности считала, что находится в хорошей форме! Мышцы ног наотрез отказывались подчиняться.

— И что же мы будем делать? — спросила она. — Исчезнем?

Даг отрешенно смотрел на деревья, обдумывая свой план. Это было рискованно. По правде говоря, это было вообще полным безрассудством! Но сейчас, когда только занавес из листвы отделял их от Ремо и от пистолетов сорок пятого калибра, только это могло сработать.

— Исчезнем, — пробормотал он. — Именно так мы и поступим.

Присев на корточки, Даг открыл рюкзак.

— Ищешь шапку-невидимку?

— Я собираюсь защитить твою алебастровую кожу, дорогая. — Он вытащил ламбу, которую Уитни купила в Антананариву, и обернул вокруг ее головы, больше заботясь о маскировке, чем о стиле. — Прощай, Уитни Макаллистер, и здравствуй, малагасийская матрона!

Уитни откинула с глаз прядь светлых волос.

— Ты шутишь?

— А у тебя есть предложение получше?

Некоторое время она сидела без движения. После вторжения вертолета лес уже не казался спокойным — прохлада, развесистые деревья, запах мха больше не обещали защиты. Уитни молча убрала волосы под ламбу и завязала концы сзади. Дурацкая идея все же лучше, чем никакой. Обычно это так.

— Ладно, пошли. — Взяв Уитни за руку, Даг поднял ее на ноги. — Нам нужно многое сделать.

Через десять минут Даг нашел то, что искал, — у подножия крутого холма они увидели полянку с несколькими бамбуковыми хижинами. Вся растительность на склоне была вырублена и выжжена, и на ее месте посажен горный рис. Внизу были расчищены участки, на которых вокруг шестов вились плети бобовых. Рядом с домами виднелись пустой загон и небольшой навес, где возились цыплята.

Склон был таким крутым, что хижины стояли на сваях — чтобы компенсировать неровность почвы. Крыши были покрыты тростником, и даже с такого расстояния было заметно, что они нуждаются в починке. Грубо выдолбленные прямо в почве ступеньки спускались к узкой, изрытой колеями дороге, которая уходила на восток. Никаких признаков жизни в деревне не замечалось, но кучка домов выглядела уютно. Вспомнив о мерина, Уитни почувствовала себя спокойнее.

— Мы будем там прятаться?

Даг промолчал. Достав полевой бинокль, он лег на живот и принялся внимательно рассматривать дома. Не видно дыма, в окнах не заметно никакого движения. Ничего. Быстро приняв решение, он отдал бинокль Уитни.

— Ты умеешь свистеть?

— Умею, а что?

— Отлично. Ты будешь лежать здесь и смотреть в бинокль. Если увидишь, что кто-то направляется к домам, свистни.

— Если ты думаешь, что сможешь пойти туда без меня...

— Смотри, я оставляю рюкзаки здесь. Причем оба. Я надеюсь, что ты больше хочешь остаться в живых, чем заполучить конверт.

Уитни невозмутимо кивнула.

— С некоторых пор остаться в живых стало для меня важнее всего.

«Для меня так было всегда», — подумал Даг, но ничего не сказал.

— Что тебе там нужно? — спросила Уитни.

— Если мы хотим сойти за малагасийцев, нам нужно приобрести еще кое-что.

— Приобрести? — Она приподняла бровь. — Ты собираешься это украсть?

— Точно, милая! А ты будешь на стреме.

После минутного размышления Уитни решила, что идея стоять на стреме ей скорее нравится. Возможно, в другое время и в другом месте это звучало бы слишком грубо, но Уитни всегда считала, что чистота эксперимента должна соблюдаться.

— Если кто-нибудь появится, я свистну.

— Отлично. Не высовывайся, чтобы тебя не заметили. Ремо может и тут пролетать на своем вертолете.

Уитни послушно легла на живот и направила бинокль на деревню.

— Делай свое дело, Лорд, а я буду делать свое.

Бросив короткий взгляд на небеса, Даг начал спускаться по крутому склону позади хижин — он решил не пользоваться ступеньками, чтобы не находиться слишком долго на открытом пространстве. Мелкие камешки осыпались под его ногами, а один раз под ним обрушился размытый склон, так что Даг соскользнул вниз метра на полтора. Он уже выработал альтернативный план на случай, если на кого-нибудь наткнется. Правда, он не говорит по-французски, а его переводчик сейчас стоит на стреме, ну, да бог ему поможет. У него в кармане есть несколько долларов, на худой конец он сможет купить большую часть того, что им нужно.

Напрягшись и прислушиваясь к каждому звуку, Даг выждал минуту и бросился через открытое пространство к ближайшей хижине. Замок оказался несложным, и он даже испытал определенное разочарование: всегда интереснее справиться с хитрым замком — или с хитрой женщиной. Посмотрев наверх, туда, где ждала Уитни, Даг подумал, что с ней он еще не закончил, — и через несколько секунд уже был внутри.

Удобно устроившись на мягкой лесной почве, Уитни наблюдала за Дагом в бинокль. «Он очень здорово двигается», — решила она. Поскольку с тех пор, как они встретились, ей постоянно приходилось бежать вместе с ним, Уитни не могла по-настоящему оценить легкость его движений. Между тем, это было настоящее искусство, и она еще раз подумала, что Дуглас Лорд — очень опасный человек.

Когда Даг исчез в хижине, Уитни огляделась вокруг, медленно поворачивая бинокль. Уловив в кустах какое-то движение, она моментально напряглась, но это оказался всего лишь зверек, похожий на дикобраза. Он вышел на солнце, поднял голову, принюхался и вновь исчез в кустах. Уитни слышала жужжание мух и гудение насекомых. Это напоминало ей об улетевшей вертушке, и она молила бога, чтобы Даг поскорее вернулся.

Хотя селение внизу было маленьким и грязным, здесь Мадагаскар казался гораздо более живописным, чем та местность, по которой они шли последние два дня. Жизнь в лесу била ключом, Уитни чувствовала запах травы и легкий аромат растущих в тени цветов, под упругим мхом, на который опирались ее локти, находилась темная, плодородная почва. В нескольких метрах отсюда холм круто обрывался, и под действием эрозии обнажилась скала. Уитни лежала неподвижно, прислушиваясь к звукам леса, и он казался ей полным тайн, которые она предвкушала с тех пор, как Даг впервые упомянул название страны.

Неужели действительно прошло всего несколько дней с тех пор, как они были в ее квартире и он возбужденно расхаживал по комнате, пытаясь выманить у нее деньги? Все, что предшествовало той ночи, уже казалось ей сном. После Парижа она даже не распаковала вещи, а о своей поездке туда не могла вспомнить ничего интересного. Зато с тех пор, как Даг вскочил в ее машину на Мантхэттене, она начисто забыла о скуке.

«Здесь гораздо интереснее», — решила Уитни и снова навела бинокль на хижины. Все было так же спокойно, как и до тех пор, когда Даг начал спускаться по склону холма. «Он, несомненно, большой специалист своего дела, — подумала Уитни. — Руки у него проворные, глаз точный, а походка легкая. Было бы забавно, если бы он научил меня нескольким трюкам». Уитни не сомневалась в том, что она способная ученица и руки у нее тоже очень ловкие. В конце концов, именно это, а также определенный шарм в сочетании с железной хваткой помогли ей без помощи влиятельной семьи добиться в своем деле неплохих результатов. Разве в том, чем занимается Даг, требуются не те же самые способности?

Уитни решила, что когда-нибудь, просто ради опыта, она попробует себя в воровстве. Что для этого нужно? У нее есть очень симпатичный черный свитер из шерсти ангорской козы и пара черных джинсов. Да, точно, такие аккуратные черные джинсы, с серебряными заклепками на одной ноге... В общем, надев пару черных тапочек, она сразу будет полностью экипирована.

Для начала можно попробовать обокрасть семейное поместье на Лонг-Айленде. Там очень сложная и изощренная охранная система. Такая изощренная, что отец регулярно ее включал, а потом орал на слуг, чтобы они ее отключили. Если она сможет ее проскочить...

Там есть Рубенс, пара городских пейзажей Ренуара, совершенно чудовищный поднос из чистого золота, который дедушка подарил ее матери...

Она может отобрать несколько лучших вещей, сложить их в коробку и отправить в нью-йоркский офис отца. Он тогда с ума сойдет!

Развеселившись от этой мысли, Уитни снова принялась осматривать окрестности — и увидела вдалеке нескольких мужчин с мотыгами на плечах, которые явно направлялись к деревне.

«Три медведя возвращаются, — подумала она. — И могут обнаружить, что кто-то съел их кашу».

Уитни набрала в легкие воздух, чтобы свистнуть, но тут совсем близко за ее спиной послышался голос, заставивший ее замереть.

— Где-то здесь должна быть деревня. Если они укрылись в ней, мы их выкурим оттуда. В любом случае удаче Лорда приходит конец. И я хочу выстрелить в него первым.

Уитни поняла, что люди Димитри двигаются по гребню холма в ее сторону, но пока не дошли до склона.

— А я хочу первым выстрелить в женщину, — раздался другой голос, высокий и жалобный. Уитни почувствовала себя так, как будто что-то скользкое проползло по ее коже.

— Ты извращенец, — проворчал первый бандит, прокладывая себе дорогу через лес. — Можешь побаловаться с нею, Барнс, но помни — Димитри хочет получить ее целиком. Что же касается Лорда, то боссу все равно, сколько кусков от него останется.

Уитни неподвижно лежала на земле, глаза ее округлились от ужаса, во рту пересохло. Она где-то читала, что сильный страх притупляет зрение и слух, и теперь могла проверить это на себе. Не сразу ей пришло в голову, что женщина, о которой люди

Димитри так небрежно говорили, — это она сама. И как только они выйдут из леса на склон, то сразу увидят ее, распростертую на земле подобно товару на рынке.

В отчаянии Уитни вновь посмотрела в сторону хижин. Даг в любой момент мог появиться на открытом месте, и тогда люди Димитри совершенно спокойно подстрелят его — как в тире. Если же он еще задержится, направляющиеся домой малагасийцы устроят небольшую сцену, увидев, как он методически обворовывает их дома... Мысли лихорадочно скакали в ее голове. О том, как помочь Дагу, она подумает потом, а сначала нужно сделать нечто совершенно неотложное — найти укрытие получше, найти срочно. Поворачивая только голову, она осмотрелась по сторонам и увидела толстое упавшее дерево, которое находилось между ней и зарослями кустарника. Не давая себе времени на раздумья, Уитни подхватила оба рюкзака и устремилась туда на всех парах. Поцарапав кожу о кору, она перекатилась через ствол дерева и с глухим стуком упала на землю.

— Ты что-нибудь слышал?

Не дыша, Уитни распласталась вдоль ствола. Теперь она даже не могла взглянуть на дома и на Дага, зато могла хорошо разглядеть целую армию крошечных насекомых цвета ржавчины, скрывающихся в коре мертвого дерева. Борясь с отвращением, Уитни застыла в неподвижности — и тут прямо над ее головой послышалось шуршание, прозвучавшее, как гром среди ясного неба. Страх сковал Уитни, к горлу подкатила волна тошноты. Как она будет объяснять своему отцу, что ее похитили в мадагаскарском лесу двое головорезов в то время, когда она в компании с вором пыталась найти потерянные сокровища?

У него просто не хватит чувства юмора!

Поскольку Уитни не знала, что такое ярость Димитри, но зато прекрасно знала, каким бывает гнев отца, мысль о нем пугала ее гораздо больше. Она вжалась в дерево и плотно зажмурила глаза, как в детстве, когда кажется, что «если я не могу тебя увидеть, то и ты меня не увидишь». Было легко задерживать дыхание, когда кровь в жилах застывала и густела от страха.

Бандиты больше не разговаривали, она слышала только их шаги. Когда звук стал громче, Уитни, смирившись, открыла глаза. На нее напряженно смотрели резко выделявшиеся на белой шерсти глаза гладкошерстного лемура.

— О боже! — дрожащим голосом прошептала Уитни, но радоваться было еще рано: она по-прежнему слышала шорох шагов, хотя и не так близко, как боялась. — Брысь! — зашипела она на лемура. — Пошел отсюда!

Лемур что-то защебетал и бросился вверх по стволу дерева. В то же мгновение Уитни услышала пронзительный возглас и резкий звук выстрела. Всего сантиметрах в пятнадцати от ее лица от дерева отлетела щепка, а лемур проворно соскочил со ствола и исчез в кустах.

— Идиот! — Уитни услышала короткий звук пощечины, а затем, как ни странно, хихиканье. Именно это хихиканье — даже больше, чем выстрел, — заставило ее сжаться от страха.

— Я почти его достал! Еще сантиметр — и я подстрелил бы маленького выродка!

— Ну да, а теперь после твоего выстрела Лорд, наверно, убегает отсюда, как кролик.

— Я люблю стрелять кроликов. Когда нажимаешь на спуск, эти маленькие твари замирают и смотрят прямо на тебя...

— Вот дерьмо! — Уитни различила в голосе второго отвращение и почти прониклась к нему симпатией. — Пошли. Ремо сказал, что они двигаются на север.

Эти слова и новый приступ смеха прозвучали уже тише. Шло время. Уитни лежала на земле, неподвижная и немая, как камень. Насекомые решили исследовать ее руку, но она не пошевелилась, решив, что нашла очень подходящее место, чтобы провести ближайшие несколько дней.

Когда на ее губы легла чья-то ладонь, Уитни сжалась, как пружина.

— Только не кричи! — прошептал ей на ухо Даг. Глядя в ее глаза, он видел, как замешательство сменилось облегчением, а облегчение — яростью. — Полегче, дорогая. Они еще не очень далеко.

— Меня чуть не застрелили! — зашипела Уитни, когда он наконец убрал руку. — Какой-то маленький писклявый подонок с пушкой!

Даг невозмутимо окинул ее взглядом.

— Мне кажется, ты выглядишь неплохо.

— И ты еще шутишь?! — Уитни села и с отвращением отряхнула рукав блузки. — Пока ты там внизу играл в Робин Гуда, здесь прогуливались два отвратительных типа с отвратительными пистолетами! Кстати, они упоминали твое имя.

— Известность — это тяжелое бремя, — пробормотал Даг.

«На этот раз они подошли близко, — подумал

он, взглянув на расщепленное выстрелом дерево. — Слишком близко. Несмотря на все мои маневры, Димитри не отстает...» Даг посмотрел в глубь леса и приказал себе сохранять спокойствие. Он не собирается проигрывать, когда уже почти выиграл!

— Между прочим, ты очень плохо справилась со своей задачей.

— Но ты же знаешь, что я не могла свистеть!

— А мне пришлось выкручиваться из очень деликатной ситуации. Слава богу, удалось схватить кое-какие вещи и спастись бегством, пока не собралась толпа.

— Это неплохо. — Уитни решила ни за что не показывать ему, как она счастлива, что он снова с ней. — Кстати, я тебе еще не рассказала про лемура! Представляешь себе... — Она осеклась, увидев одну из вещей, которые принес Даг. — Это еще что такое?!

— Подарок. — Даг поднял соломенную шляпу и подал ей. — У меня не было времени ее упаковать.

— Но она же совершенно безвкусная!

— Зато у нее широкие поля, — Даг нахлобучил шляпу на голову Уитни. — И ты в ней очень похожа на малагасийскую женщину.

— Как замечательно!

— Я принес тебе еще кое-какое снаряжение. — Он достал из мешка жесткое на ощупь, бесформенное хлопчатобумажное платье, цветом напоминавшее выгоревший на солнце навоз.

— Дуглас, ну в самом деле! — Двумя пальцами Уитни приподняла рукав платья, почувствовав почти такое же отвращение, как тогда утром, когда ее разбудил паук. — Я не хочу в нем упасть замертво.

— Как раз этого мы и пытаемся избежать, дорогая.

Уитни вспомнила, как дерево разлетелось в щепки всего в нескольких сантиметрах от ее носа. Может быть, платье будет выглядеть немного лучше, если его некоторое время поносить?..

— Ну хорошо. А что же будешь носить ты?

Даг достал еще одну соломенную шляпу, на этот раз слегка сужающуюся кверху, длинную клетчатую рубашку и широкие хлопчатобумажные брюки.

— Очень шикарно! — Уитни с трудом подавила смех.

— А что тебе не нравится? Утром мы с тобой превратимся в любящую малагасийскую пару, которая направляется на рынок.

— А почему не в малагасийскую женщину и ее идиота братца, которые направляются на рынок?

— Не испытывай судьбу.

Уитни пожала плечами и только тут заметила, что ее брюки продрались на колене. В дыру можно было просунуть три пальца, и она расстроила Уитни гораздо больше, чем пуля.

— Ты только посмотри! — воскликнула она. — Если так пойдет и дальше, у меня не останется ни одной порядочной вещи. Я уже порвала юбку и совершенно замечательную блузку, а теперь это... Я ведь только что купила эти брюки в округе Колумбия!

— Послушай, я ведь принес тебе новое платье.

— Как остроумно! — фыркнула Уитни.

— Капризничать будешь потом. А сейчас скажи, не услышала ли ты чего-нибудь такого, о чем я должен знать.

Уитни послала ему испепеляющий взгляд.

— Ничего нового. Могу сказать только, что один из них был гадом.

— Только один?

— Я имею в виду — настоящим гадом, с голосом как у слизняка. Он все время хихикал.

Даг нахмурился.

— Барнс?

— Кажется, да. Он пытался застрелить одного из этих хорошеньких маленьких лемуров и говорил, что очень любит убивать кроликов. Отвратительный тип!

«Если Димитри выпустил на волю своего любимого пса, значит, он чувствует себя уверенно», — подумал Даг. Барнс числился в платежной ведомости Димитри не из-за своего ума или хитрости. Он убивал не ради денег или из практических соображений. Он убивал ради удовольствия.

— О чем они говорили? Что ты слышала?

Уитни пожала плечами.

— Сначала тот, второй, сказал, что хочет прикончить тебя. Звучало это так, как будто у него к тебе есть личные счеты. Что же касается Барнса... — Она снова разнервничалась и, протянув руку к карману Дага, вытащила сигарету. — Он предпочитает меня. По-моему, это означает некоторую дискриминацию.

Даг вдруг почувствовал такой прилив бешенства, что едва не задохнулся. Пытаясь с этим справиться, он, не говоря ни слова, отнял сигарету у Уитни и глубоко затянулся. Раз не хочет давать ему денег — пусть делится.

Даг никогда не видел Барнса в действии, но много о нем слышал. И то, что он слышал, шокировало даже ко всему привычных людей Димитри. У Барнса была склонность к женщинам и к маленьким, хрупким вещам. Даг вспомнил совершенно ужасную историю о том, что он сделал с одной маленькой хитрой воровкой в Чикаго, — и о том, что от нее осталось после этого. Когда Уитни снова забрала у него сигарету, Даг подумал, что Барнсу не удастся заполучить ее в свои потные руки. Скорее он их ему отрубит.

— Что еще?

Уитни приходилось слышать от него такой тон только два раза — когда он держал в руках ружье и когда хватал ее за горло. Она предпочитала иметь с ним дело, когда он был чем-то озабочен, даже расстроен. Но когда его глаза становились, как сейчас, холодными и твердыми, ей делалось страшно.

Уитни вспомнила комнату отеля в Вашингтоне и молодого официанта, по белой куртке которого растекается красное пятно.

— Даг, скажи, оно этого стоит?

— Что?

— Ну, твой конец радуги, твой золотой мешок. Эти люди охотятся за тобой, а ты по-прежнему хочешь, чтобы золото звенело у тебя в кармане?

— Я хочу, чтобы оно не просто звенело, дорогая. Я собираюсь купаться в нем!

— Пока ты будешь купаться, они будут в тебя стрелять.

Даг очень внимательно и серьезно посмотрел на нее.

— В меня стреляли столько раз, что я сбился со счета. Я уже много лет от кого-нибудь убегаю.

Уитни ответила таким же напряженным взглядом.

— И когда ты собираешься остановиться?

— Когда получу то, что мне нужно. — Даг выдохнул длинный клуб дыма. Как бы объяснить ей, что значит, имея голову на плечах, просыпаться утром с двадцатью долларами в кармане? Поверит ли Уитни, если он скажет, что рожден для большего? У него есть мозги, есть опыт; все, что ему нужно, — это деньги. Много денег! — Да, оно этого стоит.

Уитни помолчала, зная, что никогда по-настоящему не поймет его. Ей было ясно одно: тут дело не в алчности, это было бы слишком просто. Дагом владело какое-то сложное чувство. Честолюбие? Мечта? Она не могла определить. «Как бы то ни было, пока я с ним, — сказала себе Уитни. — А что будет дальше — посмотрим».

— Они направляются на север — им так приказал Ремо. Он считает, что нас нужно искать там.

— Логично. Поэтому ночевать мы остаемся здесь.

— Здесь?

— Да. Поставим палатку так, чтобы нас не заметили из деревни. — Даг с сожалением погасил сигарету, которая обгорела до самого фильтра. — И отправимся дальше, как только рассветет. Пойдем, нужно выбрать подходящее место.

Он поднял с земли рюкзак, но Уитни не пошевелилась. Некоторое время она молча смотрела на него, потом негромко произнесла:

— Даг, тебе не кажется, что я заслуживаю большего?

Даг нахмурился.

— Что ты имеешь в виду?

— За мной охотились, в меня стреляли. Несколько минут назад я лежала вот за этим деревом и гадала, сколько мне еще осталось жить. — Уитни пришлось сделать глубокий вдох, чтобы ее голос не дрожал, но глаза смотрели решительно. — Я жертвую всем так же, как и ты. И я хочу видеть бумаги.

Он давно уж думал о том, когда она наконец прижмет его к стенке, и надеялся, что успеет избавиться от нее раньше, чем это произойдет. А сейчас он вдруг понял, что не хотел бы остаться один. Кажется, в конце концов он смирился с ее партнерством.

«Но полного равенства все-таки не будет, — решил он. — Из двух партнеров всегда кто-то один является лидером».

Подойдя к рюкзаку, Даг просмотрел содержимое конверта и нашел письмо, которое не было переведено. Как он мог заключить, если не переведено — значит, оно не такое уж и важное. С другой стороны, Уитни может найти там что-нибудь полезное.

— Вот. — Он сел на землю рядом с Уитни и вручил ей аккуратно запечатанный в пластик листок.

Они обменялись настороженными, недоверчивыми взглядами, и Уитни посмотрела на листок. Он был датирован октябрем 1794 года.

— «Дорогая Луиза, — прочитала она вслух. — Я молюсь, чтобы это письмо дошло до тебя и застало в добром здравии. Даже здесь, в таком отдалении, до нас доходят известия из Франции. Наше поселение очень маленькое, но покоя нет и здесь. Мы убежали от одной войны, а оказались лицом к лицу с другой. Кажется, от политических интриг никуда не убежать. Каждый день мы ждем вторжения французских войск, и мое сердце разрывается. Я не знаю, следует ли мне их приветствовать, или от них нужно прятаться.

Между тем эта местность по-своему красива. Море близко, и по утрам мы ходим с Даниэль собирать ракушки. Она очень выросла и повзрослела за последние месяцы, потому что видела и слышала больше, чем полагается девочке в ее возрасте. Тем не менее страх в ее глазах постепенно исчезает. Она много гуляет и собирает цветы, каких я никогда и нигде не видела. Хотя Жеральд все еще оплакивает королеву, я чувствую, что со временем мы сможем чувствовать себя здесь счастливыми.

Я пишу тебе, Луиза, и умоляю еще раз подумать о том, чтобы присоединиться к нам. Даже в Дижоне ты не можешь чувствовать себя в безопасности. Я слышала рассказы о том, как бунтовщики сжигали и грабили дома, а людей отправляли в тюрьму или на смерть. Здесь есть молодой человек, который получил известие, что его родители увезены из их дома под Версалем и повешены. По ночам я думаю о тебе и отчаянно боюсь за твою жизнь. Ведь ты моя сестра, Луиза, и я хочу, чтобы ты была со мной, в безопасности. Жеральд собирается открывать магазин, а мы с Даниэль посадили огород. Мы ведем простую жизнь, но здесь нет гильотины и нет террора.

Мне нужно столь о многом поговорить с тобой, сестра! Есть вещи, которые я не могу доверить бумаге. Я могу только сказать тебе, что всего за несколько месяцев до смерти королевы Марии Жеральд получил от нее послание с поручением. Это его очень тяготит. В простой деревянной шкатулке он хранит часть Франции — и память о королеве, с которой никогда не расстанется. Умоляю —

не оставайся верной тому, что обернулось против тебя! Не поступай так, как мой муж, — не привязывайся к тому, что уже не имеет будущего. Расстанься с Францией и с прошлым, Луиза. Приезжай в Диего-Суарес. Преданная тебе сестра, Магдалина».

Медленным жестом Уитни вернула ему письмо, и Даг не мог не признать, что оно произвело на него впечатление.

— Ты знаешь, кто это писал?

— Судя по другим документам, муж этой женщины, Жеральд, был чем-то вроде камердинера у Марии-Антуанетты.

— Это важно... — пробормотала Уитни. — Чертовски важно! Каждая бумага здесь очень важна, потому что добавляет еще один фрагмент к головоломке.

Уитни смотрела, как он укладывает конверт в свой рюкзак.

— И только?

— А что еще? — Даг бросил на нее короткий взгляд. — Конечно, я чувствую жалость к этой леди, но она умерла уже довольно давно. А я жив. — Он положил руку на рюкзак. — И вот это позволит мне жить точно так, как я хочу.

— Этому письму почти двести лет...

— Совершенно верно. И единственное, что существует из того, о чем там говорится, — это содержимое маленькой деревянной шкатулки. Оно будет моим.

Уитни с минуту смотрела на него, потом тяжело вздохнула и покачала головой.

— Жизнь — непростая штука, правда?

— Да. — Желая согнать с ее лица мрачное выражение, он улыбнулся. — Но мы постараемся сделать ее проще!

Уитни решила, что еще подумает обо всем этом и непременно попросит его показать ей остальные бумаги. А сейчас ей хотелось одного — отдохнуть душой и телом. Уитни встала.

— Что теперь? — спросила она, поднявшись.

— Теперь... — Даг осмотрел прилегающую местность. — Мы должны позаботиться о ночлеге.

Разбив маленький лагерь в чаще на холме, они поужинали жареным мясом, запивая его пальмовым вином. Огня не разжигали и в первый раз с тех пор, как началось их совместное путешествие, почти не разговаривали. Их разделяло дыхание опасности — и воспоминания о той дикой, бессмысленной сцене под водопадом.

Открыв глаза, Уитни увидела, что лес залит потоками света — золотого, розового, зеленого. Пахло так, как будто внезапно распахнулись настежь двери оранжереи. Воздух был ласковым, веселые птичьи голоса приветствовали восход. На листьях деревьев и на земле выпала роса, под лучами солнца крошечные капли переливались всеми цветами радуги.

«Есть все же на свете райские уголки!» — подумала Уитни, удовлетворенно вздохнув, и снова заснула, положив голову на плечо мужчины, лежащего рядом.

Даг мало спал в ту ночь, вздрагивая и просыпаясь от каждого шороха. Он нарочно не поставил палатку, чтобы к ним нельзя было подкрасться незаметно, и решил подняться с рассветом. Однако, взглянув на Уитни, он вдруг понял, что вставать ему не хочется, а хочется лежать вот так и смотреть на нее.

Это был изумительный экземпляр. Когда Уитни спала, было видно, что у нее мягкие черты лица; раньше он этого не замечал — очевидно, из-за ее колючего характера. И вообще на лице Уитни всегда господствовали глаза. Теперь, когда они были закрыты, стало возможно оценить ее красоту, безупречную чистоту кожи...

Даг признался себе, что очень хотел бы заняться с ней любовью — не спеша, с наслаждением, при свечах, на мягкой, упругой постели с кучей подушек и шелковыми простынями. Его воображение услужливо нарисовало ему эту сцену. Да, он всего этого хотел — но мало ли чего он в своей жизни хотел! Даг считал, что одним из важнейших слагаемых успеха является способность отделять то, что ты хочешь, от того, что ты можешь получить. А главное — то, что ты можешь получить, от того, за что можешь расплатиться. Он хотел Уитни и имел хорошие шансы ее заполучить, но инстинкт подсказывал ему, что расплатиться он не сможет.

Даг прекрасно понимал, что подобные женщины умеют набросить на мужчину путы, и вовсе не желал быть связанным. «Хватай деньги и беги», — напомнил он себе название игры. Сейчас самое главное — выдерживать дистанцию.

Протянув руку, Даг потряс Уитни за плечо.

— Просыпайтесь, герцогиня!

— Хм-м? — Она свернулась калачиком, как дремлющая кошка, плотнее прижавшись к нему, и Дагу пришлось стиснуть зубы, чтобы не поддаться соблазну.

— Какого черта ты разлеглась здесь, словно в собственной спальне?!

Эта фраза проникла сквозь пелену сна. Нахмурившись, Уитни открыла глаза.

— Я не уверена, что половина золотого мешка стоит того, чтобы каждое утро слышать твой очаровательный голос.

— Я и не собираюсь стариться вместе с тобой. Если захочешь выйти из игры — только скажи.

В этот момент до нее дошло, что их тела тесно прижаты друг к другу — как у любовников после страстно проведенной ночи, — и она резко отстранилась.

— Чем это ты занимаешься, Дуглас?

— Пытаюсь тебя разбудить, — небрежно сказал он. — Я тут весь измучился, пока ты по мне ползала. Просто поразительно, как тебя привлекает мое тело!

— Вот еще!

Движением головы отбросив назад волосы, Уитни села — и в этот момент над ними послышался какой-то странный шорох, с веток полетела кора. Рефлекс у Дага сработал четко — через мгновение Уитни оказалась под ним. Хотя оба этого не осознали, Даг совершил один из немногих в своей жизни совершенно бескорыстных поступков: не задумываясь о собственной безопасности или выгоде, он прикрыл ее тело своим.

Прошло несколько секунд, и Даг с изумлением услышал, что Уитни смеется.

— Боже мой, неужели ты всегда будешь так грубо со мной обращаться?

Уитни обреченно вздохнула и указала пальцем вверх. Даг осторожно поднял голову — прямо над ними на верхушках деревьев неподвижно застыли десятки лемуров. Их тонкие тела были выпрямлены, длинные руки подняты вверх, к небу. Они напоминали впавших в экстаз язычников, присутствующих при жертвоприношении.

Даг вслух выругался и расслабился.

— Ты еще увидишь много этих маленьких ребят. Черт возьми, кажется, я теряю форму. Если всякий раз так реагировать на лемуров...

Уитни была слишком очарована этим зрелищем, чтобы обращать внимание на его слова. Подтянув к себе колени, она обхватила их руками.

— Они как будто молятся или поклоняются восходу солнца!

— Так утверждает легенда, — согласился Даг, начиная сворачивать лагерь. Он знал, что рано или поздно люди Димитри вернутся, и не собирался оставлять следы. — На самом деле они просто греются на солнце.

— Ну вот, ты разрушил все очарование таинственности...

— Ничего. Сейчас ты наденешь новое платье и станешь воплощением таинственности. — Он бросил ей мешок с вещами. — А я пока ненадолго спущусь в деревню: нужно взять еще кое-что.

— Раз ты отправляешься за покупками, поищи что-нибудь чуть-чуть более привлекательное. Я обожаю шелк. Что-нибудь синее, с небольшими складками на бедрах...

— Давай одевайся, — приказал Даг и исчез.

Уитни с раздражением сняла с себя фирменную рубашку и брюки, которые купила в Вашингтоне, и натянула через голову бесформенную тунику до щиколоток.

— Нет, это невозможно! — пробормотала она. — Силуэт безобразный, а цвет — совершенно беспомощный. Если бы у меня был широкий кожаный пояс или хоть какой-нибудь яркий шнурок...

Но у нее не было ничего. Усевшись прямо на земле, Уитни принялась рыться в своей косметичке. По крайней мере, она может что-то сделать со своим лицом!

Когда Даг вернулся, Уитни уже испробовала несколько вариантов драпировки ламбы на плечах и все их отвергла.

— Ничего нельзя сделать, — сказала она с отвращением. — Абсолютно ничего нельзя сделать с этим мешком. Я думаю, что лучше бы я надела твою рубашку и брюки. По крайней мере... — Уитни обернулась и замолчала. — Боже мой, что это такое?

— Поросенок, — честно ответил Даг, пытаясь справиться с визжащим свертком.

— Ясно, что поросенок. Но зачем?

— Для прикрытия. — Он привязал поросенка, и тот, несколько раз возмущенно пискнув, опустился на траву. — Рюкзаки мы спрячем в эти корзины и все будет выглядеть так, как будто мы несем свои товары на рынок. Поросенок — для страховки. Многие фермеры в этом районе продают живность. Кстати, для чего ты намазала лицо всей этой дрянью? Неужели не понятно, что не следует привлекать к себе внимания?

— Пусть мне придется носить этот саван, но я не собираюсь выглядеть как старая карга!

— У тебя явные проблемы с тщеславием, — заметил Даг, натягивая на себя вновь приобретенную рубашку.

— Я не считаю тщеславие проблемой, когда оно оправданно, — возразила Уитни.

— Спрячь волосы под шляпу, чтобы ничего не было видно.

Пока Даг снимал свои джинсы и надевал хлопчатобумажные брюки, Уитни тактично отвернулась, а потом они придирчиво принялись рассматривать друг друга.

Брюки Дагу были явно широки и при этом не доходили нескольких сантиметров до лодыжек. Ламбу он набросил на плечи, шляпа скрывала волосы и большую часть лица. «Пожалуй, сойдет, если никто не станет присматриваться», — решила Уитни.

Даг, глядя на нее, пришел приблизительно к такому же выводу. Длинное широкое платье скрывало все изгибы ее тела. Лодыжки, правда, казались чересчур изящными, но Даг решил, что они все равно скоро покроются пылью и грязью. Ламба, закрывшая шею, плечи и руки, смотрелась неплохо. Соломенная шляпа не шла ни в какое сравнение с той белой фетровой, которая была на Уитни в день их первой встречи, и издалека она вполне могла бы сойти за малагасийку. И все-таки даже эта шляпа не могла скрыть классическую красоту лица Уитни, недвусмысленно говорившую о ее западном происхождении.

— Ты не пройдешь и мили, — пробормотал Даг. — Тебя сразу узнают.

— Что ты имеешь в виду?

— Я имею в виду твое лицо. Боже мой, неужели ты должна всегда выглядеть так, как будто только что сошла с обложки «Вог»?!

Губы Уитни слегка изогнулись.

— Разумеется!

Нахмурившись, Даг принялся поправлять ее

ламбу. Проявив некоторую изобретательность, он приподнял ее спереди так, что подбородок Уитни почти исчез в складках, затем сильнее надвинул шляпу ей на глаза.

— Как, черт возьми, я теперь буду смотреть? — приглушенным голосом воскликнула Уитни. — И дышать...

— Когда никого не будет поблизости, ты, так и быть, сможешь отвернуть поля.

Подбоченившись, Даг снова окинул ее критическим взглядом — Уитни казалась бесформенной, лишенной всяких признаков пола... пока не подняла глаза и не посмотрела на него. «Нет, эта женщина всегда останется женщиной», — понял Даг.

Нагнувшись, он засунул рюкзаки в корзины, прикрыв их сверху фруктами и провизией.

— Когда мы выйдем на дорогу, ты должна опустить голову и идти на шаг сзади меня, как подобает послушной жене.

— Теперь понятно, какие у тебя представления о женах!

— Давай-ка трогаться в путь, пока они не вернулись.

Даг связал корзины, повесил их на плечо и двинулся вперед по круто уходящей вниз тропинке.

— Эй, ты ничего не забыл?

— Поросенка возьмешь ты, любимая.

Решив, что выбор у нее ограничен, Уитни отвязала веревку от дерева и принялась тащить за собой не желавшего сотрудничать поросенка. Довольно скоро она решила, что проще нести его на руках, как упрямое дитя. Поросенок несколько раз пискнул и затих.

— Вперед, маленький Дуглас! Папа ведет нас на рынок.

Даг невольно ухмыльнулся.

— Мы пойдем этой дорогой на восток, — сказал он, когда они миновали рощу. — Если все будет удачно, к ночи доберемся до побережья.

Пытаясь справиться с поросенком, Уитни начала спускаться по крутым грязным ступенькам.

— Черт побери, Уитни, отпусти ты этого проклятого поросенка! Он может идти сам.

— Не смей ругаться при ребенке, — нахмурилась Уитни, но все-таки поставила поросенка на землю, и он побежал рядом с ней, натягивая веревку.

Холмы остались позади, но и леса, к сожалению, тоже. «С вертолета мы вполне можем сойти за фермеров», — успокаивала себя Уитни.

— А что, если мы наткнемся на хозяев всех этих вещей? — спросила она, поправив съезжающую на глаза шляпу.

— Придется рискнуть. — Даг двинулся вперед по узкой дороге. — В любом случае, с ними будет гораздо легче справиться, чем с командой Димитри.

Так как дорога впереди казалась бесконечной, а день только начинался, Уитни решила поверить ему на слово.

ГЛАВА 9

Через полчаса Уитни почувствовала, что ламба скоро ее задушит. В такие жаркие дни она предпочитала надевать на себя как можно меньше и как можно меньше делать. Вместо этого ей пришлось втиснуться в длинный мешок с такими же длинными рукавами, завернуться в многометровую ламбу и отправиться на пятидесятикилометровую прогулку.

«Мемуары у меня будут очень интересными, — решила Уитни. — «Как я путешествовала с моим поросенком»!»

Во всяком случае, ей все больше нравился этот малыш. Он с царственным видом шел впереди, переваливаясь с ноги на ногу, и на ходу поворачивал голову из стороны в сторону, как будто возглавлял процессию.

— Правда, он хорошенький? — заметила Уитни.

Даг бросил взгляд на поросенка.

— Он будет еще лучше, если его зажарить целиком.

— Это отвратительно! — возмущенно воскликнула Уитни. — Ты этого не сделаешь!

— Отчего же? — продолжал дразнить ее Даг. — У меня есть рецепт приготовления кисло-сладкой свинины. Она ценится на вес золота.

— Сохрани его на будущее, — резко произнесла Уитни. — Этот маленький поросенок находится под моей защитой.

— Я три недели работал в китайском ресторане в Сан-Франциско. Когда я покидал город, у меня было классное рубиновое ожерелье из музея, заколка для галстука из черного жемчуга размером с яйцо малиновки и полный кейс замечательных рецептов. — Он не стал добавлять, что сохранил из всего этого только рецепты. — Надо мариновать свинину всю ночь. Она становится такой мягкой, что прямо-таки тает на языке.

— Черт с ней!

— Сосиска в очень тонкой травяной оболочке, хорошо прожаренная...

— Весь твой ум расходуется на обслуживание желудка, — проворчала Уитни.

Дорога становилась все более широкой и ровной; восточная равнина была ярко-зеленой, влажной и, с точки зрения Дага, слишком открытой. Он посмотрел на провода над головой. Плохо. Димитри может быстро отдавать приказы по телефону. Вот только откуда? Может быть, он ждет их в Таматаве, а может, идет за ними по следам, которые Даг так отчаянно пытался замести. Во всяком случае, Даг никак не мог отделаться от мысли, что Димитри знает пункт назначения и спокойно выжидает, чтобы захлопнуть ловушку. Даг снова огляделся по сторонам. Если бы он знал, с какой стороны ждать опасность, то спал бы спокойнее.

Использовать полевой бинокль Даг не решался, да в этом и не было необходимости: по сторонам дороги тянулись широкие, хорошо обработанные плантации — с ровными участками, на которых вполне мог приземлиться вертолет. Везде виднелись цветы, которые тоже парились на солнце. Дорожная пыль покрывала их лепестки, но от этого цветы не становились менее экзотическими. Вид открывался чудесный, день был ясным; ничего не стоило заметить с воздуха двух человек, одиноко бредущих по восточной дороге. Даг шел ровным шагом, надеясь встретить группу крестьян, среди которых можно будет раствориться. Однако, посмотрев на Уитни, он понял, что раствориться будет не так уж просто.

— Ты и дальше собираешься идти с таким видом, будто прогуливаешься по Блумингдейлу?

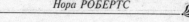

— Прошу прощения? — Она старалась приучить поросенка идти рядом и не рваться вперед.

— Неужели тебе трудно изобразить из себя бедную и забитую малагасийскую крестьянку?

Уитни тяжело вздохнула.

— Дуглас, я готова носить эту малопривлекательную одежду и вести поросенка на веревочке, но я никогда не буду робкой. Может быть, ты перестанешь изводить меня придирками и будешь наслаждаться прогулкой? Посмотри: все вокруг зеленеет, все прекрасно, а в воздухе пахнет ванилью.

— Вон там плантация, где ее выращивают.

Даг заметил посреди поля несколько машин и прикинул, насколько рискованно было бы попытаться освободить хозяев от одной из них.

— Неужели? — Уитни прищурилась на солнце, стараясь рассмотреть зеленые побеги. — Надо же, они напоминают маленькие бобы. Мне всегда нравился этот запах в таких тонких белых свечах.

Даг с мягкой усмешкой посмотрел на нее. Белые свечи, белый шелк... Это ее стиль. Отогнав возникший соблазнительный образ, он с сожалением подумал, что на полях работает слишком много народу, чтобы попытаться вот так, среди бела дня, умыкнуть пикапчик.

— Климат явно становится тропическим, правда? — Изнемогая от жары, Уитни приложила ко лбу тыльную сторону ладони.

— Это пассаты приносят с собой влагу. До следующего месяца сохраняется жара и влажность, но сезон дождей мы уже пропустили.

— Это хорошая новость, — пробормотала Уитни.

Ей казалось, что она видит, как жар волнами

поднимается с дороги. Странно — на нее вдруг нахлынула ностальгия по Нью-Йорку в разгаре лета, когда тротуары дышат жаром, а в воздухе стоит запах пота и выхлопных газов. Было бы неплохо позавтракать в Палм-Корт — клубникой со сливками и кофе со льдом. Уитни помотала головой, приказав себе думать о чем-нибудь другом.

— В такой день, как этот, хочется оказаться где-нибудь на Мартинике.

— Ты не оригинальна.

Игнорируя его раздражительный тон, Уитни продолжала:

— У меня есть друг, у которого там вилла.

— Я думаю!

— Может быть, ты слышал о нем — Роберт Мэдисон. Он пишет шпионские романы.

— Мэдисон? — Даг удивленно взглянул на нее. — Это тот, что написал «Знак Рыб»?

На Уитни это произвело впечатление — он назвал роман, который она сама считала лучшим произведением Мэдисона.

— Ну, да. Ты его читал?

— Конечно. — Даг поправил сумки на плечах. — Я не ограничиваюсь чтением местных газет и старых документов.

Она уже и сама это поняла.

— Не будь таким раздражительным. Просто я очень люблю его романы. Мы с Бобом знакомы уже много лет. Он переехал на Мартинику, когда налоговая служба стала досаждать ему в Штатах. У него очаровательная вилла с впечатляющим видом на море. Сейчас я бы хотела сидеть на террасе около бассейна и смотреть, как полуголые люди играют в мяч на пляже.

«Да, это очень в ее стиле, — с непонятным раздражением подумал Даг, — бассейны и знойный воздух, слуги в белом подают напитки на серебряных подносах, а в это время какое-нибудь ничтожество с приятной внешностью, но совсем без мозгов растирает ей плечи маслом». В свое время он и сам подавал напитки, да и плечи растирать приходилось. Если улов был неплохой, Даг не мог бы сказать, чему он отдает предпочтение.

— Если бы тебе не надо было ничего делать в такой день, что бы ты выбрал?

Даг попытался отогнать от себя образ полуголой Уитни, которая развалилась в шезлонге, а кожа ее блестит от масла.

— Я бы лежал в постели с какой-нибудь хорошенькой большеглазой официанткой.

— Какие незамысловатые фантазии, — фыркнула Уитни.

— У меня незамысловатые потребности.

Она притворно зевнула.

— Наверно, как у нашего поросенка. Посмотри, — добавила Уитни, прежде чем он успел отреагировать, — кто-то едет!

Даг увидел впереди на дороге столб пыли, и мышцы его сразу напряглись. Если нужно, они, конечно, побегут по полям, но вряд ли удастся далеко уйти. Если их импровизированное переодевание не сработает, в считанные минуты все будет кончено.

— Опусти поля и смотри вниз! — прошипел он. — Мне наплевать, что это противоречит твоему характеру!

Уитни послушно наклонила голову, немного

отстала от него, стараясь держаться предельно скромно.

Судя по звуку, у грузовика был мощный двигатель. Хотя машина вся покрылась пылью, Даг заметил, что краска на ней довольно свежая. Это его насторожило, но он вспомнил, что многие владельцы плантаций здесь довольно состоятельные люди, разбогатевшие на торговле ванилью, кофе и гвоздикой. Когда грузовик подъехал поближе, Даг поправил груз на плече и натянул повыше ламбу — так, чтобы его лица было почти не видно. Мышцы его дрожали от напряжения.

Грузовик проехал мимо, даже не замедлив хода. Все, что успел при этом подумать Даг, — как быстро можно было бы добраться до побережья, если бы ему удалось заполучить такую машину.

— Сработало! — Уитни подняла голову и усмехнулась. — Он проехал прямо рядом с нами и даже головы не повернул.

— Обычно люди видят лишь то, что ожидают увидеть.

— Какая глубокая мысль!

— Такова человеческая натура, — парировал Даг, все еще сожалея, что он не сидит за рулем грузовика. — Мне удавалось проникнуть во множество гостиничных номеров; для этого достаточно было надеть красную куртку коридорного.

— Ты воровал в отелях средь бела дня?

— Днем люди по большей части не сидят в своих номерах.

Уитни немного подумала над этим, затем покачала головой.

— Звучит не слишком впечатляюще. Вот если красться глухой ночью в черном костюме, с ручным фонарем, когда люди спят в той же самой комнате — это да.

— Вот тогда-то ты и получаешь от десяти до двадцати.

— Ты когда-нибудь сидел в тюрьме?

— Нет. Это одно из тех немногих удовольствий, которые я никогда не испытывал.

Уитни кивнула. Это подтверждало ее мнение, что он и в самом деле профессионал.

— И каким был твой самый большой куш?

Хотя пот ручьями стекал по его спине, Даг улыбнулся.

— Господи, откуда ты только набралась таких выражений?

— Расскажи, Дуглас! Это поможет убить время. — Уитни подумала, что иначе просто свалится без сил прямо на дорогу. Раньше она считала, что нет ничего хуже, чем ходить по холмам, но, судя по всему, ошибалась. — В твоей прославленной карьере должен быть хоть один очень большой куш.

Даг помолчал, глядя на убегающую вперед прямую, бесконечную дорогу. Но сейчас он не замечал пыли, ухабов, палящего полуденного солнца.

— Однажды я держал в руках алмаз размером с твой кулак.

— Алмаз? — Уитни всегда питала к ним слабость — к их холодному блеску и скрытой игре красок.

— Да, и не какой-нибудь рядовой камень, а большой, сверкающий патриарх. Самый красивый кусок льда, который я когда-либо видел. «Сидней».

— «Сидней»?! — Уитни остановилась, раскрыв рот от изумления. — Господи, в нем же сорок восемь с половиной карат чистой воды! Я помню, он был на выставке в Сан-Франциско три, нет, четыре года назад. Его оттуда украли... — Потрясенная, она помолчала. — Неужели ты?

— Совершенно верно, дорогая. — Даг наслаждался ошеломленным выражением ее лица. — Ты не представляешь себе, что это такое! Клянусь, от него исходило тепло. А если поднести такой алмаз к свету, то можно увидеть сотню разных картинок. Это все равно что держать в объятиях холодную блондинку и чувствовать, как ее кровь разогревается.

Уитни могла понять это чувство, это возбуждение — до чисто физической дрожи. С тех пор, как она получила в подарок свое первое бриллиантовое ожерелье, ей стало ясно, что с этими камнями не сравнится ничто. Она представила себе, как достает «Сидней» из холодного стеклянного ящика и смотрит, как в ее руке алмаз переливается огнем...

— Но каким образом тебе это удалось?

— У меня был очень хороший помощник. Мелвин Фенштейн. Червяк.

По выражению его лица Уитни поняла, что эта история не кончилась хэппи-эндом.

— Этот маленький подонок заслужил свое прозвище во многих отношениях. Он был ростом сто тридцать сантиметров и мог пролезть в дверную щель. У него был план музея, но не было мозгов, чтобы преодолеть охранную систему. И тогда появился я.

— Ты справился с сигнализацией?

— У каждого своя специальность. — Дагу казалось, что он воочию видит ночной туманный Сан-Франциско. — Мы готовились к этой работе несколько недель, просчитывая каждый возможный вариант. Система сигнализации там была просто прелесть — лучшая из того, с чем мне пришлось сталкиваться.

Это воспоминание было приятным — о вызове, который он принял, и логике, с помощью которой перехитрил противника. Если уметь обращаться с компьютером, можно проделывать невероятные вещи.

— Сигнальные системы — они как женщины, — вслух размышлял Даг. — Они тебя манят и призывно подмигивают. Располагая некоторым обаянием и должным опытом, ты можешь вычислить, отчего они начинают тикать. Но необходимо терпение. Если поспешить, можно все испортить.

— Несомненно, впечатляющая аналогия. — Уитни холодно посмотрела на него из-под полей шляпы. — Наверное, можно добавить, что их не следует раздражать, иначе они сделают тебе какую-нибудь гадость.

— Совершенно верно. Именно поэтому ты всегда должен быть на шаг впереди.

— Лучше продолжай свой рассказ, Дуглас, пока совсем не отошел от темы.

Даг снова мысленно оказался холодной ночью в Сан-Франциско, где туман длинными пальцами шарил по земле.

— Червяк пробрался внутрь через систему канализации и впустил меня — я бы сам там ни за что не пролез. Зато он был слишком маленького роста, чтобы дотянуться до витрины. Мне понадобилось шесть с половиной минут, чтобы ее открыть. Потом я его взял...

Уитни очень ясно представила себе эту картину — Даг, одетый в черное, наклонился над витриной, в которой сверкает алмаз.

— «Сидней», кажется, так и не нашли, — заметила она.

— Это верно, милочка. Между прочим, ему посвящена одна из маленьких глав в книжке, которая лежит в моем рюкзаке. — Даг не мог выразить то удовольствие и разочарование, которые он испытал, читая эту «главу».

— Но если ты украл «Сидней», то почему у тебя до сих пор нет виллы на Мартинике?

— Хороший вопрос. — С неясной улыбкой Даг покачал головой. — Да, это чертовски хороший вопрос! Я действительно украл «Сидней» и на протяжении нескольких минут был самым богатым сукиным сыном во всем Сан-Франциско.

Он все еще видел это, все еще испытывал почти сексуальное чувство, когда держал в руках сверкающий кусок льда. Весь мир был у его ног.

— Что же случилось?

— Прекрасный образ разлетелся на куски, как неосторожно разбитый алмаз.

Как я уже говорил, Червяк мог ползать по трубам. Было решено, что из соображений безопасности алмаз лучше вынести ему. Но к тому времени, когда я выбрался оттуда, его уже не было. Маленький подонок испарился, захватив с собой камень! В довершение всего он сделал анонимный звонок в полицию. Когда я вернулся в отель, меня ждала засада. Мне пришлось в одной рубашке наняться на грузовое судно. Вот тогда я и провел некоторое время в Токио.

— А что Червяк?

— Последнее, что я о нем слышал, — он купил уютную яхту и стал владельцем первоклассного плавучего казино. Когда-нибудь... — Даг на миг дал волю фантазии, затем пожал плечами. — Так или иначе, с тех пор у меня не было партнеров.

— Но сейчас он у тебя есть...

Даг, прищурившись, посмотрел на нее. Могла бы и не напоминать.

— Кстати, хочу тебя предупредить, — как ни в чем не бывало продолжала Уитни. — Если у тебя есть малейшее желание подражать своему другу Червяку, Дуглас, то помни, что на свете нет такой глубокой дыры, в которую ты смог бы спрятаться.

— Дорогая, — он ущипнул ее за подбородок, — партнеры должны доверять друг другу.

— Спасибо, я воздержусь.

Некоторое время они шли молча. Даг заново переживал каждый шаг того дела — напряжение, затем спокойная сосредоточенность, от которой застывает кровь и становятся твердыми руки, а потом дрожь от того, что держишь в своих руках весь мир, хотя бы только на миг. Он пообещал себе, что это повторится снова, но теперь у него будет не один алмаз, а целая коробка драгоценностей, по сравнению с которыми «Сидней» напоминает приз на ярмарочном аттракционе. И на этот раз никто их у него не отберет — никакой кривоногий карлик и никакая роскошная блондинка!

Слишком часто Даг держал в руках радугу и видел, как она исчезает. Не так уж страшно, если ты сам ее разгоняешь — по глупости или по случайности. Но когда тебя предают... Даг сознавал, что это его большая проблема — да, он был вором, но всегда старался поступать честно и ждал того же от других. Пока в очередной раз не оказался с пустыми карманами.

«Сидней»... — размышляла Уитни. — Никакой второсортный взломщик не рискнул бы его красть, и тем более не смог бы это сделать». Услышанная история подтвердила то, о чем она уже думала: в своем деле Дуглас Лорд классный специалист. И тут есть еще одно — он будет очень дорожить сокровищами, если они их найдут. Над этим стоило подумать...

Уитни рассеянно улыбнулась, глядя на двух ребятишек, бегущих наперегонки через поле. Возможно, их родители работают на этой плантации, а возможно, владеют ею. «Так или иначе, у них будет простая мирная жизнь, — подумала Уитни. — Любопытно, насколько простота бывает временами привлекательна...»

Услышав сзади звук мотора, они оба вздрогнули. Когда Даг обернулся, грузовик практически был рядом. Если бы им потребовалось бежать, то они не пробежали бы и десяти метров. Даг обругал себя за рассеянность, затем снова выругался, заметив, что машина остановилась, а водитель выглянул из кабины и зовет их.

Это была не такая новая модель, как тот грузовик, который проехал мимо них раньше, но и не такая старая, как джип, на котором они некоторое время ехали. Кузов был заполнен товарами — от горшков и корзин до деревянных столов и стульев.

«Коммивояжер», — решила Уитни, уже высматривая, что он может ей предложить. Ей очень понравился расписной глиняный горшок, он будет хорошо смотреться на столе рядом с коллекцией кактусов.

Водитель улыбнулся, показав полный рот здоровых белых зубов, и махнул им рукой.

— Ну, что теперь? — вполголоса спросила Уитни.

— Я думаю, дорогая, что мы уже едем на попутке — хочется нам этого или нет. Давай попытаемся еще раз использовать твой французский и мое обаяние.

— Давай лучше используем только мой французский, а?

Забыв о том, что она должна выглядеть скромно, Уитни одарила водителя своей лучшей улыбкой и направилась к грузовику, сочиняя на ходу историю.

Итак, они с мужем (Уитни поморщилась) направляются со своей фермы на холмах к побережью, где живет ее семья. Родители — французы, уже немолодые люди. Они давно не виделись, а тут еще мама заболела...

Заметив, что водитель с любопытством ее рассматривает, Уитни без запинки выложила ему свой рассказ. Явно удовлетворенный услышанным, водитель жестом указал на дверь. Он едет к побережью и с удовольствием их подвезет.

Нагнувшись, Уитни подняла поросенка.

— Пошли, Дуглас, у нас теперь новый шофер.

Даг передал ей в кабину корзины и взобрался на сиденье рядом. Он хотел верить, что на этот раз им повезло. Уитни устроила поросенка на коленях, как будто это был маленький уставший ребенок.

— Что ты ему сказала? — спросил ее Даг после того, как грузовик тронулся.

Уитни вздохнула, думая о том, какая это роскошь, когда тебя везут.

— Я сказала ему, что мы направляемся к побережью. Моя мать больна.

— Мне жаль это слышать.

— Очень похоже, что она при смерти, так что не делай такое довольное лицо.

— Твоя мать никогда меня не любила.

— Это верно. Кроме того, она очень хотела, чтобы я вышла замуж за Тэда.

Даг, который в этот момент предлагал водителю одну из немногих оставшихся сигарет, нахмурившись, посмотрел на нее.

— Кто такой Тэд?

Наслаждаясь мрачным выраженим его лица, Уитни разгладила юбку.

— Тэд Карлайз IV. Не ревнуй, дорогой. В конце концов, я же выбрала тебя!

— Какое счастье, — пробормотал Даг. — А как насчет того, что мы не местные?

— Я француженка. Мой отец был капитаном на флоте и поселился на побережье. Ты был преподавателем, который проводил здесь отпуск. Мы страстно полюбили друг друга, поженились против воли моей семьи, и теперь работаем на маленькой ферме на холмах. Между прочим, ты британец.

Даг прокрутил у себя в голове эту историю и пришел к выводу, что не смог бы придумать ничего лучше.

— Неплохо. И сколько времени мы женаты?

— Какая разница?

— Просто я думаю, должен ли я быть нежным или скучающим.

Глаза Уитни сузились.

— Лучше поцелуй мою задницу!

— Даже если мы новобрачные, не думаю, что мне следует при свидетелях проявлять такую нежность.

Едва удержавшись от смеха, Уитни закрыла глаза и представила себе, что едет в шикарном лимузине. Очень скоро голова ее уютно устроилась на плече Дага, поросенок мягко похрапывал у нее на коленях.

Ей снилось, что они с Дагом находятся в маленькой, элегантно обставленной комнате, залитой светом свечей, которые отдают запахом ванили. На ней шелковое платье, белое и достаточно тонкое, чтобы сквозь него проступал ее силуэт; Даг весь в черном. Уитни видит, как меняется его взгляд, как эти зеленые-зеленые глаза внезапно темнеют; он обнимает ее за плечи, его губы прижимаются к ее губам. Уитни чувствует, как ее невесомое тело парит в воздухе, не касаясь пола, — и в то же время ощущает каждую клеточку его тела, прижавшегося к ней.

Улыбнувшись, Даг отстраняется от нее и достает бутылку шампанского. Сон такой отчетливый, что Уитни ясно видит капли воды на стекле. Даг возится с пробкой, и наконец бутылка открывается с оглушительным звуком. Когда Уитни поднимает глаза, Даг стоит, держа в руках бутылку с отбитым горлышком, а в дверях мелькает какая-то черная тень.

Через мгновение они с Дагом оказываются в длинном узком подземном ходе. Откуда-то она знает, что это канализационные трубы. Темно, сыро, нечем дышать; пот градом катится с нее.

— Еще чуть-чуть, потерпи, осталось немного.

Она слышит его слова и видит, как что-то сверкает впереди. Это свет, льющийся из граней колоссального алмаза. На мгновение темнота озаряется ярким сиянием. Затем оно исчезает, и Уитни остается одна на голой вершине холма.

— Ты сукин сын, Лорд!

— Просыпайся, дорогая. Приехали. И вообще, не следует так разговаривать со своим мужем.

Открыв глаза, она увидела его ухмыляющееся лицо.

— А я говорю, что ты су...

Даг прервал ее крепким и продолжительным поцелуем.

— Считается, что мы любим друг друга, милочка. Наш друг шофер может знать кое-какие самые грубые английские выражения.

Уитни с удивлением уставилась на него, потом потрясла головой.

— Я, кажется, видела сон...

— Да. И, судя по всему, я там вел себя не лучшим образом.

Даг выскочил из кабины и вытащил корзины, а Уитни, пытаясь прийти в себя, взглянула в ветровое стекло. Город! По любым меркам он был маленьким, а запах здесь стоял такой, что на ум сразу приходила рыба. И все же это был город. Дрожа от радости, как будто проснулась апрельским утром в Париже, Уитни выпрыгнула из грузовика.

Город означал гостиницу, а гостиница означала ванну, горячую воду и настоящую кровать.

— Дуглас, ты чудо! — Не обращая внимания на визжащего поросенка, Уитни бросилась обнимать Дага, наградив его звучным поцелуем.

— Ну да! — Даг обнаружил, что его рука может очень удобно лежать на ее талии. — Минуту назад я, помнится, был сукиным сыном.

— Минуту назад я не знала, где мы находимся.

— А сейчас знаешь? Тогда поделись со мной.

— В городе! — Прижав к себе поросенка, Уитни закружилась с ним в вальсе. — Холодная и горячая вода, матрацы... Где здесь гостиница? — Прищурив глаза, она принялась озираться по сторонам.

— Послушай, но мы вовсе не...

— Вот она! — с торжеством воскликнула Уитни.

Гостиница оказалась чистой, без особых украшений и больше походила на постоялый двор. Здесь и там были разложены сети, сушившиеся на солнце. Это был город моряков и рыбаков — рядом находился Индийский океан. Во дворе росли пальмы, на лозах каких-то растений, оплетавших треугольные шесты, цвели крупные оранжевые цветы. На верхушке телеграфного столба свила гнездо чайка. Море здесь не образовывало залива, так что не было и порта, но маленький приморский город явно время от времени испытывал наплыв туристов.

Уитни уже благодарила водителя. К собственному удивлению, Даг так и не решился сказать ей, что им нельзя здесь оставаться. Он собирался только пополнить запасы, узнать насчет транспорта вдоль побережья и сразу же двигаться дальше.

«Ладно, одна ночь не повредит, — решил он. — Мы можем отправиться рано утром. Если Димитри близко, то по крайней мере несколько часов мою спину будет прикрывать стена. В общем, стена за спиной — и несколько часов на обдумывание следующего шага».

Даг повесил корзины на плечо.

— Отдай ему поросенка и скажи «до свидания».

— Оставить нашего первенца коммивояжеру?

Уитни в последний раз улыбнулась водителю и

двинулась через улицу. Под ногами ее хрустели раздавленные ракушки.

— Ты с ума сошел, Дуглас! Да это все равно что продать его цыганам.

— Как мило — оказывается, ты успела к нему привязаться.

— Ты тоже бы привязался, если бы думал головой, а не желудком.

— Но что, черт возьми, мы будем с ним делать?

— Мы найдем ему приличных хозяев.

— Уитни! — Даг взял ее за руку перед самым входом в гостиницу. — Это же кусок бекона, а не собака.

— Шшш! — Прижимая к себе поросенка, она вошла внутрь.

В зале царила изумительная прохлада. Лениво кружающиеся вентиляторы под потолком напомнили Уитни Касабланку. Стены были выкрашены в белый цвет, темные деревянные полы поцарапаны, но вымыты. В качестве украшений кто-то повесил на стены выцветшие плетеные циновки. Несколько человек, сидевших за столиками, пили из толстых стаканов темно-золотистую жидкость. Из открытой двери кухни доносился какой-то незнакомый, но очень приятный запах.

— Это рыба, — пробормотал Даг, чувствуя тоску в желудке. — Что-то похожее на рыбную похлебку — с розмарином, — сказал он, закрывая глаза. — И немного чеснока.

Уитни вынуждена была проглотить слюну.

— Надеюсь, что это означает обед.

Из дверей вышла пожилая женщина, вытирая руки о белый фартук, на котором красовались следы от ее стряпни. Она внимательно посмотрела на

Уитни и Дага, бросила мимолетный взгляд на поросенка, а затем с сильным акцентом бегло заговорила по-английски. Это при всей-то их маскировке!

— Вам нужна комната?

— Да, пожалуйста. — Уитни улыбнулась, с трудом удерживаясь от того, чтобы не смотреть в сторону двери, откуда неслись такие вкусные запахи.

— Мы с женой хотели бы получить комнату на ночь, ванну и обед.

— На двоих? — спросила женщина и снова взглянула на поросенка. — Или на троих?

— Я нашла этого маленького поросенка на обочине дороги, — сымпровизировала Уитни. — Мне не хотелось его оставлять. Может быть, вы знаете кого-то, кто мог бы о нем позаботиться?

Женщина посмотрела на поросенка так, что Уитни только крепче прижала его к себе.

— Мой внук о нем позаботится. Ему шесть лет, но на него можно положиться. — Женщина протянула руки, и Уитни с большой неохотой отдала ей своего любимца. Сунув поросенка под мышку, женщина достала из кармана ключи. — Комната готова. Поднимитесь по этой лестнице — третья дверь направо. Добро пожаловать.

Уитни смотрела, как она возвращается на кухню, держа под мышкой поросенка.

— Что ж, дорогая, каждой матери приходится однажды расставаться со своими детьми.

Уитни фыркнула и начала подниматься по ступенькам.

— Главное, чтобы он не был сегодня подан нам на ужин.

Комната оказалась гораздо меньше, чем пещера, в которой они спали. Однако на стене висело несколько прелестных морских пейзажей, а кровать была застелена тщательно заправленным цветным покрывалом. Ванная представляла собой всего-навсего альков, отгороженный бамбуковой ширмой.

— Сказка! — с первого взгляда решила Уитни и упала вниз лицом на кровать. От покрывала слабо пахло рыбой.

— Не знаю, насколько это чудесно, — Даг проверил замок на двери и нашел его вполне надежным, — но думаю, что на одну ночь сойдет.

— Сейчас я залезу в ванну и буду несколько часов там отмокать.

— Отлично, ты будешь первой. — Даг бесцеремонно бросил корзины на пол. — А я пока тут все проверю и узнаю, каким транспортом мы можем двигаться дальше вдоль побережья.

— Я бы предпочла белый «Мерседес». — Вздохнув, Уитни положила голову на руки. — Но подойдет и повозка с трехногим пони.

— Может быть, я найду что-то среднее между ними. — На всякий случай Даг вытащил из рюкзака конверт и прикрепил его у себя на груди под рубашкой. — Оставь немного горячей воды, дорогая. Я скоро вернусь.

— Не забудь там потормошить бюро обслуживания. Терпеть не могу, когда канапе несвежие!

Уитни услышала, как замок щелкнул, и блаженно вытянулась на кровати. Хотя ей очень хотелось спать, но принять ванну хотелось еще больше.

Поднявшись с кровати, Уитни сбросила длинное хлопчатобумажное платье и швырнула его в угол.

— Мое почтение твоей прежней владелице, — пробормотала она, бросив в другой угол соломенную шляпу.

Приободрившись, Уитни открыла на полную мощность горячий кран и принялась искать в своем рюкзаке шампунь, гель и пену для ванны. Через десять минут она уже лежала в горячей, благоухающей, пенистой воде.

— Сказка! — снова повторила Уитни и закрыла глаза.

Даг довольно быстро обошел весь город. Здесь было несколько маленьких магазинчиков с выставленными в окнах поделками. На крюках висели разноцветные гамаки, а на верандах в ряд были выставлены зубы акулы. Очевидно, местные жители привыкли к туристам с их странной привязанностью к бесполезным вещам. Когда Даг приблизился к пристани, запах рыбы стал очень сильным. Здесь он мог полюбоваться лодками, бухтами каната и сетями, развешанными для просушки.

Если бы Даг мог придумать, как сохранить на такой жаре какое-то количество рыбы, он бы купил что-нибудь про запас. При правильном подходе на открытом огне с рыбой можно делать чудеса. Но сначала нужно разобраться с теми милями, которые предстоит преодолеть вдоль побережья, — и прежде всего выяснить, как это сделать.

Даг уже решил, что двигаться по воде будет быстрее и практичнее всего. На карте в путеводителе было видно, что по Каналь-дес-Пангаланес можно добраться до самой Мароанцентры. При такой жаре и стопроцентной влажности на воде они будут чувствовать себя лучше всего, а буйная растительность обеспечит им максимальную безопасность. Да, канал — это наилучший маршрут. Все, что нужно, — это лодка плюс кто-то, кто умеет ею править.

Заметив небольшой магазинчик, Даг направился к нему. Он уже несколько дней не видел прессы и решил купить себе газету, даже невзирая на то, что переводить ее придется Уитни. Подойдя к двери, Даг решил, что у него начинаются галлюцинации: изнутри доносились звуки тяжелого рока и голос Пат Бенатар.

За прилавком долговязый парень двигался в такт музыке, лившейся из маленького, но дорогого портативного стереопроигрывателя. На его темной коже выступили капли пота. Шаркая ногами, парень протирал стекло витрины и вовсю подпевал Бенатар. Услышав, как хлопнула дверь, он повернулся к Дагу:

— Добрый день.

Акцент у парня был явно французский, улыбка — мальчишеская и приятная, на выцветшей майке красовалась надпись «Городской колледж Нью-Йорка». На полках сзади лежали какие-то безделушки, белье, консервы, бутылки — ассортимент не хуже, чем в лавке торговца где-нибудь в Небраске.

— Вас интересуют сувениры?

— Я хотел бы купить газету, — сказал Даг, подойдя к прилавку.

— О, вы американец! — благоговейно воскликнул парень и приглушил музыку. — А из какого штата?

— Из Нью-Йорка.

Молодой человек вспыхнул, как бенгальский огонь.

— О, Нью-Йорк! Мой брат учится там в колледже. — Он дернул себя за майку. — По студенческому обмену. Да, сэр, он будет юристом. Он будет большим человеком!

Услышав это, было невозможно удержаться от улыбки. Даг протянул парню руку:

— Меня зовут Даг Лорд.

— Жак Циранана. О, Америка! — Парень долго тряс руку Дага. — Я собираюсь на следующий год сам туда поехать. Вы знаете Сохо?

— Конечно. — До этого момента Даг и не подозревал, что ему может так не хватать этого уголка. — Ваш брат живет в Сохо?

— Да. У меня есть фотография. — Порывшись под прилавком, парень вытащил снимок. На нем был изображен высокий мускулистый мужчина в джинсах, стоящий перед входом в магазин грампластинок. — Это мой брат — он покупает пластинки и переписывает их для меня. Американская музыка. Рок-н-ролл. Как, нравится Бенатор?

— Еще бы! — усмехнулся Даг, возвращая фотографию.

— Так что же вы делаете здесь, когда можете быть в Сохо?

Даг покачал головой. Иногда он сам себя спрашивал о том же.

— Мы с женой путешествуем по побережью.

— Отпуск?

Даг смутился, заметив, что Жак бросил удивленный взгляд на его, мягко говоря, экзотический костюм.

— Моя жена, знаете ли, большая оригиналка. Это она настояла, чтобы мы оделись как малагасийские крестьяне и путешествовали пешком.

Я думаю, ей доставило бы удовольствие прокатиться по каналу — он такой, знаете ли, живописный.

— Красивая местность, — согласился Жак. — И как далеко?

— Вот сюда. — Даг достал карту из кармана и провел по ней пальцем, показывая маршрут. — До самой Мароанцентры.

— Да уж, удовольствие, — пробормотал Жак. — Это два дня, два долгих дня. Местами канал трудно пройти. — Он улыбнулся, обнажив крепкие зубы. — Крокодилы!

— Я скажу ей об этом, но, боюсь, она будет настаивать. Нам нужен только хороший проводник и крепкая лодка.

— Вы платите в американских долларах?

Глаза Дага сузились — удача, как будто, и в самом деле ему улыбнулась.

— Об этом можно договориться.

Жак ткнул большим пальцем в надпись на своей майке.

— Тогда я вас возьму.

— У вас есть лодка?

— Лучшая в городе! Сам строил. Дадите сотню?

— Конечно, старина! И пятьдесят вперед. Мы будем готовы отправиться утром. В восемь часов.

— Приводите свою супругу сюда в восемь часов. Мы доставим ей удовольствие.

Не подозревая об удовольствиях, которые ее ждут, Уитни дремала, лежа в ванне. Каждый раз, когда вода чуть-чуть остывала, она подбавляла еще кипятка. Дай ею волю, Уитни могла бы провести здесь всю ночь. Голова ее лежала на задней стенке ванны, волосы свешивались наружу, мокрые и блестящие.

— Пытаешься установить мировой рекорд? — спросил Даг, подойдя к ней.

Ахнув, Уитни вздрогнула так, что вода едва не перелилась через край.

— Ты не постучался! — возмущенно воскликнула она. — Кстати, я ведь дверь заперла...

— Я ее открыл, — небрежно сказал Даг. — Нельзя терять форму. Как вода? — Не дожидаясь ответа, он окунул палец в ванну. — Хорошо пахнет. Тебе не кажется, что пора уступить мне место?

— Еще несколько минут. А ты пока можешь избавиться от этой нелепой одежды.

Ухмыляясь, Даг принялся расстегивать рубашку.

— Тебе не нужно было об этом просить.

— По другую сторону ширмы! — Улыбнувшись, Уитни принялась рассматривать свою ступню, торчащую над поверхностью воды. — Я выйду отсюда, как только ты отвернешься.

— Что-то я раньше не замечал в тебе излишей скромности. — Он все-таки сбросил рубашку и, положив руки на края ванны, нагнулся над ней. — Право, мне жаль, что столько горячей воды пропадет зря. Может, я лучше просто присоединюсь к тебе? В конце концов, мы партнеры и должны всем делиться.

— Ты так думаешь? — Его губы были очень близко, и Уитни почувствовала, что у нее начинает кружиться голова. Подняв руку, она провела мокрым пальцем по щеке Дага. — Пожалуй, это довольно здравая мысль...

В следующую секунду Даг схватил ее за плечи и прижал к груди. Вода выплеснулась через край, Даг был весь в мыльной пене, но не замечал этого. Его губы нашли ее рот, Уитни обняла его за шею, и Даг решил, что не желает больше сдерживаться.

К черту Димитри, к черту все! Он хочет эту женщину, и он не намерен...

Услышав стук в дверь, оба вздрогнули.

— Не двигайся! — прошептал Даг.

— Я и не собираюсь.

Распрямившись, Даг быстро надел рубашку, на цыпочках прокрался к своему рюкзаку и вытащил погребенный в нем пистолет. После бегства из Вашингтона он не держал оружия в руках — если не считать ружья в малагасийской деревне, — и сейчас ему совсем не хотелось чувствовать его тяжесть.

Если Димитри их обнаружил, он не мог бы загнать их в угол более аккуратно. Даг взглянул на бамбуковую ширму, за которой в ванне с остывающей водой сидела Уитни — голая и беззащитная. Потом он с сожалением бросил взгляд на окно и понял, что путь к бегству отрезан.

— Даг...

— Тихо! — Прижимая пистолет к себе стволом вверх, Даг двинулся к двери. Настало время испытать, действительно ли удача повернулась к ним лицом.

— Кто там?

— Капитан Самбирано, полиция. К вашим услугам.

— Черт... — Быстро оглядевшись, Даг засунул пистолет за пояс брюк. — Ваш значок, капитан? — Он слегка приоткрыл дверь и тщательно изучил сначала значок, затем его владельца. Впрочем, полицейского он мог бы узнать за версту. С неохотой Даг открыл дверь. — Чем могу быть полезен?

Капитан — маленький круглый человек, одетый совершенно на западный манер, — вошел в комнату.

— Кажется, я помешал?

— Я принимал ванну. — Даг увидел, что у его ног натекла лужица, и протянул руку за полотенцем.

— Я прошу прощения, мистер...

— Уоллес, Питер Уоллес.

— Видите ли, мистер Уоллес, у меня привычка — лично приветствовать всех, кто появляется в нашем городе. У нас тихий уголок, но время от времени к нам приезжают туристы, не вполне знакомые с нашими законами и обычаями.

— Всегда рад сотрудничать с полицией. — Даг широко улыбнулся. — Но, к сожалению, завтра утром уезжаю.

— Какая жалость, что вы у нас не задержитесь! Отчего же вы так спешите?

— Питер... — Над ширмой показались голова и голое плечо Уитни. — Извините. — Опустив ресницы, она сделала все от нее зависящее, чтобы покраснеть.

Капитан снял шляпу и поклонился:

— Мадам.

— Моя жена Кэти, — поспешно произнес Даг. — Кэт, это капитан Самбирано.

— Рада вас видеть, капитан.

— Взаимно, сударыня.

— Прошу прощения за то, что я не могу сейчас выйти. Вы видите, что я... — Уитни поправила волосы и улыбнулась.

— Да, конечно. Простите меня за вторжение, миссис Уоллес. Мое почтение, мистер Уоллес. Если я могу быть чем-нибудь полезен, без стеснения прошу ко мне.

— Благодарю вас.

Пройдя полпути до двери, капитан обернулся:

— А куда вы, собственно, направляетесь, мистер Уоллес?

— О, мы идем куда глаза глядят, — заявил Даг. — Мы с Кэти изучаем ботанику и вашу страну находим просто восхитительной.

— Питер, вода остывает!

Даг обернулся через плечо и смущенно усмехнулся:

— Видите ли, у нас медовый месяц...

— Ах, вот как? Позвольте вас поздравить — у вас отличный вкус.

— Спасибо. Всего хорошего.

Даг запер дверь, прислонился к ней спиной и выругался.

— Это мне не нравится.

Завернувшись в полотенце, Уитни вышла из-за ширмы.

— Ты думаешь, он как-то связан с Димитри?

— Хотел бы я знать. Но когда полицейские начинают совать свой нос в мои дела, я ищу другое место для ночлега.

Уитни с тоской посмотрела на широкую кровать.

— Но, Даг!..

— Прости, дорогая, но другого выхода у нас нет. Одевайся поскорее. Мы уплываем чуть раньше графика.

— Итак, что у вас нового? — Повертев в руках стеклянную пешку, Димитри двинул ее вперед.

— Мы думаем, что они направились к побережью.

— Думаете? — Димитри щелкнул пальцами, и человек в темном костюме подал ему хрустальный бокал.

— На холмах есть маленькое селение. — У Ремо

в горле пересохло, и ему было тяжело смотреть, как Димитри пьет. — Когда мы там появились, одна семья как раз подняла шум: пока они были в полях, кто-то их обворовал.

— Понятно. — Вино было превосходное, и, конечно, из его собственных запасов. Димитри очень любил путешествовать, но не любил неудобств. — И что же конкретно было похищено у этих людей?

— Пара шляп, кое-какая одежда, корзины... и поросенок.

— Что-что?

— Поросенок, — повторил Ремо.

Откинувшись на спинку кресла, Димитри захохотал, и Ремо немного расслабился.

— Гениально! — воскликнул Димитри, немного успокоившись. — Я начинаю сожалеть о том, что Лорда придется ликвидировать. Я мог бы с толком использовать такого человека, как он. Продолжайте, Ремо. Что еще?

— Двое детей сказали, что утром какой-то торговец на грузовике подвозил мужчину и женщину с поросенком. Они направлялись на восток.

Воцарилось долгое молчание. Ремо не посмел бы его нарушить, даже получив нож в спину. Димитри сначала рассматривал вино в своем бокале, затем отпил несколько глотков, растягивая удовольствие. Ему нравилось чувствовать, как нервы Ремо напрягаются все больше и больше.

— Я думаю, вам тоже следует направиться на восток, Ремо, — сказал он наконец и провел пальцами по шахматной фигурке, любуясь тонкой работой. — А пока вы будете их преследовать, я подожду. — Димитри глубоко вздохнул и вновь поднес бокал к губам. — Господи, как мне надоели отели! Когда я буду развлекать нашу гостью, мне хотелось бы делать это в более уединенной обстановке. — Поставив бокал, он взял белого слона и королеву. — Да, я люблю развлечения!

Быстрым движением Димитри вдруг с силой стукнул фигурки друг о друга. Падая на стол, осколки тихо зазвенели.

ГЛАВА 10

— Мы даже не поели!

— Мы поедим потом.

— Ты всегда это говоришь. И вообще, я никак не пойму, почему мы должны так торопиться. — Уитни с недоумением следила, как стремительно Даг двигается по комнате, упаковывая рюкзаки.

— Ты когда-нибудь слышала о таких вещах, как предосторожность, дорогая?

Уитни только пожала плечами.

— Я сейчас вылечу из окна, ты бросишь мне рюкзак и спрыгнешь сама. Ясно? — Уитни молча кивнула. Даг взобрался на подоконник, ухватился руками за карниз и уже через секунду его пальцы разжались. Когда Уитни выглянула в окно, он уже стоял на земле.

Быстро осмотревшись, Даг убедился, что, кроме дремлющего на солнышке толстого кота, покрытого боевыми шрамами, никто не видел его прыжка. Посмотрев вверх, он подал сигнал Уитни. Она бросила вниз рюкзаки с таким энтузиазмом, что чуть не сбила Дага с ног.

— Полегче, — сквозь зубы сказал он и, отодвинув рюкзаки в сторону, встал под окном. — Отлично, теперь ты. Не бойся, любимая, я тебя поймаю.

Уитни в этом не сомневалась. В конце концов, прежде чем Даг стал вылезать в окно, она приняла меры предосторожности, вытащив кошелек из своего рюкзака — и так, чтобы он это заметил. А Даг, в свою очередь, переложил конверт в карман джинсов. «Доверие среди воров, очевидно, такая же мифическая вещь, как и честное слово», — мрачно подумала Уитни, усевшись на подоконник.

Высота почему-то показалась ей значительно большей, чем тогда, когда Даг висел в окне на руках. Посмотрев на него, она нахмурилась.

— Между прочим, Макаллистеры всегда покидают отели через парадную дверь.

— У нас нет времени на то, чтобы соблюдать семейные традиции. Ради Христа — поспеши, пока мы не собрали здесь аудиторию.

Стиснув зубы, Уитни свесила одну ногу, потом очень медленно перевернулась лицом к окну и повисла на руках. Хватило всего одной секунды, чтобы понять, как ей не нравится висеть на оконном карнизе. Но прыгнуть вниз... Нет, об этом страшно было даже подумать.

— Давай!

— Боюсь, что я не смогу...

— Ты сможешь, если не хочешь, чтобы я начал бросать в тебя камни.

На это он был способен. Уитни закрыла глаза, задержала дыхание и отпустила руки.

Она падала не дольше, чем длится один удар сердца. Руки Дага схватили ее за бедра и соскользнули к подмышкам, но, несмотря на это, от резкой остановки у нее перехватило дыхание.

— Вот видишь? — Даг легко опустил Уитни на

землю. — Ничего не случилось. Ты вполне можешь стать взломщиком.

— К черту! — Отвернувшись от него, Уитни посмотрела на свои руки. — Я сломала ноготь. Что мне теперь делать?

— Да, это настоящая трагедия. — Даг наклонился, чтобы поднять рюкзаки. — Просто не знаю, чем я смогу утешить тебя и смягчить твои страдания.

Уитни вырвала рюкзак из его рук.

— Очень остроумно! А я вот думаю, что ходить с девятью ногтями — это действительно неприятно.

— Держи руки в карманах, — посоветовал Даг и двинулся вперед.

— Куда мы теперь направляемся?

— Я тут договорился о небольшой водной прогулке. — Он поудобнее устроил рюкзак на спине. — Все, что от нас требуется, — это получить лодку. Скромно и ненавязчиво.

Они довольно долго пробирались по каким-то задворкам — Даг явно старался держаться подальше от улицы.

— И все потому, что маленький толстый полисмен пришел, чтобы сказать «здравствуйте»? — не выдержала Уитни.

— Меня беспокоят толстые маленькие полисмены.

— Не понимаю почему, он был очень вежлив...

— Да, но вежливые толстые маленькие полисмены беспокоят меня еще больше.

— А вот мы очень невежливо поступили с приятной леди, которая взяла нашего поросенка.

— Неужели ты никогда не удирала, не заплатив, милочка? — усмехнулся Даг.

— Конечно, нет! — Уитни фыркнула, перебегая вслед за ним узкий переулок. — И не собираюсь начинать. Я оставила ей двадцатку.

— Двадцатку?! — Схватив ее за руку, Даг остановился под деревом позади лавки Жака. — Какого черта? Мы даже не пользовались кроватью!

— Мы пользовались ванной, — напомнила ему Уитни. — Причем оба.

— Ну, я, положим, даже не снял одежду, — смирившись, проворчал Даг.

Он огляделся по сторонам и, не заметив ничего подозрительного, собрался уже направиться в лавку Жака, но тут Уитни схватила его за руку.

— Даг, посмотри, это тот самый человек! — воскликнула она, указывая на переходящего улицу мужчину в белой панаме. — Клянусь, это тот же самый, которого я видела на зоме, а потом в поезде!

— Тебе показалось, — пробормотал Даг, но все же всмотрелся повнимательнее.

— Нет. — Уитни крепко держала его за руку. — Я его видела. Я видела его дважды. Почему он снова появился? Что он здесь делает?

— Уитни... — начал Даг, но осекся: он вдруг со всей ясностью вспомнил, как этот человек во время суматохи в поезде вскакивает со своего места, уронив газету, и смотрит ему прямо в глаза. Случайное совпадение?

Даг оттащил Уитни за дерево. В случайности он не верил.

— Это один из людей Димитри?

— Я не знаю.

— Кем же он еще может быть?

— Черт побери, я не знаю! — в отчаянии воскликнул Даг. Он чувствовал, что его обложили со всех сторон, но не мог понять почему. — Кто бы он ни был, мы уже уходим. — Даг снова посмотрел в сторону магазина Жака. — Лучше пойдем через черный ход. У него могут быть покупатели, а чем меньше народу нас увидит, тем лучше.

Задняя дверь была заперта. Присев на корточки, Даг вытащил свой перочинный нож и принялся за работу. Через пять секунд замок щелкнул, и Уитни восхищенно покачала головой.

— Мне бы хотелось, чтобы ты и меня этому научил.

— Такой женщине, как ты, не нужно ковыряться в замках. Люди тебе сами откроют двери. — Пока Уитни над этим размышляла, он схватил ее за руку и скользнул внутрь.

Это помещение служило отчасти складом, отчасти спальней, отчасти кухней. Рядом с узкой аккуратно заправленной койкой располагалась коллекция кассет, за перегородкой раздавалась музыка Элтона Джона. На стене красовался цветной плакат с изображением чем-то недовольной, но неизменно сексуальной Тины Тёрнер. Тут же висела реклама «Будвейзера — короля пива», вымпел «Нью-Йорк янкиз» и снимок с изображением Эмпайр-стейт-билдинг в вечернее время.

— Почему у меня такое ощущение, будто я сейчас где-нибудь на Второй авеню? — Из-за этого у Уитни появилось нелепое чувство, что она находится в безопасности.

— Его брат учится по студенческому обмену в Нью-Йорском городском колледже.

— Исчерпывающее объяснение! Чей брат?

— Шшш! — Бесшумно, как кошка, Даг на цыпочках прокрался к двери, ведущей в магазин, и чуть-чуть приоткрыл ее.

Жак наклонился над витриной, болтая с высокой темноглазой девушкой, которая явно пришла сюда скорее пофлиртовать, чем что-то покупать. Она рассматривала катушки с разноцветными нитками и хихикала.

— Что там происходит? — Уитни заглянула в щель под рукой Дага. — А, роман! — объявила она. — Интересно, где она взяла эту блузку? Очень эффектная вышивка.

— Демонстрацию мод мы устроим попозже.

Девушка купила две катушки ниток, еще немного похихикала и ушла. Даг приоткрыл дверь еще на пару сантиметров и сквозь зубы издал некий шипящий звук. Однако соперничать с Элтоном Джоном он никак не мог — впав в лирическое настроение, Жак продолжал вилять бедрами. Бросив взгляд на окно, выходящее на улицу, Даг открыл дверь еще шире и позвал Жака по имени.

Вздрогнув, Жак резко обернулся и едва не перевернул витрину с катушками.

— Эй, зачем вы там прячетесь?

— Наше расписание изменилось, — Даг предостерегающе прижал палец к губам, взял Жака за руку и втащил его в подсобку. — Мы хотим выйти сейчас.

— Сейчас?

Прищурив глаза, Жак пристально всматривался в лицо Дага. Может, он и прожил всю жизнь в маленьком приморском городишке, но он все же не дурак. Когда человек от чего-то убегает, это видно по его глазам.

— У вас неприятности?

— Привет, Жак! — Уитни сделала шаг вперед, протянув руку. — Меня зовут Уитни Макаллистер.

Вы должны извинить Дага за то, что он не представил нас друг другу. Он часто бывает невежливым.

Жак взял ее тонкую белую руку в свою — и мгновенно влюбился. Он еще никогда не видел такой красоты. Если бы он сейчас мог говорить, то сказал бы, что Уитни Макаллистер затмевает собой Тёрнер, Бенатар и Ронштадт, вместе взятых.

Уитни уже давно привыкла к подобным взглядам. Но когда так смотрел прилизанный, одетый в костюм-тройку профессионал с Пятой авеню, это ее раздражало, а когда так смотрел Жак, это было трогательно.

— Мы должны извиниться за вторжение.

— Это... — Жак вдруг начисто забыл все американизмы, которые обычно вертелись у него на языке. — О'кей, — наконец выдавил он.

Даг нетерпеливо положил руку на плечо Жака.

— Мы бы хотели отплыть прямо сейчас. — Чувство справедливости не позволяло ему, ничего не объяснив, впутывать молодого человека в грозящие им неприятности. Чувство самосохранения не позволяло ему рассказать все до конца. — Видишь ли, местная полиция нанесла нам небольшой визит.

Жак с трудом сумел оторвать свой взгляд от Уитни.

— Самбирано?

— Верно.

— Задница! — провозгласил Жак, радуясь тому, как слово перекатывается у него на языке. — Не беспокойтесь из-за него. Он просто очень любопытный и назойливый, как старая баба.

— Да, возможно. Но дело в том, что есть несколько человек, которые хотят нас найти. А мы не хотим, чтобы нас нашли.

Жак некоторое время молчал, переводя взгляд то на одного, то на другого. «Ревнивый муж», — решил он, и этого было достаточно, чтобы разжечь его романтическое воображение.

— Мы, малагасийцы, никогда не думаем о времени. Солнце всходит, солнце заходит... Если вы хотите ехать сейчас, мы поедем сейчас.

— Грандиозно! Но у нас маловато припасов.

— Нет проблем. Подождите здесь.

— Как ты его нашел? — спросила Уитни, когда Жак снова вышел в переднюю комнату. — Он замечательный.

— Конечно, потому что, когда он смотрит на тебя, у него глаза как у жука.

— Глаза как у жука? — Она усмехнулась и села на край постели Жака. — Слушай, Дуглас, где ты откапываешь свои необычные выражения?

— Но согласись, что у него глаза чуть не вылезли из орбит!

— Ну и что же? — Уитни небрежно провела рукой по волосам.

— Ты прямо упивалась, разве нет? — Даг в раздражении принялся расхаживать по маленькой комнате. — Признайся, тебе просто нравится, когда у мужчин начинают течь слюнки.

— Ты, кажется, тоже не особенно огорчался, когда маленькая Мари тебе разве что ноги не целовала. Насколько я помню, ты тогда так важно выступал, как петух с двумя хвостами.

— Она помогла нам спасти свои шкуры. Это была простая благодарность.

— С небольшой примесью похоти.

— Похоти? — Даг остановился прямо перед ней. — Да ей не больше шестнадцати лет!

— Тогда это еще более отвратительно.

— Конечно, здесь-то совсем другое дело: старому доброму Жаку уже перевалило за двадцать.

— Ну и ну! — Уитни достала пилку и принялась подравнивать свой поврежденный ноготь. — Это очень похоже на ревность.

— Вот еще! — Даг продолжал ходить от одной двери к другой. — У меня есть более интересные занятия.

Улыбнувшись, Уитни продолжала свою работу, подпевая Элтону Джону.

Через несколько минут установилась тишина, и в комнату вошел Жак, держа в одной руке внушительных размеров вещмешок, а в другой — портативный магнитофон. Усмехнувшись, он запихнул в мешок свои кассеты.

— Теперь мы готовы. Рок-н-ролл!

— Никто не будет интересоваться, почему вы сегодня так рано закрылись? — Даг слегка приоткрыл заднюю дверь и выглянул в щелку.

— Сегодня я закрываюсь в одно время, завтра — в другое. Это никого не касается.

Кивнув, Даг открыл дверь:

— Тогда пойдем.

Лодка Жака находилась на стоянке всего метрах в пятистах. Уитни никогда не видела ничего подобного — лодка была очень длинная, около пяти метров, и всего в метр шириной. Если индейское каноэ вытянуть в длину, получилось б нечто похожее.

Жак легко запрыгнул в лодку и принялся складывать снаряжение. На голове у него красовалась шапочка игрока «Нью-Йорк янкиз», а ноги были босыми. Уитни находила такое смешение двух культур странным, но симпатичным.

— Хорошая лодка, — заметил Даг, сожалея, что нигде не видно какого-нибудь подобия мотора.

— Я сам ее построил. — Жестом, который он, видимо, считал очень изысканным и любезным, Жак подал руку Уитни. — Вы можете сесть здесь, — сказал он, показывая на место в середине. — Очень удобно.

— Спасибо, Жак.

Убедившись, что она устроилась напротив него, Жак передал Дагу длинный шест и взял себе другой.

— В мелких местах мы будем ими отталкиваться.

Жак сдвинул лодку с места, и каноэ заскользило по поверхности воды. Расслабившись, Уитни решила, что путешествие на лодке имеет свои преимущества — запах моря, танцующие на ветру листья деревьев, тихий плеск воды... И тут в метре от себя она увидела скользящую по поверхности воды безобразную голову.

— А... — только и смогла она выговорить.

— Да, именно так! — Рассмеявшись, Жак продолжал работать шестом. — Это крокодилы — они везде. Вам нужно их остерегаться.

Он издал звук, напоминавший что-то среднее между шипением и ревом, и видневшиеся на поверхности круглые сонные глаза исчезли под водой. Не говоря ни слова, Даг протянул руку к своему рюкзаку, вытащил оттуда пистолет и заткнул его себе за пояс. На этот раз Уитни не возражала.

Когда стало достаточно глубоко, чтобы можно было использовать весла, Жак включил свой магнитофон. Запели непревзойденные «Битлз», которые в любом обществе могли рассчитывать на успех.

Жак без устали греб; его энергия и энтузиазм восхищали Уитни. К тому же все полтора часа битловской феерии он подпевал им чистым тенорком и улыбался, когда к нему присоединялась Уитни.

Пообедали они прямо в лодке — Жак захватил с собой кокосы, ягоды и холодную рыбу. Когда Жак передал Уитни флягу, она сделала большой глоток, думая, что там вода, но это оказался какой-то незнакомый экзотический напиток, довольно приятный на вкус.

— А вы тоже из Нью-Йорка? — спросил Жак, когда Уитни вернула ему флягу.

— Да. — Уитни отправила в рот еще одну ягоду. — Даг сказал мне, что ваш брат учится там в колледже.

— На юриста. — Буквы на его майке прямо-таки трепетали от гордости. — Он будет большим человеком! Он живет в Блумингдейле.

— Уитни живет практически там же, — вполголоса сказал Даг.

— Неужели? — обрадовался Жак. — В будущем году я поеду навестить брата. Очень хотелось бы посмотреть город. Таймс-сквер, Мекси, «Макдоналдс»...

— Обязательно позвоните мне. — Как будто они находились в шикарном ресторане на Ист-Сайде, Уитни достала из бумажника свою визитную карточку и подала Жаку. Подобно ее владелице, карточка была гладкой и красивой. — Мы организуем вечеринку.

— Вечеринку? — Глаза Жака широко открылись. — Вечеринку в Нью-Йорке? — Картина сверкающего танцевального зала мгновенно промелькнула у него в голове.

— А почему бы и нет?

— Соглашайся, — усмехнулся Даг. — Там будет такое количество мороженого, какое ты в глаза не видел.

— Не будь таким раздражительным, Дуглас.Ты, кстати, тоже можешь прийти.

Жак с минуту молчал, пока его воображение рисовало ему все прелести вечеринки в Нью-Йорке. Его брат писал о женщинах в платьях выше колена и машинах длиной с каноэ. Там были здания высотой с горы, виднеющиеся на западе. А однажды его брат видел в ресторане самого Билли Джоэла! А вдруг его новые друзья знакомы с ним и могут пригласить Билли Джоэла на вечеринку? Прежде чем спрятать карточку в карман, Жак погладил ее.

— А вы... Вы, значит, на самом деле не муж и жена? — смущенно спросил он.

— Мы деловые партнеры, — улыбнулась Уитни.

— Ну да, мы тут по горло заняты бизнесом. — Нахмурившись, Даг уперся в дно своим шестом.

Жак, может быть, и был еще молод, но все же не вчера родился.

— Бизнесом? Каким?

— В данный момент это путешествия и раскопки.

Услышав терминологию Дага, Уитни удивленно подняла брови.

— Вообще-то я дизайнер по интерьеру, — быстро сказала она. — Даг...

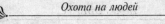

— Принадлежит к свободной профессии, — закончил за нее Даг. — Я работаю на себя.

— Это самое лучшее, — согласился Жак, отбивая ногой ритм. — Когда я был мальчиком, то работал на кофейной плантации. Сделай то, сделай это... — Он покачал головой и улыбнулся. — Теперь у меня есть свой собственный магазин. Я сам говорю себе — сделай то, сделай это. Но не обязан слушаться.

Расхохотавшись, Уитни поудобнее устроилась на сиденье и стала смотреть по сторонам. Лес по обоим берегам канала стал гуще и больше походил на джунгли. Увидев первого фламинго, розового и тонконогого, Уитни была очарована. Затем она заметила в кустах переливающуюся голубую искорку и услышала без конца повторяющуюся короткую песню птицы; Жак сказал, что это коукаль. С ветки на ветку скакали проворные, быстрые лемуры, по поверхности воды сновали насекомые, сквозь листву деревьев на западе виднелось небо, пылающее, как лесной пожар. Уитни решила, что путешествие на каноэ гораздо привлекательнее, чем плавание на лодке по Темзе, хотя и действует так же успокаивающе — за исключением тех эпизодических моментов, когда появляются крокодилы.

В тихом сумраке, в молчании джунглей магнитофон Жака выдавал мелодии, которые любой уважающий себя диджей назвал бы хитами из хитов — и абсолютно бесплатно. Уитни могла бы так плыть часами.

— Пожалуй, нам пора поискать место для ночлега, — сказал Даг.

Отвернувшись от заката, Уитни улыбнулась ему.

Даг уже давно снял с себя рубашку, в полумраке его грудь блестела от пота.

— Так скоро?

Даг подавил желание ответить резкостью. Было нелегко признать, что он давно уже натер мозоли и того и гляди просто выронит весло. Тем более юный Жак все еще отбивает ногой ритм, и, судя по его виду, готов грести до полуночи, не сбавляя темпа.

— Скоро стемнеет, — пробормотал Даг.

— Мы найдем отличное место для лагеря! — воскликнул Жак и застенчиво улыбнулся, глядя на Уитни. — Вам надо отдохнуть.

Место они нашли довольно быстро, и Даг направил лодку к берегу.

Жак не позволил Уитни нести рюкзак. Он вручил ей магнитофон, взвалил ее рюкзак на плечо вместе со своим вещмешком, и они цепочкой двинулись в глубь леса, озаренного розовым светом с легким лиловым оттенком. Птицы, которых нельзя было разглядеть, распевали под темнеющим небом, зеленые листья мерцали в полумраке, влажные от постоянной сырости. Время от времени Жаку приходилось маленьким серпом прорубать дорогу сквозь лианы и бамбук. В воздухе стоял густой запах — растительности, воды, цветов. Уитни никогда еще не видела в одном месте такого разнообразия красок. В полумраке с жужжанием кружились многочисленные насекомые; с шуршанием из кустов вылетела цапля и плавно скользнула по направлению к каналу. Все признаки экзотики были налицо!

Наконец они нашли небольшую поляну и под

песню Спрингстина «Рожденная в США» принялись разбивать лагерь.

К тому времени, как загорелся огонь и начал закипать кофе, Даг почувствовал, что его настроение поднялось. Из вещмешка Жака появились две маленькие коробочки со специями, два лимона и остатки тщательно завернутой рыбы. Там же обнаружились две пачки «Мальборо». Такая добыча сейчас казалась чем-то несравненным.

— Наконец-то! — Даг держал в руках коробочку, которая пахла чем-то вроде сладкого базилика. — Сейчас я вам приготовлю шикарный обед.

Даг знал толк в изысканной пище, ему приходилось обедать в самых роскошных ресторанах мира. И то, что он сидел сейчас на земле, среди толстых лиан и кровожадных насекомых, ничего не меняло. Он любил борьбу и приключения.

— Вы знаете, Даг — он гурман, — сказала Уитни, обращаясь к Жаку. — Боюсь, что ему будет нелегко, придется довольствоваться тем, что есть. — Обернувшись, она увидела, что Даг поджаривает рыбу на огне. — Дуглас! — воскликнула она, страстно вздохнув. — Мне кажется, я влюбилась!

— Ну да. — Он внимательно осмотрел рыбу. — Все так говорят, милочка.

В эту ночь все трое заснули крепким сном, пресытившись обильной пищей, крепким вином и рок-н-роллом.

Когда на следующее утро темный седан въехал в маленький приморский городок, он сразу собрал небольшую толпу. Озабоченный и расстроенный, Ремо вышел из машины и двинулся через стайку детей, которые тут же расступились, подчиняясь неведомому инстинкту. Ремо и его спутники старались ничем не выделяться, но даже если бы они появились в городе на мулах и одетые в ламбы, то все равно походили бы на бандитов.

Заметив гостиницу, Ремо приказал своим людям окружить здание, а сам вошел внутрь. В холле его встретила пожилая женщина в белом фартуке. Из кухни доносились запахи готовящегося завтрака, хотя посетители занимали только два столика. Женщина посмотрела на Ремо, сразу оценила его, и решила, что свободных мест у нее нет.

— Я кое-кого ищу, — сказал ей Ремо, хотя и не ждал, что на этом захолустном острове кто-нибудь говорит по-английски. Он просто вытащил глянцевые фотографии Дага и Уитни и помахал ими перед носом хозяйки.

Женщина сразу узнала своих вчерашних постояльцев, но ничем не показала этого. Перед тем, как внезапно исчезнуть, они оставили на туалетном столике двадцать американских долларов. А главное, они понравились ей гораздо больше, чем этот человек с улыбкой ящерицы.

— Их здесь нет, — сказала она, удивив Ремо хорошим английским языком. — Я никогда не видела этих людей.

Ремо вытащил из бумажника десятидолларовую банкноту, но женщина только пожала плечами и отдала ему фотографии.

— Послушайте, мы знаем, что они направились сюда. Почему бы вам не облегчить жизнь всем нам? — В качестве стимула он вытащил еще десять долларов.

Хозяйка гостиницы посмотрела на него равнодушным взглядом и еще раз пожала плечами.

— В таком случае, я бы хотел взглянуть сам.

Ремо направился к лестнице, но в этот момент к нему подошел какой-то человек.

— Доброе утро.

Как и Даг, Ремо безошибочно узнавал полицейского — что в захолустном городишке на Мадагаскаре, что в переулке в районе Сороковых улиц.

— Я капитан Самбирано. — С подобающей важностью он протянул руку. Капитану понравилось, как одет Ремо. Он также заметил все еще не до конца заживший шрам на его щеке и холодную жестокость во взгляде. От внимания капитана не ускользнул и толстый бумажник в руке Ремо. — Может быть, я могу вам чем-то помочь?

В силу своей профессии Ремо не любил иметь дело с полицейскими, но его страшила мысль о том, что он снова вернется к Димитри с пустыми руками. Даг как-то сказал, что у Ремо есть мозги. Сейчас он пустил их в ход.

— Видите ли, я ищу свою сестру. Она сбежала с парнем, который наплел ей с три короба, а оказалось, что он всего-навсего мелкий вор. Девушка ослеплена, если вы понимаете, что я имею в виду.

Капитан вежливо кивнул:

— Да, конечно.

— Отец страшно беспокоится, — импровизировал Ремо. Из массивного золотого портсигара он вытащил кубинскую сигару и, предложив ее капитану, заметил, какое впечатление произвел на того блеск желтого металла. Теперь Ремо знал, с какой стороны нужно подходить. — Мне удалось проследить их до этого места, но увы... Я готов сделать все, чтобы ее вернуть, капитан. Все, что угодно!

Позволив этой мысли отложиться в сознании

собеседника, Ремо вытащил фотографии. Капитан вспомнил, что накануне вечером другой человек показывал ему точно такие же фотографии. Он тоже рассказал историю об отце, который ищет свою дочь, и тоже предлагал деньги...

— Мой отец назначил вознаграждение тому, кто сможет нам помочь. Поймите, она его единственная дочь, — добавил Ремо для пущего правдоподобия и без особого удовольствия вспомнил о собственной младшей сестре. — Он готов проявить щедрость.

Самбирано посмотрел на фотографии. Да, это те самые новобрачные, которые вчера так неожиданно и поспешно покинули город. История, рассказанная Ремо, произвела на него не большее впечатление, чем та, которую днем раньше рассказал Даг. С фотографии ему улыбалась Уитни. Вот она производила на него впечатление.

— Симпатичная женщина, — заметил он.

— Можете себе представить, капитан, что чувствует мой отец, зная, что она находится с таким человеком. Мерзавец!

Услышав эти слова, капитан понял, что злоба Ремо не наигранна. Если он найдет беглецов, не исключено, что кто-то из них будет убит. Впрочем, капитана это не особенно беспокоило, поскольку убийство, скорее всего, произойдет не в его городе. Он не видел смысла упоминать о человеке в панаме с теми же фотографиями.

— Брат несет ответственность за свою сестру, — медленно произнес он, вытащив изо рта сигару.

— Ну да, я так о ней беспокоюсь! Один бог знает, что произойдет, когда ее деньги кончатся или когда она ему просто надоест. Если вы можете что-нибудь сделать... Я буду очень благодарен, капитан.

Самбирано в свое время выбрал для себя роль стража порядка в маленьком тихом городке потому, что не имел особых амбиций, но не собирался потеть на полях или натирать мозоли на рыбацкой лодке. От кругленькой суммы он не отказывался никогда.

— Я сочувствую вашей семье. У меня у самого есть дочь. Если вы пройдете со мной в мой офис, мы сможем все обсудить. Думаю, я смогу вам помочь.

Они посмотрели в глаза друг другу. Каждый понимал, чего стоит его собеседник. Каждый считал, что бизнес есть бизнес.

— Я ценю это, капитан. Я это очень ценю.

Выйдя из гостиницы вслед за Самбирано, Ремо коснулся шрама на щеке. Он уже чувствовал вкус крови Дага. «Димитри будет очень доволен», — с облегчением подумал Ремо.

ГЛАВА 11

За утренним кофе Уитни передала Жаку аванс в пятьдесят долларов и пополнила список расходов Дага. «Охота за сокровищами становится накладной», — решила она.

Среди ночи, пока остальные спали — Даг рядом с ней в палатке, Жак под звездным небом, — Уитни проснулась в палатке рядом с Дагом и долго лежала без сна, думая об их странном путешествии. Во многих отношениях это был забавный, восхитительный, немного сумасшедший отпуск со множеством сувениров и экзотических блюд. Если они не найдут сокровищ, путешествие можно будет определить именно так — за исключением случившегося с юным официантом, который умер только потому, что оказался с ними...

Некоторые люди рождаются с некой удобной наивностью, которая их никогда не покидает — в основном потому, что остается удобной сама их жизнь. Деньги могут порождать цинизм или усиливать его. Уитни готова была признать, что богатство отчасти отгораживало ее от обычной жизни, но она никогда не считала себя наивной. Она заносила в блокнот все свои расходы не потому, что тряслась над каждой копейкой, а просто считала, что все имеет определенную цену. В том числе и человеческая жизнь.

Уитни понимала, что смерть может быть средством достижения цели, человека могут лишить жизни ради мести, ради удовольствия или ради денег. Плата может быть разной — на свободном рынке жизнь государственного деятеля, конечно, стоит больше, чем жизнь торговца наркотиками. Это бизнес. Некоторые сумели с размахом поставить дело по обмену человеческих жизней на жизненные блага, сведя его к рутинной процедуре. Раньше Уитни относилась к этому так же, как и ко многим другим далеким от нее социальным бедам. Но теперь она столкнулась с этим лично. Умер ни в чем не повинный человек, которого она хорошо знала, — не говоря уже о том, как много других людей погибло именно из-за вот этого золотого мешка.

«Доллары и центы, — размышляла Уитни, глядя на аккуратные столбцы цифр в своем блокноте. — Но за ними стоит нечто большее». Она готова была согласиться, что, как многие другие богатые люди, всегда беспечно скользила по поверхности жизни, не замечая водоворотов и течений, с которыми вынуждены были бороться люди менее состоятельные. Возможно, ее представления о том, что справедливо и что нет, часто зависели от обстоятельств и от ее собственных причуд. Но вот добро и зло она всегда могла различить.

Пусть Дуглас Лорд — вор и в своей жизни совершил множество поступков, которые с точки зрения общества являются недопустимыми. Уитни не заботило мнение общества. Она пришла к убеждению, что по своей сути Даг стоит на стороне добра, в то время как Димитри — и в этом она тоже была убеждена — стоит на стороне зла. Причем убеждение это основывалось не на наивности, а на трезвой оценке ситуации.

Поняв, что все равно не заснет, Уитни решила наконец просмотреть те книги, которые Даг забрал из вашингтонской библиотеки. «Чтобы убить время», — сказала она себе, включив фонарик. Но стоило ей начать читать о драгоценностях, потерянных в веках, она не смогла оторваться. Иллюстрации ее не особенно тронули — бриллианты и рубины производят впечатление, когда их видишь в натуре, — но они заставили ее задуматься. Читая об истории того или иного ожерелья или алмаза, Уитни вдруг поняла, что некоторые люди умирали ради того, что для других было всего лишь украшением. Алчность, вожделение, похоть... Эти вещи Уитни могла понять, но подобные страсти казались ей слишком мелкими, чтобы умирать ради них.

А как же преданность? Уитни вспомнила письмо Магдалины. Сколько жертв человек по имени

Жеральд принес во имя преданности королеве! Он хранил в деревянной шкатулке не только драгоценности — он хранил там память о прошлом и оплакивал тот образ жизни, который никогда не вернется...

Размышляя обо всем этом, Уитни никак не могла решить для себя, как следует относиться к драгоценностям Марии-Антуанетты. Являются ли они достоянием истории или это только дорогостоящие камни? Закрыв книгу, Уитни не могла сказать ничего определенного. Она уважала леди Смит-Райт, хотя не вполне понимала ее рвение. Теперь Смит-Райт была мертва, и всего лишь из-за того, что считала: история, заключена ли она в пыльных томах или сверкающих блестках, принадлежит всем.

Мария-Антуанетта тоже была мертва — как и сотни других, она рассталась с жизнью на гильотине, пав жертвой жестокого правосудия. Людей изгоняли из их домов, преследовали и убивали. Во имя идеалов? Нет, Уитни сомневалась, что люди часто умирают во имя идеалов — не чаще, чем действительно за них сражаются. Они умирали потому, что нечто захватило их и понесло вперед, не спрашивая, хотят они этого или нет. Что значит горсть драгоценностей для женщины, поднимающейся на эшафот?..

Уитни вдруг поняла, что охота за сокровищами кажется глупостью, если у нее нет нравственного оправдания. И именно сейчас она это нравственное оправдание нашла.

Уитни твердо решила найти сокровища и с их помощью расправиться с Димитри.

Утром она почувствовала, что снова смотрит

на мир с уверенностью. Нет, она не наивна, но по-прежнему придерживается убеждения, что добро в конечном счете побеждает зло — особенно если добро умнее.

— Что, черт возьми, ты будешь делать, когда на этой штуке сядут батарейки?

Уитни улыбнулась Дагу и спрятала плоский калькулятор вместе с блокнотом обратно в рюкзак.

— Это «Дюраселл», — ласково сказала она. — Ничто не работает так долго. Хочешь кофе?

— Разумеется.

Он сел, несколько подозрительно глядя на то, с каким веселым оживлением Уитни наливает кофе. Вообще сегодня утром она выглядела восхитительно, словно и не было этих изнурительных долгих дней пути.

Ее светлые, как у ангела, волосы блестели, падая на спину. От солнца кожа приобрела розоватый оттенок, что только подчеркивало безупречно классические линии ее лица. Нет, Уитни выглядела далеко не изможденной.

— Чудесное место, — заметила она, устраиваясь с кружкой рядом с ним.

Даг сделал большой глоток и осмотрелся по сторонам. Влага тихо капала с листьев, почва была сырой и болотистой; с земли поднимался туман — как пар в турецкой бане.

— Ну, если ты любитель сауны...

Уитни подняла брови.

— Мы встали не с той ноги?

Даг только что-то проворчал. Он проснулся в раздражении, как любой здоровый мужчина после ночи, проведенной рядом со здоровой женщиной, не имея возможности довести эту близость до естественного завершения.

— Ты только представь себе, Дуглас, если бы на Манхэттене был хотя бы акр такой земли. Люди лезли бы по головам, чтобы его получить!

Уитни подняла руки ладонями вверх, и в тот же момент неподалеку раздалась взволнованная птичья трель. Хамелеон прополз по серой скале и словно бы растворился в ней. Цветы, казалось, распускались прямо на глазах, а зелень листвы с каплями росы придавала всему пышность.

Даг налил себе вторую чашку кофе.

— А я думал, что такие женщины, как ты, предпочитают городскую толпу.

— Всему свое время и место, Дуглас, — пробормотала Уитни. — Свое время и место... — Она улыбнулась — такой простой и восхитительной улыбкой, что у него замерло сердце. — Мне нравится быть здесь, с тобой.

Кофе обожгло Дагу язык, но он этого не заметил, продолжая пристально смотреть на Уитни. Он никогда не имел проблем с женщинами, изливая на них то грубоватое, дерзкое обаяние, которое, как Даг обнаружил еще в ранней юности, они находят привлекательным. Теперь же, когда следовало всего лишь использовать то, в чем он был так искусен, Даг не находил слов.

— Ну да? — наконец выдавил из себя он.

Забавляясь тем, что его можно так легко сбить с толку, Уитни кивнула.

— Да! Я долго размышляла над этим. — Наклонившись, она легко поцеловала его. — А ты что думаешь?

Даг мог оступиться, но годы практики научили

его быстро вставать на ноги. Протянув руку, он коснулся ее волос.

— Ну что ж, может быть, нам стоит обсудить этот вопрос.

Уитни нравилось, как он целуется и как трогает ее — оставляя впечатление незавершенности.

— Наверно, стоит, — прошептала она.

Их губы лишь слегка касались друг друга, соблазняя и испытывая. Каждый из них привык быть лидером — и в бизнесе, и в любовной игре. Уступить — значило допустить решающую ошибку. Но очень скоро Уитни почувствовала, что губы ее горят, мысли путаются, а все приоритеты смешались. Она вцепилась в рубашку Дага, ощущая, как его рука крепче сжала ее волосы. В этот необыкновенный миг, когда время остановилось, они были очень близки. Каждым из них сейчас руководило желание, и они оба сдались без колебаний и сожалений.

Внезапно за влажной стеной листвы, подобно взрыву, раздалась музыка Синди Лаупер, ей вторил чистый тенор Жака. Как дети, которых застали за банкой варенья, Уитни и Даг отпрянули друг от друга.

— Однако, как здесь многолюдно, — заметил Даг и протянул руку за сигаретой.

— Да. — Поднявшись, Уитни отряхнула свои тонкие мешковатые брюки и бросила взгляд на верхушки кипарисов, освещенные солнечными лучами. — Я ведь уже говорила — такие места, как это, должны притягивать к себе людей. Ну, я думаю, что... — Она замолчала, почувствовав, как рука Дага обхватила ее лодыжку.

— Уитни. — В тот момент, когда этого меньше

всего можно было ожидать, его взгляд стал напряженным. — Рано или поздно мы должны с этим покончить.

Уитни не привыкла к тому, когда ей говорят, что она должна делать, и не собиралась привыкать. Она посмотрела на него долгим, ничего не выражающим взглядом.

— Может быть.

— Совершенно точно!

Она неожиданно улыбнулась.

— Дуглас, тебе придется узнать, что я могу быть очень неуступчивой.

— А тебе придется узнать, что я обычно получаю то, что хочу. — Он сказал это очень тихо, но ее улыбка сразу увяла. — Это моя профессия.

— Люди, у нас есть несколько кокосовых орехов! — Выйдя из кустов, Жак помахал своим вещмешком.

Он бросил один орех Уитни, и она засмеялась.

— У кого-нибудь есть штопор?

— Нет проблем! — Жак резко стукнул орехом по камню, разломил его и предложил обе половинки Уитни. — Немного рома — и у вас будет «пинья коладас».

Подняв брови, Уитни подала один кусок Дагу.

— Не сердись, милый. Я уверена, что, если захочешь, ты тоже сумеешь взобраться на пальму.

Усмехнувшись, Жак маленьким ножом отковырнул кусок мякоти.

— Нам не разрешается есть по четвергам что-нибудь белое — это фади, запрет, — сказал он с легкостью, заставившей Уитни посмотреть на него более внимательно. С немного виноватым видом Жак отправил кусочек кокоса в рот. — Но еще хуже — вообще не есть!

Уитни смотрела на его кепку, майку, стереомагнитофон и никак не могла поверить, что он тоже малагасиец и принадлежит к древнему племени. С Луи из племени мерина было проще, а Жак выглядел так же, как и любой прохожий на углу Бродвея и Сорок второй улицы.

— Вы суеверны, Жак?

Он повел плечами.

— Я всегда прошу прощения у богов и духов. Чтобы они были довольны. — Засунув руку в нагрудный карман, он достал оттуда нечто похожее на маленькую раковину на цепочке.

— Это оди, — объяснил Даг. — Что-то вроде амулета.

Сам он относился к подобным вещам терпимо, но с юмором. Даг не верил в талисманы, считая, что удачу ты приносишь себе сам. Или наживаешься на удаче другого.

Уитни принялась рассматривать амулет, заинтригованная контрастом между американизированной одеждой и речью Жака и его глубоко укоренившейся верой в табу и духов.

— Вы носите это на счастье? — спросила она его.

— Для безопасности. У богов иногда бывает плохое настроение. — Жак потер раковину пальцами и протянул Уитни. — Сегодня вы будете его носить.

— Хорошо.

Она надела цепочку на шею. «В конце концов, — думала Уитни, — это не так уж странно. Держит же отец на письменном столе кроличью лапу, окрашенную в светло-голубой цвет. Очевидно, тоже для безопасности...»

— Вы можете потом продолжить культурный обмен. — Встав, Даг бросил кокос обратно Жаку. — Давайте двигаться.

Уитни подмигнула Жаку.

— Я вам говорила, что он часто бывает грубым!

— Нет проблем, — снова сказал Жак, затем протянул руку к заднему карману и осторожно вытащил белоснежный цветок, такой хрупкий, что, казалось, он сейчас растворится в руке. — Это орхидея. Правда, красивая?

— О, — Уитни приколола орхидею к волосам над ухом и поцеловала его в щеку. — Спасибо!

Жак расплылся в улыбке и, взвалив на плечо весла, пошел к каноэ.

— Здесь, на Мадагаскаре, полно цветов, — пробормотал Даг, собирая рюкзак. — Все, что нужно, — это наклониться и сорвать.

Уитни пожала плечами.

— Некоторые мужчины любят делать женщинам приятное, — заметила она, — а другие нет. — Подняв свой рюкзак, она последовала за Жаком.

— Приятное... — проворчал Даг, пытаясь справиться с остатками снаряжения. — У меня за спиной стая волков, а она хочет, чтобы я делал ей приятное! — Продолжая бормотать, он погасил огонь. — Я тоже мог бы сорвать ей этот дурацкий цветок. Десятки цветков! — Услышав смех Уитни, Даг обернулся через плечо. — «Ох, Жак, это замечательно», — передразнил он и, с отвращением фыркнув, засунул пистолет за пояс.

Когда Ремо и его люди вышли на поляну, от костра уже осталась лишь куча холодной золы. Солнце стояло прямо над головой и пекло неимоверно, даже в тени от него не было спасения. Ремо давно снял пиджак и галстук, чего бы никогда не сделал в рабочее время в присутствии Димитри, но все равно рубашка его была мокрой от пота. Выслеживание Лорда стало для Ремо головной болью.

— Похоже, что они здесь ночевали, — заявил Вейс — высокий мужчина с внешностью банкира, чей нос был сломан когда-то бутылкой виски, и вытер пот со лба. На шее у него были следы от покусов насекомых, которые его страшно раздражали. — Я думаю, мы отстаем от них часа на четыре.

— Да что ты, храбрый следопыт? — Пнув ногой уголья, Ремо повернулся к Барнсу, круглое как блин лицо которого было искажено улыбкой. — А ты чему скалишься, задница?

Барнс не переставал улыбаться с тех пор, как Ремо поручил ему позаботиться о капитане Самбирано. Он знал, что Барнс это поручение выполнил, но подробности ему выяснять не хотелось. Было общеизвестно, что Димитри привязан к Барнсу — так же, как испытывают привязанность к полусумасшедшему псу, который притаскивает к вашим ногам задушенных цыплят и искалеченных грызунов. Ремо также знал, что Димитри часто поручает Барнсу позаботиться об увольняемых сотрудниках: Димитри не признавал пособий по безработице.

— Пойдемте, — коротко сказал Ремо. — Мы догоним их еще до заката.

Уитни подложила под спину рюкзак, и теперь сидеть в каноэ было гораздо удобнее. Все удлиняющиеся тени кипарисов и эвкалиптов падали на песчаные дюны по обоим берегам канала, тонкие коричневые стебли тростника дрожали в воде. Время от времени вспугнутая белая цапля расправляла крылья и бросалась в кусты.

Повсюду было очень много цветов — красных, оранжевых и ярко-желтых. Орхидеи попадались так же часто, как маки на лугу. Бабочки целыми стаями порхали над лепестками, время от времени резко устремляясь вниз; их окраска эффектно контрастировала с зеленым фоном. Здесь и там на покатых берегах лежали крокодилы, принимая солнечные ванны. Когда каноэ проплывало мимо, большинство из них едва поворачивало голову. Густой аромат цветов заглушал запах воды.

Надвинув на глаза кепку Жака, Уитни в полудреме лежала на скамье наискосок, упираясь ногами в борт. Длинная удочка Жака едва держалась в ее руках. Уитни считала, что теперь наконец поняла, почему Гек Финн находил путешествие по Миссисипи столь привлекательным. По большей части оно состояло из полного ничегонеделания в сочетании с захватывающими приключениями. Это было превосходное сочетание!

— И что ты будешь делать, если рыба схватит наживку?

Уитни лениво потянулась.

— Брошу ее прямо тебе, Дуглас. Я уверена, что ты знаешь, как надо поступать с рыбой.

— Вы ее хорошо готовите. — Жак греб длинными размеренными движениями, которые заставили бы затрепетать от зависти сердце любого выпускника Йельского университета. Тина Тёрнер помогала ему поддерживать ритм. — А вот я готовлю очень плохо. Перед тем, как жениться, я должен буду убедиться, что моя жена хорошо готовит. Как моя мама.

Уитни фыркнула из-под кепки. На колено ей села муха, но, чтобы стряхнуть ее, нужно было сделать слишком большое усилие.

— Еще один мужчина, чье сердце находится в желудке!

— А по-моему, малыш попал в точку. Хорошо поесь — это очень важно.

— Для тебя это уже превратилось в религию.

Уитни поправила кепку так, чтобы лучше видеть Жака. «Какой он молодой, жизнерадостный, — думала она. — И лицо такое приятное, и тело мускулистое... Вряд ли у него есть проблемы с женщинами».

— А что будет, если вы полюбите девушку, которая не умеет готовить?

Жак немного поразмыслил над этим и широко улыбнулся. Ему было всего двадцать лет, и его ответы на все вопросы были такими же простыми, как и сама жизнь.

— Я приведу ее к своей матери, чтобы она могла научиться!

— Очень разумно, — согласился Даг; чтобы отправить в рот кусок кокосового ореха, ему пришлось нарушить ритм гребли.

— А вам никогда не приходило в голову самому научиться готовить?

Уитни, улыбаясь, смотрела, как Жак размышляет над этим вопросом, в то время как его сильные руки работают веслами, и машинально поглаживала ракушку, которая висела у нее на груди.

— У малагасийцев готовит жена, — наконец сказал он.

— А в промежутках, я думаю, она заботится о доме, о детях и работает в поле, — вставила Уитни.

Жак кивнул и ухмыльнулся.

— Но она заботится о деньгах тоже.

— Вот это очень разумно, — согласилась она, с улыбкой взглянув на Дага.

— Я так и знал, что тебе это понравится.

— Просто каждый должен заниматься тем, что ему больше подходит. — Уитни собралась было опять прилечь, но тут леска дернулась. — Ох, господи, кажется я поймала одну!

— Что это ты поймала?

— Рыбу! — Ухватившись за удочку, она смотрела на поплавок. — Большую рыбу.

Лицо Дага расплылось в улыбке, когда он увидел, что импровизированная леска туго натянулась.

— Черт побери! Полегче, — посоветовал он Уитни, которая опустилась на колени, чуть не перевернув лодку. — Не упусти ее. Сегодня вечером это будет главное блюдо.

— Я не собираюсь ее упускать, — сквозь зубы сказала Уитни. — Не мешай мне! Что теперь делать, Жак?

— Тащите ее, только осторожно. Эта дрянь крупная. — Положив свое весло в каноэ, Жак мелкими шажками, чтобы не раскачать лодку, подошел к Уитни. — Учтите, она будет бороться. — Заглядывая через край, он положил руку на плечо Уитни.

— Давай, дорогая, ты это сможешь! — Даг оставил весла и подполз к середине лодки. — Вытаскивай ее! — Он уже представлял себе, как приготовит из этой рыбы филе, поджарит и подаст с отварным рисом.

Возбужденная, полная решимости, Уитни от

усердия высунула кончик языка. Если бы сейчас кто-то из мужчин предложил ей отдать удочку, она бы зарычала. Изо всех сил напрягая мышцы рук, она дернула удилище и вытащила извивающуюся рыбу из воды. На чешуе ее горел отблеск заходящего солнца. Это была простая форель, но сейчас она казалась королевской, отливая серебром на фоне сгущающейся синевы неба. Уитни издала воинственный клич и упала на спину.

— Не упусти ее теперь!

— Она не упустит. — Протянув руку, Жак зажал леску между большим и указательным пальцами и осторожно потянул на себя, а потом быстрым движением вытащил крючок и поднял добычу над головой. — Она сама поймала рыбу, большую, жирную рыбу!

Дальше все произошло очень быстро — Уитни показалось, что перед ней один за другим мелькнули кадры из фильма. Вот Жак стоит, сияющий от радости. Его смех все еще звучит в воздухе. В следующий миг он падает в воду. Выстрел прошел мимо сознания Уитни.

— Жак! — Ошеломленная, она встала на колени.

— Ложись! — Даг навалился на нее так, что Уитни едва могла дышать, и удерживал все время, пока лодка качалась, молясь, чтобы они не перевернулись.

— Даг...

— Лежи тихо, не поднимай голову!

Он внимательно осматривал берега по обе стороны канала. Заросли были достаточно густыми для того, чтобы укрыть целую армию. Где они, черт возьми? Медленным движением Даг протянул руку к пистолету на поясе.

Когда Уитни это заметила, она сразу все поняла и попыталась приподняться.

— Где Жак? Он упал в воду? Мне показалось, я слышала... — Прочитав ответ в его глазах, она выгнулась дугой. — Нет!!! Жак... О боже!

— Не поднимай голову, я сказал! — сквозь зубы прошипел Даг, зажав ее ноги своими. — Ты больше ничего не сможешь для него сделать. Он мертв, черт возьми! И был мертв еще до того, как упал в воду.

Широко раскрытыми глазами Уитни пристально посмотрела на него. Затем, не говоря ни слова, она закрыла глаза и больше не шевелилась.

Даг понимал: какую бы боль и вину он сейчас ни испытывал, это надо отложить на потом. Сейчас все нужно отодвинуть ради главного — остаться в живых. Он не слышал ничего, кроме мягкого плеска воды о борт лодки, и знал, что они могут быть с любой стороны. Чего он не понимал, так это почему люди Димитри не изрешетили всю лодку пулями: тонкая обшивка ни от чего не спасала.

А впрочем, что здесь непонятно? Скорее всего, им приказано взять их живьем. Даг взглянул на Уитни. Она лежала неподвижно, закрыв глаза. «Или одного из нас взять живьем», — решил Даг.

Димитри должен был проявить интерес к такой женщине, как Уитни Макаллистер. Сейчас он наверняка уже знает о ней все, что только можно узнать. Нет, он не захочет, чтобы она умерла. Он захочет поразвлечься с ней, а затем получить выкуп. Его люди не будут стрелять по каноэ, а просто подождут. Значит, первым делом нужно выяснить, где они будут ждать.

Даг чувствовал, как пот струится по его спине.

— Это ты, Ремо? — крикнул он. — Ты льешь на себя слишком много одеколона, я даже отсюда чувствую твой запах. — Он подождал секунду, напряженно вслушиваясь в каждый звук. — Димитри знает, что я заставил тебя бегать кругами?

— Это ты бегаешь, Лорд!

Слева. Даг еще не знал, как это сделать, но ему было ясно, что они должны добраться до противоположного берега. Ну а пока нужно продолжать говорить.

— Как видишь, сейчас я замедлил ход. Может, настало время договориться, Ремо? Договориться между собой. Если нам это удастся, ты сможешь заполнить французским одеколоном целый плавательный бассейн. Только подумай, может, тебе стоит поработать на себя, а, Ремо? У тебя ведь есть мозги. Тебе не надоело получать приказы и делать за других грязную работу?

— Если хочешь поговорить, Лорд, греби сюда! Мы устроим приятное деловое свидание.

— «Греби сюда, и я прострелю тебе голову»? Так, что ли, Ремо? Давай не будем так низко ценить друг друга.

Существовала ничтожная вероятность того, что удастся погрузить один из шестов в воду и направить лодку куда нужно. Если он сможет протянуть время до темноты, у них появится шанс.

— Это ты хочешь договориться, Лорд. Что там у тебя?

— У меня есть бумаги, Ремо. — Даг осторожно открыл рюкзак и незаметно вытащил коробку с патронами. — И классная дамочка. Вместе они стоят столько, сколько тебе и не снилось. — Даг бросил взгляд на Уитни. Бледная как полотно, она смотрела на него. — Димитри говорил тебе, что у меня в руках наследница состояния Макаллистера? Слышал про мороженое Макаллистера? Лучшая сливочная помадка в Штатах! Ты знаешь, сколько миллионов они заработали на одной сливочной помадке, Ремо? Знаешь, сколько готов заплатить ее старик, чтобы получить дамочку обратно одним куском?

Даг сунул коробку с патронами в карман.

— Подыграй мне, милая, — сказал он, убедившись, что Уитни уже немного пришла в себя. — Может быть, нам удастся выбраться отсюда. Сейчас я выдам ему список твоих достоинств. Когда я это сделаю, ты должна начать ругаться, раскачивать лодку — в общем, нужно устроить скандал на сцене. Пока ты будешь этим заниматься, постарайся схватить вон тот шест. Ладно?

Уитни безучастно кивнула.

— На ней не так уж много мяса, но она умеет разогреть простыни, Ремо! И она не очень разборчива насчет того, кому их разогревать. Ты понимаешь, к чему я клоню? Я готов с тобой поделиться!

— Ты грязный подонок! — С криком, который сделал бы честь любой торговке рыбой, Уитни вскочила. Даг, который совсем не собирался подставлять ее под прицел, попытался схватить Уитни за руку, но она, изогнувшись, увернулась и оттолкнула его. — У тебя совершенно нет вкуса! — крикнула она, вставая во весь рост. — Совершенно! Скорее я буду спать со слизняком, чем лягу с тобой в постель!

В гаснущем свете Уитни была великолепна — волосы развеваются, глаза сверкают от гнева. Даг не сомневался, что внимание Ремо сейчас сосредоточено на ней.

— Хватай шест и попытайся передать его мне, — пробормотал он.

— Ты думаешь, что можешь так со мной разговаривать, ты, червяк? — Схватив шест, Уитни подняла его над головой.

— Хорошо, теперь...

Даг замолчал, увидев, как вдруг изменилось выражение ее лица, и резко обернулся. Как раз в этот момент к ним в каноэ с маленького темного плота прыгнул Вейс. Проклиная себя за то, что сосредоточил все свое внимание на Ремо, Даг откатился к противоположному борту и тем самым выровнял лодку — иначе они бы опрокинулись.

Удар Уитни пришелся Вейсу в плечо, но скорее разозлил его, чем причинил какой-либо ущерб. Вейс бросился к ней, и в этот момент на него навалился Даг. Лодка накренилась, зачерпнув воды. Уитни увидела тело Жака, всплывшее на поверхность, но постаралась не дать воли чувствам — нужно было бороться за собственную жизнь.

— Ради бога, дай мне точно ударить! — крикнула она и снова занесла шест. Однако Даг ничем не мог ей помочь. Они с Вейсом боролись на дне лодки, то один, то другой оказывался сверху, и Уитни никак не удавалось поймать подходящий момент для удара. Она попыталась подняться на ноги, но чуть не упала за борт.

Пистолет был все еще в руке Дага, но он не мог им воспользоваться: его соперник был тяжелее по меньшей мере килограммов на пятнадцать, и сейчас он находился сверху. Одной рукой Вейс вцепился ему в горло, другой медленно поворачивал руку Дага вместе с пистолетом так, чтобы ствол смотрел прямо в его лицо.

Даг чувствовал, как пот градом катится по его телу. Он отчаянно боролся за то, чтобы не дать Вейсу нажать на спусковой крючок. Упершись ногами в пол, он рванулся изо всех сил, и в следующую секунду в его левом плече что-то хрустнуло. Даг увидел ухмылку на лице противника и со злостью подумал, что это последняя вещь, которую он видит в своей жизни.

Внезапно глаза Вейса расширились, воздух со свистом вырвался из его рта — это Уитни, изловчившись, все-таки ударила его шестом. Отпустив Дага, Вейс приподнялся, повернулся к ней лицом, и в ту же секунду его тело дернулось: как раз в этот момент Ремо открыл с берега огонь. Вейс стал для Дага живым щитом. С удивленным лицом он как бревно свалился за борт, опрокинув каноэ. В следующее мгновение Уитни почувствовала, что глотает воду. Охваченная паникой, она принялась отчаянно колотить по воде руками и ногами и наконец вынырнула на поверхность. К счастью, здесь было неглубоко, и скоро Уитни нащупала ногами дно.

— Хватай рюкзаки! — крикнул Даг. Одним отчаянным рывком сам схватил за лямку один из них. Схватить второй Уитни не успела: над водой вдруг показалась голова крокодила. Уитни с ужасом смотрела, как его челюсти раскрылись и вновь сомкнулись над телом Вейса. Послышался отвратительный звук разрываемой плоти и ломающихся костей. В коричневой воде расплылось красное пятно.

— Выбирайся на берег! — крикнул Даг. — Скорее!

В этот момент Уитни увидела, что совсем близко от него всплыл еще один крокодил.

— Даг! — отчаянно крикнула она.

Он обернулся как раз вовремя, чтобы увидеть раскрытые челюсти. Понадобилось пять выстрелов, чтобы они закрылись снова, утонув в кровавом облаке. Но крокодилов было много, и Даг прекрасно знал, что не сможет прикончить всех. Заметив очередную коричневую голову, он встал между Уитни и приближающимся крокодилом и приготовился к неизбежному. Однако когда голова крокодила была уже на расстоянии вытянутой руки, она внезапно разлетелась на куски. Прежде чем Даг успел что-нибудь понять, еще три крокодила ушли под воду, колотя хвостами по поверхности. Вокруг бурлила кровь.

Стрелял не Ремо. Даг знал это еще до того, как повернулся к берегу. Стреляли откуда-то южнее. Или у них была небесная заступница, или кто-то шел за ними по следам. Даг успел уловить движение в кустах и мелькнувшую белую панаму... Обернувшись к Уитни, Даг схватил ее за руку и потащил к берегу. Они пробежали по мокрому тростнику и, задыхаясь, опустились на поваленный ствол дерева.

— А бумаги-то все равно у меня, слышишь, ты, сукин сын! — крикнул Даг через канал. — Они все еще у меня! Почему бы тебе не переплыть сюда за ними наперегонки с крокодилами? — На несколько секунд Даг закрыл глаза и попытался отдышаться. — Скажи Димитри, что они у меня, и еще скажи, что я ему должен. — Он вытер кровь с губ и сплюнул. — Ты понял, Ремо? Скажи ему, что должок за мной. И, слава богу, я еще не кончил!

Поморщившись, Даг потер плечо, которое вывихнул во время схватки с Вейсом. Одежда прилипла к телу — мокрая, окровавленная, залепленная грязью. В нескольких метрах отсюда, в канале, пировали крокодилы. Пустой пистолет все еще был в руках Дага. Он не спеша достал коробку с патронами, зарядил пистолет и покосился на Уитни. Она сжалась в комок, уткнув голову в колени. Хотя Уитни не издавала никаких звуков, Даг знал, что она плачет. Не представляя, что делать, он провел рукой по ее волосам.

— Эй, Уитни, не надо...

Она не двигалась, не говорила. Даг опустил взгляд на пистолет и со злостью засунул его обратно за пояс.

— Пошли, дорогая. Нам нужно идти.

Он попытался ее обнять, но Уитни отшатнулась и подняла голову. По ее щекам текли слезы, однако глаза казались сухими.

— Не прикасайся ко мне! Это тебе нужно идти, Лорд. Ты для этого предназначен. Идти, бежать... Почему бы тебе не взять этот самый важный в мире конверт и не исчезнуть? Прямо сейчас. — Сунув руку в карман, Уитни с трудом вытащила из прилипших к телу брюк свой кошелек и швырнула его Дагу. — Это тоже возьми. Здесь все, о чем ты мечтаешь, о чем беспрестанно думаешь. Деньги. — Она даже не пыталась вытереть слезы, и они по-прежнему бежали по ее щекам. — Там не так уж много наличных, всего несколько сотен, но зато много на карточке. Возьми все.

Он ведь именно этого и хотел, разве нет? Деньги, сокровища — и никаких партнеров. Один он быстрее доберется до цели и заберет весь мешок себе. Он именно этого и хотел.

Даг бросил кошелек обратно на колени Уитни.

— Пойдем.

— Я не пойду с тобой. Иди один за своим золотым мешком, Дуглас. — Прижав руку к горлу, Уитни с трудом подавила очередной приступ тошноты. — Иди, если сможешь жить с этим дальше.

— Я не оставлю тебя здесь одну.

— Почему же? Ты уже оставил здесь Жака. — Уитни оглянулась на реку, ее вдруг начало трясти так, что было трудно говорить. — Ты его оставил. Оставь и меня. Какая разница?

Даг схватил ее за плечи и резко повернул лицом к себе.

— Он умер. И мы ничего не могли сделать.

— Это мы его убили!

Подобная мысль уже приходила ему в голову. Может быть, поэтому Даг сжал плечи Уитни еще сильнее.

— Нет! Не надо на меня это вешать! Его убил Димитри — убил так же легко, как прихлопнул бы муху на стене, потому что для него это ничего не значит. Ему даже не приходит в голову мысль, что когда-нибудь может настать его очередь. Он убил Жака, даже не зная, как его зовут, потому что от убийств его не бросает в пот и не тошнит.

— А тебя?

На мгновение Даг замер, чувствуя, что его тоже начинает колотить дрожь.

— Да, черт возьми! Меня — да.

— Он был таким юным... — Вцепившись в его рубашку, Уитни тяжело дышала. — Все, что он хотел, — это поехать в Нью-Йорк. Теперь он никогда туда не попадет. — Слезы полились опять, но на этот раз Уитни стала всхлипывать. — Он никуда больше не попадет! И все из-за этого чертова конверта. Сколько человек уже умерло из-за него? — Она вспомнила о ракушке, талисмане Жака, который все еще висел у нее на груди. И зачем только он отдал его ей? — Он умер из-за этих бумаг, даже не зная, что они существуют!

— Мы доведем это дело до конца, — сказал Даг, притянув ее к себе. — И победим.

— Почему, черт возьми, для тебя это так много значит?

— Тебе нужны причины? — Даг наклонился к ней так, что его лицо оказалось всего в нескольких сантиметрах от ее лица. — Что ж, я тебе скажу. Я не хочу, чтобы из-за этих бумаг опять умирали люди. Я не хочу, чтобы их получил Димитри. Потому что тот мальчик погиб, и его смерть не должна быть напрасной. Теперь дело не только в деньгах. Черт, разве ты не видишь, что оно всегда было не только в деньгах?! Главное — победить! И мы победим, Уитни, потому что не можем позволить, чтобы Димитри победил нас.

Уитни вдруг почувствовала, что у нее совсем не осталось сил, и положила голову на плечо Дага.

— Даже если мы победим, у Жака не будет Фадамиханы, — пробормотала она. — У него не будет праздника.

— Мы устроим ему праздник. — Даг погладил ее по волосам, вспоминая, как Жак стоял в каноэ, держа в руках рыбу. — Настоящую нью-йорскую вечеринку.

Уитни кивнула, уткнувшись лицом ему в шею.

— Димитри это даром не пройдет. Я не смогу спокойно жить, зная, что этот человек существует на свете.

— Значит, он перестанет существовать.

Отстранив ее, Даг поднялся. Его рюкзак остался в канале, они лишились палатки и кухонных принадлежностей, но у них оставались бумаги, оставались деньги, и они должны были идти вперед.

Взвалив на плечи рюкзак Уитни, Даг протянул ей руку, и в сгущающихся сумерках они побрели на север.

ГЛАВА 12

Даг знал, что Ремо идет за ними по пятам, и поэтому останавливаться нельзя. Они продолжали двигаться вперед, даже когда солнце село и в лесу загорелись огни, которые могли бы по достоинству оценить только художники и поэты. В полумраке от выпавшей росы воздух казался жемчужно-серым, потом небо потемнело и стало черным. Взошла луна — величественный шар, белый, как кость. Звезды сверкали подобно драгоценностям прошлых веков.

Лунный свет превратил лес в сказочный. Тени стали меньше, цветы закрыли свои лепестки и заснули, зато проснулись ночные животные. Раздавалось хлопанье крыльев, шуршание листвы, кто-то протяжно кричал в кустах, а они продолжали идти.

Когда Уитни хотелось без сил упасть на землю, она вспоминала о Жаке и, стиснув зубы, шла дальше.

— Расскажи мне о Димитри.

Даг нахмурился. Он видел, как Уитни время от времени прикасается пальцами к ракушке, но не находил слов утешения.

— Я уже рассказывал.

— Этого недостаточно. Расскажи еще.

Она сказала это так, что Даг понял: ее снедает жажда мщения. А он по опыту знал, что желание отомстить — очень опасное чувство. Оно может сместить все приоритеты.

— Поверь мне на слово — чем меньше ты будешь знать о нем, тем лучше.

— Ты не прав. — Тыльной стороной ладони Уитни вытерла пот со лба; она страшно устала, но ее голос был тихим и твердым. — Расскажи мне о Димитри.

Даг давно потерял представление о времени, не знал, сколько они прошли, и был уверен только в двух вещах: во-первых, они оторвались от Ремо на некоторое расстояние, а во-вторых, они нуждаются в отдыхе.

— Мы здесь остановимся. Пожалуй, нам пора остановиться, — сказал он. — Посмотри, нет ли у тебя в рюкзаке чего-нибудь полезного.

Ему не пришлось повторять дважды — чуть не заплакав от облегчения, Уитни опустилась на мягкую траву и принялась рыться в рюкзаке. Приходилось признать, что он набит абсолютно бесполезными вещами. И зачем она взяла с собой столько косметики и кружевного белья?

— У меня тут только пара манго и перезрелый банан.

— Считай это портативным вальдорфским салатом, — посоветовал Даг, взяв один из плодов манго.

— Ладно. — Уитни откинулась на ствол дерева
и вытянула ноги. — Так насчет Димитри, Дуглас.
Расскажи мне о нем.

Даг предпочел бы, чтобы ее мысли сосредото-
чились на другом объекте. Так было бы лучше.

— По сравнению с Димитри Нерон кажется
мальчиком из церковного хора, — вздохнув, сказал он и откусил кусок манго. — Что бы ты хотела
знать о нем? Ну, к примеру, он любит поэзию и
порнофильмы.

— Весьма эклектичный вкус.

— Безусловно. Он коллекционирует предметы
старины — причем специализируется на орудиях
пыток. Знаешь, всякие там испанские сапоги...

Уитни почувствовала, как у нее по спине пробежал холодок.

— Как очаровательно!

— Не правда ли? Димитри вообще человек
изысканный. Он обожает приятные, красивые
вещи. Обе его жены были изумительными краса-
вицами. — Даг посмотрел на нее долгим, оценивающим взглядом. — Пожалуй, ты в его вкусе.

Уитни невольно вздрогнула.

— Значит, он был женат.

— Дважды женат, — уточнил Даг. — И дважды
трагически овдовел, если ты улавливаешь, к чему
я клоню.

Уитни улавливала.

— Почему же он так... преуспевает? — спросила она, не найдя более подходящего слова.

— Мозги и холодная решимость! Я слышал,
что он может процитировать Чосера, вгоняя тебе
иголки под ногти.

Уитни отложила в сторону недоеденный банан — у нее вдруг пропал аппетит.

— Это его стиль? Поэзия и пытки?

— Он не убивает просто так — он казнит и при этом всегда придерживается определенного ритуала. У него есть первоклассная киностудия, где он снимает своих жертв — до казни, во время нее и после.

— О боже! — Уитни внимательно всмотрелась в лицо Дага. — Признайся, что ты все это выдумал!

— У меня не столь богатое воображение. Его мать была школьной учительницей — и, по слухам, немного не в себе. — Даг рассеянно вытер сок с подбородка. — История гласит, что, когда он не мог прочесть наизусть какую-нибудь поэму, Байрона или чью-то еще, она отрубала ему кусок пальца...

— Она... — Уитни поперхнулась. — Его мать отрубала ему пальцы, если он не мог запомнить стихи?!

— Так рассказывают. Кажется, она была религиозной и немного путала поэзию и теологию. Считала, что если он не может процитировать Байрона, то совершает этим святотатство.

На миг Уитни забыла тот кровавый кошмар, виновником которого был Димитри. Сейчас она думала о том маленьком мальчике.

— Но это ужасно! Ее надо было лишить родительских прав...

Даг хотел, чтобы она отказалась от мести, но не хотел, чтобы это чувство сменилось жалостью. Одно было так же опасно, как и другое.

— Димитри тоже так считал, но решил эту проблему по-своему. Когда он счел, что пришла пора заняться своим собственным бизнесом, то поджег родительский дом, его мать сгорела заживо, а с ней еще несколько человек. Как ты понимаешь, он ничего против них не имел. Просто в это время они там оказались.

— Ради мести, ради удовольствия или ради денег... — пробормотала Уитни, вспомнив свои размышления об убийстве.

— Здесь все вместе. Если существует такая вещь, как душа, Уитни, то у Димитри она черная и вся в нарывах.

— Если существует такая вещь, как душа, — медленно повторила она, — мы должны сделать все, чтобы поскорее отправить его душу в ад.

Даг не засмеялся — Уитни произнесла эти слова слишком тихо. В ярком лунном свете он хорошо видел ее лицо, бледное и осунувшееся. Она понимала, что говорит. Даг уже был косвенным виновником гибели двух невинных жертв. В этот момент он ощущал свою ответственность за Уитни. Опять-таки впервые в своей жизни.

— Послушай, дорогая. — Он подвинулся к ней поближе. — Первое, что мы должны сделать, — это остаться в живых. Второе — получить сокровища. Больше мы ничем не можем отплатить Димитри.

— Этого недостаточно.

— Ты новичок в нашем деле, Уитни. Существует одно негласное, но очень важное правило: после того, как нанес удар, — убегай. Только так можно спастись. — Она покачала головой, и Даг тяжело вздохнул. — Наверное, настало время показать тебе бумаги.

Ему не надо было видеть ее лица, чтобы понять, как Уитни удивлена.

— Ну-ну, — тихо сказала она. — Открываем шампанское?

— Поспеши, а то я передумаю. — Даг сунул руку в карман и торжественно вынул конверт. — Это ключ. Тот самый проклятый ключ. И с его помощью я открою замок, который никогда бы не смог взломать. Начни вот с этого. — Поколебавшись, Даг передал Уитни пожелтевший листок, запечатанный в прозрачный пластик. — Обрати внимание на подпись.

Она взяла листок и бегло просмотрела текст.

— Боже мой!

Даг усмехнулся.

— Впечатляет? Кажется, она написала это послание за несколько дней до того, как оказалась в заключении. Перевод вот здесь.

Но Уитни уже читала текст, собственноручно написанный королевой:

— «Леопольд оставил меня...»

— Леопольд II, император Священной Римской империи и брат Марии-Антуанетты.

Уитни подняла взгляд на Дага.

— Ты хорошо справился со своим домашним заданием.

— Я стараюсь все делать хорошо. В данном случае я вызубрил историю Французской революции. Мария играла в политику и пыталась сохранить свое положение, но у нее ничего не получилось. Думаю, она уже знала, что все кончено, когда писала это письмо. Можешь прочесть про себя: я его знаю наизусть.

Уитни кивнула и поднесла письмо к самым глазам.

«Он в первую очередь император, а уж потом — брат, — читала она при неверном свете луны. — Однако, кроме него, мне не к кому обратиться. Не могу описать Вам, дорогой мой Жеральд, все унижения, которые мы испытали во время нашего насильственного возвращения. Нас арестовали — арестовали! — и доставили в Париж как преступников под охраной вооруженных солдат. Они не пожелали ничего нам объяснить, и это молчание было подобно смерти. Хотя мы и дышали, наше путешествие было похоже на похоронную процессию. Ассамблея заявила, что король похищен, и изменила конституцию. Эта уловка была началом конца.

Король верил, что Леопольд и прусский король вмешаются. Он сообщил своему агенту Ле Тоннелье, что для этого наступило самое благоприятное время. Война с внешним врагом, Жеральд, должна была погасить огонь общественного недовольства. Но жирондистская буржуазия доказала свою несостоятельность — они слишком боятся этого дьявола Робеспьера. Впрочем, военные поражения прошлой весной показали, что жирондисты не умеют воевать, так что наши надежды не оправдались.

Теперь ходят разговоры о суде — суде над Вашим королем! — и я боюсь за его жизнь. Я боюсь, мой верный Жеральд, за жизнь всех нас, и вынуждена умолять Вас о помощи, полагаясь на Вашу преданность. Я не имею возможности бежать, и мне остается только ждать и надеяться. Я умоляю Вас, Жеральд, принять то, что мой посланец передаст Вам. Сейчас, когда все вокруг рушится, когда меня предали, и не один раз, я могу верить только в Вашу дружбу.

Итак, я вверяю Вам небольшую часть того, что принадлежит мне как королеве. Может быть, это понадобится когда-нибудь, чтобы выкупить жизнь моих детей. Даже если сейчас буржуазия побеждает, то рано или поздно она падет. Храните эту шкатулку ради меня и моих детей. Я верю, придет время, когда мы вновь займем наше законное место».

Уитни еще раз посмотрела на письмо, написанное взбалмошной женщиной, которую привели к смерти собственные заговоры и интриги. Но тем не менее она все же была женщиной, матерью, королевой...

— Ей оставалось жить всего несколько месяцев, — прошептала Уитни. — Интересно, знала ли она об этом?

Уитни пришло в голову, что подобным письмам самое место под стеклом где-нибудь в музее. Должно быть, это чувствовала и леди Смит-Райт. Почему же она сделал такую глупость, отдав бумаги Уайтейкеру?! И теперь оба они мертвы...

— Даг, ты хоть представляешь себе, какая это ценность?

— Мы как раз и должны это выяснить, — пробормотал он.

— Я имею в виду культурную, историческую ценность! Неужели ты не понимаешь, что культуру нельзя купить? Даг, этим документам место в музее!

— После того, как я заполучу сокровища, я передам в музей все до последнего листка.

Уитни покачала головой и пожала плечами. «Сначала займемся первоочередными делами», — решила она.

— Что там еще?

— Страницы из дневника. Похоже, что писала дочь этого Жеральда.

Даг передал Уитни страницу, датированную

17 октября 1793 года. Он читал переведенные куски и помнил, как это было страшно. В простых словах, написанных полудетским почерком, сквозили ужас и растерянность, которые не имели возраста. Дочь камердинера описывала казнь своей королевы.

«Она казалась бледной, некрасивой и очень старой, — читала Уитни. — Они провезли ее на телеге по улицам, как проститутку. Я видела, как она поднималась по ступеням с гордо поднятой головой. Маман сказала, что она осталась королевой до конца. Люди кричали, а торговцы продавали свой товар, как во время праздника. Пахло как в зверинце, и мухи летали тучами. Я видела, что по улицам, как овец, провезли в телегах еще людей. Среди них была мадемуазель Фонтенбло. Прошлой зимой мы были у нее в гостях, и она угощала нас с мамой пирожными...

Когда топор опустился на шею королевы, народ закричал от радости, а папа заплакал. Я никогда раньше не видела, как он плачет, и очень испугалась — даже больше, чем когда королеве отрубили голову. Если папа плачет, что теперь с нами будет?

В ту же ночь мы покинули Париж. Я думаю, что больше никогда его не увижу, не войду в мою любимую комнату с окнами в сад. Мы продали красивое ожерелье маман из золота с сапфирами. Папа сказал нам, что предстоит долгое путешествие и надо быть храбрыми...»

Уитни дочитала и подняла глаза на Дага. Он молча протянул ей другой листок, датированный тремя месяцами позже.

«Я была при смерти и помню только, как корабль качало и трясло, а с нижней палубы несло вонью. Когда мне стало лучше, заболел папа; некоторое время бы боялись, что он умрет и мы останемся одни. Маман молилась, а я держала его за руку и думала о превратностях судьбы. Ведь еще совсем недавно мы были так счастливы!

Когда папе стало совсем плохо, он велел мне принести маленькую деревянную шкатулку. С виду она неказистая — в таких крестьянские девушки прячут свои безделушки. Он сказал нам, что ее прислала королева, оказав ему высокое доверие. Однажды мы должны будем вернуться во Францию и от имени королевы отдать ее содержимое новому королю. Папа заставил меня и маман поклясться, что мы сдержим его обещание. Когда мы поклялись, он открыл шкатулку, и мне показалось, что я ослепла.

В простой шкатулке было изумрудное ожерелье, которое я раньше видела на груди королевы; оно отражало свет свечей и отбрасывало его на другие драгоценности. Я вспомнила рубиновое кольцо с бриллиантами, как звездная пыль, — королева часто его надевала. Были там еще камни без оправы, но меня ослепило другое. Я увидела бриллиантовое колье, которое было прекраснее всего остального. Трудно было представить себе, что могут существовать такие крупные бриллианты. Я вспомнила, что маман говорила о скандале с кардиналом де Роганом и бриллиантовым колье. Папа тогда сказал мне, что кардинала обманули, имя королевы использовали, а колье исчезло. Но в шкатулке явно находилось то самое — достаточно было один раз взглянуть на него».

Уитни отложила листок, руки ее дрожали.

— Считается, что бриллиантовое колье было разделено на части и продано, — заметила она.

— Считается, — повторил Даг. — Однако кардинал был изгнан, а графиня де ла Мотт поймана, отдана под суд и осуждена. Она бежала в Англию, но я никогда не читал, что было доказано, будто колье побывало у нее.

— Ты прав, — задумчиво произнесла Уитни.

История с бриллиантовым колье была широко известна. Это колье считалось одним из катализаторов Французской революции. Уитни подумала, что одна эта страничка дневника заставила бы забиться от восторга сердце любого хранителя музея.

— Оно уже тогда стоило порядочно. — Даг передал ей другую страницу. — Представляешь, сколько оно может стоить сегодня?

«Оно бесценно», — подумала Уитни, но промолчала, зная, что он неправильно поймет смысл этого слова. Мельком взглянув на листок, который представлял собой детальный список того, что королева доверила Жеральду, она снова взялась за дневник.

Молодая девушка писала о долгих месяцах, которые прошли с тех пор, как Жеральд со своей семьей обосновался на северо-восточном побережье Мадагаскара.

«Я тоскую по Франции, по Парижу, по моей комнате и саду. Маман говорит, что мы не должны жаловаться, и иногда ходит со мной на прогулки к морю. Это самое лучшее время — вокруг летают птицы, а мы ищем ракушки. Маман тогда кажется счастливой, но иногда она смотрит на море, и я знаю, что она тоже тоскует по Парижу.

Иногда в нашу гавань приходят корабли, и мы узнаем новости из дома. Новости эти неутешительны: там правит террор, заключенных тысячи, и многие оказываются на гильотине. Рассказывают о Комитете общественной безопасности. Но папа говорит, что именно из-за него в Париже стало небезопасно. Если кто-нибудь упоминает имя Робеспьера, он замолкает и вообще перестает разговаривать. И хотя я страстно стремлюсь во Францию, я начинаю понимать, что тот дом, который я знала, навсегда исчез.

Папа много работает. Он открыл магазин, а мы с маман завели огород и выращиваем овощи. Слуг у нас нет, и приходится все делать самим. Я стараюсь смотреть на все это как на приключение, но маман быстро устает, потому что носит ребенка. Я жду, когда появится младенец, и мечтаю о том, что когда-нибудь выйду замуж и у меня будут собственные дети. По вечерам мы шьем, хотя на покупку свечей у нас совсем мало денег. Папа сооружает колыбель. Мы никогда не говорим о маленькой шкатулке, спрятанной под полом в кухне...»

Уитни отложила листок.

— Как ты думаешь, сколько лет ей было?

— Пятнадцать. Здесь есть ее свидетельство о рождении, брачное свидетельство ее родителей — и свидетельство о смерти. Она умерла в возрасте шестнадцати лет. — Даг протянул ей последнюю страницу. — А теперь прочти вот это.

— «Моему сыну», — начала Уитни и удивленно посмотрела на Дага.

— Что это?

— Завещание Жеральда. Он ненадолго пережил свою дочь.

«Ты спишь в колыбельке, которую я для тебя сделал, — читала Уитни. — На тебе голубое одеяльце, которое сшили твоя мать и сестра. Теперь они обе ушли — их сразила лихорадка, такая скоротечная, что не было времени вызвать врача. Я нашел дневник твоей сестры и прочитал его, поплакав над ним. Когда-нибудь и ты его прочтешь — вместе с остальными бумагами, которые я оставляю тебе. Я сделал все, что считал своим долгом перед своей страной, своей королевой, своей семьей. И что же? Я спас жену и дочь от террора только для того, чтобы потерять их в этом странном, чужом краю...

У меня нет сил продолжать жить дальше. Сестры в святой обители позаботятся о тебе лучше, чем смог бы я. Я могу оставить тебе только эти обломки, оставшиеся от твоей семьи, — слова твоей сестры, любовь твоей матери. К этому я добавляю ответственность перед нашей королевой, которую я взял на себя. Бумаги останутся у святых сестер с тем, чтобы они передали тебе этот пакет, когда ты станешь взрослым. Ты наследуешь мой долг и мое обещание, данное королеве. Ее имущество, которое принадлежит Франции, будет похоронено вместе со мной. Я верю — придет время, ты найдешь сокровища и до конца выполнишь свой долг, как это сделал я».

— Он покончил с собой. — Уитни со вздохом опустила письмо, в глазах у нее стояли слезы. — Он потерял свой дом, свою семью и свое сердце... Я никогда раньше не задумывалась о страшной судьбе французских аристократов, которых изгнали из родной страны и которые тщетно пытались приспособиться к новой жизни. Бедный Жеральд, он жил и умер с обещанием, данным королеве... И что же случилось потом?

— Насколько я могу понять, ребенка действительно отдали в монастырь. Потом он был усыновлен и эмигрировал со своей новой семьей в Англию. А о бумагах, судя по всему, просто забыли, пока их не раскопала леди Смит-Райт.

— Так, значит, шкатулка королевы...

— Похоронена на кладбище в Диего-Суаресе, — сказал Даг, задумчиво глядя куда-то вдаль. — Все, что нам нужно, — это ее найти.

— А потом?

— Потом мы будем богаты.

Уитни посмотрела на бумаги, лежавшие у нее на коленях. Здесь были разбитые судьбы, мечты, надежды — и преданность.

— Но этот человек дал клятву своей королеве! Даг нахмурился.

— Его королева давно мертва, Уитни. Во Франции теперь демократия. Я не думаю, что нас кто-нибудь поддержит, если мы решим использовать сокровища для восстановления монархии.

Уитни чувствовала себя слишком уставшей, чтобы спорить. Нужно было время, чтобы все это обдумать и оценить. В любом случае, они еще ничего не нашли. Даг говорил, что главное — победить. Вот когда они победят, тогда можно будет и поговорить на темы морали.

— Значит, ты считаешь, что мы можем найти это кладбище, проникнуть туда и откопать сокровища королевы?

— Совершенно правильно. — Даг смущенно улыбнулся, заставив ее поверить в свою искренность.

— А что, если их уже нашли?

Даг покачал головой.

— Если помнишь, девочка упоминала одну из

этих вещей — рубиновое кольцо. В библиотечной книге ему посвящена целая глава. Это кольцо столетиями передавалось в королевской семье из поколения в поколение — пока не исчезло во время Французской революции. Если бы любая из этих вещей всплыла, легально или нет, я бы об этом слышал. Все драгоценности там, Уитни. И ждут нас.

— Что ж, возможно.

— К черту «возможно»! У меня в руках бумаги!

— У *нас* в руках бумаги, — поправила Уитни, прислонившись к дереву. — Теперь все, что нужно, — это найти кладбище, которое где-то здесь было двести лет назад...

Она закрыла глаза и мгновенно заснула.

Уитни разбудило чувство голода — такое сильное, какого она никогда не испытывала. Со стоном она открыла глаза — и сразу увидела Дага.

— Доброе утро. — Она провела языком по губам. — Знаешь, я сейчас готова кого-нибудь убить за обыкновенный рогалик!

— Я бы предпочел мексиканский омлет. — Он закрыл глаза, пытаясь себе его представить. — Золотистого цвета, с перцем и луком.

— Перестань меня дразнить! У нас, кажется, остался один банан...

— Не забывай, что мы в джунглях, дорогая. — Потерев лицо ладонями, Даг сел. Солнце встало уже давно, лес был полон звуков, движений и запахов утра. — Тут полно фруктов и всякой живности. Я не знаю, каково на вкус мясо лемуров, но...

— Нет!

Усмехнувшись, он поднялся на ноги.

— Не беспокойся, я не собираюсь никого убивать. Как насчет легкой пищи? Свежий фруктовый салат, например.

— Звучит восхитительно.

Уитни потянулась, и ламба соскользнула с ее плеча.

Неужели Даг укрывал ее ночью? После всего, что произошло, он продолжал ее удивлять.

Уитни поправила ламбу таким жестом, как будто она была сделана из тончайшего шелка, и протянула руку вверх.

— Для начала попробую сорвать вот эти бананы.

— Да они совсем зеленые!

— Ну вот — пригласил ее на завтрак, а она недовольна.

Уитни обернулась и обнаружила, что Даг уже на полпути к верхушке пальмового дерева.

— Эй, ты соображаешь, что делаешь?!

— Я лезу на это проклятое дерево, — с трудом проговорил Даг, ища, куда бы поставить ногу.

— Надеюсь, ты не собираешься упасть и сломать себе шею? Я очень не люблю путешествовать одна.

— Совсем не собираюсь, — задыхаясь, пробормотал Даг. — Это примерно то же, что залезть в форточку третьего этажа.

— Ну, положим, кирпичное здание не оставляет заноз в самых чувствительных местах.

Протянув вверх руку, Даг подергал орех.

— Отойди подальше, дорогая. У меня может появиться искушение прицелиться в тебя.

Скривив губы, Уитни так и поступила. Когда три ореха один за другим приземлились к ее ногам,

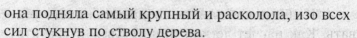

она подняла самый крупный и расколола, изо всех сил стукнув по стволу дерева.

— Хорошо сработано, — сказала она, когда Даг спрыгнул на землю. — Мне бы хотелось получить возможность увидеть тебя в деле.

Даг взял у нее кокосовый орех, сел на землю и, вытащив перочинный нож, принялся выковыривать мякоть. Это напомнило Уитни о Жаке. Она дотронулась до ракушки, которую все еще носила на шее, и попыталась прогнать печаль прочь.

— Знаешь, большинство людей твоего круга не были бы столь... терпимыми к роду моей деятельности.

— Я твердо верю в свободное предпринимательство. — Уитни плюхнулась на землю рядом с ним, и Даг протянул ей кусок кокоса. — Кроме того, у людей моего круга существует страховка. Предположим, ты крадешь мои изумрудные серьги...

— Буду иметь это в виду.

— Давай лучше рассматривать это гипотетически. — Уитни тряхнула головой, отбросив волосы с лица. — Итак, ты крадешь мои серьги — и страховая компания раскошеливается на возмещение наличными. В конце концов, я годами платила им бешеные суммы, ни разу не надев эти серьги, потому что они слишком безвкусные. А получив деньги, я смогу купить себе что-нибудь более подходящее. В конечном счете все остаются довольны. Это можно считать почти что общественно-полезным делом.

Даг отломил кусок ореха и принялся жевать.

— Никогда не задумывался над этим.

— Конечно, страховая компания не будет довольна, — продолжала вслух размышлять Уитни. —

И некоторым может не понравиться потеря каких-то любимых драгоценностей или, скажем, фамильного серебра. Знаешь, не всегда приятно, когда вламываются в твой дом...

— Догадываюсь, что нет.

— И все-таки я больше уважаю обыкновенное, честное воровство, чем компьютерные преступления или мошенничества белых воротничков. Вроде нечестных брокеров на фондовой бирже, которые водят за нос какую-нибудь старую леди, прикарманивая всю прибыль с ее портфеля акций и в конце концов оставив ее ни с чем. Это, по-моему, гораздо более подло, чем обчистить чей-нибудь карман или стащить «Сидней»... Но в любом случае, я не думаю, что у воровства есть большой потенциал развития. Конечно, это интересное хобби, но как профессиональное занятие оно имеет свои пределы роста.

— Я уже думал об этом. Вот добуду сокровища Марии — и уйду на покой.

— И что же ты сделаешь в первую очередь, когда вернешься в Штаты?

— Куплю шелковую рубашку и закажу свои инициалы на манжетах. Кроме того, мне нужен приличный костюм. — Даг разрезал манго пополам, вытер лезвие о джинсы и предложил половинку Уитни. — А что сделаешь ты?

— Я буду объедаться! — сказала Уитни с набитым ртом. — Причем собираюсь заниматься этим профессионально. Думаю, что начну с гамбургера с сыром и луком, а затем дорасту до омаров, слегка прожаренных в масле.

— Для того, кто так поглощен мыслями о еде, ты чересчур тощая.

Уитни проглотила кусок манго.

— Человек, как правило, бывает озабочен тем, чем не может заниматься, — заявила она. — Кроме того, я стройная, а не тощая!

Ухмыльнувшись, Даг отправил в рот еще кусок манго.

— Ты забыла, дорогая, что я имел честь видеть тебя обнаженной. Твоя фигура совсем не напоминает песочные часы.

Нахмурившись, Уитни слизала сок с пальцев.

— У меня просто очень хрупкое телосложение. — Так как Даг продолжал ухмыляться, она смерила его негодующим взглядом. — Кстати, если ты помнишь, я тоже имела удовольствие видеть тебя голым. Тебе не повредит немного накачать мышцы, Дуглас.

— Выпирающие мышцы бросаются в глаза. Я предпочитаю быть худым.

— Ты такой и есть.

— А тебе нравится, когда под майкой без рукавов перекатываются бицепсы и трицепсы?

— Мужественность очень возбуждает, — небрежно сказала Уитни. — Уверенный в себе мужчина не станет строить глазки первой попавшейся девице, которая предпочитает носить облегающие свитеры, чтобы скрыть тот факт, что у нее слишком мало мозгов.

— Как я догадываюсь, ты не любишь, когда тебе строят глазки?

— Конечно, нет! Я предпочитаю стиль.

— Это прекрасно!

— И нечего издеваться.

— Я просто соглашаюсь. — Даг вдруг вспомнил, как еще вчера она плакала у него на груди и каким беспомощным он себя чувствовал. Ему неожиданно захотелось прикоснуться к ней снова, ощущать нежность ее тела... — Это все неважно, — сказал он. — Хоть ты и тощая, но мне нравится твое лицо.

Ее губы сложились в ту холодную, надменную улыбку, которую он находил безумно привлекательной.

— Правда? И что же именно?

— Твоя кожа. — Повинуясь внезапному импульсу, Даг дотронулся до ее щеки. — Один раз мне случайно попалась алебастровая камея. Она была небольшая и стоила всего пару сотен, но мне никогда не доводилось приобретать более классной вещи. — Он усмехнулся и погрузил пальцы в ее волосы. — До тебя.

Уитни не отодвинулась, ее взгляд не отрывался от его лица.

— А разве ты приобрел меня, Дуглас?

— Можно это и так назвать, разве нет? — Он знал, что совершает ошибку. Даже когда его губы коснулись ее губ, Даг по-прежнему считал, что совершает очень большую ошибку, но это его не остановило. — И с тех пор я толком не знаю, что с тобой делать, — пробормотал он.

— Я не алебастровая камея, — прошептала Уитни, обняв его за шею. — Не алмаз «Сидней» и не золотой мешок.

— А я не член загородного клуба, и у меня нет виллы на Мартинике.

— Похоже на то, что у нас очень мало общего. — Она провела языком по его губам.

— Ничего общего, — поправил Даг, в то время как его руки скользнули вниз по ее спине. — Такие, как ты и я, не могут доставить друг другу ничего, кроме неприятностей.

— Не сомневаюсь. — Уитни улыбнулась, а в ее глазах под длинными роскошными ресницами заплясали лукавые огоньки. — Так когда же мы начнем?

— Мы уже начали.

Когда их губы встретились, леди и вор перестали существовать. Страсть — великий уравнитель. Вместе они упали на мягкую лесную траву.

Уитни не стремилась к этому, но и не сожалела. Влечение, которое она испытывала с того момента, когда Даг в лифте снял солнечные очки, постепенно сменилось чем-то более глубоким и непонятным. Он что-то затронул в ней, и теперь это «что-то» требовало выхода.

Ее губы были такими же горячими и жадными, как и у него, но это случалось и раньше. Сердце забилось чаще — это тоже было не ново. От прикосновения его рук ее тело напряглось и изогнулось дугой, однако подобные ощущения она уже испытывала. Совершенно новым и необычным было другое: в первый раз в жизни Уитни позволила своему сознанию отключиться. Сейчас она воспринимала секс таким, каким он и должен быть, — бездумным наслаждением.

Никогда еще Уитни не испытывала такого примитивного, такого всепоглощающего желания. Когда Даг начал раздевать ее, она принялась помогать ему, сгорая от нетерпения. Плоть прижималась к плоти — теплой, упругой, гладкой. Губы прижимались к губам — раскрытым, горячим, жадным. Они, как дети, катались по земле, но их страсть была зрелой и сильной.

Уитни никак не могла насытиться им и пробовала на вкус, трогала — как будто до сих пор никогда не знала мужчины. В этот момент она не помнила о других. Даг заполнил ее всю, и она вдруг с ужасом поняла, что для других теперь места не будет.

Даг всегда был уверен, что знает, что значит хотеть женщину. Но сейчас он вдруг понял, что ошибался. Такого отчаянного желания он не испытывал никогда. Уитни словно просачивалась в него — капля за каплей. Раньше женщинам разрешалось доставлять и получать удовольствие, но он никогда не допускал их внутрь. Мужчина, который всегда бежит, не может позволить себе такой роскоши: находясь в объятиях женщины — матери, жены, любовницы, — он становится слишком уязвимым, потому что забывает обо всем, кроме желания там остаться. Но остановить Уитни было невозможно; она вливалась в него, такая теплая, такая нежная, и он ничего не мог с собой поделать, проклиная грядущие последствия. Обнаженная, восхитительная, она была под ним и вокруг него. Зарывшись лицом в ее волосы, Даг услышал, как за ним захлопнулась дверь и замок тихо щелкнул.

Когда Даг погрузился в нее, глаза у обоих были открыты. Ощущение восхитительного тепла и нежности наполнило его, и он застонал от какого-то незнакомого, никогда прежде не испытанного чувства. Ее лицо было в полосах света и тени, глаза полузакрыты. Каждое их движение, каждый удар сердца сливались воедино.

Темп нарастал, и вместе с ним нарастало смятение чувств. Мысли Дага начали скакать и путаться. «Неужели я уже отыскал свой конец радуги?» — неожиданно подумал он, и это была его последняя связная мысль.

Они долго лежали молча. Оба были уже не дети и имели немалый опыт, но оба знали, что до сих пор никогда не занимались любовью. И оба гадали, что, черт возьми, теперь с этим делать.

Уитни мягко провела рукой по его спине.

— Думаю, мы оба знали, что это случится, — сказала она после паузы.

— Думаю, что да.

Она посмотрела вверх на деревья и чистую синеву над ними.

— И что теперь?

Даг всегда предпочитал ограничиваться настоящим: может ли человек его профессии всерьез задумываться о будущем?

— Мы доберемся до ближайшего города, — сказал он и поцеловал ее в плечо, — там выпросим, арендуем или украдем какое-нибудь транспортное средство и отправимся в Диего-Суарес.

Уитни на мгновение закрыла глаза, затем снова их открыла. В конце концов, она с самого начала знала, на что идет.

— К сокровищам?

— Мы их добудем, Уитни. Теперь это дело нескольких дней.

— А потом?

Снова будущее! Приподнявшись на локте, Даг внимательно посмотрел на нее.

— Все, что хочешь, — сказал он, потому что в этот момент думал только о том, как она красива. — Мартиника, Афины, Занзибар... Можем купить ферму в Ирландии и выращивать овец.

Уитни засмеялась.

— С тем же успехом мы можем выращивать пшеницу в Небраске.

— Правильно. Вот что — надо открыть американский ресторан здесь, на Мадагаскаре! Я буду готовить, а ты вести счета.

Уитни положила голову ему на грудь, и Даг внезапно осознал, что перестал чувствовать себя одиноким. А ведь раньше ему казалось, что одиночество — единственно возможный для него вариант. Сейчас он хотел кем-то владеть, кому-то принадлежать, чувствовать кого-то рядом. Это было неразумно, но это было так.

— Мы добудем эти сокровища, Уитни, а потом будем делать все, что захотим, и когда захотим. Я смогу осыпать тебя бриллиантами! — Даг провел рукой по ее волосам, на миг забыв о том, что она и так могла бы иметь наилучшие бриллианты, если бы захотела.

Уитни почувствовала сожаление и глубокую печаль. Он не видит дальше своего золотого мешка — и, наверное, никогда не увидит. Впрочем, она об этом всегда знала...

Грустно улыбнувшись, Уитни провела рукой по его щеке.

— Я не сомневаюсь, что мы их найдем.

— Конечно, найдем. — Даг притянул ее ближе к себе. — А когда найдем, они все будут наши!

* * *

Они шли весь день до темноты, пока желудок Уитни не начал роптать, а ноги — заплетаться. Как и Даг, она сосредоточилась на мысли о Диего-Суаресе. Это помогало передвигать ноги и не думать ни о чем другом. В поисках сокровищ они зашли уже очень далеко и теперь, что бы ни случилось, должны их найти. Время для размышлений, обдумывания, анализа придет потом.

Когда Даг предложил ей манго, Уитни покачала головой.

— Я уже видеть не могу фрукты! Надо же, я всегда была уверена, что у «Макдоналдс» везде есть свои отделения. Ты представляешь, как далеко мы зашли, раз нигде не видно золотой арки?

— Забудь ты про эту гадость! Когда мы вернемся, я приготовлю тебе обед из пяти блюд. Ты его съешь и решишь, что попала на небеса.

Уитни пожала плечами:

— Меня бы вполне устроил и хот-дог.

К тому времени, когда они добрались до крохотного поселения, было уже совершенно темно. Свет падал из окна заведения, похожего на небольшой магазин или факторию. О стекло бились мотыльки величиной с ладонь. Снаружи стоял джип.

— Проси и получишь! — шепотом провозгласил Даг. — Но сначала давай посмотрим.

Согнувшись, он подобрался к окну, и то, что он увидел, заставило его усмехнуться. За столом, мрачно глядя на стакан с пивом, сидел Ремо; его шикарная рубашка стала мятой и грязной. Напротив него расположился Барнс, лысый, похожий на крота, и улыбался неизвестно чему.

— Ну и ну! — тихо сказал Даг. — Похоже, у нас сегодня удачный день.

Уитни подошла поближе и тоже заглянула в окно.

— Что они здесь делают?

— Бегают по кругу. Ремо выглядит так, как

будто нуждается в услугах парикмахера и норвеж-
ской массажистки с хриплым голосом. — Даг увидел на столе две тарелки с дымящимся супом,
сандвичи, что-то похожее на пакет с картофель-
ными чипсами, и рот его наполнился слюной. —
Безобразие, что мы не можем заказать что-нибудь
на вынос!

Уитни, заметив еду, едва удержалась от того,
чтобы прижаться носом к стеклу.

— А мы не можем подождать, пока они уйдут, а
потом зайти и поесть?

— Они не просто уйдут — они уедут на джипе.
А мне и самому очень нравится этот джип... Вот
что, дорогая, сейчас ты опять будешь стоять на
стреме. На сей раз постарайся сделать это получше.

— Я же тебе говорила, что не могла свистнуть!

— Ладно, не обижайся. Пойдем-ка попробуем
добыть себе колеса.

Даг поставил Уитни у переднего окна, а сам
подполз к джипу и принялся за работу. Открыть
дверцу ему ничего не стоило, зато с проводами
пришлось повозиться. Уитни вздрагивала всякий
раз, когда Ремо вставал и начинал ходить по комнате, и оборачивалась на джип, но распростертого
на полу Дага не было видно.

— Давай быстрее! — прошипела она наконец. — Он становится беспокойным.

— Не торопи меня, — пробормотал Даг, высво-
бождая провода. — Такие вещи требуют деликат-
ного обхождения.

Уитни снова заглянула в окно и увидела, как
Ремо схватил Барнса за плечо и бесцеремонно вытащил из-за стола.

— Ты бы поторопился со своим деликатным обхождением, Дуглас! Они идут!

Ругаясь, Даг вытер пот со лба. Ему нужно было еще несколько минут.

— Ладно, забирайся, уже почти все готово.

Уитни не ответила. Даг взглянул в ее сторону и увидел, что под окном никого нет.

— Уитни! — Отчаянно борясь с проводами, он искал ее взглядом. Черт побери, сейчас не время для прогулок!

Внезапно откуда-то из-за угла послышался визг и лай. Когда Даг уже собирался выскочить из джипа с пистолетом в руке, из темноты выбежала Уитни и прыгнула в машину.

— Жми на газ, дорогой, — задыхаясь, проговорила она. — Скорее!

К счастью, двигатель как раз пробудился к жизни. Уитни не успела договорить, как джип уже несся по узкой грязной дороге. Низко нависшие ветки ударяли по стеклу и ломались со звуком, напоминавшим выстрел из пистолета. Обернувшись через плечо, Даг увидел, как из-за угла дома выбегает Ремо. Прежде чем раздались первые три выстрела, Даг успел вдавить Уитни лицом в сиденье и выжать педаль газа до пола.

— Где тебя носило? — спросил он, когда селение осталось позади. — Здорово же ты стояла на стреме, если меня чуть не застрелили, пока я тебя разыскивал.

— Вот она, благодарность! — Уитни села, встряхнув головой. — Если бы я не совершила отвлекающий маневр, ты не успел бы завести джип.

Даг притормозил на крутом повороте, чуть не врезавшись в дерево.

— О чем ты говоришь?

— Когда я увидела, что Ремо собирается выходить, я поняла, что нужно его отвлечь.

— Грандиозно! — Даг обогнул большой камень и поехал дальше. — И что же ты сделала?

— Я увидела позади дома свинарник и пустила туда пса! — Уитни отбросила назад волосы и самодовольно улыбнулась. — Это было очень занимательно и, как видишь, великолепно сработало.

— Счастье, что тебе не прострелили голову, — проворчал Даг.

— Я делаю все, чтобы не прострелили твою, а ты недоволен, — парировала Уитни. — Типичный мужской эгоизм! Не знаю, почему я... — Она замолчала и стала принюхиваться. — Что это за запах?

— Какой запах?

— Ты не чувствуешь? — Уитни повернулась и встала коленями на сиденье. — Пахнет... цыпленком! — Она перегнулась через спинку, так что Даг мог видеть только ее соблазнительный зад, а потом выпрямилась, держа в руке куриную ножку. — У них там сзади целый холодный цыпленок и куча банок — банок с едой! — Откусив громадный кусок, она протянула ножку Дагу, а сама опять нырнула назад. — Оливки! Большие толстые греческие оливки! Где же консервный нож?

Пока Уитни возилась с банкой, Даг с удовольствием жевал цыпленка, держа руль одной рукой.

— Димитри любит хорошо поесть. А Ремо достаточно сообразителен, чтобы на всякий случай устроить в машине кладовую. Кажется, нас ждет шикарное путешествие в Диего-Суарес, дорогая.

Уитни достала с заднего сиденья бутылку вина и вытащила пробку.

— Дорогой, я никогда не путешествую по-другому! — растягивая слова, произнесла она.

ГЛАВА 13

Как легкомысленные подростки, они занимались любовью в джипе, пьяные от усталости и от вина. Ночь была тихой, луна — яркой. Играла музыка, которую исполняли ночные птицы, насекомые и лягушки. Загнав джип в кусты, они наслаждались друг другом, а ночной лес вокруг пел.

Полуодетая, насытившаяся, Уитни перекатилась на заднем сиденье так, что оказалась сверху, и усмехнулась.

— У меня с шестнадцати лет не было таких свиданий!

— Да ну? — Даг провел рукой по ее бедру. Глаза Уитни потемнели от усталости, вина и страсти. Даг пообещал себе, что обязательно увидит их вновь такими, когда они окажутся в каком-нибудь роскошном отеле на другом конце света. — Значит, парень смог затащить тебя на заднее сиденье, всего лишь напоив вином и накормив икрой?

— На самом деле это были крэкеры и пиво. — Уитни слизала икру с пальца. — И кончилось все тем, что я треснула его в живот.

— Это было забавное свидание, Уитни.

Она допила вино из бутылки и пожала плечами.

— Я всегда была и остаюсь разборчивой.

— Ах, разборчивой? — Даг приподнялся и прислонился спиной к дверце джипа. — Почему же тогда ты находишься здесь, со мной?

Уитни уже задавала себе этот вопрос, и ни один ответ ее не удовлетворял. Просто ей так хотелось! Она помолчала, положив голову ему на плечо. Хоть это и было глупо, но так она чувствовала себя в безопасности.

— Наверно, я уступила твоему обаянию.

— Перед ним никто не может устоять!

Уитни наклонила голову, улыбнулась и вдруг вцепилась, причем довольно сильно, ему в волосы.

— Эй! — Даг схватил ее запястья и прижал к бокам. — Значит, ты хочешь играть жестко? Тогда берегись!

— Ты меня не запугаешь, Лорд.

— Нет? — Наслаждаясь, он одной рукой зажал ее запястья, а другой обхватил шею. — Наверное, мне не следовало обращаться с тобой так мягко. Ну ничего, мы это исправим.

— Давай! — с вызовом сказала Уитни. — Пускайся во все тяжкие.

Холодно улыбаясь, она посмотрела на него сонными глазами цвета виски. И Даг понял, что все-таки сделал то, чего тщательно избегал всю свою жизнь — более тщательно, чем избегал шерифов в маленьких городах и копов в больших. Он влюбился.

— Боже, ты просто прекрасна...

В его голосе было что-то особенное. Но не успела Уитни это проанализировать или хотя бы посмотреть ему в глаза, губы Дага оказались прижаты к ее губам. Страсть снова охватила их обоих.

Все было так, как в первый раз. Даг этого не ожидал, он даже предположить не мог, что такое возможно. Ощущения и желания были столь же сильными и подавляющими, а он чувствовал себя перед ними таким же беспомощным. Под его руками тело Уитни струилось, как вода. Головокружительная усталость сменилась головокружительной энергией. С ней он становился всемогущим!

Ночь была жаркой, воздух влажным и тяжелым, в нем плавал аромат десятков разнообразных цветов, вобравших в себя солнечное тепло. Ночные насекомые стрекотали вовсю. Даг подумал, что совсем скоро он сможет увезти Уитни в самый лучший, самый дорогой в мире отель — потому что она достойна всего самого лучшего. Впервые в жизни ему хотелось давать, а не брать; он отметил это про себя и удивился.

Ее тело было таким нежным. Оно пленяло его так, как пышные тела профессионалок не привлекали никогда. Даг сказал себе, что наступит время, когда он позволит себе роскошь изучить каждый сантиметр ее тела — медленно, тщательно, пока не будет знать ее лучше, чем любой другой мужчина.

Уитни почувствовала, что в нем что-то изменилось. Он был не менее страстным, но она знала, что что-то стало по-другому...

Ее собственные чувства смешались, все ощущения теперь исходили от него. Прикосновения пальцев, прикосновения губ... Его аромат заполнял ее — мужской, возбуждающий аромат. Она слышала, как он что-то шепчет ей, и слышала, словно со стороны, свой собственный тихий ответ. До сих пор она не понимала, что значит раствориться в другом человеке, до сих пор она этого не хотела. Но теперь она открылась — и он заполнил ее. Он дал — и она поглотила...

С самого начала они мчались в одном темпе.

Ничего не изменилось до самого конца. Голова к голове, сердце к сердцу, они вместе пересекли ту черту, к которой стремятся все любовники. Они ненадолго заснули, всего на час, но какой роскошью было спать вместе, свернувшись на сиденье джипа! Луна опустилась ниже; Даг посмотрел на нее сквозь листву деревьев и растолкал Уитни.

— Нам надо двигаться. Возможно, Ремо уже добыл какой-нибудь транспорт и едет за нами.

Уитни вздохнула и потянулась.

— Сколько еще?

— Я не знаю — еще километров сто шестьдесят, может быть, двести.

— Ладно. — Зевнув, она начала одеваться. — Я поведу.

Даг фыркнул, натягивая джинсы.

— Черта с два ты поведешь! Я уже ездил с тобой, если помнишь.

— Конечно, помню. — После короткой инспекции Уитни решила, что складки на ее одежде стали уже постоянными и пытаться разгладить их не имеет смысла. — Насколько я помню, я тогда даже спасла тебе жизнь.

— Спасла? Да ты чуть не убила нас обоих!

Уитни провела щеткой по волосам.

— Нет уж, прошу прощения. Я провела искусный маневр, и только благодаря этому мы оторвались от Ремо с его бандой веселых ребят.

Даг включил зажигание.

— Ну, это с какой стороны посмотреть. Но в любом случае вести буду я. Ты слишком много выпила.

Уитни смерила его испепеляющим взглядом.

— Макаллистеры никогда не теряют контроля

над собой! — гордо заявила она, но, когда машина стала продираться сквозь кусты, схватилась за ручку дверцы и держалась за нее, пока они не выехали на дорогу.

— Это все мороженое, — решил Даг, набрав скорость. — Оно обволакивает желудок так, что нейтрализует спиртное.

— Очень остроумно! — Уитни отпустила ручку, задрала ноги на щиток и смотрела, как мимо пролетает ночь. — Мне кажется, ты хорошо осведомлен о моей биографии и истории моей семьи. А как насчет твоих?

— Какую историю ты хочешь? — небрежно спросил Даг. — У меня их много — на любой вкус.

Уитни смотрела на его профиль. «Кто он такой? — гадала она. — И почему меня это беспокоит?» Ответа на первый вопрос у нее не было, но она могла предположить, что знает ответ на второй.

— Ну конечно — от нищего сиротки до изгнанного аристократа. А как насчет подлинной, хотя бы для разнообразия?

Даг мог солгать. Для него было бы нетрудно выдать ей историю о бездомном маленьком мальчике, который убежал от злобного отчима и был вынужден ночевать на улице. И он мог заставить ее поверить в это... Откинувшись на сиденье, Даг сделал то, что делал очень редко: он начал рассказывать ей чистую правду.

— Я вырос в Бруклине, в тихом, приятном райне. «Синие воротнички», простые и уравновешенные. Моя мать вела хозяйство, а отец чинил канализацию. У меня были две славные сестрички и даже собака по имени Чекерс.

— Звучит вполне нормально.

— Ну да, так и было. — Иногда, довольно редко, Даг позволял себе наслаждаться этими воспоминаниями. — Мой отец болел за «Лосей», а мама пекла самый вкусный в мире пирог с черникой. Они и сейчас этим занимаются.

— А юный Дуглас Лорд?

— Так как у меня были... м-м... умелые руки, мой отец считал, что я буду хорошим водопроводчиком. Но это не соответствовало моим представлениям о том, чему стоит посвятить свою жизнь.

— У водопроводчика — члена профсоюза — весьма впечатляющая почасовая оплата, — заметила Уитни.

— Ну да, только я никогда не стремился работать по часам.

— Значит, вместо этого ты выбрал — как ты это называешь? — свободную профессию.

— Призвание есть призвание! Видишь ли, у меня был дядя, о котором в нашей семье всегда помалкивали.

— Белая ворона? — заинтересовавшись, спросила Уитни.

— Скорее его можно было назвать «черной овцой». Похоже, некоторое время он сидел. Короче говоря, однажды он появился у нас, и отец взял его на работу. — Он коротко взглянул на Уитни. — У него тоже были умелые руки.

— Ясно. Значит, ты выбрал свое призвание, если так можно выразиться, бескорыстно.

— Джек был неплохим парнем. Он действительно был хорош, за исключеием того, что питал слабость к бутылке. Когда он дорывался до нее, то становился... небрежным. А когда ты становишься небрежным, тебя ловят. Одна из первых заповедей, которым он меня научил, — никогда не пить на работе.

— Я полагаю, что речь идет не о водосточных трубах?

— Нет. Джек был средней руки водопроводчиком, но первоклассным вором. Мне было четырнадцать лет, когда он научил меня взламывать замок. Я, признаться, так и не понял, почему он привязался ко мне. Может быть, потому, что я любил читать, а он любил слушать разные истории. Джеку не особенно нравилось сидеть за книгой, но он мог часами слушать о Железной маске или о Дон Кихоте.

Уитни с самого начала поняла, что у него достаточно высокий интеллект и разнообразный вкус.

— Значит, юный Дуглас любил читать?

— Ну да. — Он вывернул руль, чтобы вписаться в поворот. — Кстати, первое, что я украл, — это была книга. На самом деле мы были небедными, но моим родителям не приходило в голову собирать библиотеку. А мне этого очень хотелось.

«На самом деле мне это было необходимо», — мысленно поправился Даг. Он нуждался в книгах, которые давали возможность убежать от действительности, не меньше, чем в пище. Но этого никто не понимал.

— Как бы то ни было, Джек любил слушать истории, а я обычно хорошо помню то, что прочитал.

— Почему бы тебе не помнить? Ты ведь, слава богу, пока не выжил из ума.

— Нет, я имею в виду, что помню почти дослов-

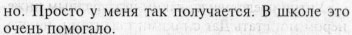

но. Просто у меня так получается. В школе это очень помогало.

Уитни вспомнила, с какой легкостью он сыпал цифрами и фактами из путеводителя.

— Ты хочешь сказать, что у тебя фотографическая память?

— Не знаю, как это называется, — я просто ничего не забываю, и все. — Даг усмехнулся. — Это дало мне возможность учиться в Принстоне.

Уитни удивленно взглянула на него.

— Ты учился в Принстоне?

Его улыбка стала шире. До сих пор он не сознавал, что правда может быть интереснее вымысла.

— Нет. Я предпочел колледжу обучение на рабочем месте.

— Ты хочешь сказать, что отказался от учебы в Принстоне?!

— Ну да! Профессия юриста показалась мне очень скучной.

Уитни засмеялась и покачала головой:

— Значит, ты мог бы стать адвокатом...

— Я ненавидел эту профессию не меньше, чем бесконечные сортиры. А кроме того, был еще дядя Джек. Он всегда сожалел, что у него нет детей, и говорил, что хочет передать кому-нибудь свои знания.

— А, он традиционалист!

— Ну да, по-своему. Я быстро все схватывал. Мне было гораздо интереснее возиться с замками, чем спрягать глаголы, но дядя Джек высоко ценил образование. Пока я не получил аттестат, он не брал меня на настоящее дело. И правда, немного математики не помешает, когда имеешь дело с охранными системами.

Уитни представила, каким незаурядным инженером мог стать Даг с такими талантами, но отогнала от себя эти мысли.

— Очень разумно.

— В общем, когда я окончил школу, мы стали промышлять на большой дороге и за пять лет сделали довольно много. Все это были маленькие, чистые дела. Главным образом гостиницы. В одну памятную ночь мы сняли десять тысяч в «Уолдорфе». — Даг улыбнулся; было видно, что ему приятно вспоминать об этом. — Мы поехали в Вегас и спустили большую часть, но замечательно провели время.

— Как пришли, так и ушли?

— Если деньги не доставляют тебе удовольствия, то незачем их и брать.

Уитни улыбнулась. Ее отец любил говорить, что если деньги не доставляют удовольствия, то незачем их и делать. Она подумала, что отец оценил бы вариации Дага на эту тему.

— У Джека была идея насчет одного ювелирного магазина. Если бы она удалась, то это обеспечило бы нас на годы. Нужно было только проработать несколько деталей.

— И что же случилось?

— Джек сорвался и снова запил. В такие моменты он становился страшным эгоистом и решил выполнить всю работу в одиночку. Думаю, у меня получилось бы лучше, хотя кто знает? Как бы то ни было, он допустил небрежность. Все было бы не так плохо, если бы он не нарушил правил и не взял с собой пистолет. — Даг покачал головой. — Это маленькая деталь обошлась ему в десять лет.

— Итак, дядя Джек опять угодил в каталажку. А ты?

— В каталажку? Хорошее слово. — Даг неожиданно развеселился. — А я стал работать один. Мне было двадцать три, и я был совсем еще зеленым, хотя, разумеется, считал себя абсолютно взрослым. Тем не менее мне везло. И я достаточно быстро всему обучился.

Он отказался от учебы в Принстоне ради того, чтобы влезать в окна второго этажа. А ведь образование могло бы дать ему хотя бы часть той роскоши, к которой он, кажется, так стремился. Но все же... Уитни призналась себе, что не хотела бы видеть, как он идет по проторенной дороге.

— А как твои родители?

— Они говорят соседям, что я работаю в «Дженерал моторс». Моя мать надеется, что я женюсь и остепенюсь. Может быть, стану слесарем... Между прочим, — добавил он, — кто такой Тэд Карлайз IV?

— Тэд? — Уитни заметила, что небо на востоке начало светлеть, и удивилась, что ей совсем не хочется спать. — Некоторое время мы были как бы помолвлены.

Даг немедленно и окончательно возненавидел Тэда Карлайза IV.

— Что значит «как бы помолвлены»?

— Ну, скажем, Тэд и мой отец считали нас помолвленными. А я считала, что это еще вопрос. Когда я отказалась, они оба были недовольны.

— Тэд... — Даг представил себе блондина со слабым подбородком, одетого в синий блейзер. — И чем он занимается?

— Занимается? — Уитни пожала плечами. —

Я думаю, точнее будет сказать — он делегирует полномочия. Тэд наследник «Карлайз и Фитц», а они производят все, что угодно, — от аспирина до ракетного топлива.

— Ну да, я о них слышал. — «Этот тип стоит много миллионов, — подумал Даг. — Такие обычно наступают на простого человека, даже не заметив». — Так почему же ты не миссис Тэд Карлайз IV?

— Возможно, по той же причине, по какой ты не стал водопроводчиком. Это мне было неинтересно. — Уитни положила ногу на ногу. — Наверно, тебя нужно сменить, Дуглас. Мне кажется, ты пропустил последнюю яму.

Утро было уже в разгаре, когда за последним перевалом им открылся вид на Диего-Суарес. Издали вода в заливе казалась невероятно синей, в гавани стояли окрашенные в серый цвет большие корабли, но на них не шелестели паруса и не скрипели деревянные мачты. В заливе, который когда-то был мечтой пиратов и надеждой иммигрантов, сейчас находилась крупная французская военно-морская база. Старое поселение превратилось в опрятный современный город, где проживало около пятидесяти тысяч малагасийцев, французов, индийцев, британцев и американцев. На месте тростниковых хижин теперь стояли здания из стекла и бетона.

— Ну, вот мы и здесь. — Уитни взяла Дага под руку. — Почему бы нам не спуститься вниз? Мы могли бы снять номер в отеле, принять горячую ванну...

— Мы-то здесь, — пробормотал Даг. Ему казалось, что бумаги в его кармане нагрелись. — Но меня очень интересует, где Ремо. В любом случае нам нужно спешить. Сначала мы найдем драгоценности, а потом — все остальное.

— Даг! — Уитни повернулась и посмотрела ему прямо в лицо. — Я понимаю, что это для тебя важно. Я тоже хочу их найти. Но посмотри, на кого мы похожи! Даже если тебе это безразлично, люди будут обращать на нас внимание.

— Мы не собираемся здесь заводить знакомства. — Даг поверх ее головы взглянул на лежащий внизу город — на другой конец радуги. — Мы начнем с церквей: двести лет назад людей хоронили в церковной ограде.

Даг вернулся в машину, и Уитни, сдавшись, последовала за ним.

* * *

В восьмидесяти километрах от Диего-Суареса Ремо и Бранс тряслись по северной дороге в разбитом «Рено» шестьдесят восьмого года выпуска. Они вели машину по очереди, и сейчас за рулем сидел Барнс. Маленький, похожий на крота человечек сжимал баранку обеими руками и, ухмыляясь, смотрел прямо перед собой. Он любил ездить по джунглям: на дороге то и дело попадалась какая-нибудь живность, которую можно было раздавить.

— Когда мы их поймаем, я возьму женщину, а?

Ремо бросил на Барнса взгляд, полный сдержанного отвращения. Он считал себя утонченным человеком, а Барнса — слизняком.

— Ты помни, что ее хочет получить Димитри. Если ты с ней что-нибудь напортачишь...

— Я не напортачу!

Глаза Барнса на миг затуманились, когда он

вспомнил ее фотографию. Она была такая красивая, а он любил красивые вещи. Гладкие, красивые вещи...

В отличие от других, Барнс не боялся Димитри. Он его обожал. Это чувство было простым и сильным — так может обожать своего хозяина уродливый пес, даже постоянно получая от него пинки. Хотя природа наградила его очень скудным умом, Барнс жил совсем неплохо. Если Димитри нужна женщина, он ее получит. Барнс дружелюбно улыбнулся Ремо, которого по-своему тоже любил.

— Димитри ждет, что ты привезешь ему уши Лорда, — сказал он, хихикая. — Хочешь, я их для тебя отрежу, Ремо?

— Давай рули!

Димитри действительно хотел получить уши Лорда, но Ремо хорошо понимал, что он уже устал ждать. Стоило ему подумать об этом, его собственные уши начинали гореть. Если бы была хоть малейшая надежда ускользнуть, Ремо направил бы машину в противоположную сторону. Однако он не сомневался, что Димитри найдет его всюду. Босс считал, что у него на службе человек должен оставаться до самой смерти — естественной или преждевременной, неважно. Ремо мог только молиться о том, чтобы сохранить свои уши после доклада Димитри в его временной штаб-квартире в Диего-Суаресе...

«Пять церквей за два часа, — с тоской подумала Уитни. — И ничего не найдено! Удача или должна вот-вот прийти, или окончательно испариться».

— Что теперь? — спросила Уитни, когда они оказались перед входом в еще одну церковь. Она была меньше, чем те, в которых они уже побывали, и крыша ее явно нуждалась в ремонте.

— То же, что и всегда. Отдадим дань уважения.

Город был построен на мысу, далеко выступающем в океан; воздух здесь всегда был горячим и влажным. Над их головами легкий ветерок едва шевелил листья пальм. Даже не обладая особенно богатым воображением, легко можно было представить себе город таким, каким он был раньше, — шумным, неказистым, защищенным горами с одной стороны и построенной руками человека стеной — с другой.

Даг решительно направился к воротам; Уитни догнала его и пошла рядом.

— Ты не думаешь о том, сколько здесь церквей и сколько кладбищ? И главное — сколько из них было застроено?

— Зачем застраивать кладбища, дорогая? Это нервирует людей.

Церковь была очень старая. Ворота криво висели на петлях, наводя на мысль, что сюда редко кто заглядывает; каменная стена позеленела от времени. Вдоль стены, под сенью пальм, стояли надгробные плиты. Дагу пришлось согнуться, чтобы прочитать надписи.

— Даг, а ты не чувствуешь, что совершаешь кощунство? — По коже Уитни пробежал холодок; она потерла руки и невольно оглянулась через плечо.

— Нет, — просто ответил Даг, осматривая один камень за другим. — Мертвые мертвы, Уитни. Их души на небесах, а то, что похоронено в шести футах под землей, ничего не чувствует.

Они двинулись дальше, отодвигая лианы с надгробных камней.

— Даты подходят, — заметила Уитни, присев на корточки. — Посмотри — 1790, 1793...

— И фамилии французские. Если бы мы только могли... Осторожно! К нам кто-то приближается.

— Bon jour.

Уитни вскочила на ноги, готовая бежать, но тут заметила старого священника, который пробирался к ним между деревьями. Она постаралась взять себя в руки, улыбнулась и ответила ему по-французски:

— Доброе утро, святой отец. Надеюсь, мы не помешали?

Черная сутана резко контрастировала с белоснежными волосами, светлыми глазами и бледным лицом; руки священника слегка подрагивали.

— В божьем храме рады всем. Вы путешествуете? — спросил он, обратив внимание на их испачканную одежду.

— Да, отец. — Даг молча стоял рядом с ней; Уитни знала, что придумывать историю предстоит именно ей, но чувствовала, что не может солгать человеку в сутане. — Мы прошли долгий путь в поисках могил семьи, которая иммигрировала сюда во время Французской революции.

— Иммигрировали многие. Это ваши предки?

Уитни посмотрела в спокойные светлые глаза священника и подумала о мерина, которые поклонялись мертвым.

— Нет. Но для нас важно их найти.

— Найти то, что уже ушло? — Старик покачал головой. — Многие ищут, но немногие находят. Вы говорите, что прошли долгий путь?

«Его ум одряхлел так же, как и тело», — подумала Уитни, подавляя раздражение.

— Да, отец, долгий путь. Мы считаем, что семья, которую мы ищем, может быть похоронена здесь.

Он подумал и кивнул.

— Возможно, я могу вам помочь. Вы знаете, как их зовут?

— Семья Лебрюн. Жеральд Лебрюн.

— Лебрюн... — Взгляд священника стал отстраненным. — В моем приходе нет Лебрюнов.

— О чем он говорит? — прошептал ей на ухо Даг, но Уитни лишь покачала головой.

— Они иммигрировали из Франции двести лет назад. Они здесь умерли.

— Мы все встретим смерть ради жизни вечной.

Уитни скрипнула зубами и попробовала снова:

— Да, отец, но нас интересуют Лебрюны. Это исторический интерес, — добавила она, чувствуя, что мучительно краснеет.

— Вы, наверное, устали. Вам надо отдохнуть. Пойдемте со мной, мадам Дюброк приготовит чай. — Он оперся на руку Уитни, и она поняла, что отказаться невозможно.

— Благодарю вас, отец.

— Что происходит? — нахмурился Даг.

— Мы идем пить чай, — сказала Уитни и улыбнулась священнику. — Постарайся вспомнить, где ты находишься, и веди себя прилично.

— Господи, только этого не хватало, — проворчал Даг, но покорно пошел следом за ними.

Уитни помогла престарелому священнику добраться по узкой тропинке до крохотного домика. Не успела она постучать, как дверь распахнулась, и на пороге показалась пожилая женщина в хлопчатобумажном платье.

— Отец, — мадам Дюброк взяла его за вторую руку и помогла войти, — как вы погуляли?

— Я привел путешественников. Нужно напоить их чаем.

— Конечно, конечно.

Женщина провела их через темный холл в тесную гостиную и усадила священника в потертое кресло.

Библия в черном переплете, с пожелтевшими страницами, была открыта на Книге Давида. На каждом столе и на старом пианино, которое выглядело так, как будто его уже не раз роняли, стояли сильно обгоревшие свечи. Выгоревшая и потрескавшаяся статуя Девы Марии у окна показалась Уитни печальной и трогательной.

Даг посмотрел на висящее на стене распятие — потемневшее от времени, покрытое пятнами крови, пролитой во искупление людских грехов, — и смущенно провел рукой по волосам. В церквях он всегда чувствовал себя неловко.

— Уитни, у нас нет на это времени.

— Шшш! Мадам Дюброк... — начала она.

— Пожалуйста, садитесь, я принесу чай.

Со смешанным чувством сострадания и раздражения Уитни вновь посмотрела на священника.

— Отец...

— Вы молоды, дитя мое. — Он вздохнул и принялся перебирать свои четки. — Вас еще не было на свете, когда я отслужил первую мессу в храме господа нашего. Но сейчас сюда приходят немногие...

И снова Уитни покорили его выцветшие глаза и слабый голос.

— Сколько — не имеет значения, правда, отец? — Она села рядом с ним в кресло.

— Одного уже достаточно.

Он улыбнулся, закрыл глаза и, казалось, задремал.

— Бедный старик, — пробормотала Уитни.

— Не хотел бы я прожить так долго, — вставил Даг. — Дорогая, пока мы тут ждем чай, Ремо преспокойно доберется до города. Возможно, он немного разражен тем, что мы украли его джип.

— А что я могла сделать? Сказать ему, чтобы он убирался, потому что у нас за спиной наемные убийцы? — нахмурилась Уитни.

— Хорошо, хорошо. — Даг тоже был растроган, хотя старался не показывать этого. — Мы сделали доброе дело, но у нас есть и другие дела. Оставайся здесь, а я попробую поискать. Если Магдалина и Жеральд Лебрюн лежат здесь, мы их найдем.

— Вас интересует Магдалина Лебрюн? — Мадам Дюброк вошла в комнату с подносом, на котором стояли чашки с чаем и тарелка с печеньем. — Ее отпевали в нашей церкви вместе с дочерью Даниэль. Они обе скончались от лихорадки.

— Да-да! — воскликнула Уитни, невольно схватив Дага за руку. — Нам нужны именно они. Но откуда...

— По вечерам у меня много свободного времени. Это мое хобби — изучать церковные архивы. Нашей церкви уже триста лет. Она выдержала все войны и ураганы.

— Вы помните, что читали про Лебрюнов?

— Я стара, но у меня хорошая память. — В ее голосе звучала гордость. — Многие мои соотечественники бежали сюда от революции, и не всем удалось вернуться домой. Я хорошо помню, что читала про Лебрюнов.

— Спасибо, мадам! — Уитни вытащила из своего бумажника половину оставшихся денег. — Это для вашей церкви. — Она посмотрела на дремлющего священника и добавила: — Помолитесь за Магдалину, Даниэль и Жеральда. При жизни они много страдали.

Мадам Дюброк со спокойным достоинством взяла деньги.

— Если на то будет воля божья, вы найдете то, что ищете. А сейчас вам нужно отдохнуть. Пойдемте, я устрою вас в комнате для гостей.

— Спасибо, мадам, но нам надо спешить. — Повинуясь внезапному импульсу, Уитни сделала шаг вперед. — Нас ищут, и эти люди очень опасны.

Старая женщина спокойно посмотрела на нее.

— Что ж, в таком случае, не буду вас задерживать.

Священник вдруг повернулся в своем кресле и открыл глаза.

— Да защитит вас бог, — отчетливо произнес он, глядя прямо на Дага, а потом снова закрыл глаза и заснул.

— Как ты думаешь, они никогда ни о чем не спрашивают? — пробормотала Уитни, когда они вышли из дома.

Даг оглянулся через плечо.

— Некоторые знают все ответы на вопросы. Жаль, что мы с тобой не из таких.

Небольшое церковное кладбище заросло, могильные плиты потрескались от старости, и на них трудно было что-нибудь прочесть. Солнце поднялось высоко и нещадно палило, тени стали тонкими и короткими.

— Может быть, мы все-таки отдохнем в гостинице? — не выдержав, взмолилась Уитни. — Вернемся завтра утром и продолжим поиски. Сейчас я едва разбираю имена.

Даг даже не взглянул на нее, наклонившись над следующей могилой.

— Сегодня, — пробормотал он так тихо, словно разговаривал сам с собой. — Я чувствую, что это нужно сделать сегодня.

— А я чувствую только боль в пояснице!

— Мы совсем близко, Уитни, я точно знаю. Это как вскрывать сейф: ладони вдруг становятся влажными, а внутри такое ощущение, что все вот-вот станет на место. Тебе даже не нужно слышать последний щелчок — ты просто знаешь, что он последний. Шкатулка здесь! — Даг засунул руки в карманы и выпрямился. — И я ее найду, даже если на это понадобится еще десять лет.

Тяжело вздохнув, Уитни наклонилась, чтобы освободить ногу от очередной лианы, и скорее машинально прочла надпись на могильной плите, наполовину вросшей в землю. В следующую секунду она почувствовала, как ее сердце забилось. Ей показалось, что она услышала последний щелчок.

— Столько времени не понадобится.

— Что?

— Столько времени не понадобится. — Она улыбнулась, и, увидев эту сияющую улыбку, Даг выпрямился. — Мы нашли Даниэль! — Уитни смахнула навернувшиеся слезы. — Даниэль Лебрюн, — прочитала она. — 1779—1795. Бедное дитя, так далеко от дома...

— Ее мать тоже здесь. — Даг взял Уитни за руку и указал на соседнюю могилу; в голосе его не чувствовалось веселого оживления. — Она умерла совсем молодой.

— В юности она пудрила волосы, носила очень открытые платья с кринолином... — Уитни положила голову на плечо Дага. — А потом ей пришлось научиться сажать огород и хранить секреты своего мужа.

— Но где же он? — Даг снова нагнулся. — Почему он не похоронен рядом с ней?

— Он должен... Черт возьми, он же покончил жизнь самоубийством! Его нельзя было похоронить здесь, на освященной земле. Даг, его нет на кладбище.

Он уставился на нее.

— Что?!

— Он самоубийца. — Уитни провела рукой по волосам. — Тех, кто умер во грехе, нельзя хоронить на церковной земле. — Она беспомощно посмотрела вокруг. — Я даже не знаю, где искать.

— Но где-то ведь его похоронили! — Даг в растерянности принялся ходить между могильных плит. — Как обычно поступали с теми, кому сюда хода нет?

Уитни нахмурилась и попыталась вспомнить.

— Я думаю, могло быть по-разному. Если священник ему сочувствовал, я полагаю, его могли похоронить поблизости.

— Я чувствую, что это где-то здесь, — пробормотал Даг. — Ладони у меня все еще влажные. — Взяв Уитни за руку, он подошел к невысокой изгороди, ограждавшей кладбище. — Давай начнем отсюда.

Прошел еще час. Они ходили по заросшему травой и кустами пустырю и искали надгробие. Увидев первую змею, Уитни вскрикнула и хотела уже вернуться в джип, но Даг без всякого сочувствия вручил ей палку и показал, как надо с ней обращаться. Они пошли дальше, уже начиная утрачивать надежду, как вдруг Даг споткнулся обо что-то и выругался.

— Проклятье!

Уитни подняла свою палку, готовая к бою.

— Змея?

— Забудь о змеях. — Он схватил ее за руку и ткнул пальцем в землю. — Я нашел его!

Надгробье оказалось маленьким и скромным, наполовину вросшим в землю. На камне было высечено «ЖЕРАЛЬД ЛЕБРЮН». Уитни положила руку на плиту, думая о том, оплакивал ли его хоть кто-нибудь.

— Посмотри, здесь еще одно! — Даг сорвал с другого камня лиану толщиной с большой палец, покрытую цветами, похожими на колокольчики. На камне было написано только «МАРИ».

— Мари... — пробормотала Уитни. — Ты думаешь, это тоже самоубийца?

— Нет. — Даг взял ее за плечи и развернул лицом к себе; теперь они смотрели друг на друга поверх камней. — Он охранял сокровище, как и обещал, даже после смерти. Должно быть, он зарыл шкатулку здесь до того, как написал то последнее письмо. Он мог просить похоронить его на этом месте. Его не могли положить вместе с семьей, но

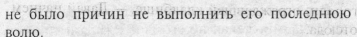

не было причин не выполнить его последнюю волю.

— Это похоже на правду. — Уитни почувствовала, что в горле у нее пересохло. — Что же теперь?

— Теперь я собираюсь украсть лопату.

— Даг...

— Сейчас не время для сантиментов.

Уитни помолчала, нахмурилась.

— Ладно, но давай побыстрее.

— Не успеешь оглянуться. — Он быстро поцеловал ее и исчез.

Уитни села между двумя камнями, поджав колени. Сердце ее колотилось. Неужели они действительно наконец так близки к цели? И что будет, если они найдут сокровища?.. Уитни сорвала пучок травы. Сейчас она знала только одно: если они их найдут, то Димитри не найдет. И это ее пока удовлетворяло.

Даг вернулся совершенно беззвучно. Уитни услышала его только тогда, когда он шепотом позвал ее. Она вздрогнула и подалась вперед.

— Тебе обязательно было меня пугать?

— Я предпочел бы не афишировать наше маленькое предприятие. — Даг держал в руках лопату с короткой ручкой. — Это все, что мне удалось раздобыть.

Некоторое время он просто смотрел на землю под ногами: ему жалко было расставаться с этим чувством — когда стоишь в начале улицы, ведущей к богатству.

Уитни положила свою руку поверх руки Дага, лежавшей на лопате, и поцеловала его.

— Удачи.

Даг начал копать. Воздух был неподвижен, и пот ручьями стекал по его лицу: жара и тишина наваливались тяжелым грузом. Минута проходила за минутой, слышалось только мерное позвякивание металла, вгрызающегося в землю. Яма становилась все глубже, и оба вспоминали все эпизоды путешествия, которые привели их сюда. Сумасшедшая гонка по улицам Манхэттена, беготня по округу Колумбия. Прыжок с движущегося поезда и бесконечный поход по голым холмам. Гибель Жака и безудержная страсть, которой они предавались в украденном джипе. Любовь и смерть — и то, и другое пришло к ним неожиданно...

Даг наконец почувствовал, что его лопата наткнулась на что-то твердое. Когда его глаза встретились с глазами Уитни, она сдавленно вскрикнула. Встав на четвереньки, она начали разгребать сухую землю, и наконец Даг, не дыша, поднял находку наверх.

— О боже! — шепотом сказала Уитни. — Она действительно существует...

Шкатулка была не более тридцати сантиметров в длину и еще меньше в ширину. От сырости она покрылась плесенью и была действительно очень неказистой — как и описывала Даниэль. Но Уитни знала, что даже пустая, эта шкатулка обошлась бы коллекционеру или музею в небольшое состояние. Столетия превращают медь в золото.

— Не ломай замок, — предупредила Уитни, и Даг послушался. Сгорая от нетерпения, он все же потратил лишнюю минуту на то, чтобы открыть шкатулку так же аккуратно, как если бы у него был ключ. Когда он наконец откинул крышку, оба застыли в благоговейном молчании.

Уитни не могла сказать, чего, собственно, ожидала. Сначала она смотрела на все это предприятие как на забаву, главная цель которой — приятно провести время. Но даже заразившись энтузиазмом Дага, его мечтами, она не верила, что они найдут нечто подобное. Когда глаза ее немного привыкли к блеску алмазов и сверканию золота, она, не дыша, погрузила руку в шкатулку и достала бриллиантовое колье, яркое, холодное и изысканное, как лунный свет зимой.

«Неужели это то самое?» — гадала Уитни. Возможно ли, чтобы это было то самое ожерелье, которое враги использовали против Марии-Антуанетты в последние дни перед революцией? Неужели она надевала его хотя бы раз, с вызовом наблюдая, как лед и пламень переливаются на ее коже? Неужели алчность и жажда власти так завладели этой молодой женщиной, что она просто не обращала внимания на то, как страдают люди, которые живут за стенами ее дворца?

«Это вопросы для историков», — подумала Уитни. Она не сомневалась в одном: Мария-Антуанетта действительно могла внушать чувство преданности. Жеральд ведь действительно хранил эти драгоценности ради королевы и ради своей страны...

Даг держал в руках изумрудное ожерелье — такое тяжелое, что от него должна была уставать шея. Он вспомнил, что видел его в книге, и в который раз убедился, что драгоценности гораздо лучше выглядят в натуре. Подумать только: то, что сейчас сверкало в его руке, не видело света уже два столетия!

Там было много всего. Достаточно, чтобы пробудить алчность, разжечь страсть и вожделение. Маленькая шкатулка оказалась до краев заполненной драгоценностями — и историей.

Уитни осторожно достала маленькую миниатюру. Она много раз видела портреты королевы, но никогда еще ей не попадалось подобного шедевра. Мария-Антуанетта — легкомысленная, бесстыдная, экстравагантная — улыбалась ей с портрета так, как будто все еще правила Францией. Миниатюра была в золотой оправе, овальной формы и размером не больше пятнадцати сантиметров. Уитни не могла разглядеть имя художника, портрет явно нуждался в реставрации, но она понимала его ценность. И поучительность.

— Святый боже... — пробормотал Даг.

Как бы высоко ни заносили его мечты, он никогда не верил, что в его руках окажется такое великолепие. Это было целое состояние, полный успех! В одной руке он держал бриллиант чистой воды, а в другой — мерцающий рубиновый браслет. Он выиграл эту игру. Вряд ли сознавая, что делает, Даг сунул бриллиант себе в карман.

— Ты только посмотри, Уитни! Весь мир теперь наш. Весь этот проклятый мир! Боже, благослови королеву! — Смеясь, Даг положил на голову Уитни нитку бриллиантов.

— Даг, ты видел это?

Но его больше интересовали сверкающие камни в шкатулке, чем какой-то маленький тусклый портрет.

— Рамка стоит несколько баксов, — лениво сказал он, доставая тяжелое вычурное ожерелье с сапфирами с двадцатипятицентовую монету.

— Это же портрет Марии-Антуанетты! Он не имеет цены!

— Да ну? — Заинтересовавшись, он уделил наконец внимание портрету.

— Даг, этой миниатюре двести лет. Никто из ныне живущих ее до сих пор не видел. Никто даже не знает о ее существовании.

— Значит, ее можно дорого продать.

— Неужели ты не понимаешь?! — Нетерпеливым жестом Уитни забрала у него портрет. — Это же настоящее искусство. — Она достала из шкатулки бриллиантовое колье. — А вот это — не просто кучка красивых камешков, которые имеют высокую рыночную цену. Посмотри, какая работа, какой стиль! Это тоже искусство, это история. Если мы действительно имеем дело с теми самыми «бриллиантами королевы»...

— Для меня это прежде всего средства к существованию, — заметил Даг и положил колье обратно в шкатулку.

— Даг, эти драгоценности принадлежали женщине, которая правила страной два столетия назад. Двести лет назад! Ты не можешь просто отнести ее колье или браслет в ломбард, где их разрежут на куски. Это безнравственно.

— О нравственной стороне давай поговорим потом.

— Даг...

Он раздраженно закрыл крышку и встал.

— Послушай, если ты хочешь подарить музею этот портрет или, может быть, пару камешков — отлично. Мы и об этом можем поговорить. Но ради этой шкатулки я рисковал своей жизнью — и твоей тоже, черт побери. У меня наконец появился шанс что-то собой представлять, и я не собираюсь его упускать только ради того, чтобы кто-то мог пялиться на эти камни в музее!

Уитни тоже поднялась на ноги, одарив его взглядом, значение которого Даг не смог понять.

— Ты и так кое-что собой представляешь, — тихо сказала она.

Эти слова его тронули, но тем не менее Даг покачал головой.

— Этого недостаточно, дорогая. Таким людям, как я, нужно много. Я уже устал играть во все эти игры, а сейчас я могу наконец пересечь финишную линию.

— Даг...

— Послушай, как бы то ни было, первое, что необходимо, — это забрать все отсюда.

Уитни не стала спорить.

— Хорошо, но мы еще к этому вернемся.

— Все, что хочешь! — Даг улыбнулся своей обворожительной улыбкой, которой Уитни давно уже научилась не доверять. — Ну, а теперь нам пора уносить ноги.

Даг повернулся и пошел через кусты к машине, а Уитни задержалась. Прежде чем догнать Дага, она сорвала цветы с лианы и положила их на могилу Жеральда.

— Ты сделал все, что мог, — тихо сказала она.

В машине Даг, быстро оглядевшись по сторонам, положил шкатулку на заднее сиденье и накрыл ее одеялом.

— Отлично, теперь мы поищем гостиницу.

— Никогда не слышала от тебя ничего более приятного!

Найдя отель, который, на его взгляд, выглядел

достаточно шикарным и дорогим, Даг затормозил у тротуара.

— Слушай, ты иди устраивайся, а я узнаю, как улететь отсюда первым же самолетом завтра утром, и возьму билеты. Куда бы ты хотела отправиться?

— В Париж! — не задумываясь, ответила Уитни. — Мне кажется, что на этот раз мне там не будет скучно.

— Париж так Париж. Кстати, не дашь ли ты мне немного наличных? Нужно позаботиться о некоторых вещах.

— Конечно. — С таким видом, как будто она никогда не отказывала ему в деньгах, Уитни достала свой бумажник. — Возьми лучше кредитную карточку. И пожалуйста, Дуглас, — первый класс.

— Разумеется. А ты сними лучшую комнату, дорогая. Сегодня мы начинаем шикарную жизнь!

Уитни улыбнулась и, наклонившись к заднему сиденью, вместе со своим рюкзаком забрала оттуда накрытую одеялом шкатулку.

— Только вот это я возьму с собой.

— Ты мне не доверяешь?

— Ничего подобного. Просто мне так спокойнее.

Выйдя из машины, Уитни послала ему воздушный поцелуй. В покрытых грязью брюках и порванной блузке она направилась к отелю походкой наследной принцессы, и Даг увидел, что сразу трое служителей поспешили открыть перед ней дверь. «Класс! — подумал он снова. — Она прямо-таки испускает какие-то лучи». Даг вспомнил, что Уитни как-то говорила ему о синем шелковом платье, и, усмехнувшись, отъехал от тротуара. Он сделает ей сюрприз!

Уитни понравилась комната, о чем она и сказала коридорному, подтвердив свои слова соответствующими чаевыми. Оставшись одна, она осторожно поставила шкатулку на стол и, не удержавшись, снова ее открыла.

Уитни никогда не относила себя к коллекционерам или особым любителям искусства. Но теперь, глядя на эти старинные драгоценности, она твердо знала, что никогда не сможет превратить их в нечто столь ординарное, как деньги. Ради того, что она сейчас держала в руках, люди умирали. Некоторые умирали из-за собственной алчности, другие отстаивали свои принципы, а кто-то просто случайно оказывался рядом. Если бы это были обычные драгоценности, получилось бы, что Хуан и Жак умерли напрасно. Но ей не хотелось так думать. Содержимое шкатулки принадлежит не ей и не Дугласу. Проблема в том, как его в этом убедить.

Уитни представила себе большой зал нью-йоркского музея, витрину с драгоценностями Марии-Антуанетты и рядом — маленькую дощечку с именем Жака. Ей так хотелось, чтобы об этом юноше помнили! Может быть, и Дагу понравится такая идея?..

Уитни подошла к окну, из которого открывался вид на маленький оживленный город. Ей захотелось прогуляться по набережной, вбирая в себя атмосферу морского порта. Корабли, люди на кораблях... Там еще должны быть магазины, переполненные всякими экзотическими товарами, — то, что всегда ищет женщина ее профессии. Какая же жалость, что она не сможет вернуться в Нью-

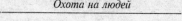

Йорк с несколькими ящиками малагасийских изделий!

Внезапно внимание Уитни привлекла некая фигура на тротуаре, показавшаяся ей странно знакомой. Белая панама... «Но это же нелепо! — сказала она себе. — Многие мужчины носят в тропиках такие шляпы. Не может быть...» Но Уитни была почти уверена, что это тот самый человек, которого она видела раньше. Желая проверить свою догадку, она с бьющимся сердцем ждала, когда мужчина повернется. Когда шляпа исчезла в дверях магазина напротив, Уитни разочарованно вздохнула. Она просто стала нервной. Как можно было проследить их запутанный след до самого Диего-Суареса?

«Хоть бы уже Даг быстрее возвращался», — подумала Уитни. Они оба смогут наконец вымыться, переодеться, как следует поесть и по-настоящему выспаться. А завтра — Париж! Уитни закрыла глаза и прислонилась лбом к оконному стеклу. Можно будет неделю ничего не делать, только расслабляться. Заниматься любовью и пить шампанское... После того, что им пришлось пережить, они оба это заслужили. А потом... Но это уже другой вопрос.

Уитни вздохнула и отправилась в ванную.

Размышляя о том, каким шампунем воспользоваться, она начала расстегивать блузку и тут в зеркале над раковиной ее взгляд встретился со взглядом Ремо.

— Мисс Макаллистер! — Он улыбнулся, машинально дотронувшись до шрама на щеке. — Какая радость!

ГЛАВА 14

Уитни хотела закричать, но взгляд Ремо — холодный, спокойный взгляд — предупредил ее о том, что он будет только рад заставить ее замолчать. Кричать она не стала. Попробовать убежать? Но Ремо загородил собой дверь в ванную, а в руке у него пистолет. Приходилось признать, что она зашла слишком далеко, и сейчас ее загнали в угол... Изо всех сил вцепившись в край раковины, Уитни лихорадочно обдумывала путь к спасению. В маленькой ванной комнате слышалось только ее частое, неровное дыхание. Прежде всего следует попытаться взять себя в руки. Она не будет хныкать — это она себе обещает. И не будет умолять.

Уловив какое-то движение за спиной Ремо, Уитни посмотрела туда и встретила дружелюбный идиотский взгляд Барнса. В это мгновение она поняла, что страх может быть примитивным, бездумным — наверное, такое чувство охватывает мышь, когда кошка игриво трогает ее лапой. Инстинкт подсказал Уитни, что Барнс гораздо опаснее, чем высокий темный человек, который направляет на нее пистолет. И еще она поняла, что надеяться ей не на кого: Даг вернется еще не скоро, и она предоставлена сама себе. Усилием воли Уитни заставила свои пальцы разжаться.

— Вы, Ремо, я полагаю? Вы быстро работаете.

Ремо надеялся, что она закричит или попытается бежать, — тогда у него будет повод поставить ей несколько синяков. Его тщеславие все еще страдало из-за шрама на щеке. Но, несмотря на все тщеславие, Ремо слишком боялся Димитри, чтобы

без всякого повода оставить на ней отметку. Ремо
знал, что Димитри не любит, когда ему доставляют женщин со следами насилия. Однако запугать —
это другое дело. Он приставил ствол пистолета ей
к горлу и улыбнулся, заметив, как она вздрогнула.

— Мне нужен Лорд, — коротко сказал Ремо. —
Где он?

Никогда в своей жизни Уитни не была так испугана. Наверное, поэтому, когда она заговорила,
ее голос прозвучал спокойно и холодно:

— Я его убила.

Ложь вылетела у нее так легко и быстро, что
Уитни сама удивилась. Подняв руку, она отвела в
сторону ствол пистолета.

Ремо молча уставился на нее. Его интеллект
редко поднимался до понимания сути явлений,
поэтому он видел в глазах Уитни высокомерие, но
не замечал прячущегося под ним страха. Схватив
ее за руку, Ремо втащил Уитни в спальню и грубо
толкнул в кресло.

— Я не шучу, мисс! Отвечайте быстро — где
Лорд?

Уитни выпрямилась и демонстративно отряхнула уже превратившийся в лохмотья рукав блузки.
Нельзя, чтобы он заметил, как дрожат ее пальцы.

— Признаться, я ожидала, что у вас манеры
лучше, чем у какого-нибудь третьеразрядного вора.

Кивком головы Ремо подал команду Барнсу. Все
еще улыбаясь, тот подошел к Уитни, держа в руках
маленький неказистый револьвер.

— Красивая, — сказал Барнс, едва не капая
слюной. — Красивая и гладкая...

— Он любит стрелять в такие места, как колен-
ные чашечки, — заметил Ремо. — Так где же Лорд?

Уитни заставила себя не обращать внимания на пистолет, который Барнс нацелил на ее левое колено. Если она туда посмотрит, если даже об этом подумает, то сразу потеряет себя и начнет умолять их.

— Я его убила, — повторила Уитни. — У вас есть сигареты? Я уже несколько дней не курила.

Тон ее был таким небрежно-царственным, что Ремо протянул руку за сигаретами прежде, чем осознал это. Расстроившись, он направил пистолет прямо между глаз Уитни, и она почувствовала, как в этом месте быстро задергалась какая-то жилка.

— Я еще раз вежливо спрашиваю — где Лорд?

Уитни коротко и раздраженно вздохнула.

— Я вам уже говорила. Он мертв. — Чтобы не смотреть в сторону Барнса, она заставила себя перевести взгляд на собственные ногти. — Как я понимаю, вы не знаете, где на этой свалке можно сделать хороший маникюр.

— Как вы его убили?

Сердце Уитни забилось чаще. Если он спрашивает, значит, близок к тому, чтобы ей поверить!

— Застрелила, конечно. — Она несколько неопределенно улыбнулась и закинула ногу на ногу. Ремо кивком головы приказал Барнсу убрать пистолет, и Уитни с трудом подавила в себе вздох облегчения. — Это показалось мне самым надежным способом.

— Почему?

— Почему? — Она заморгала. — Что почему?

— Почему вы его убили?

— Мне он больше не нужен, — просто сказала Уитни.

Барнс вдруг сделал шаг вперед и провел по ее волосам своей короткой и толстопалой рукой, издав одобрительный возглас. Не удержавшись, Уитни повернулась к нему и сразу поняла, что допустила ошибку: их глаза встретились, и то, что она увидела, заставило ее кровь застыть в жилах. Оставаясь неподвижной, Уитни постаралась не выдать свой страх — только отвращение.

— Это ваш любимый грызун, Ремо? — мягко сказала она. — Я очень надеюсь, что вы знаете, как с ним справиться.

— Назад, Барнс.

Тот еще раз провел рукой по ее волосам.

— Я только хочу потрогать...

— Назад!

Уитни обратила внимание, как Барнс посмотрел на Ремо. Взгляд его перестал быть дружелюбным, а идиотизм стал совершенно беспросветным. А что, если они сейчас перестреляют друг друга? Она подумала, что если уж иметь дело с одним из них, то лучше пусть это будет не Барнс.

— Джентльмены, — сказала Уитни спокойным, ясным голосом. — Я чувствую, что разговор нам предстоит долгий, так что я была бы вам весьма признательна за сигарету.

Левой рукой Ремо залез в карман и вытащил пачку сигарет. Уитни взяла одну и, зажав ее между пальцами, вопросительно посмотрела на него. Он мог бы без всяких колебаний прострелить ей голову, однако Ремо придерживался старомодных взглядов. Вытащив зажигалку, он дал Уитни прикурить.

Не отрывая от него глаз, Уитни улыбнулась и выдохнула облако дыма.

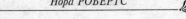

— Благодарю вас.

— Пожалуйста. Так вы хотите уверить меня, что пустили в расход Лорда? А он ведь не дурак.

Уитни откинулаь на спинку кресла и снова поднесла к губам сигарету.

— Ну, на этот счет у нас с вами мнения расходятся. Лорд оказался первоклассным дураком. Очень легко перехитрить мужчину, у которого все мозги, если так можно выразиться, находятся ниже пояса. — Крупная капля пота стекла по ее спине. Уитни понадобилась вся ее воля, чтобы не опустить глаза.

Ремо пристально рассматривал ее. Лицо Уитни было спокойно, руки не дрожали. Или она хитрее, чем он предполагал, или говорит правду. В обычных условиях Ремо был бы благодарен тому, кто сделал за него его работу, но на этот раз он хотел сам убить Дага.

— Послушайте, красотка, вы ведь все это время действовали с ним заодно.

— Естественно, пока необходимые мне бумаги были у него. Я даже помогла ему деньгами, чтобы он мог выбраться из страны. — Уитни стряхнула пепел в стоящую рядом пепельницу и подумала, что задерживаться здесь нельзя: если Даг вернется и застанет их, все будет кончено. — Должна признаться, что некоторое время это доставляло мне удовольствие, хотя Дугласу и не хватало стиля. Он относится к тому типу мужчин, от которых женщины быстро устают. — Она улыбнулась, глядя на Ремо сквозь облако дыма. — В любом случае, я не вижу причины, по которой я должна была сохранять ему верность или делить с ним сокровища.

— И поэтому вы его убили?

Уитни заметила, что он сказал это без всякого отвращения или презрения. Это было просто предположение.

— Конечно, — когда поняла, что больше в нем не нуждаюсь. После того, как мы украли у вас джип, он стал чересчур самоуверенным и утратил бдительность. Было легко уговорить его остановиться и немного отъехать в сторону от дороги. Там я его застрелила, оттащила в кусты и поехала в город. Очень беспечно с его стороны — позволить вам взять себя на мушку.

Ремо нахмурился.

— Такая беспечность — это не похоже на Лорда.

— Видите ли, он был... занят — если вы понимаете, что я имею в виду. Вы можете, конечно, потратить время на его поиски. — Она многозначительно посмотрела на Ремо и передернула плечами. — Вероятно, вам известно, что я сняла номер одна. Кроме того, следует принять во внимание тот факт, что сокровища у меня. Вы действительно знаете, что Дуглас доверил бы мне это?

Двумя пальцами с зажатой в них сигаретой Уитни небрежно указала на туалетный столик. Ремо бросился к шкатулке, открыл крышку — и застыл на месте, вытаращив глаза.

— Впечатляет, правда? — Уитни стряхнула пепел с сигареты. — Достаточно взглянуть на все это, чтобы сразу исчезло желание с кем-то делиться. Впрочем... — Она замолчала, дожидаясь, когда Ремо вновь взглянет в ее сторону. — Когда встречаешь человека определенного уровня и с определенными манерами, с ним всегда можно договориться.

Это звучало заманчиво. Ее глаза смотрели

12 Зак. 4162

многообещающе, а от маленькой шкатулки с сокровищами, которую он держал в руках, словно бы исходило тепло. Но Ремо помнил о Димитри.

— Вам придется сменить жилье, — твердо произнес он.

— Хорошо.

Уитни встала с таким видом, как будто это ее совершенно не беспокоило. Она должна была их выпроводить отсюда, и как можно быстрее. Уйти с ними — это лучше, чем получить пулю в колено или куда-нибудь еще.

Ремо взял шкатулку с сокровищами. «Димитри будет доволен, — подумал он. — Очень, очень доволен!»

— Барнс проводит вас к машине. И не пытайтесь делать глупости, если не хотите, чтобы вам переломали все кости.

Посмотрев на ухмыляющееся лицо Барнса, Уитни вздрогнула.

— Не нужно грубить, Ремо.

Даг быстро оформил два билета до Парижа, но поход по магазинам отнял у него гораздо больше времени. Ему доставило большое удовольствие покупать Уитни тонкое нижнее белье — можно было на время забыть, что он пользуется при этом ее же кредитной карточкой. Даг потратил почти час, пока не остановил свой выбор на великолепном синем шелковом платье со складками на лифе и гладкой узкой юбкой, а потом вознаградил себя тем, что купил элегантный костюм на каждый день. Именно так он и хотел жить — по крайней мере какое-то время — элегантно и не задумываясь о деньгах!

Возвращаясь в гостиницу с многочисленными свертками и коробками, Даг беззаботно насвистывал. Все шло великолепно! На следующий вечер они будут пить шампанское у Максима и заниматься любовью в комнате, выходящей на Сену. Больше никаких придорожных мотелей, только первый класс! Ему предстоит научиться так жить...

Его удивило, что дверь оказалась не заперта. Разве Уитни до сих пор не поняла, что ему не нужен ключ для такой простой вещи, как замок в гостиничном номере?

— Эй, любовь моя, ты готова праздновать? — Свалив коробки на кровать, Даг вынул из пакета бутылку вина, за которую заплатил семьдесят пять долларов, и отправился в ванную, на ходу вытаскивая пробку. — Вода еще горячая?

Вода была холодной, а в ванной никого не оказалось. Некоторое время Даг стоял как вкопанный, глядя на неподвижную поверхность воды. Пробка с торжествующим хлопком вылетела из бутылки, но Даг едва обратил на это внимание. С бьющимся сердцем он бросился обратно в спальню.

Ее рюкзак лежал там, где она его бросила на пол, но маленькой деревянной шкатулки нигде не было видно. Даг быстро и тщательно обыскал комнату. Шкатулка вместе со всем ее содержимым исчезла. Как и Уитни.

Первой реакцией его была ярость. Быть обманутым женщиной с глазами цвета виски и холодной манящей улыбкой было в тысячу раз хуже, чем быть обманутым кривоногим карликом. Кривоногий карлик, по крайней мере, был его коллегой.

Ругаясь, Даг стукнул бутылкой по столу. Женщины! Они всегда были для него самой большой проблемой. И когда он только чему-нибудь научится? Стоит им только улыбнуться, похлопать ресницами — и ты готов отдать им последний доллар.

Как он мог оказаться таким ничтожеством?! Он ведь действительно поверил, что Уитни испытывает к нему какие-то чувства! Она так смотрела на него, когда они занимались любовью... Но хуже всего то, что он позволил себе по-настоящему влюбиться в нее. Даже начал строить какие-то глупые планы насчет совместного будущего. А она сбежала от него при первом же удобном случае!

Даг посмотрел на рюкзак около двери и вспомнил, как Уитни несла его на спине многие мили. Он вспомнил, как она смеялась, жаловалась, поддразнивала его, а потом...

Не раздумывая, Даг поднял рюкзак с пола. Внутри были ее вещи — кружевное белье, пудреница, щетка. Он чувствовал ее запах и с размаху швырнул его об стену. Его охватило чувство протеста. Нет, Уитни не могла от него сбежать! Если даже он ошибался относительно ее чувств, она не из тех, кто нарушает данное слово.

Но если она не сбежала, значит, ее захватили!

Даг стоял, держа в руках ее щетку для волос, и чувствовал, как страх проникает в него все глубже. Захватили... Он понял, что предпочел бы думать, будто она его обманывает. Он предпочел бы думать, что она смеется над ним, сидя в самолете, летящем на Таити.

Димитри... Щетка в руках Дага разломилась на

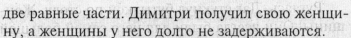

две равные части. Димитри получил свою женщину, а женщины у него долго не задерживаются.

Отбросив две половинки щетки, Даг быстро вышел из комнаты. Теперь он уже не насвистывал.

* * *

Дом был великолепен. Впрочем, от человека с репутацией Димитри и не следовало ожидать ничего другого. Это была скорее вилла, белая и опрятная, с железными балконами, с которых открывался красивый вид на залив. Обширный, хорошо ухоженный участок возле дома был усеян местными тропическими цветами и затенен пальмами. Уитни рассматривала его, чувствуя, как ею все сильнее овладевает страх.

Ремо остановил машину в конце дорожки, посыпанной белым гравием. Мужество совсем покинуло Уитни, но она попыталась взять себя в руки. У человека, который смог приобрести подобное местечко, должны быть мозги. Значит, с ним можно иметь дело. Кто ее по-настоящему пугал, так это Барнс, со своими алчными черными глазами и жадной улыбкой.

— Ну, я должна сказать, что здесь лучше, чем в отеле. — С видом человека, приглашенного на обед, Уитни вышла из машины. Сорвав гибискус, она направилась к входной двери, вертя цветок в руках. Ремо постучал, и плечистый мужчина в темном костюме открыл дверь. Димитри настаивал на том, чтобы у его служащих был опрятный, деловой вид — вместе с пистолетом сорок пятого калибра каждый должен был носить галстук. Когда человек улыбнулся, стало видно, что у него не хватает переднего зуба. Уитни подумала, что, возможно, он потерял его, когда врезался в витрину кондитерской.

— Значит, ты ее взял! — в голосе мужчины слышалось восхищение. — А где же Лорд?

Ремо на него даже не взглянул: он отвечал на вопросы только одного человека.

— Присмотри за ней, — на ходу приказал он и отправился докладывать лично Димитри. Когда Ремо в предыдущий раз направлялся на доклад, он еле передвигался, теперь же шел быстро, с видом человека, находящегося при исполнении. Ведь в руках у него была шкатулка с сокровищами!

— Так в чем там дело, Барнс? — Мужчина в темном костюме смерил взглядом Уитни. Симпатичная леди. Он догадывался, что у Димитри есть насчет нее свои планы. — Ты забыл принести боссу уши Лорда?

От хихиканья Барнса Уитни пробрала дрожь.

— Она его убила! — весело сказал он.

— Да ну?

Уитни поймала заинтересованный взгляд и отбросила назад волосы.

— Это правда. Тут можно чего-нибудь выпить?

Не дожидась ответа, она через широкий белый холл прошла в комнату.

Это явно была официальная гостиная, и тот, кто ее оформлял, имел склонность к вычурности. Уитни машинально отметила про себя, что сделала бы все гораздо веселее.

Окна от пола до потолка были украшены безвкусными багрово-красными парчовыми шторами. Проходя по комнате, Уитни прикидывала, не стоит ли попытаться открыть их и бежать. Даг уже должен был вернуться в гостиницу, однако она не ждала, что он тут же ринется в атаку. Нет, если она хочет спастись, придется рассчитывать только на себя.

Зная, что те двое следят за каждым ее шагом, Уитни решительно направилась к встроенному бару и налила в бокал вермут, с радостью отметив, что руки у нее почти не дрожат. Впрочем, глоток для храбрости никогда не помешает. Тем более что она до сих пор не знает, с чем ей предстоит столкнуться.

Ее отец любил повторять, что всегда можно договориться с человеком, у которого есть хороший бар. Оставалось только надеяться, что он прав...

Шло время. Сидя в кресле с высокой спинкой времен королевы Анны, Уитни пила вино, пытаясь игнорировать страх, который постепенно нарастал внутри. «В конце концов, — рассуждала она, — если бы Димитри просто хотел убить меня, то сделал бы это уже давно. Скорее всего, он хочет получить выкуп, а значит, можно поторговаться». Ей не очень улыбалась перспектива того, что ее обменяют на несколько сот тысяч долларов, но это все же было лучше, чем получить пулю.

О том, что Димитри имеет пристрастие к пыткам, она старалась не думать.

Когда Ремо вернулся, Уитни сразу напряглась, но не выдала этого.

— Ужасно невежливо заставлять гостей ждать больше десяти минут, — небрежно бросила она, поднеся стакан к губам.

Ремо дотронулся до шрама на щеке, и Уитни отметила, что это для него привычный жест.

— Мистер Димитри будет рад встретиться с вами за обедом. Он думает, что вы сначала захотите принять ванну и переодеться.

Уитни вздохнула с облегчением: она была рада любой передышке.

— К сожалению, вы не позаботились захватить с собой мой багаж. Мне просто не во что переодеться.

— Мистер Димитри это предусмотрел. — Взяв Уитни под руку чуть крепче, чем обычно берут даму, Ремо провел ее через холл и вверх по скрипучей лестнице на второй этаж. — У вас есть час, — сказал он, распахнув дверь. — Через час будьте готовы: он не любит ждать.

Уитни вошла в комнату и услышала, как за ее спиной щелкнул замок. Не в силах справиться с дрожью, она закрыла лицо ладонями, и прислонилась к двери, стараясь дышать глубже. В конце концов, она жива, а это самое главное.

Через несколько секунд Уитни медленно опустила руки и огляделась. «Димитри не скуп», — решила она. Апартамены, которые он ей предоставил, состояли из двух комнат. Гостиная была широкой и длинной, с множеством живых цветов в фарфоровых вазах. Жемчужно-розовые шелковые обои по тону соответствовали восточному ковру, лежавшему на полу. Кушетка с подушками ручной работы была более темного оттенка. «Ничего не скажешь, работа сделана на хорошем профессиональном уровне», — решила Уитни. Подойдя к окну, она распахнула его и сразу поняла, что пытаться бежать отсюда бесполезно. Под вычурным маленьким балконом находился обрыв высотой около тридцати метров. С этого балкона не спрыгнешь, как там, на постоялом дворе.

Снова закрыв окно, Уитни прошла в спальню, украшенную хрупкими китайскими фонариками. Открытый шкаф из розового дерева демонстрировал богатый выбор одежды, который должен был бы устроить любую женщину. Уитни потрогала пальцем легкий шелковый рукав платья цвета слоновой кости и отвернулась. Кажется, Димитри ожидает, что она пробудет здесь некоторое время. Это можно считать хорошим признаком, а можно и наоборот...

Оглянувшись, Уитни увидела свое отражение в зеркале и ужаснулась. Бледное лицо, рваная и грязная одежда, затравленный взгляд... Она с отвращением начала расстегивать блузку, решив, что за обедом Димитри не увидит дрожащую женщину в лохмотьях. Если сейчас нельзя сделать ничего другого, то надо позаботиться хотя бы об этом. Уитни Макаллистер знает, как надо одеваться при любых обстоятельствах!

Прежде всего следовало принять ванну. Приказав себе хотя бы некоторое время ни о чем не думать, Уитни с наслаждением погрузилась в воду, щедро налив туда масла, которым снабдил ее Димитри. Рядом с ванной была разложена косметика самого высшего качества — даже тени были как раз такие, какие она предпочитала. «Да, он все предусмотрел, — сказала себе Уитни. — Очень гостеприимный хозяин...» Выйдя из воды, она решила, что всем этим надо воспользоваться без малейшего стеснения: в конце концов, она не напрашивалась к нему в гости.

Закончив макияж, Уитни направилась к шкафу и принялась выбирать одежду с той тщательностью и неторопливостью, с какой воин выбирает оружие перед битвой. В ее положении важна была каждая деталь. Она выбрала светло-зеленое длинное платье с открытой спиной и набросила на плечи шелковый шарф. Получилось достаточно нарядно, но не чересчур легкомысленно. На этот раз, взглянув на себя в зеркало, Уитни с удовлетворением кивнула. Она была готова ко всему!

Когда в дверь гостиной постучали, Уитни крикнула:

— Войдите! — и смерила Ремо тем взглядом снежной королевы, который так обожал Даг.

— Мистер Димитри ждет.

Не говоря ни слова, Уитни последовала за ним. Ладони ее были влажными от страха, но она подавила искушение сжать руки в кулаки. В конце концов, если уж идти на казнь, то пусть это по крайней мере будет выглядеть красиво.

Она прошла вслед за Ремо через весь дом и вышла на открытую, увитую цветами террасу.

— Мисс Макаллистер, наконец-то!

Уитни сама точно не знала, что ожидала увидеть. Конечно, после всех этих ужасов, о которых она слышала и которые сама пережила, ей представлялось нечто свирепое и ужасное, ростом под потолок и с квадратной челюстью. Однако человек, который встал ей навстречу из-за стола, был бледен, невысок и не производил особого впечатления. Круглое лицо с мягкими чертами и редкие темные волосы, бледная кожа — настолько бледная, что казалось, будто Димитри никогда не видел солнца. Из-под темных, совсем не страшных бровей смотрели почти бесцветные, светло-голубые глаза. Было трудно сказать, сорок ему лет или шестьдесят. Белый элегантный костюм не вполне скрывал имеющееся брюшко. Димитри можно было принять за вполне заурядного маленького человечка, если бы не розовый обрубок вместо пальца, который резко выделялся на холеной руке.

Уитни уже готова была подумать, что Димитри не так уж злобен и опасен, но ее поразило, как покорно Ремо вышел из комнаты, повинуясь одному лишь его взгляду.

— Я так рад, что вы наконец со мной, моя дорогая! Ничто так не угнетает, как одиночество. У меня есть неплохое «Кампари». Не хотите попробовать?

Уитни открыла рот, но, к собственному изумлению, не смогла ничего сказать. Только промелькнувшее в глазах Димитри удовольствие заставило ее взять себя в руки.

— С удовольствием.

Уитни направилась к столу, но чем ближе она подходила, тем сильнее становился ее страх. «Это иррационально, — подумала Уитни. — Он похож на обыкновенного бизнесмена средней руки». Но страх нарастал. Глаза Димитри, казалось, никогда не моргали — они просто смотрели, смотрели, смотрели... Уитни пришлось сосредоточиться, чтобы ее рука не дрожала, поднимая бокал.

— У вас прекрасный дом, мистер Димитри.

— Учитывая вашу профессиональную репутацию, я воспринимаю это как незаслуженный комплимент. — Он сделал глоток, затем деликатно промокнул рот салфеткой. — Дело в том, что это вовсе не мой дом. Владельцы были столь... любезны, что на несколько недель отдали его в мое распоряжение. Мне здесь очень нравится сад — он дает возможность передохнуть от удушливой жары. — Учтивым жестом Димитри отодвинул для нее кресло, и Уитни с трудом подавила приступ паники. — Я уверен, что вы очень голодны после такого путешествия.

Уитни посмотрела на него через плечо и заставила себя улыбнуться.

— Действительно, последний раз я ела вчера вечером. Кстати, опять же благодаря вашему гостеприимству.

По лицу Димитри, который вернулся к своему креслу, пробежало легкое облачко.

— Неужели?

— В джипе, который мы с Дагом позаимствовали у ваших... служащих, оказалась масса прекрасной еды. Мне особенно понравилась белуга.

Уитни боялась, что он рассердится, но Димитри расхохотался.

— Очень рад, что смог быть вам полезным. А сейчас прошу вас, не стесняйтесь. Вы должны попробовать суп из омаров, моя дорогая. Позвольте мне за вами поухаживать. — С изяществом, которого Уитни от него никак не ожидала, Димитри опустил в супницу серебряный половник. — Кстати, Ремо проинформировал меня, что вы избавились от нашего общего друга — мистера Лорда.

«Это игра, — сказала себе Уитни. — Я только на-

чала в нее играть, но тем не менее обязана выиграть».

— Благодарю вас. Пахнет замечательно. — Она
выдержала паузу, попробовав суп. — Видите ли,
Дуглас стал мне немного надоедать. Я уверена, что
вы меня понимаете.

— Конечно. — Димитри ел медленно, с явным
удовольствием. — Мистер Лорд и мне уже довольно давно начал надоедать.

— Еще бы! Ведь он же украл бумаги у вас из-
под носа...

Уитни заметила, как белые наманикюренные
пальцы крепче сжали ложку, и осеклась. «Спокойно, — сказала она себе. — Разумеется, он не станет радоваться тому, что его одурачили. Нужно
быть осторожнее».

— Дуглас был по-своему умен, — небрежно
бросила она. — Жаль, что он был таким грубым.

— Я думаю, его действительно можно считать
умным человеком, — согласился Димитри. —
В противном случае придется признать, что мой
персонал не умеет работать.

— А может быть, верно и то, и другое?

Димитри усмехнулся.

— У вас своеобразное чувство юмора. Но, кроме
всего прочего, у него были вы, Уитни, а вас наверняка можно назвать умной женщиной. Вы ведь
помогали ему?

— Конечно. До определенного момента.
Я всегда стараюсь смотреть, как падают карты.

— Это очень разумно.

— Несколько раз случалось, что... Я не хочу
плохо говорить о мертвых, мистер Димитри, но

Дуглас часто совершал поспешные и нелогичные поступки. Мне было нетрудно избавиться от него.

Димитри смотрел, как она ест, восхищаясь точеными пальцами, блеском молодой кожи на фоне зеленого платья. Было бы жаль ее портить. Нет, этой женщине он найдет какое-нибудь достойное применение. Димитри представил себе, как она будет выглядеть в его доме в Коннектикуте — величественная и элегантная за обедом, покорная и послушая в постели, — и улыбнулся.

— Но Лорд был молод и весьма привлекателен, вы не находите?

— О, да! — Уитни пожала плечами. — Несколько недель мы с ним недурно развлекались. Но если говорить о долгосрочных отношениях, я ценю в мужчине скорее вкус, чем физические достоинства. Еще икры, мистер Димитри?

— Благодарю.

Принимая от Уитни тарелку, он дотронулся до ее руки и почувствовал, как она вздрогнула. Это небольшое проявление слабости возбудило его. Димитри вспомнил то удовольствие, какое испытывал, наблюдая однажды за богомолом, ловящим мотылька. Умное насекомое все ближе подтаскивает к себе трепещущую жертву, терпеливо выжидая, пока ее движения постепенно замрут, и наконец жадно пожирает ее хрупкие блестящие крылышки. Молодое, слабое и хрупкое рано или поздно всегда подчиняется. Димитри знал, что у него для этого достаточно терпения — и безжалостности.

— Должен сказать, мне трудно поверить, что такая чувствительная женщина, как вы, может выстрелить в человека. Кстати, в этом салате очень свежие овощи. Уверен, что вам они понравятся. — С этими словами Димитри принялся накладывать салат на ее тарелку.

— Благодарю. В такой знойный день нет ничего лучше овощного салата. — Уитни повертела в руках бокал. — А что касается чувствительности... Она отступает перед необходимостью, вы не находите, мистер Димитри? В конце концов, я деловая женщина и всегда стараюсь использовать имеющиеся возможности. — Она улыбнулась, глядя на Димитри поверх бокала. — Я увидела возможность сразу избавиться от неудобства и получить бумаги. Я ее использовала. Ведь, если вдуматься, Дуглас был всего лишь вором.

— Действительно.

Димитри почувствовал, что начинает ею восхищаться. Хотя холодное спокойствие Уитни до конца его не убедило, но в ней ощущалась порода. Незаконнорожденный сын религиозной фанатички и странствующего музыканта, Димитри с детства испытывал глубокое уважение и зависть к подобным людям. Правда, за эти годы он сумел добиться одной вещи, которая была вполне сравнима с благородным происхождением. Он сумел добиться власти.

— Значит, вы забрали бумаги и сами нашли сокровища?

— Это было довольно просто. В бумагах все ясно сказано. Вы их видели?

— Нет. — Уитни снова заметила, как его пальцы напряглись. — Я видел только несколько писем. Этого было достаточно, чтобы убедиться в их подлинности. А потом наш друг Лорд, как вы изволили справедливо заметить, увел их прямо у меня из-под носа.

Уитни с облегчением подумала, что бумаги снова в джипе вместе с Дагом, и доставила себе удовольствие сказать правду:

— Ну, в любом случае дело уже сделано. Я уничтожила все бумаги после того, как закончила. Не люблю, когда остаются следы.

— Разумно. А что вы планировали сделать с сокровищами?

— Что сделать? — Уитни взглянула на него с удивлением. — Конечно, наслаждаться ими!

— Но теперь они у меня, — вкрадчиво произнес Димитри. — И вы, между прочим, тоже.

Уитни выдержала паузу, глядя ему прямо в глаза.

— Когда играешь, следует иметь в виду возможность поражения, как бы это ни было неприятно.

— Хорошо сказано.

— Теперь я целиком завишу от вашего гостеприимства.

— Вы очень трезво смотрите на мир, Уитни. Это мне нравится. А еще мне нравится обладать красивыми вещами — и красивыми женщинами.

Уитни почувствовала, что у нее внутри все сжалось. Она глотнула вина, стараясь не встречаться глазами с Димитри.

— Я надеюсь, вы не сочтете меня невежливой, если я спрошу вас, как долго вы намереваетесь оказывать мне свое гостеприимство?

Он не спеша наполнил свой бокал.

— Вовсе нет. До тех пор, пока это будет доставлять мне удовольствие.

Уитни тщетно пыталась сохранить остатки самообладания.

— Мне казалось, что вы собираетесь потребовать выкуп у моего отца, — пробормотала она, чувствуя, что совершает ошибку.

— О, пожалуйста, моя дорогая, не будем касаться подобных тем за столом. Я предпочел бы, чтобы вы просто расслабились и наслаждались пребыванием здесь. Я надеюсь, ваши комнаты удобны?

— Да, все прекрасно. — Уитни обнаружила, что ей гораздо сильнее хочется закричать, чем тогда, когда она впервые увидела Барнса. Бесцветные глаза Димитри были круглыми и неподвижными, как у рыбы. Или у мертвеца. Она сразу опустила ресницы. — Я должна поблагодарить вас за гардероб — он был мне крайне необходим.

— Пустяки. Возможно, вам захочется пройтись по саду. — Димитри встал и подошел, чтобы отодвинуть ей кресло. — А потом, я думаю, вам захочется отдохнуть. После полудня здесь стоит угнетающая жара, и все местные жители устраивают себе сиесту.

— Вы очень внимательны. — Уитни подала ему руку, стараясь, чтобы ее пальцы не дрожали.

— Вы моя гостья, дорогая. Очень желанная гостья.

— Гостья? — Ее улыбка вновь стала холодной, а в голосе прозвучала ирония, хотя Уитни и сама была этим удивлена. — У вас есть привычка запирать своих гостей, мистер Димитри?

— У меня есть такая привычка, — сказал он, поднеся ее пальцы к губам. — Привычка запирать сокровища. Так мы идем?

— Конечно.

Уитни отбросила назад волосы. Улыбаясь Димитри, она пообещала себе, что сумеет отсюда выбраться. А если не сумеет — то умрет.

ГЛАВА 15

«Пока все идет нормально», — решила Уитни. Во всяком случае, первый день ее пребывания у Димитри в качестве «гостьи» прошел без особенных осложнений. Он был любезен и обходителен, малейшая ее прихоть тут же исполнялась. Уитни проверила это, сделав туманный намек на то, что ей хочется шоколадного суфле, и оно было подано ей в конце долгого ужина, состоявшего из семи блюд.

Все три часа, что она провела взаперти в своих комнатах после полудня, Уитни ломала голову над тем, как отсюда выбраться, но ничего не придумала. Проскользнуть в двери было невозможно, выпрыгнуть из окна — тоже невозможно, а телефон в гостиной оказался только внутренним.

Она могла попытаться совершить побег во время послеобеденной прогулки в саду. Но как раз в то время, когда Уитни прорабатывала детали, Димитри сорвал для нее цветок розы и признался в том, как тягостна для него необходимость постоянно находиться под вооруженной охраной. «Проблема безопасности, — сказал он, — это оборотная сторона успеха».

Когда они дошли до конца сада, Димитри небрежно указал на одного из своих охранников. Широкоплечий мужчина был одет в элегантный темный костюм, носил аккуратные усы и держал в руках маленький смертоносный «узи». Посмотрев на него, Уитни решила, что предпочитает более утонченные способы побега, чем бешеные броски по открытой местности.

Она продолжала мучительно размышлять над этим во время своего послеобеденного заключения. Конечно, рано или поздно отец забеспокоится из-за ее затянувшегося отсутствия, но на это может понадобиться целый месяц. Не исключено, что в какой-то момент Димитри решит покинуть остров. Возможно, это случится скоро, поскольку у него на руках сокровища. Возьмет он ее с собой или нет — тем самым предоставив больше возможностей для побега, — зависит только от его прихоти. А Уитни не хотела, чтобы ее судьба зависела от прихотей человека, который нанимает людей, чтобы они для него убивали...

Итак, она несколько часов проходила по комнатам, придумывая и отвергая различные планы — от таких простых, как связать вместе простыни и спуститься по ним на землю, до таких сложных, как расковырять стену ножом для масла. В конце концов Уитни надела легкое шелковое платье цвета слоновой кости, которое подчеркивало каждый изгиб ее тонкой фигуры, и спустилась к ужину.

Большую часть следующих двух часов она смотрела на Димитри, который сидел напротив нее за длинным обеденным столом, тускло поблескивавшим при свете двух десятков свечей. Ужин был изысканным, беседа — тоже. На фоне тихой музыки Шопена они успели проанализировать пьесу Теннеси Уильямса и обсудить творчество французских импрессионистов. Уитни убедилась, что

Димитри, несомненно, является знатоком подобных вещей и прекрасно смотрелся бы в любом, самом элитарном клубе.

Суфле таяло у нее во рту, но Уитни вдруг поняла, что тоскует по клейкому рису и фруктам, которые они однажды ночью ели с Дагом в пещере. Ведя неторопливую беседу с Димитри, она вспоминала все те колкости, которыми обменивалась тогда с Дагом, и чувствовала, что не задумываясь обменяла бы пятисотдолларовое платье на тот жесткий мешок, в котором шла к побережью...

— Кажется, вы скучаете, моя дорогая, — заметил Димитри, когда она не ответила на какой-то его вопрос.

— О нет, — Уитни вернулась к действительности. — Это был превосходный ужин, мистер Димитри.

При сложившихся обстоятельствах, когда жизнь ее висела на волоске, никак нельзя было сказать, что ей скучно. Просто она была несчастна.

— Но развлечения еще не совсем закончились. Молодая энергичная женщина нуждается в чем-то более впечатляющем. — С благожелательной улыбкой Димитри нажал кнопку, и почти мгновенно появился одетый в белый костюм азиат. — Мы с мисс Макаллистер будем пить кофе в библиотеке. Я очень рад, дорогая, что вы разделяете мою любовь к печатному слову.

Уитни могла отказаться, но решила, что знакомство с домом должно пригодиться при бегстве. Улыбнувшись, она незаметно столкнула столовый нож в вечернюю сумку, которую положила рядом со своей тарелкой.

— Всегда приятно провести вечер с человеком, который ценит прекрасное.

Уитни встала и защелкнула сумку. Взяв Димитри под руку, она сказала себе, что при первой же возможности без всяких сожалений вонзит этот нож в его сердце.

— Когда человек много путешествует, как я, часто возникает необходимость взять с собой некоторые вещи, — говорил Димитри, ведя ее по дому; строгий белый костюм сидел на нем безукоризненно. — Я скучаю без хорошего вина, хорошей музыки и любимых книг.

Настроение у Димитри было благосклонным — слишком давно он не ужинал с молодой красивой женщиной. Открыв высокие двойные двери в библиотеку, он впустил Уитни внутрь.

— Если хотите, полистайте их, моя дорогая, — сказал Димитри, показывая на два огромных шкафа с книгами.

Комната выходила на террасу. На это Уитни сразу обратила внимание. Если ночью ей как-то удастся выбраться из спальни, можно попробовать убежать через террасу. Все, что тогда надо будет сделать, — это проскользнуть мимо охранников. И их пистолетов...

— У моего отца тоже большая библиотека, — заметила она, проведя пальцем по кожаным переплетам. — Я всегда любила проводить там вечера.

— Еще лучше делать это с кофе и бренди. — Димитри налил себе бренди, и в тот же момент азиат внес серебряный поднос с кофейником и чашками. — Отдайте Чану свой нож, моя дорогая. Он очень тщательно моет посуду.

Резко обернувшись, Уитни увидела, что Димитри слегка улыбается, в то время как взгляд его похож на взгляд рептилии — безжизненный, холодный и угрожающе спокойный.

Не говоря ни слова, Уитни вытащила нож и отдала его слуге. Все проклятия, которые вертелись у нее на языке, весь гнев, который она едва сдерживала, не могли ей сейчас помочь.

— Бренди? — спросил Димитри, когда Чан оставил их одних.

— Да, благодарю вас. — Уитни старалась держаться так же невозмутимо, как и он.

— Неужели вы собирались убить меня этим столовым ножом, моя дорогая?

Уитни пожала плечами и глотнула бренди.

— Была такая мысль.

Димитри засмеялся, и его долгий раскатистый смех звучал очень неприятно.

— Я восхищен вами, Уитни. Правда, восхищен! — Он чокнулся с ней, поболтал в стакане бренди и выпил. — Мне кажется, вы хотели бы снова взглянуть на сокровища. Собственно, для этого я и привел вас сюда. Ведь у вас сегодня на это не было много времени, не так ли?

— Нет, Ремо очень спешил.

— Мой грех, моя дорогая, признаю, что это мой грех. — Он слегка коснулся ее плеча. — Но вы должны меня простить: я с нетерпением ждал встречи с вами. Чтобы исправить эту ошибку, сейчас я дам вам столько времени, сколько захотите.

Димитри подошел к полкам у восточной стены и отодвинул одну секцию. Уитни без всякого удивления увидела сейф — такая маскировка была довольно обычной. Секунду она размышляла о том, каким образом Димитри узнал о существовании сейфа в чужом доме, но тут же отогнала эту мысль. Ясно, что хозяева многое рассказали ему перед тем как... отдали дом в пользование.

Вращая рукоятку, Димитри даже не пытался скрыть от нее комбинацию цифр. «Он чертовски самоуверен, — подумала Уитни, запоминая последовательность. — Человек, который так в себе уверен, заслуживает хорошего пинка в зад!»

Вытащив старую шкатулку, Димитри благоговейно вздохнул. Шкатулку уже почистили так, что ее дерево сияло.

— Вполне коллекционный образец, вы не находите?

— Да. — Уитни поболтала в стакане бренди, размышляя о том, что будет, если выплеснуть напиток ему в лицо. — Я подумала то же самое.

Димитри держал шкатулку в руках бережно и даже слегка неуверенно, как отец держит новорожденного младенца.

— Мне трудно представить, как вы, с такими нежными руками, копались в земле — даже ради этого.

Уитни улыбнулась, вспомнив о том, что сделали ее «нежные руки» за прошедшую неделю.

— У меня нет особой склонности к ручному труду, но это было необходимо. — Она повернула свою руку ладонью вверх, критически ее разглядывая. — Признаюсь, я как раз собиралась сделать маникюр, когда Ремо... передал мне ваше приглашение. Это маленькое приключение оказалось смертельным для моих рук.

— Завтра мы это исправим. А пока, — он поставил шкатулку на широкий стол, — наслаждайтесь!

Ловя его на слове, Уитни подошла к шкатулке и откинула крышку. Драгоценности производили не меньшее впечатление, чем утром. Протянув руку, она достала бриллиантовое колье, которое так понравилось Дагу.

— Невероятно, — вздохнула Уитни. — Совершенно невероятно! Некоторые теряют голову из-за простой нитки жемчуга.

— А вы держите в руке приблизительно четверть миллиона долларов.

Губы Уитни скривились.

— Какая приятная мысль!

Сердце Димитри забилось чуточку быстрее, когда он увидела, как она приложила к себе бриллианты. Так, должно быть, их держала королева незадолго до своего падения и смерти.

— Такие драгоценности нужно носить, — заметил он.

— О, да. — Смеясь, Уитни положила колье обратно в шкатулку. — Это красиво и, несомненно, дорого стоит, но... Как вы думаете, каким образом Мария сумела забрать его у графини?

— Значит, вы верите, что это — то самое знаменитое колье, которое фигурировало в «деле о бриллиантах»? — Она его снова приятно удивила.

— Предпочитаю так думать. — Уитни пожала плечами. — Мне хочется верить, что она была достаточно умной, чтобы взять реванш у людей, которые пытались ее использовать. — Она примерила рубиновый браслет. — Подумать только: Жеральд Лебрюн жил как нищий, храня под полом огромное состояние. Странно, вы не находите?

— Преданность, если она не подкреплена страхом, — это всегда странно. — Димитри взял из шкатулки колье и стал рассматривать. Уитни впервые увидела совершенно неприкрытую алчность. Его глаза загорелись — совершенно как глаза Барнса, когда тот нацелил пистолет на ее колено. Когда Димитри заговорил, голос его дрожал от страсти, как у странствующего проповедника. — Сама революция была великолепным временем — временем перемен, временем смерти, временем возмездия. Разве вы не чувствуете это, когда держите в руках драгоценности? Кровь, отчаяние, похоть, власть... Крестьяне и политики сбросили многовековую монархию. Каким образом? — Димитри улыбнулся. Бриллианты сверкали в его руках, глаза его горели от возбуждения. — Им помогал страх! Что может быть более могущественным, чем власть террора? Что больше развращает, чем тщеславие мертвой королевы?

Димитри наслаждался, Уитни видела это по его глазам. Не просто бриллианты, а кровь на них — вот что его возбуждало. Уитни почувствовала, как страх в ней сменяется отвращением. «Даг был прав, — решила она. — Главное — победить. А я еще не проиграла».

— Такой человек, как Лорд, продал бы это, получив лишь часть настоящей стоимости. — Уитни вновь подняла свой бокал. — У такого человека, как вы, должно быть, другие планы?

— Вы так же проницательны, как и прекрасны. — Он женился на своей второй жене потому, что ее кожа была цвета свежих сливок. Он избавился от нее потому, что ее мозги были той же консистенции. Уитни его все больше заинтриговывала. — Я собираюсь сам наслаждаться этими сокровищами. Их стоимость для меня значит не много. Я очень богатый человек.

Димитри произнес это с гордостью. Богатство для него было так же важно, как мужские достоинства, как интеллект. «Пожалуй, даже более важно, — подумал он. — Потому что деньги могут возместить недостаток того и другого».

— Коллекционирование вещей стало для меня хобби. — Димитри провел пальцем по браслету и по запястью Уитни. — А хобби — это то, что не приносит денег.

«Он может называть это хобби! — подумала Уитни. — Ради шкатулки с ее содержимым он убивал людей, и при этом она значит для него не больше, чем для мальчишки — горсть ярких камешков!» Она попыталась согнать с лица отвращение и не допустить обвинительного тона.

— Вы можете посчитать меня плохим игроком, но я все-таки скажу: мне очень жаль, что вы питаете такое пристрастие к этому своему хобби. — Вздохнув, Уитни провела рукой по сверкающим украшениям. — Мне так хотелось владеть всем этим!

— Напротив, я восхищен вашей честностью. — Оставив ее около шкатулки, Димитри отошел, чтобы налить кофе. — И я понимаю, что вы очень много поработали ради сокровищ Марии-Антуанетты.

— Да, я... — Уитни замолчала. — Мне любопытно, мистер Димитри, — как вы узнали о сокровищах?

— Бизнес, моя дорогая! Но так и быть, я удовлетворю ваше любопытство. Лорд говорил вам об Уайтейкере?

Уитни взяла чашку с кофе и заставила себя сесть.

— Только то, что он приобрел бумаги у одной старой леди и решил выбросить их на рынок.

— Уайтейкер был немного глуповат, но временами он неплохо соображал. Одно время он был деловым партнером Гарольда Р. Беннета. Вам знакомо это имя?

— Конечно. — Уитни сказала это непринужденно, в то время как ее мозг начал напряженно работать. Как же она раньше не догадалась?! Ведь Даг упоминал о генерале, который вел с леди Смит-Райт переговоры относительно бумаг. — Беннет — это отставной генерал и неплохой бизнесмен. Он поддерживает контакты с моим отцом — профессиональные и на почве игры в гольф, что почти равнозначно.

— Я всегда предпочитал гольфу шахматы, — заметил Димитри. — Значит, вам известна репутация генерала Беннета.

— Я знаю, что он покровитель искусств и коллекционер старых и уникальных вещей. Несколько лет назад Беннет организовал экспедицию в Карибское море и нашел затонувший испанский галеон. Он поднял оттуда разных ценностей на пять с половиной миллионов долларов. То, чем будто бы занимался Уайтейкер, Беннет делал реально. И довольно успешно.

— Вы хорошо информированы. Мне это нравится. — Димитри добавил в свою чашку сливки и две больших ложки сахара. — Можно еще добавить, что Беннет получает удовольствие в первую очередь от самих поисков. Египет, Новая Зеландия, Конго — он везде ищет и находит бесценные вещи. Если верить Уайтейкеру, Беннет был близок к заключению соглашения с леди Смит-Райт относительно бумаг, которые она унаследовала. У Уайтейкера были свои связи и определенный шарм в том, что касается женщин. Он увел это дело прямо из-под носа Беннета. Но, к несчастью, сам он был любителем.

Уитни показалось, что сердце ее пропустило удар.

— Вы узнали от него, где хранятся бумаги, и наняли Дугласа, чтобы он их украл?

— Чтобы он их приобрел, — деликатно поправил Димитри. — Уайтейкер отказался, даже под давлением, сообщить мне содержание всех документов. Он сказал только, что интерес Беннета в основном связан с культурной ценностью сокровищ, с их историей. Естественно, я горячо поддержал идею приобретения сокровищ, принадлежавших Марии-Антуанетте! Этой королевой я всегда особенно восхищался из-за ее честолюбия и пристрастия к роскоши.

— Естественно. И все-таки, если вы не собираетесь продавать содержимое этой шкатулки, мистер Димитри, то что вы собираетесь с ним делать?

— Владеть им, Уитни! — Он улыбнулся, глядя на нее. — Ласкать, смотреть... Обладать.

Если подход Дага разочаровывал Уитни, то она по крайней мере могла его понять: Даг рассматривал сокровища как средство для достижения цели. Димитри же видел в них личную собственность, и этого она не понимала. Впрочем, какая теперь разница, что она понимает, а что нет?

— Мария вас наверняка бы одобрила.

Димитри задумчиво поглядел на потолок. Королевская власть всегда занимала его воображение.

— Она одобрила бы, да. Жадность считается одним из семи смертных грехов, но очень немногие понимают, какое это удовольствие. — Он промокнул губы льняной скатертью и встал. — Я надеюсь, вы простите меня, моя дорогая. Я привык рано ложиться. — Димитри убрал шкатулку в сейф, нажал кнопку, и полки встали на место. — Может быть, вы хотите перед уходом выбрать себе книгу?

— Пожалуйста, не считайте себя обязанным меня развлекать, мистер Димитри.

Еще раз улыбнувшись, он похлопал ее по руке.

— Возможно, в другой раз, Уитни. Я уверен, что вам нужно отдохнуть после пережитого за последние несколько недель. Ремо проводит вас до вашей комнаты.

— Спасибо. Спокойной ночи.

Уитни поставила свою чашку и поднялась, по прошла не больше двух шагов, когда Димитри вдруг схватил ее за запястье.

— Браслет, моя дорогая!

Его холеные пальцы сжимали ее руку так крепко, что Уитни поморщилась.

— Простите, — пробормотала она. — Я о нем совсем забыла...

Димитри снял с ее запястья браслет и положил в карман.

— Надеюсь, вы присоединитесь ко мне за завтраком?

— Конечно.

Уитни направилась к двери, за которой ее уже поджидал Ремо.

Она хранила холодное молчание до тех пор, пока за ней не захлопнулась дверь гостиной, и только там дала волю своему отчаянию.

— Сукин сын!

Уитни с отвращением сняла итальянские комнатные туфли и швырнула их о стену. «Я в ловушке, — подумала она. — Заперта так же надежно, как сокровища в шкатулке. И предназначена для того, чтобы меня рассматривать, ласкать... Владеть!» Уитни захотелось плакать, выть и стучать кулаками в запертую дверь. Вместо этого она сняла шелковое платье и бросила его в угол. «Я найду выход, — пообещала себе Уитни. — Я найду, как отсюда выбраться, и тогда Димитри заплатит за каждую минуту, которую удерживал меня в заключении!»

Доставая из шкафа синее кимоно, она на миг прижала его к лицу: желание заплакать казалось непреодолимым. Но Уитни справилась с собой. Пройдя через спальню, она распахнула французские двери, выходящие на крошечный балкончик, и с наслаждением вдохнула свежий воздух, наполненный ароматом цветов. «Собирается дождь, — подумала она. — Это хорошо — может быть, от дождя и ветра моя голова прояснится».

Положив руки на перила, Уитни наклонилась вперед, глядя на залив. И как она впуталась в эти неприятности?! Ответ был коротким и состоял всего из двух слов: Дуглас Лорд.

В конце концов, она занималась своими собственными делами, когда он вторгся в ее жизнь со своей охотой за сокровищами, киллерами и ворами. Сейчас она бы сидела в каком-нибудь прокуренном клубе и смотрела, как люди демонстрируют свои наряды или свой образ мыслей. Вела бы нормальную жизнь! А теперь она заперта в доме на Мадагаскаре с улыбающимся киллером средних лет и его свитой. В Нью-Йорке у нее самой была свита, и никто не посмел бы закрыть ее на ключ!

— Дуглас Лорд, — вслух пробормотала Уитни и вдруг оцепенела, почувствовав, как ее за руку схватила чья-то рука. Она уже набрала в грудь побольше воздуха, чтобы закричать, но тут над перилами появилась голова.

— Ну да, это я, — сквозь зубы сказал Даг. — А теперь помоги мне перебраться к тебе, черт побери!

Уитни забыла все, что совсем недавно думала о нем, и нагнулась, покрывая его лицо поцелуями. Кто сказал, что он не бросится ей на помощь?!

— Послушай, милочка, я ценю подобный прием, но могу вот-вот сорваться. Дай мне руку!

— Как ты меня нашел? — спросила Уитни, помогая ему перебраться через перила. — Я не думала, что ты появишься. Тут везде охранники с этими отвратительными автоматами. Мои двери заперты снаружи, и...

— Господи, если бы я вспомнил, что ты так много говоришь, то не стал бы беспокоиться.

— Дуглас! — Уитни снова захотела заплакать, но она сдержала слезы. — Как славно, что ты нашел время заскочить.

— Неужели? — Через французские двери Даг

прошел в роскошную спальню. — Я не уверен, что
тебе нужна другая компания — особенно после
того, как видел твой шикарный ужин с Димитри.

— Как ты мог это видеть?!

— Я был поблизости. — Обернувшись, Даг по-
трогал пальцем шелк. — Это он тебе подарил?

Уитни не понравился его тон, она надменно
вздернула подбородок.

— На что ты намекаешь?

— Неплохо, неплохо. — Даг подошел к туалет-
ному столику и снял крышку с хрустального фла-
кончика с духами. — Не думал, что старик так рас-
щедрится.

— Я терпеть не могу говорить очевидные вещи,
но ты задница!

— А ты? — Он со щелчком вернул на место
пробку. — Ходишь тут в модных шелковых платьях, которые он тебе купил, пьешь с ним шампанское, позволяешь ему себя трогать...

— Трогать?! — Уитни не могла поверить, что
он ей это говорит.

Даг окинул ее взглядом от голых ног до молоч-
но-белой шеи.

— Ты ведь хорошо знаешь, как улыбаться муж-
чинам, а, милочка? Это твой кратчайший путь?

Тщательно соразмеряя каждый шаг, Уитни подошла к нему, подняла руку и изо всех сил влепи-
ла пощечину. Долгое время было слышно только
их дыхание и вой ветра за окнами.

— На сей раз тебе это сойдет с рук, — тихо сказал Даг, проведя тыльной стороной ладони по
щеке. — Но больше не пытайся. Я не такой джен-
тльмен, как твой Димитри.

— Убирайся! — прошипела Уитни. — Убирайся ко всем чертям! Ты мне не нужен!

— Это я уже понял. — Даг не ожидал, что ему будет так больно. — Ты думаешь, я ничего не вижу?

— Ты ничего не видишь!

— Я скажу тебе, что вижу, милочка. Я прихожу в гостиницу — и вижу пустой номер. Я вижу, что ты исчезла вместе с шкатулкой. А потом я вижу тебя здесь, обнимающейся с этим подонком.

— Ты предпочел бы видеть меня привязанной к кровати с иголками под ногтями? — Уитни отвернулась. — Прости, что разочаровала тебя.

— Ну ладно, тогда расскажи, что здесь происходит.

— Зачем? — Уитни в ярости смахнула рукой слезы. Черт возьми, она не станет плакать — тем более плакать из-за мужчины! — Ты ведь уже составил свое мнение. Свое очень предвзятое мнение!

Даг провел рукой по волосам и подумал, что было бы неплохо выпить.

— Послушай, я уже несколько часов схожу с ума. Чтобы найти это место, мне понадобилось полдня, а потом пришлось пробираться через охрану. — Даг не стал добавлять, что один из охранников лежит в кустах с перерезанным горлом. — И наконец я попадаю сюда — и что же я вижу? Ты одета как принцесса и улыбаешься за столом Димитри так, как будто вы лучшие друзья!

— А что, черт возьми, я должна была делать? Бегать тут голой и плевать ему в глаза? Проклятье, моя жизнь висит на волоске. А это значит, что я должна играть — играть до тех пор, пока не найду выхода. Если хочешь, можешь называть меня трусихой. Но не шлюхой! — Уитни снова повернулась к нему, глаза ее были злыми и мокрыми. — Я не шлюха, понимаешь?

Даг вдруг почувствовал себя так, как будто только что ударил кого-то маленького, мягкого и беззащитного. Он не был уверен, что найдет ее в живых, а когда нашел — она оказалась такой холодной и такой прекрасной. И, что еще хуже, такой властной. Но разве он до сих пор ее не знал? Она только не должна была плакать. Ее слезы сразу разрушили стройный образ, который сложился в его голове. Он вдруг понял, что действительно не знал ее.

— Я не это хотел сказать. Прости. — Даг начал нервно расхаживать по комнате. Вытащив из вазы розу, он разорвал стебель пополам. — Господи, я не соображаю, что говорю! Я как сумасшедший с тех самых пор, как вошел в гостиницу и не нашел тебя там. Я воображал себе бог знает что — причем был уверен, что уже поздно что-то предпринимать.

Даг бесстрастно посмотрел на каплю крови на своем пальце — там, где колючка поцарапала кожу. Чего он, собственно, боится? Нужно глубоко вдохнуть и сказать это спокойно.

— Черт возьми, Уитни, я беспокоился, очень беспокоился о тебе!

Она вытерла слезы и фыркнула:

— Так ты беспокоился обо мне?

— Ну да. — Даг пожал плечами и бросил на пол покалеченную розу. Он не мог объяснить ей — и даже себе, — почему он испытывал такое сильное чувство страха, вины, отчаяния в эти бесконечные

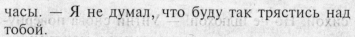

часы. — Я не думал, что буду так трястись над тобой.

— Это извинение?

— Да! — Он резко повернулся к ней. — Тебе этого недостаточно? Ты хочешь, чтобы я ползал на коленях?

— Может быть. — Уитни улыбнулась и пошла ему навстречу. — Может быть, позже...

— Господи! — Когда Даг дотронулся до ее лица, его руки немного дрожали, но голос звучал твердо. — Я думал, что больше тебя никогда не увижу.

— Я знаю. — Она прижалась к нему, испытывая несказанное облегчение. — Просто обними меня на минуту.

— Когда мы отсюда выберемся, я буду обнимать тебя так долго, как ты захочешь. — Взяв Уитни за плечи, он отвел ее к кровати. — Ты должна рассказать мне, что произошло и что творится здесь.

Уитни кивнула и опустилась на край кровати. Почему силы оставили ее именно теперь, когда появилась надежда?

— В гостиницу пришел Ремо и этот тип, Барнс. Не знаю, как они нас выследили... Но должна сказать, что Ремо умеет вскрывать замки не хуже тебя.

— Они тебя били?

— Нет. Но у них обоих были пистолеты. Они просто... поговорили со мной.

— Почему они не стали дожидаться меня?

Уитни пожала плечами.

— Потому что я сказала, что убила тебя.

Даг вытаращил глаза.

— Что?!

— Представь, было нетрудно убедить их в том, что я гораздо сообразительнее тебя и что я всадила тебе пулю в голову, чтобы забрать сокровища. Они даже не слишком удивились, поскольку сами при первой же возможности проделывают подобные вещи друг с другом. Короче, я их убедила.

— В том, что ты сообразительнее меня?

— Не обижайся, дорогой.

— Они на это купились? — Нахмурившись, Даг засунул руки в карманы. — Они поверили, что тощая баба меня прикончила? Я же профессионал, черт возьми!

— Я не хотела подрывать твою репутацию, но в тот момент это казалось неплохой идеей.

— И Димитри тоже купился?

— Очевидно. Я постаралась разыграть из себя эдакую бессердечную женщину, старающуюся не упустить любую возможность. Я думаю, он мною просто очарован.

— Ну еще бы!

— Мне хотелось бы плюнуть ему в глаза, — сказала вдруг Уитни с такой злобой, что Даг удивленно поднял брови. — И я все еще надеюсь, что такая возможность представится. Ты знаешь, мне даже кажется, что он вообще не человек. Он какая-то рептилия. Он просто переползает с места на место, оставляя за собой скользкий след. Я видела, как он смотрел на сокровища, гладил их и представлял себе, как кричат люди, когда падает нож гильотины. Он хочет оживить страх, увидеть кровь. Это для него очень много значит. А все те жизни, которые он погубил, чтобы получить сокровища, для него не значат ничего. — Она обхватила пальцами ракушку Жака. — Они для него абсолютно ничего не значат!

Даг встал перед ней на колени и взял ее руки в свои.

— Мы плюнем ему в глаза. Я тебе обещаю. Ты знаешь, где он прячет шкатулку?

Холодная улыбка тронула ее губы.

— О, да! Ему доставило большое удовольствие показать ее мне. Он так чертовски уверен в себе, так уверен, что поймал меня...

Даг поднялся на ноги.

— У нас мало времени, дорогая. Давай пойдем и возьмем шкатулку.

Чтобы справиться с замком, ему понадобилось меньше двух минут. Слегка приоткрыв дверь, Даг внимательно осмотрел холл.

— Отлично, никого нет. Теперь мы должны двигаться очень быстро и очень тихо.

Уитни дала ему руку, и они пошли по коридору.

Дом хранил молчание. Очевидно, когда Димитри уходил на покой, то и все ложились спать. В темноте они спустились по лестнице на первый этаж, ощущая тяжелый запах похоронной конторы, цветов и мастики. Уитни жестом показала, куда идти. Держась ближе к стене, они наконец добрались до библиотеки.

Димитри не потрудился даже запереть дверь. Даг был слегка разочарован и немного обеспокоен тем, что все идет так гладко. В библиотеке было темно. Даг вытащил фонарик. Уитни сразу прошла к полкам у восточной стены и отодвинула секцию.

— Они там, — прошептала она. — Комбинация цифр — пятьдесят два вправо, тридцать шесть влево...

— Откуда ты знаешь комбинацию?

— Он открывал сейф при мне.

Даг с тяжелым сердцем взялся за рукоятку.

— Почему он, черт возьми, не заметает следы? Ладно, что там дальше?

— Еще пять влево, потом двенадцать вправо.

Когда Даг опустил рукоятку, Уитни затаила дыхание. Дверь сейфа беззвучно отворилась.

— Вот и наша старая знакомая, — пробормотал Даг, вытаскивая шкатулку. Взвесив ее на ладонях, он улыбнулся Уитни. Ему очень хотелось бы открыть шкатулку, чтобы еще разок взглянуть на сокровища, но он решил, что не время. — Давай выбираться отсюда.

— Звучит превосходно! Здесь есть дверь на террасу. Мы можем воспользоваться ею, чтобы не беспокоить нашего хозяина?

— Это будет очень тактично. Пошли.

Однако стоило Дагу взяться за ручку, двери распахнулись. Перед ними стояло трое мужчин, их пистолеты блестели от дождя. В том, кто был посередине, Уитни узнала Ремо.

— Мистер Димитри не любит, когда его гости уходят, не попрощавшись.

— Да, в самом деле. — Дверь в коридор открылась, и вошел Димитри, все еще одетый в белый костюм. — Я не могу допустить, чтобы мои гости уходили под дождь. Давайте присядем, выпьем что-нибудь. — Как радушный хозяин, он подошел к бару и налил в бокалы бренди.

— Я не люблю навязываться, — сказал Даг и в то же мгновение почувствовал, как к его спине прикоснулся ствол пистолета Ремо.

— Пустяки, пустяки. — Повернувшись, Димитри поболтал в бокале бренди. По мановению его руки комнату залил свет. Уитни могла бы поклясться, что в этот момент глаза Димитри были совершенно бесцветными. — Садитесь, прошу вас.

Подталкиваемый стволом пистолета, Даг прошел вперед и опустился в кресло; в одной руке он по-прежнему держал шкатулку. Уитни села в соседнее кресло, Ремо остановился у них за спиной.

— В дождливую ночь нет ничего лучше бренди, вы не находите? — Изящным жестом Димитри протянул им два бокала. — А вы, признаться, меня разочаровали, Уитни.

— Я не предоставил ей особого выбора. — Даг надменно взглянул на Димитри. — Такие женщины, как она, прежде всего заботятся о своей шкуре.

— Я всегда восхищаюсь рыцарским поведением — особенно когда оно столь неожиданно. Но не трудитесь поддерживать миф о бессердечной и жестокой женщине — я все время догадывался о несчастной привязанности к вам Уитни. Моя дорогая, неужели вы и вправду подумали, что я поверил, будто вы застрелили мистера Лорда?

Уитни пожала плечами и, хотя ее рука, державшая бокал, слегка дрожала, сделала глоток.

— Наверно, мне нужно поработать над собой, чтобы научиться лгать более убедительно.

— В самом деле. У вас слишком выразительные глаза. Но, несмотря ни на что, проведенный с вами вечер доставил мне большое удовольствие.

Уитни пожала плечами.

— Боюсь вас огорчить, но мне было довольно скучно.

Губы его скривились. Все в комнате знали, что достаточно одного его слова — всего лишь одного, — и она будет мертва. Вместо этого Димитри предпочел засмеяться.

— Женщины — очень переменчивые создания, вы согласны, мистер Лорд?

— У некоторых из них довольно хороший вкус.

— Меня забавляет, что такая женщина, как мисс Макаллистер, обладающая врожденным вкусом, может проявлять склонность к человеку, подобному вам. Впрочем, — Димитри повел плечами, — любовь всегда была для меня загадкой. Ремо, будьте добры, освободите мистера Лорда от шкатулки. И от его оружия. Пока просто положите все на стол. — Пока его приказы исполнялись, Димитри пил свое бренди и, казалось, о чем-то размышлял. — Я предполагал, что вы захотите вернуть себе и мисс Макаллистер, и сокровища. По окончании всей этой весьма интригующей шахматной партии, которую мы с вами разыграли, я должен сказать, что разочарован той легкостью, с которой я поставил вам мат. Я надеялся на более интересную концовку.

— Отошлите ваших ребят, и мы с вами можем продолжить игру.

Димитри снова засмеялся, и его смех напоминал дребезжание льдинок.

— Боюсь, что времена, когда я любил драться, прошли, мистер Лорд. Я предпочитаю более утонченные способы разрешения споров.

— Например, нож в спину?

Услышав вопрос Уитни, Димитри только поднял брови.

— Я должен признать, что один на один вы намного превосходите меня, мистер Лорд. В конце концов, вы молодой и физически крепкий человек. Так что вам придется предоставить мне фору в лице моих служащих. А теперь... — Димитри задумчиво постучал пальцем по губам. — Что же мы будем делать в данной ситуации?

«Ого, да он просто наслаждается! — мрачно подумала Уитни. — Он как паук, радостно раскидывающий паутину для мух, чтобы потом высасывать из них кровь. Он хочет увидеть, как мы будут дрожать».

Так как выхода не было, Уитни взяла руку Дага и пожала ее. Они не будут пресмыкаться перед Димитри. И видит бог — не будут дрожать!

— Насколько я понимаю, мистер Лорд, ваша участь ясна. По существу, вы уже несколько недель как мервец. Дело только в методе.

Даг допил бренди и ухмыльнулся.

— Не заставляйте меня вам подсказывать.

— Нет-нет, я уже много думал над этим. Очень много. К несчастью, здесь нет удобств, позволяющих сделать все так, как я предпочитаю. Но я знаю, что у Ремо есть сильное желание обо всем позаботиться. Хотя он довольно часто ошибался, но в конечном счете добился успеха. А значит, заслуживает награды. — Димитри достал из пачки длинную черную сигарету. — Я отдам вам мистера Лорда, Ремо. — Он зажег сигарету и посмотрел на Ремо сквозь облако дыма. — Убивайте его не торопясь.

Даг ощутил прикосновение холодного ствола чуть ниже левого уха.

— Не возражаете, если я сначала выпью еще бокал бренди?

— Конечно. — Вежливо кивнув, Димитри повернулся к Уитни. — Что касается вас, моя дорогая, я собирался провести несколько приятных дней в вашем обществе. Я думал, что мы с вами разделим некоторые удовольствия. Однако... — Он погасил сигарету в кристально чистой пепельнице. — При сложившихся обстоятельствах дело осложнилось. Должен сказать, что один из моих служащих обожает вас с того момента, как я показал ему вашу фотографию. Любовь с первого взгляда! — Димитри отбросил со лба редеющие волосы. — Барнс, с моего благословения можете взять ее. Но на этот раз будьте аккуратнее.

— Нет! — Даг вскочил с кресла, не обращая внимания на приставленный к горлу пистолет. В то же мгновение ему скрутили за спину руки, но он продолжал сопротивляться. — За эту женщину вы можете получить огромный выкуп! Ее отец заплатит вам миллион, два миллиона. Не будьте дураком, Димитри! Если вы отдадите ее этому маленькому подонку, она уже ничего не будет стоить.

— Не все думают только о деньгах, мистер Лорд, — спокойно сказал Димитри. — Видите ли, это дело принципа. Я считаю, что награда так же важна, как и наказание. — Его взгляд упал на искалеченную руку. — Да, так же важна. Уведите его отсюда, Ремо. Этот человек мне надоел.

Между тем Барнс, потеряв терпение, подошел к Уитни и, отвратительно хихикая, положил ей руку на плечо.

— Не прикасайся ко мне!

Вскочив, Уитни выплеснула содержимое своего бокала ему в лицо. Воодушевленный этим, Даг перегнулся назад и, упираясь в стоящего сзади охранника, ударил ногами в подбородок того, кто находился перед ним. Его моментально скрутили бы снова, если бы Димитри не подал знак: он спокойно достал из кармана крупнокалиберный пистолет и выстрелил в сводчатый потолок. Охранники тут же застыли на месте.

Димитри любил наблюдать за обреченными. Некоторое время он не мигая смотрел, как Даг прижимает к себе Уитни. Ему очень нравились шекспировские трагедии — не только из-за красоты слова, но и из-за беспомощности персонажей.

— Я благоразумный человек и романтик в душе, — произнес он наконец. — Для того чтобы дать вам возможность побольше времени провести вместе, мисс Макаллистер может находиться здесь, пока Ремо будет совершать казнь.

— Казнь?! — Уитни вложила в это слово весь сарказм, на который способна отчаявшаяся женщина. — Надо называть вещи своими именами, Димитри. Это убийство! Вы обманываетесь, считая себя культурным, цивилизованным человеком. Вы думаете, что шелковый костюм может скрыть то, чем вы являетесь на самом деле? Вы всего лишь стервятник, Димитри! Стервятник, который питается мертвечиной. Вы даже сами не убиваете...

— Обычно нет. — Голос Димитри стал ледяным, и его люди, которым приходилось слышать подобный тон, сжались в напряжении. — Однако на этот раз я, возможно, сделаю исключение.

Он поднял пистолет — и в это мгновение дверь на террасу распахнулась, со звоном полетело стекло.

— Руки вверх!

Голос был властным, в нем слышался явственный французский акцент. Не дожидаясь продолжения, Даг толкнул Уитни за кресло и сам встал рядом. Он видел, что Барнс схватился за свой пистолет, но тут же бросил его.

— Дом окружен! — Держа наготове оружие, в библиотеку ворвались десять человек в форме. — Франко Димитри, вы арестованы по обвинению в убийстве, заговоре с целью совершения убийства, похищении...

— Черт побери! — пробормотала Уитни. — Это настоящая тяжелая кавалерия.

Даг вздохнул с облегчением, хотя самому ему, по правде говоря, совсем не хотелось встречаться с полицией. С чувством безнадежности и отвращения Даг увидел, что в двери входит человек в панаме. За ним с нетерпеливым видом шел высокий мужчина с копной седых волос.

— Хорошо, но где же эта девчонка?

Даг увидел, как глаза Уитни расширились так, что заняли чуть не все лицо.

— Папа! — крикнула она и выскочила из-за кресла.

ГЛАВА 16

Малагасийской полиции понадобилось немного времени, чтобы освободить комнату от бандитов, Уитни увидела, как на запястьях Димитри чуть пониже толстого изумрудного браслета захлопнулся браслет наручников.

— Уитни, мистер Лорд! — Голос Димитри звучал спокойно и ровно, как у человека, который иногда испытывает временные неудачи; глаза его ничего не выражали. — Я уверен — да, я совершенно уверен, что мы еще увидимся.

— Мы посмотрим на вас по телевидению в одиннадцатичасовых новостях, — сказал Даг.

— Я вам должен, — кивнув, заметил Димитри. — И я всегда плачу долги.

Уитни на миг встретила его взгляд и улыбнулась, проведя пальцами по висящей на шее ракушке.

— Это вам за Жака, — тихо сказала она. — Я надеюсь, что они упрячут вас достаточно далеко. — Отвернувшись, она уткнулась лицом в пахнущий свежестью пиджак отца. — Я так рада тебя видеть!

— А уж я как рад! Но мне нужны твои объяснения! Ты слышишь? Я хочу, чтобы ты кое-что объяснила, Уитни.

Она отстранилась, глаза ее смеялись.

— А что надо объяснять?

Макаллистер с трудом подавил усмешку.

— Я вижу, ничего не изменилось.

— Как мама? Я надеюсь, ты ей не сказал, что отправляешься искать меня?

— С ней все в порядке. Она думает, что я работаю в Риме. Если бы я сказал ей, что охочусь за своей единственной дочерью по всему Мадагаскару, она не смогла бы целыми днями играть в бридж.

— Ты такой умный! — Уитни крепко поцеловала отца. — А как ты догадался, что меня надо искать на Мадагаскаре?

— Я думаю, ты встречалась с генералом Беннетом?

Уитни обернулась и оказалась лицом к лицу с высоким стройным мужчиной с колючими, неулыбающимися глазами. Она протянула ему руку церемонным жестом, как будто они находились на коктейле.

— Последний раз мы, кажется, виделись у Стивенсонов год назад. Как поживаете, генерал? О, вы не знакомы с Дугласом. Даг! — Уитни махнула ему рукой, и Даг, который на другом конце комнаты давал путаные объяснения одному из малагасийских должностных лиц, поспешил подойти к ней. — Папа, мистер Беннет, это Дуглас Лорд. Тот, кто украл бумаги.

Улыбка на лице Дага стала несколько кислой.

— Рад вас видеть.

— Кстати, вы в какой-то степени в долгу перед Дагом, генерал, — сказала Уитни и полезла в отцовский пиджак за сигаретами.

— В долгу?! — взорвался Беннет. — Да этот вор...

— Этот вор спас бумаги, не дав им попасть в руки Димитри. Между прочим, рискуя при этом собственной жизнью, — добавила она, дожидаясь, что ей дадут прикурить. Даг выручил ее, решив, что отложит объяснения на потом. Выдохнув дым, Уитни подмигнула ему. — Видите ли, все началось, когда Димитри нанял Дага и поручил ему украсть бумаги. Конечно, Даг сразу понял, что они бесценны и что их нельзя отдавать в дурные руки. — Она сделала затяжку и выразительно взмахнула сигаретой. — Не могу сказать вам, сколько раз он говорил мне, каким бесценным достоянием общества станут сокровища, если мы их найдем. Разве не так, Даг?

— Ну, я...

— О, он такой скромный! Не следует смущаться, когда похвалы заслужены, дорогой. В конце концов, сохранив сокровища для фонда генерала Беннета, ты чуть не расстался с жизнью.

— Это пустяки, — пробормотал Даг. Он вдруг почувствовал, что радуга начала меркнуть.

— Пустяки? — Уитни покачала головой. — Генерал, как человек дела, вы оцените, через что пришлось пройти Дагу, чтобы не дать Димитри спрятать сокровища. Представьте, этот монстр намеревался оставить их у себя! — Она бросила многозначительный взгляд на Дага. — А ведь каждый здравомыслящий человек согласится, что они принадлежат обществу.

— Да, но...

— Прежде чем вы выразите свою благодарность, генерал, — прервала его Уитни, — мне бы хотелось, чтобы вы объяснили, каким образом вам удалось нас найти. Мы обязаны вам своими жизнями!

Польщенный и смущенный, генерал пустился в объяснения.

Оказалось, что племянник Уайтейкера, напуганный судьбой дяди, пришел к Беннету и рассказал все, что знал. А знал он немало. Бдительный генерал не стал колебаться — еще до того, как Уитни с Дагом вышли из самолета в Антананариву, полиция уже шла по следам Димитри. Эти следы привели к Дагу, а от него благодаря эскападам в Нью-Йорке и в федеральном округе Колумбия — к Уитни. Так что она должна быть благодарна пронырливым репортерам за несколько снимков, которые обнаружил в газетах секретарь ее отца. После короткого совещания с дядюшкой Максом в Ва-

шингтоне генерал и Макаллистер наняли частного
детектива. Человек в панаме шел по следу Дага и
Уитни не хуже Димитри. Когда они выпрыгнули
из поезда, идущего в Таматаве, генерал и Макаллистер уже летели на Мадагаскар. Местные власти
были только счастливы сотрудничать в поимке
международного преступника.

— Очаровательно! — воскликнула Уитни, поняв,
что генеральский монолог может продлиться до
рассвета. — Просто очаровательно. Теперь мне
понятно, почему вы дослужились до пяти звезд. —
Взяв его под руку, она улыбнулась. — Вы спасли
мою жизнь, генерал! Надеюсь, теперь вы доставите
те мне удовольствие и позволите показать вам сокровища.

Дерзко улыбнувшись через плечо, Уитни увела
генерала.

Макаллистер достал портсигар и щелкнул
крышкой, предлагая сигарету Дагу.

— Никто не умеет вешать лапшу на уши лучше,
чем моя дочь, — небрежно заметил он. — Я думаю,
вы не встречались с Брикманом? Пойдемте, я вас
познакомлю. Он уже работал на меня раньше.
Брикман — первоклассный профессионал. Кстати, то же самое он мне сказал о вас.

Даг посмотрел на человека в панаме. Каждый
из них понимал, что собой представляет другой.

— Кажется, я уже имел честь... Вы ведь были
на канале, чуть позади Ремо, не так ли?

Брикман вспомнил крокодилов и улыбнулся.

— Очень рад.

— А теперь... — Макаллистер переводил взгляд
с одного на другого. Он не добился бы успехов в
бизнесе, если бы не умел читать мысли окружаю-

щих. — Может быть, мы выпьем и вы расскажете мне, что в действительности произошло?

Даг щелкнул зажигалкой, разглядывая лицо Макаллистера. Оно было загорелым и гладким, что является верным признаком богатства. В голосе звучала властность. Глаза были цвета виски и такие же веселые, как у Уитни.

Губы Дага дрогнули.

— Димитри, конечно, свинья, но у него хороший бар. Шотландского?

Уже забрезжил рассвет, когда Даг приподнялся на локте и посмотрел на Уитни. Она лежала рядом с ним, свернувшись под тонкой простыней. На ее губах играла легкая улыбка, как будто она вновь переживает во сне их бурную ночь, но дыхание ее было спокойным и ровным, как у очень уставшего человека.

Даг хотел дотронуться до нее, но не стал этого делать. Зачем лишние объяснения, когда и так все ясно? Нужно оставить ей записку — и уйти.

Он такой, как есть. Вор, кочевник, одиночка. Во второй раз в жизни мир был у его ног, и во второй раз все исчезло. Через какое-то время он, возможно, сможет убедить себя, что ему вновь представляется возможность поймать конец радуги... А еще необходимо как можно скорее убедить себя в том, что они с Уитни просто весело проводили время. Ничего серьезного — игры и забавы. Он убедит себя, потому что эти проклятые путы уже стянули его очень плотно. Нужно порвать их — или сейчас, или никогда.

У него все еще был билет в Париж и чек на пять тысяч долларов, который выписал ему генерал после того, как Уитни наплела ему с три короба о благородных намерениях Дугласа Лорда. Однако Даг видел, как смотрят на него должностные лица и частный детектив, которые с первого взгляда узнают вора и жулика. Он заработал передышку, но следующий темный переулок находится уже за ближайшим углом.

Даг посмотрел на рюкзак и вспомнил о блокноте Уитни. Он знал, что его счет превысил те пять тысяч долларов, которые были в его распоряжении. Подойдя, он принялся рыться в рюкзаке, пока не нашел блокнот и ручку. Ниже итоговой цифры, которая заставила его приподнять брови, Даг нацарапал короткое послание: «Я тебе должен, милочка».

Бросив последний взгляд на спящую Уитни, он выскользнул из комнаты быстро и бесшумно, как вор — которым он и был.

Когда Уитни проснулась, она уже знала, что Даг ушел. То, что кровать рядом с ней была пуста, не имело значения. Другая женщина могла бы решить, что он вышел выпить кофе или прогуляться; другая женщина стала бы звать его сонным голосом, думая, что он в ванной... Но Уитни знала, что он ушел. Свойством ее натуры было смело смотреть в лицо фактам — особенно когда не имелось другого выхода.

Поднявшись с постели, она приняла душ, отдернула шторы и начала укладывать вещи. Поскольку тишина стала невыносимой, она включила радио, не утруждая себя настройкой.

Вынув из коробки тонкое белье, которое выбрал для нее Даг, Уитни, увидев счет с данными своей кредитной карточки, криво улыбнулась. «Цинизм иногда является лучшей защитой, — решила она и надела голубые трусики и лифчик. — В конце концов, я сама за них заплатила».

Отодвинув коробку в сторону, Уитни открыла следующую. Платье было густо-синего цвета — цвета бабочек, которыми она так восхищалась. Цинизм и все остальные линии обороны тут же оказались прорванными. Глотая слезы, Уитни убрала платье обратно в коробку. «В нем не очень удобно путешествовать», — сказала она себе и вытащила из рюкзака мятые брюки. Через несколько часов она снова будет в Нью-Йорке — в своем кругу, среди своих друзей. Дуглас Лорд останется смутным воспоминанием. И все.

Одетая, с упакованными вещами, совершенно спокойная, Уитни вышла из номера, чтобы встретиться с отцом.

Макаллистер был уже в холле, нервно расхаживая взад-вперед. Дела поджимали, бизнес нельзя бросать надолго.

— А где твой приятель? — спросил он, увидев, что дочь одна.

— Папа, ну в самом деле! — Уитни твердой рукой подписала счет и отдала портье ключ от номера. — У женщины не бывает приятелей. У нее есть любовники. — Макаллистеру не слишком понравилась ее терминология. Пожав плечами, он повел дочь к автомобилю, который уже ждал их у подъезда.

— Ну и где же он?

— Даг? — Забираясь на заднее сиденье лимузина, Уитни бросила на отца беззаботный взгляд. — Почем я знаю! Возможно, в Париже, — у него был билет.

Нахмурившись, Макаллистер уселся рядом с ней.

— Что, черт возьми, происходит, Уитни?

— Когда мы вернемся, я думаю, мне стоит провести несколько дней на Лонг-Айленде. Должна тебе сказать, что все эти путешествия очень утомляют.

— Уитни! — Он взял ее за руку, чувствуя, что невольно переходит на тот тон, который привык использовать с тех пор, когда дочери исполнилось два года, — без особого успеха. — Почему он уехал?

Уитни вытащила из кармана отца портсигар и достала сигарету.

— Потому что это его стиль. Беззвучно выскальзывать среди ночи, не говоря ни слова. Ты же знаешь, он вор.

— Он мне порассказал кое-что прошлой ночью, пока ты пудрила мозги Беннету. Черт побери, Уитни, к тому времени, когда он закончил, у меня волосы стояли дыбом! Это хуже, чем читать отчет детектива. Вас обоих раз пять могли убить.

— В свое время это нас тоже немного беспокоило, — пробормотала Уитни.

— Все-таки жаль, что ты не вышла замуж за этого пустоголового Карлайза. Моей язве очень пошло бы на пользу.

— Прости, но тогда язва была бы у меня.

Макаллистер взглянул на сигарету, которую она так и не зажгла.

— У меня было впечатление, что ты... до некоторой степени привязана к этому вору.

— Привязана? — Сигарета разломилась пополам. — Нет, это был только бизнес. — На глаза Уитни неожиданно навернулись слезы, но голос

ее был по-прежнему спокойным. — Я скучала, и
он меня развлек.

— Развлек?

— Надо сказать, это было довольно дорого-
стоящее развлечение, — добавила Уитни. — Подонок сбежал, задолжав мне двенадцать тысяч триста пятьдесят восемь долларов и сорок пять центов.

Макаллистер достал платок и вытер ее щеки.

— Из-за нескольких тысяч не стоит открывать
кран, — пробормотал он. — Со мной такое часто
случается.

— Он даже не простился, — прошептала Уитни.

Прижавшись к отцу, она плакала, потому что
больше ничего не могла сделать.

Нью-Йорк в августе может быть ужасен. Жара
висит над городом, давит, угнетает, а если с этой
невыносимой жарой совпадает забастовка мусор-
щиков, раздражительность людей становится такой
же высокой, как и температура. Даже те счастлив-
цы, которые могут, щелкнув пальцами, вызвать
лимузин с кондиционером, после двух недель трид-
цатиградусной жары становятся угрюмыми. В это
время все, кто только может, покидают город, вы-
езжая на острова, в деревню, в Европу.

Уитни обнаружила, что сыта по горло путеше-
ствиями, и в то время, как большинство ее друзей
и знакомых попрыгали на корабли, оставалась на
Манхэттене. Она отвергла предложения совершить
круиз по Эгейскому морю, провести неделю в Ита-
льянской Ривьере, а также медовый месяц в любой
стране по ее выбору.

Уитни работала, потому что это был лучший
способ не замечать жару — и не хандрить. Она ре-

шила просто из упрямства, что если и совершит путешествие на Восток, то в сентябре, когда все остальные возвращаются в Нью-Йорк.

Поначалу, вернувшись с Мадагаскара, Уитни предалась дикому, разнузданному шопингу. Половина того, что она тогда купила, так и осталась лежать нераспакованной в ее уже переполненной кладовой. Две недели она каждый вечер посещала клубы, переходя из одного в другой и добираясь до постели уже после восхода солнца. Однако вскоре Уитни потеряла интерес к подобному времяпрепровождению и с таким рвением принялась за работу, что ее друзья стали ворчать. Одно дело — изнурять себя на вечеринках, и совсем другое — заниматься этим на работе. Но Уитни делала то, что считала нужным, и совершенно игнорировала их мнение.

— Тэд, не валяй дурака. Я просто не могу больше об этом слышать. — В голосе Уитни слышалось скорее сочувствие, чем раздражение. За последние недели Тэд Карлайз IV почти убедил ее в том, что она значит для него не меньше, чем его коллекция шелковых галстуков.

— Уитни... — Слегка пьяный блондин в элегантном белоснежном костюме стоял в дверях ее квартиры, пытаясь проникнуть внутрь, но Уитни решительно пресекала все его попытки. — Из нас получится хорошая команда, вот увидишь. Это неважно, что моя мать считает тебя капризной.

Капризной?! Услышав это, Уитни вытаращила глаза.

— Слушайся матери, Тэд. Из меня получится совершенно отвратительная жена. А теперь спускайся вниз, пусть твой водитель отвезет тебя домой. Ты ведь знаешь, что когда пьешь больше двух рюмок мартини, то теряешь над собой контроль.

— Уитни! — Он вдруг схватил ее за плечи и страстно поцеловал. — Позволь мне провести ночь здесь!

— Твоя мать поднимет на ноги всю полицию Нью-Йорка, — напомнила Уитни, выскальзывая из его объятий. — А теперь иди домой и выспись. Тебе в самом деле пора, Тэд. Выспишься — и завтра снова будешь самим собой.

— Ты не принимаешь меня всерьез!

— Я себя не принимаю всерьез, — поправила Уитни. — А теперь иди и слушайся маму. — Она похлопала Тэда по щеке и закрыла дверь перед его носом.

Протяжно вздохнув, Уитни подошла к бару. После вечера, проведенного с Тэдом, она заслужила стаканчик на ночь. Если бы не эта идиотская тоска, она никогда не позволила бы ему затащить ее в оперу. Этот вид искусства никогда не стоял особенно высоко в списке ее приоритетов, а Тэд не был самым подходящим компаньоном...

Уитни плеснула в стакан приличную дозу коньяка, когда за ее спиной раздался знакомый голос:

— Сделай две, милочка.

Ее пальцы крепко сжали стакан, а сердце подпрыгнуло к самому горлу. Но она не вздрогнула, не обернулась — просто взяла второй стакан и наполнила его.

— Все еще пролезаешь в замочные скважины, Дуглас?

На ней было платье, которое он купил ей в Диего-Суаресе. Даг представлял себе эту картину сотни раз и вот наконец мог наблюдать воочию. Он не знал, что Уитни надела это платье впервые и сделала это в знак пренебрежения. Но не знал он и того, что она все равно весь вечер думала о нем.

— Довольно поздно возвращаешься, а?

Уитни сказала себе, что она достаточно сильна, чтобы с этим справиться. В конце концов, у нее было несколько недель, чтобы покончить с Дугласом Лордом. Подняв одну бровь, она повернулась.

Даг был одет в черное, и это ему шло. Простая черная майка, облегающие черные джинсы... «Это соответствует его профессии», — подумала Уитни, протягивая стакан. Еще она подумала, что он похудел, взгляд стал более напряженным, — и приказала себе больше не думать о нем.

— Как Париж?

— Отлично. — Он взял стакан, сдерживая желание коснуться ее руки. — А как ты поживаешь?

— Скажи лучше, как я выгляжу?

Это был прямой вызов. «Посмотри на меня, — требовала она. — Посмотри внимательнее». И он посмотрел.

Волосы Уитни гладко спадали на одно плечо, удерживаемые бриллиантовой заколкой в форме полумесяца. Ее лицо было таким, каким он его запомнил: бледным, холодным, ослепительно прекрасным. Глаза высокомерно смотрели поверх стакана.

— Ты выглядишь великолепно, — пробормотал он.

— Спасибо. Итак, чему я обязана этим неожиданным посещением?

За последнюю неделю Даг уже раз двадцать репетировал, что он собирается сказать и как ска-

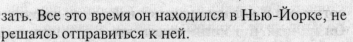
зать. Все это время он находился в Нью-Йорке, не решаясь отправиться к ней.

— Просто хотел посмотреть, как ты тут, — пробормотал он, не глядя на нее.

— Как это мило!

— Послушай, ты, наверно, думаешь, что я сбежал от тебя...

— И я даже знаю, почему. Из-за двенадцати тысяч трехсот пятидесяти восьми долларов и сорока пяти центов.

Даг издал странный звук, который весьма отдаленно напоминал смешок.

— Ничего не изменилось!

— Ты пришел, чтобы заплатить по долговой расписке, которую мне оставил?

— Я пришел, потому что должен был прийти, черт возьми!

— О! — Уитни залпом выпила коньяк, едва удерживаясь от того, чтобы не швырнуть об стену стакан. — У тебя на уме какое-то новое предприятие, для которого нужен готовый капитал?

— А что, ты не прочь ко мне присоединиться?

Уитни посмотрела на него и покачала головой. Отвернувшись, она поставила свой стакан и оперлась руками на стол. Впервые за все время знакомства Даг видел, что ее плечи поникли, а голос звучит утомленно.

— Нет, я не хочу к тебе присоединиться, Даг. Я немного устала. Ну как, ты убедился, что со мной все в порядке? Почему бы тебе теперь не выйти тем же путем, каким ты вошел?

— Уитни!

— Не прикасайся ко мне! — пробормотала Уитни, прежде чем Даг успел сделать два шага в ее сторону. Она очень старалась говорить спокойно, но в голосе ее прорывались нотки отчаяния.

Он поднял руки ладонями вверх, затем уронил их.

— Ладно. — Некоторое время Даг молча ходил по комнате, пытаясь вернуться к первоначальному плану атаки. — Знаешь, мне повезло в Париже. Я очистил пять номеров в «Отель де Крильон».

— Поздравляю.

— Я был в ударе и, вероятно, мог бы еще месяцев шесть пощипывать туристов. — Он засунул большие пальцы рук в карманы.

— Так почему же ты уехал?

— Просто потому, что это было неинтересно. Знаешь, когда работа становится тебе неинтересной, начинаются неприятности.

Уитни снова повернулась к нему, говоря себе, что с ее стороны было бы трусостью не смотреть ему в лицо.

— Наверно, да. Ты вернулся в Штаты, чтобы сменить обстановку?

— Я вернулся потому, что больше не могу без тебя.

Выражение лица Уитни не изменилось, но Даг заметил, что ее руки сжались. Она нервничала — и это его обнадежило.

— В самом деле? Согласись, это довольно странно. Я ведь, кажется, не выгоняла тебя из номера гостиницы в Диего-Суаресе.

— Нет. — Он долго смотрел на нее, как будто хотел что-то обнаружить. — Ты меня не выгоняла.

— Тогда почему ты ушел?

— Потому что если бы я остался, то сделал бы одну вещь... которую собираюсь сделать сейчас.

— Украсть бумажник? — Уитни вызывающе откинула назад голову.

— Просить тебя выйти за меня замуж.

В первый и, возможно, в последний раз Даг увидел, как у нее в буквальном мысле отвисла челюсть. Уитни выглядела так, как будто кто-то наступил ей на ногу. Даг надеялся на более эмоциональную реакцию. Пожав плечами, он снова наполнил стакан.

— Это, наверное, очень забавно — когда такой парень, как я, делает предложение такой женщине, как ты. Я не знаю, может, виноват парижский воздух или еще что-нибудь, но у меня вдруг появились смешные мысли насчет того, чтобы осесть, завести домашнее хозяйство. Детей...

Уитни наконец удалось закрыть рот.

— Правда? Ты имеешь в виду — «пока смерть не разлучит нас» и общая налоговая декларация?

— Ну да, вплоть до этого. Знаешь, мне вдруг стало ясно, что в глубине души я абсолютно традиционен.

Когда Даг за что-нибудь брался, он доводил дело до конца. Такая политика не всегда бывала эффективна, но это была его политика. Он сунул руку в карман и вытащил кольцо.

Бриллиант засиял всеми гранями. Уитни удалось оставить рот закрытым.

— Откуда ты...

— Я его не украл, — огрызнулся Даг. Чувствуя себя глупо, он подбросил кольцо в воздух и снова поймал. — Это точно, — добавил он и выдавил из себя подобие улыбки. — Бриллиант — из сокровищ Марии. Когда мы впервые открыли шкатулку, я положил его в карман — можешь назвать это рефлексом. Я думал продать его, но... — Раскрыв ладонь, он посмотрел на бриллиант. — В Париже вставил его в оправу.

— Я вижу.

— Послушай, я знаю, ты хотела, чтобы сокровища попали в музеи. Они туда и попали. — Даг поморщился: боль все еще не прошла. — Если бы ты видела заголовки парижских газет! «Фонд Беннета возвращает сокровища несчастной королевы»; «Бриллиантовое колье проливает новый свет на историю страны» — и так далее.

Уитни передернула плечами, стараясь не думать о всех этих красивых сверкающих камнях, а Даг продолжал:

— Даже пара браслетов из шкатулки обеспечила бы меня на всю жизнь, но что толку говорить об этом? — Нахмурившись, он повертел в руке кольцо. — Я решил оставить один камень. Но если это тебя задевает, я вытащу его из оправы и отправлю Беннету.

— Не надо меня обижать. — Ловким движением Уитни выхватила кольцо из его рук. — Мое обручальное кольцо не попадет ни в какой музей! Кроме того... я считаю, что есть такие кусочки истории, которые должны принадлежать отдельным личностям. — Она улыбнулась ему, а потом вдруг холодно прищурилась. — Ты не настолько традиционен, чтобы встать на одно колено?

— Боюсь, что нет. — Даг забрал кольцо и надел его ей на безымянный палец. — Так решено?

— Решено, — согласилась Уитни и, смеясь, бросилась в его объятия. — Черт бы тебя побрал, Дуглас, я два месяца была такой несчастной!

— Да ну? — Он почувствовал, что его губы расплываются в блаженной улыбке. — Я вижу, тебе нравится платье, которое я купил.

— У тебя превосходный вкус. — За его спиной Уитни повернула руку так, чтобы можно было видеть сверкание бриллианта. — Замуж... — повторила она, пробуя это слово на слух. — Ты говорил насчет того, чтобы осесть. Это значит, что ты собираешься уйти в отставку?

— Я думал над этим. Знаешь... — Он уткнулся носом в ее шею, чувствуя запах, который все это время в Париже преследовал его и не давал покоя. — Я ведь ни разу не видел твою спальню.

— Правда? Ну что ж, мне придется организовать для тебя экскурсию. Ты слишком молод для того, чтобы уходить в отставку, — добавила Уитни. — Чем ты собираешься заниматься в свободное время?

— В свободное от любви? Пожалуй, я мог бы заняться бизнесом.

— Открыть ломбард?

Даг легонько шлепнул ее.

— Перестань дразниться. Я собираюсь открыть ресторан.

Уитни слегка отстранилась и удивленно взглянула на него.

— Здесь, в Нью-Йорке?

— А что? Хорошее место для начала. — Даг отпустил ее, чтобы взять свой стакан. Ему вдруг показалось, что конец радуги ближе, чем он все время думал. — Начнем с одного здесь, потом можно будет расширить компанию. Проблема в том, что мне понадобится поддержка.

Уитни провела языком по губам.

— Естественно. У тебя есть идеи на этот счет?

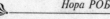
Даг подарил ей обворожительную, не заслуживающую никакого доверия улыбку.

— Я не хотел бы выходить за рамки семьи.

— Дядя Джек?

— Давай, Уитни! Ты же знаешь, что я могу это сделать. Сорок тысяч... Нет, пусть будет пятьдесят — и я открою самый шикарный маленький ресторан на Вест-Сайде!

— Пятьдесят тысяч, — пробормотала Уитни, подходя к столу.

— Поверь, это хорошее капиталовложение. Я буду сам составлять меню, наблюдать за кухней. Я... Что ты делаешь?

— Получается шестьдесят две тысячи триста пятьдесят восемь долларов и сорок пять центов. — Коротко кивнув, Уитни дважды подчеркнула итог. — При двенадцати с половиной процентах годовых.

Даг мрачно уставился на цифры в знакомом блокноте.

— Годовых?! Двенадцать с половиной процентов?

— Я знаю, это более чем скромный процент, но я очень уступчива.

— Послушай, мы ведь собираемся пожениться, правильно?

— Безусловно.

— Побойся бога! Где ты видела, чтобы жена брала с мужа проценты?

— Смотря какая жена, — пробормотала Уитни, продолжая писать цифры. — Я сейчас посчитаю, сколько получится за первые пятнадцать лет...

Даг посмотрел на ее изящные руки, выписывающие колонки цифр, и ему показалось, что бриллиант на кольце подмигнул.

— Слушай, что за чертовщина...

— Теперь залог. Не могу же я поверить тебе на слово!

Даг подавил желание выругаться, затем — желание рассмеяться.

— Наш первенец подойдет?

— Интересная мысль. — Уитни похлопала блокнотом по раскрытой ладони. — Да, я готова с этим согласиться, но у нас пока нет детей.

Даг подошел, вырвал блокнот у нее из рук, швырнул его через плечо и заключил Уитни в объятия.

— Тогда давай позаботимся об этом, милочка. Мне нужен кредит.

Уитни вдруг почувствовала, что никогда в жизни не была так счастлива.

— Ради свободного предпринимательства я готова на все!

Литературно-художественное издание

Нора Робертс
ОХОТА НА ЛЮДЕЙ

Редактор *О. Турбина*
Художественный редактор *С. Курбатов*
Технический редактор *Н. Носова*
Компьютерная верстка *В. Фирстов*
Корректор *М. Мазалова*

Налоговая льгота — общероссийский классификатор
продукции ОК-005-93, том 2; 953000 — книги, брошюры

Подписано в печать с готовых диапозитивов 16.02.2001.
Формат 84 × 108^1/$_{32}$. Гарнитура «Таймс».
Печать офсетная. Усл. печ. л. 21,84.
Тираж 10 000 экз. Заказ № 4162.

ЗАО «Издательство «ЭКСМО-Пресс».
Изд. лиц. № 065377 от 22.08.97.
125190, Москва, Ленинградский проспект, д. 80, корп. 16, подъезд 3.
Интернет/Home page — www.eksmo.ru
Электронная почта (E-mail) — info@eksmo.ru

Отпечатано с готовых диапозитивов
в полиграфической фирме «КРАСНЫЙ ПРОЛЕТАРИЙ»
103473, Москва, Краснопролетарская, 16